영점 영일의
확률

영 점 영 일 의  확 률

초판 1쇄 찍은 날 ┃ 2014년 03월 04일
초판 2쇄 펴낸 날 ┃ 2014년 04월 01일

지은이 ┃ 박지영
펴낸이 ┃ 서경석

편 집 장 ┃ 권태완
편집책임 ┃ 장미연
편    집 ┃ 손수화
디 자 인 ┃ 이혜정

펴낸곳 ┃ 도서출판 청어람
등록번호 ┃ 제1081-1-89호
등록일자 ┃ 1999. 5. 31
어람번호 ┃ 제11-0004호

주소 ┃ 경기도 부천시 원미구 부일로 483번길 40 서경B/D 3F (우) 420-822
전화 ┃ 032-656-4452 팩스 ┃ 032-656-4453
http://www.chungeoram.com
E-mail ┃ chungeorambook@daum.net

ISBN 979-11-5681-916-5 03810

# 영점영일의 확률

"나한테 0.01퍼센트 줘요."

박지영 장편 소설

나도 영점영일만큼 유경이 가족이야.
나도 영점영일의 확률만큼, 가족이라고!
그러니까 유경이 혼자 못 보내!

청어람

# Contents

# #1

## ₪

## 나는 달린다

뛴다. 뛴다. 뛴다.

달려. 달려. 달려.

숨이 턱까지 차오른다. 턱까지 차오른 숨이 혀끝을 바짝바짝 마르게 하더니 입속을 갈라지게 만든다. 연신 입을 크게 벌리며 도시의 미세먼지가 가득 섞인 공기를 빨아들인다. 시원한 공기의 달콤함 같은 건 없다. 더 찝찝하기만 하다. 제길. 해결은 멈춤밖에 없다. 하지만 그럴 순 없다.

"안…… 돼!"

부리나케 에스컬레이터를 번쩍번쩍 건너듯 내려가다 마지막에 점프하며 바닥 착지까지는 아슬아슬하게 성공했다. 하지만 매정하게 닫혀버린 스크린도어 너머 지하철과의 조우는 실패하고 말았다. 무릎에 양손을 짚고 헐떡거리는 숨을 몰아쉬며 떠나는 지하철 꽁무니만 바라봤다. 다음 건? 황급히 안내 전광판을 확인했다. 아! 세 정거장. 지각이다. 야속한 지하철이여.

다시 달린다. 달려. 달려. 달려.

폐활량을 최대치까지 끌어올린다. 성이 나서 팔딱거리는 폐가 그만 좀 하라고 아우성친다. 미안하지만, 폐! 너의 항의를 받아들일 순 없다. 난 늦었으니까.

점점 힘들다. 하지만 버틴다. 어차피 내가 가진 건 체력뿐이니. 얄팍한 밑창이 붙은 단화라서 발바닥이 아프다. 그래도 할 수 없다. 달려야지!

그때, 싸구려 단화를 신은 뒤꿈치가 헐렁하여 쑥 벗겨졌다. 에이 씨! 바빠 죽겠는데!

휙, 턱을 돌려 웃긴 모양새로 까뒤집어져서 보도블록에 나뒹굴고 있는 하얀 단화를 노려보다, 깽깽이발로 뚝뚝 뛰었다. 급한 반동에 중심이 휘청거리며 몸이 기우뚱했다.

"아!"

중심이 흐트러진 몸뚱이가 곁을 지나치는 남자의 팔을 건드리며 기울어졌다. 찰나의 순간, 바닥으로 곤두박질치려는 내 양팔을 남자가 잡았다. 남자가 날 똑바로 세우더니, 몹쓸 것을 만진 양 냉큼 손을 뗐다.

"뭐야?"

까칠한 음성. 왕로를 감히 거치적거리게 했다는 톤.

"죄송합니다."

서둘러 사과하며 남자를 봤다. 한 뼘은 큰 키가 180㎝도 넘는 듯했다. 성가시다는 듯 미간을 찌푸린 남자의 이목구비는 또렷했다. 자동으로 숨이 멈췄다. 치켜 올라간 그려놓은 듯 잘 자란 눈썹, 곧은 코, 신랄한 느낌의 긴 눈, 그 아래 긴 속눈썹. 눈이 여자처럼 예쁜 게 아니라 남자다우면서 매력적이다. 그리고 더하게 매혹적인 선홍빛색을 띤 입술. 한마디로 정의하면 잘생겼다. 좀 까칠해 보이지만.

"조심해요."

그가 생김새만큼이나 매몰차게 내뱉곤 가던 길을 갔다. 생전 연예인 빼곤 일반인으로 처음 본 듯한 '잘생김'에 넋 놓고 뒷모습을 지켜봤다. 물론 일반인이라고 단정 지을 순 없지만.

길쭉한 그는 걷는 폼도 시원시원한 것이 멋있다. 호리호리한 체형과 달리 등짝도 널따란 것이 운동도 꽤 했나 보다. 등에 어렴풋이 다부진 근육이 비쳤고, 얇은 반소매 셔츠 아래로 보이는 팔뚝에도 야무진 근육이 붙어 있었다.

난 울끈불끈 근육은 싫고, 딱 저 정도 적당한 근육이 좋더라.

쓸데없이 히죽거리며 시체처럼 널브러져 처량하게 올려다보는 단화에 발을 구겨 넣었다. 그 와중에도 눈길은 자석처럼 그에게 붙어버렸다. 꿈속에서 한 번쯤 본 듯한 이상야릇한 아련함이 밀려왔다. 왜 저 남자가 아련하게 느껴지는 걸까? 언제나 꿈꿔왔던 이상형이라서 그런가? 저런 남자는 어떤 여자를 만날까? 아마 연예인 같은 예쁜 여자가 주변에 우글거리겠지?

명쾌하게 걸어간 남자는 커피전문점 외부 테이블에 앉아있는 여자에게 다가갔다. 호기심에 목을 길게 빼고 확인했다. 그런데 통통하고 평범한 외모의 여자.

헉! 뭐야? 저런 완벽남이 어째서 저런 극치의 평범함과?

여자가 다정히 웃으며 맞은편에 앉는 남자를 쳐다봤다. 남자의 등도 다정해 보였다. 아마 남자도 다정히 바라보겠지? 나에게도 희망이 있는 건가? 이상형과의 로맨스를 상상하며 자그마하게 싹트는 희망으로 쿡쿡거렸다.

근데 나 뭔가 망각한 것이 있는 것 같다. 뭐지? 이 찝찝함.

그 순간, 뇌리에 디지털시계가 이미지화되어 약 올리듯 천천히 지나갔다.

아! 지각!

휙 몸을 돌려, 달렸다.

달려. 달려.


"길예원 씨."

나지막한 음성. 서늘한 울림으로 등줄기에 오싹한 소름이 돋았다. 살금살금 문을 열고 중력의 힘을 거스르며 기척 없이 움직였지만, 날카로운 그녀의 레이더에 여지없이 잡혔다. 제길, 실패다.

"지각이네?"

서른일곱 살의 골드미스 팀장의 첨예한 눈초리가 날아왔다. 움찔하여 입술을 오물거리며 최대치로 눈썹을 치켜뜬 팀장의 눈치를 봤다. 그녀는 건들면 가시가 바짝 곤두서는 고슴도치처럼 신경이 예민하다. 항상, 매일.

"죄송해요."

"예원 씬 분위기 파악도 못해? 요즘 상황이 어떤데 지각을 해?"

신경질적인 질타에 난 대구도 못하고 고개를 푹 숙였다.

"계약직인 주제에 왜 그렇게 긴장감이 없어?"

쏟아지는 모진 비판에 입술을 이빨로 꽉 악다물었다.

입사 이래 처음으로 한 지각인데 팀장은 내가 상습인 양 엄하게 질책한다. 입사한 지 2년 6개월이 넘었는데. 회사가 어렵다는 소문은 언뜻 들어서 안다. 한동안 사내 분위기는 살벌했지만 몇 달째 무탈했기에 근래는 해이한 상태였다.

"가서 서류철 만들고 파워포인트 작업이나 해봐."

복사기 옆에 탑처럼 쌓여 있는 서류를 턱으로 가리키며 그녀가 싸늘하게 명령했다. 작게 '네' 하고 오물거리고 어깨에 멘 가방조차 떨구지 못한 채 복사기로 이동했다. 첫 지각의 불편함으로 주눅이 들었다. 하지만 금세 마음을 다독였다.

이따 팀장님이 좋아하시는 카페라떼 사다 드려야지. 지각한 건 잘못이 분명하니까. 산더미 같은 서류들을 보며 크게 심호흡을 하고 방긋 웃었다. 길예원! 오늘도 파이팅! 하며 의욕을 다졌다.

의욕은 항상 열심히 다지지만 역시 퇴근길은 지친다. 하지만 마냥 축 처지는 것은 싫다. 씩씩한 걸음으로 어둑한 골목길을 걸었다. 조금만 있으면 나의 보금자리에서 쉴 수 있으므로.

슈퍼마켓에서 산 물건이 담긴 까만 비닐봉지를 흔들며 계단을 올랐다. 골목길에 세워진 가로등의 주황빛이 옥탑 시멘트 바닥을 어스름하게 비췄다. 갈색 알루미늄 샤시문의 유리창 너머로 밝은

빛이 투과되고 있었다.

"유경아!"

후다닥 열쇠로 열고 문을 활짝 열어젖히며 크게 불렀다.

"언니, 내 이름 좀 크게 부르지 말라니까."

거실 바닥에 배를 깔고 누운 유경이가 뒤돌아보지 않고 투덜거렸다.

"왜?"

난 알면서 능청스레 물었다. 유경이의 귀여운 엉덩이가 눈에 들어왔다. 하지만 내 눈에만 귀여울 뿐 유경이는 벌써 굴곡진 콜라병 몸매를 갖췄다. 어쩌면 볼품없이 마른 내 엉덩이가 더 귀엽고 앙증맞을지도.

"언니 목소리가 하도 커서 쩌렁쩌렁 다 울려."

"일찍 왔네?"

유경이 엉덩이 곁에 앉아 가볍게 톡톡 두들겼다. 탄력이 있어 통통 튕기는 엉덩이를 토닥이는 것만으로도 피로가 씻겨 나가는 듯했다.

"독서실 선풍기가 고장 나서 너무 더워. 에어컨도 안 틀어준다."

나의 엉덩이 두들김이 익숙한 유경은 거부하지 않았다. 돌돌 돌아가는 선풍기 앞에서 유경이는 바닥에 문제집과 교과서등을 잔뜩 펼쳐 놓고 공부 중이었다.

유경이는 중학교 2학년이 된 이후 쉴 틈 없이 공부만 한다. 또래 친구들과 달리 한눈 한 번 팔지 않고 공부만 전념해서 언제나 미안하다. 능력 없는 이 언니를 용서해 다오. 언니가 꼭 정직원이 되어서 널 가뿐하게 해줄게.

"옮겨야 할까?"

"무슨. 그나마 이 근방에서 제일 싼 독서실인데."

대수롭지 않다는 듯 유경이 대꾸했다.

깔끔한 인테리어, 편안한 자리, 완벽 방음, 넓은 휴게실 등등으로 광고하는 다른 독서실과 차별화를 둔 유경의 독서실. 가장 싼 독서실. 우리에겐 이게 제일 중요했다. 가장 싼.

"떡볶이 해줄까? 언니가 재료 사왔는데."

"어. 나 배고파."

"밥 안 먹었어?"

"……그냥 입맛 없어서."

주방에 들어서며 유경의 거짓말을 간파했다. 슬그머니 싱크대에 놓인 도시락 뚜껑을 열어 반찬을 코로 가져갔다. 직감대로 시큼한 냄새가 코를 찔렀다. 급속도로 더워진 6월의 날씨로 반찬이 쉰 모양이었다. 학교에선 급식을 먹고, 저녁은 독서실에서 도시락으로 해결하는 유경이었다. 내일부터는 유경이 용돈을 늘려야겠다. 돈을 아끼자고 유경이 배를 곯릴 순 없으니까. 퇴근 후에 아르바이트 할까? 어차피 내년이면 유경이 학원도 늘려야 하고. 뭐! 내가 남는 게 체력밖에 더 있어?! 뭐든 알아보자.

"언니가 얼른 떡볶이 해줄게!"

모른 척 크게 소리치고 비닐봉지에서 떡볶이 떡과 어묵을 꺼냈다.

"언니, 등기로 뭐가 왔던데? 주인아줌마가 대신 받았대."

"뭐?"

"몰라. 난 안 봤어. 언니가 봐."

주방에서 나와 유경이 턱짓으로 가리키는 쪽을 봤다. 신발장 위에 하얀 봉투가 있었다. 봉투의 겉면을 보니 발신자는 '도한경'이라고 써져 있고, 수신자는 '임유경&길예원'이었다.

"네 이름도 있는데?"

"어. 봤어."

"근데 왜 확인 안 했어?"

"언니 이름도 있잖아."

건성인 유경의 대꾸에 어이없어 코웃음이 나왔다. 열두 살이나 어린 게 꼭 언니를 부려먹는다.

편지를 뜯어보니 A4용지가 한 장 들어 있었다. 컴퓨터로 작성된 깔끔한 텍스트의 편지는 내용이 길지 않았다. 광고인 듯해 무심히 읽었다.


—길예원 씨 그리고 임유경 보세요.


첫줄부터 이상하게 시크했다. 단순한 광고 페이퍼가 아니었다. 원인 모를 불길함이 엄습해 왔다.


—도한경이라고 합니다. 내일 토요일 오후 6시쯤 방문할 예정입니다. 외출하셨더라도, 그 시각에 맞춰 들어오셨으면 좋겠습니다.

엥? 뭐야? 이건 명령이야? 뭔데?

―휴대폰 연락처를 알 수 없어 주소로만 보내니 양해 바라고. 덧붙이면.

어, 덧붙이면, 뭐?

―저는 임유경 친부 되는 사람입니다. 내일 뵙죠.

헉! 마지막 줄에 쓰진 강력한 글자로, 심장이 덜컥했다.

임유경 친부? 아빠? 유경이 아빠라고? 충격으로 숨이 멎을 것 같
았다. 길게 엎드린 유경의 등을 내려다봤다. 내려앉은 심장이 심각
하게 부들부들 떨어댔다. 길쭉한 우리 유경이. 좋은 머리, 예쁜 얼
굴과 늘씬하고 예쁜 몸매. 열다섯 살이지만 키가 172㎝나 되었다.
아주 좋은 유전자를 타고난 우리 완벽한 유경이의 아빠라니.

파르르 떨리는 손을 간신히 감추며 편지를 도로 봉투에 넣었다.
유경이에게 아무런 전언도 못하고 주방으로 갔다. 냉장고에서 양
파와 파를 꺼내다 무심결에 깊은 숨을 내쉬었다. 바싹 마른 입안의
침을 삼켰다.

유경이. 내 하나뿐인 가족, 내 동생 유경이의 친부가 온다.

내일.


아침부터 찐다.

오전의 햇살임에도 태양이 성난 것처럼 뜨겁게 조였다. 성난 태

양 못지않게 내 속의 일렁이는 감정 또한 성나 있었다. 억지로 외면하며 어지럽혀진 집 안을 분주하게 정리했다. 토요일이면 항상 해오던 대청소였지만, 오늘만큼은 집 안을 발칵 뒤집는다고 표현해야 될 정도로 유난 떨며 우왕좌왕하는 나를 유경이는 의아해했다.

"언니, 나도 도와줘?"

가방을 양어깨에 메고 유경이 부담스럽다는 눈초리로 봤다.

"아니아니, 어서 가. 점심은 집에 와서 먹을 거야?"

내 질문에 유경이 턱을 까닥거리고 주저 없이 단화를 신었다. 놀토라서 유경이는 오전부터 독서실에 갔다.

"유경아."

막 나가려는 유경일 붙잡았다.

"……이따 6시에는…… 꼭 집에 와야 돼."

깊숙한 속에서 '유경이 어디다 숨겨놔'라고 유혹했지만, 나의 양심은 편지 내용을 전달했다. 하지만 친부가 온다는 말은 차마 못했다.

"알았어."

착한 유경이 고분고분 대답하고 밖으로 나갔다. 열린 샤시문 너머로 옥탑 계단을 내려가는 유경이의 등을 물끄러미 응시했다. 심장에 아릿아릿한 바람이 스며들었다.

혹시…… 설마……

아니다. 미리 겁먹지 말자.

휘몰아치려는 불안을 어렵사리 떨치고 걸레로 신발장을 닦았다.

첫인상은 현관이므로. 아! 우리 집은 아닌가? 옥탑이 먼저다!

난 신발을 신고 후다닥 밖으로 나갔다. 6월의 작열하는 태양이 옥탑의 시멘트 바닥으로 일말의 동정심도 없이 곧게 내리쬐었다. 옥탑 가장자리에 위치한 수도로 황급히 다가가 호수를 잡고 꼭지를 틀었다. 뜨거운 열기로 데워진 탓에 구멍에서 미지근한 물이 쏟아졌다. 호수의 구멍을 엄지손가락으로 막고 가열되어 후끈거리는 바닥으로 휘둘렀다.

찍. 소리를 내며 미지근한 물줄기가 금세 차가움을 동반하며 퍼졌다. 바싹바싹 말라 갈증에 허덕이던 시멘트 바닥이 덮어지는 차디찬 수돗물을 온몸 그득 받으며 즐거워했다.

햇볕을 받은 물방울이 공기를 타고 찬란한 광채를 내며 반짝거렸다.


째깍째깍. 시간이 간다. 초조한 시간이 흐른다.

5시 45분. 곧 6시. 그런데 유경인 왜 아직도 안 오는 거야? 진작 휴대폰을 사줬어야 했는데. 비싸다는 핑계와 본인이 필요 없다고 한 이유로 휴대폰 하나 사주지 못한 걸 후회했다.

유경의 친부는 어떤 사람일까? 유경이가 태어나고 미유 언니가 죽을 때까지 단 한 번도 나타나지 않은 사람. 확실히 키는 클 것이고, 외모도 준수할 것이다. 미유 언니는 뛰어난 미인은 아니었다. 하지만 유경의 이목구비는 빛이 날 정도다. 길에서 연예기획사 명함을 받아온 적도 많다. 주관적인 판단일진 몰라도 내 눈엔 TV 속 연예인보다 유경이가 더 예쁘다.

잔뜩 긴장하고 서성대는데 샤시문이 딸깍 하더니 벌컥 열렸다. 심장이 철렁했다.

"왜?"

놀라 숨을 꼴딱거리는 날 발견하고 유경이 들어서다 멈칫했다. 난 삐거덕거리는 목을 저었다.

"언니 오늘 좀 이상해."

유경이 킥킥거리며 신발을 벗었다. 그녀가 무거운 가방을 바닥에 내려놓고 욕실로 향했다. 급하게 그녀의 팔을 잡았다.

"……좀 있다 씻어."

7분이 지나면 6시다.

"끈적거려."

"그래도…… 6분만 기다려."

나의 말이 엉뚱한지 유경이 황당해하며 갸웃했다.

"물…… 물부터 마셔."

타다닥 빠르게 냉장고에서 물을 꺼내 컵에 따랐다. 유경이는 어리둥절해했다. 그래도 착한 그녀는 군말 없이 컵을 받았다.

"……저기 유경아…… 사람이 올 건데……."

"응."

물을 마시며 유경이 무심히 대꾸했다.

"……그게…… 누구냐면……."

그때였다. 똑똑. 샤시문을 두들기는 딱딱한 노크 소리가 들렸다.

쿵. 심장이 추락했다.

"누구세요?"

유경이 가볍게 물었다. 바닥으로 추락한 심장은 미친 듯이 두근거리며 굴러다녔다. 불투명한 작은 유리창 너머로 흐릿하게 어른거리는 큰 그림자. 예상대로 키가 크다.

"도한경입니다."

낮은 중저음의 듣기 좋은 울림. 아, 유경이의 뛰어난 유전자 중 하나를 빼먹었다. 허스키하지만 매력적인 울림의 유경이 목소리.

"도한경이 누구야? 열어도 돼?"

유경이 굳어 있는 나를 봤다. 얼른 바닥에서 굴러다니는 심장을 주섬주섬 챙겨 달고 진정을 시켰다. 메마른 입술을 혀로 축이고 턱을 까닥거렸다. 유경이 문을 열자마자, 장신의 남자가 고개를 약간 숙이고 낮은 샤시문을 넘어왔다.

젊다. 삼십대 초반쯤 보이는 외모. 반듯한 눈썹, 날카로운 눈동자, 곧은 코, 단호해 보이는 입술. 보기 드문 미남이다. 그런데 어째서? 어째서 이렇게 젊지? 미남인 건 둘째 치고, 너무 젊어 보이는 남자.

현관에 들어선 남자를 유경이 빤히 주시했다. 그녀의 눈이 내게 돌려졌다. 입모양으로 '누구?' 하고 물었다. 남자의 시선이 입을 살며시 벌리고 긴장한 내게서 어린 유경으로 옮겨졌다. 그가 유경이를 세심하게 살피자, 부담스러운 유경이 미간을 찡그렸다. 그녀가 불편한지 '누군데?' 라며 재촉했다.

"임유경?"

"네? 네."

남자의 부름에 유경이 얼떨결에 대답했다. 그의 눈썹이 찌푸려졌고, 미간이 좁혀졌다. 그의 냉정해 보이는 입술이 더 굳게 다물어졌고, 가슴팍이 들쑥날쑥했다.

"……도한경이다, 나는."

긴장한 듯 그의 음성이 쉬었다. 유경의 눈이 '그런데요?'라고 바뀌었다. 유경의 반응에 한경의 눈동자가 내게 이동했다. '전달하지 않았느냐'라는 서늘함이 쏘아대서 난 마른침을 꿀꺽 삼키며 시선을 회피했다. 심장이 터질 것처럼 뛰어댔다. 닮았다. 제길. 진짜 닮았다.

눈시울이 불끈거리는 걸 억눌렀다. 아랫입술만 파르르 떨렸다.

"……많이 놀라겠지만……."

내가 전언하지 않음을 눈치챈 한경이 유경에게 설명하려 했다. 그도 어려워하고 있었다.

"내가 네 아빠다."

순간, 그의 눈동자에 아련함이 스치고 지나갔다. 그 찰나의 일렁임에 등줄기에 미약한 전율이 흘렀다. 이 사람, 진짜다. 진심으로 유경이를 찾으러 왔다.

"네?!"

반면 유경인 황당해했다. 그녀가 이게 무슨 헛소리냐는 듯 신랄하게 나를 뒤돌아봤다.

"……저기, 정말 뜬금없어서 묻는 건데요? 그걸 어떻게 믿어요? 우리가?"

난 용기 내어 따지듯 물었다. 닮긴 했지만 다른 생각이 먼저였다. 일말의 작은 부정. 유경인 열다섯 살인데 삼십대 초반, 많아봤자 서른다섯쯤 봐줄 만한 남자에 대한 부정이었다.

"증빙해야 합니까?"

"……당연한 거 아니에요? 지난 15년 동안 연락도 없다가, 뜬금없이."

유경이에게 향했던 애틋함이 사그라진 매몰찬 눈동자가 내게 왔다. 내가 거슬리는 모양이었다.

"사정이 있었다."

그가 나의 질문을 유경이에게 대신했다. 설명하고 싶음에 가득한 눈이었다. 유경이는 머리를 크게 한 대 맞은 듯 얼빠졌다. 똑똑한 유경이가 저런 표정을 지으니 낯설고 어색했다.

"……설명할 기회를 주기 바란다. 하지만 명백한 것은 내가 네 아빠라는 거다."

"먼저 설명해 주셔야죠?!"

난 버럭했다. 그의 냉담한 시선이 끼어들지 말라고 경고했다. 난 어금니를 질끈 앙다물었다.

"……내 아빠…… 라고요?"

넋 놓고 있던 유경이 웅얼거렸다.

"그래."

"……정말?"

어이없다는 듯 그녀가 헛웃음을 흘렸다.

"그래."

한경이 차분히 대답했다. 정말 침착한 사람이다. 이런 상황에서 흐트러지지 않다니. 어쨌거나 15년 만에 부녀 상봉 아닌가? 감정을 어렵사리 억누르는 걸까? 아니면 기른 정이 없어서?

"그런데 왜 지금 왔어요?"

유경의 눈빛이 매서워졌다. 난 소스라치게 놀랐다. 유경이에게서 이런 표정을 본 적은 한 번도 없다. 언제나 나의 착한 유경이었는데.

부녀—아직은 확실하진 않지만—의 시선이 허공에서 치밀하게 충돌했다. 닫힌 감정의 둘이 똑 닮았다. 제3자인 내 눈에도 둘이 닮았음을 인정하지 않을 수 없었다.

"설명할게."

"……먼저 증빙하세요."

그래도 난 끼어들었다. 닮은 것과 진짜인 것은 엄연히 다르므로. 한경의 무덤덤한 시선이 내게 왔다.

"원하는 대로 하죠. 어떻게 하면 되죠?"

"DNA…… 뭐, 그런 거. 친자 확인…… 같은 거……."

얼버무리는 말이 끝나기도 전에 그가 손을 들었다. 거침없이 자신의 머리카락을 잡더니 몇 올 뚝 뽑아 아픈 기색도 없이 내밀었다. 유경이 모진 눈초리로 그의 머리카락을 내려다봤다. 내 손은 긴장과 두려움으로 부들거려서 꿈쩍도 못하는데, 유경인 툭 머리카락을 받았다.

아, 일말의 망설임도 없는 결단력도 닮았다.

"검사 확인하고 연락을 주길 바란다."

한경이 세련된 슈트 재킷 안쪽에서 명함지갑을 꺼냈다. 그의 명함을 받으며 유경이 차갑게,

"네, 그럴게요."

라고 대답했다. 얼빠졌던 유경의 모습은 온데간데없었고, 언제나 착하게 웃던 나의 유경이도 아니었다. 낯선 유경이. 왠지 저 도한경이라는 인간과 똑 닮은 냉철함이 섞인 차분한 표정.

그는 의례적인 눈짓을 내게 보내고, 잠시 유경일 아릿하게 보더니 몸을 돌렸다. 나와 유경인 그대로 동작을 정지하고 그가 나간 샤시문을 뚫어지게 응시했다.

유경의 시선이 아래로 떨어졌다.

자신이 들고 있는 머리카락으로.


너와 처음 만났던 때, 너는 작고 빨갰다. 너무 작아서 눈물이 날 정도로 예뻤다. 너무 예뻐서 가슴이 벅차올랐다. 내가 내미는 손가락을 그 아기자기하고 자그마한 손가락으로 꽉 쥐던 힘. 공기를 빨아들이려 입술을 공 굴리듯 동그랗게 말고 오물거리던 그 쪼그마한 입술.


"언니."

옥탑에 놓인 평상에서 망연히 있는데 유경이 목소리가 들렸다. 눈길을 돌리니 옥탑 계단을 유경이가 마저 올라왔다. 학원에서 독서실로 안 가고 집으로 바로 온 모양이었다. 난 친자 확인 때문에 조퇴하고 유전자검사원에 다녀왔다. 귀가한 지 꽤 되었는데도 침잠한 감정이 달래지지 않아 하릴없이 하늘만 봤다. 뭔가를 하긴 해야 되는데 할 수 없어서.

"왔어?"

심란함을 감추며 유경이에게 방긋 웃었다.

"확인…… 했어?"

심드렁한 척하는 그녀의 눈동자가 미세하게 흔들렸다. 표현만 못하지 신경이 온통 쏠려 있는 것이 분명했다. 안 그러면 이상한 거지. 상상조차 못했던 아빠라는 사람이 나타났으니.

"내일 나온대."

"알았어."

내색 없이 유경이가 안으로 들어갔다. 멀거니 유경이 등을 보다 하늘로 시선을 옮겼다. 더위가 한풀 꺾인 하늘은 비가 오려는지 우중충한 재색이었다. 먹구름 잔뜩 낀 마음과 같은 하늘이다.

길예원, 너 왜 이래? 뭐가 그리 겁나서 이래? 유경인 어디 안 가. 걱정 마. 뒤숭숭한 마음을 삭이며 평상에서 일어났다.

"유경아! 오므라이스 해줄까?!"

밝은 외침에 밝은 '어' 하는 대답이 돌아왔다. 그래도 나의 유경인 꼬박꼬박 대답한다, 나에겐.


이건 말도 안 돼.

진짜인지 가짜인지 분간되지 않는다. 누가 가짜라고, 서프라이즈였다고, 몰래카메라라고 까르르거려 주면 좋겠다. 손에 쥐어진 걸 반복해 훑으며 난 그렇게 생각했다. 하지만 여느 때처럼 잔뜩 예민한 골드미스 팀장의 동공에는 동점심이 추호도 없었다. 동정심은커녕 약 올리듯 꿀렁거리는 얄미운 눈썹.

"……팀장님, 이게……."

그녀가 건넨 안내문을 든 손끝이 파르르 떨렸다.

"미안해."

단어뿐이었다. 단어의 사전적인 의미만 전해지고 감정은 없었다.

"내가 말했잖아, 회사 사정이 어렵다고."

서느런 눈꺼풀은 차양처럼 내리깔렸다. 그녀의 눈동자가 가차 없이 '세상은 다 그런 거야'라고 빈정거렸다.

지독한 현실이다. 3년 가까이 부대낀 사람에 대한 처우에 기막힐 뿐이다. 내 존재가 이것밖에 안 되나? 난 그저 1년마다 갱신하는 '계약직'이라서? 난 그저 공채인 너희 잘난 신입사원 연봉의 반도 안 되는 연봉을 받는 헐값이라서? 그래도 이건 너무하잖아. 어제 조퇴할 때까지만 해도 아무 언질도 안 줬잖아. 난 사람인데, 쓰다 버리는 일회용 기계가 아닌데, 적어도 인간 대접은 해줘야지.

"예원 씨뿐만 아니라 다른 계약직들도 전부 해당해."

그래서 뭐? 위로하는 말이야? 고작 그게?

"그리고 곧 다른 정직원들도 50% 감원이 될 거야."

이어진 새초롬한 말에 관자놀이가 지끈거렸다.

"그래도 퇴직금하고 6개월 치 월급은 나올 거야. 실업급여도 받을 수 있고."

이 정도면 호의적인 조건 아니냐는 듯 그녀의 입술이 실룩거렸다. 팀장의 머리카락을 쥐어뜯고 싶은 충동이 일었다. 왜 여자들이 머리카락을 쥐어뜯으며 싸우는지 이해됐다. 그 무시무시한 충동이 내게도 있었다니.

억울하고 기막힘에 눈물도 말랐다. 그냥 한심했다. 인정머리 없는 차디찬 이 공간에서 주어진 일에 최선을 다하며 미래를 꿈꾸던 내가 한심했다. '정직원이 되면 우리 유경이 원하는 거 다 사줘야지' 했던 소박한 꿈이 얼마나 허무맹랑했던 것인지 깨달았다. 기막혀 허탈한 실소가 나왔다.

"알다시피 넌 계약직이라 회사에 어떠한 피드백도 못한다는 걸 알고 있지?"

노파심에 덧붙이는 팀장을 빤히 주시했다. 나보고 잘렸다고 소란 피우지 말란 소리.

"내일부터 안 나와요? 저? 아님 지금 나가요?"

허탈함, 기막힘, 억울함은 아무 소용없다. 호소도 먹힐 곳에 하는 거다. 곧게 심장을 부여잡고 사납게 물었다.

"네가 편하게 해도 돼. 어차피 네 일은 인수인계도 필요 없으니까."

잡일이라는 소리였다. 잡일만 시킨 건 너잖아. 팀장을 흘끔 노려보다 짐을 챙기러갔다. 구질구질한 꼴은 보이기 싫다. 내 알량한 자존심은 지켜야 할 곳에선 지켜야 된다 생각하니까.

길예원. 기죽지 마. 이까짓 회사 때려치우지 뭐. 치사해.

나도 싫다, 나도 노땡큐야.


—의뢰인 1과 의뢰인 2의 DNA 분석 결과, 생물학적인 근거로 친자 관계가 성립될 확률이 99.99%입니다.


오늘은 빌어먹을 날이다.

오전에 받은 계약해지통지문과 오후에 받은 친자확인결과서. 두 장의 프린트물이 날 암울하게 만든다. 아, 길예원. 웬만해선 우울하지 않는데 날을 아주 제대로 잡았다.

왜 나쁜 일은 한꺼번에 몰려오는 거지? 오전엔 회사서 잘리고 오후엔 내 유일한 가족을 잃게 될지도 모른다. 그래도 양심이 있기에 거짓은 말할 수 없다.

[네.]

짧은 울림이 강하게 와 닿는 건 완벽한 목소리 때문일까? 단 한 마디인데도 여운이 흘렀다. 멋있다, 좀. 길예원, 너 지금 적에게 무슨 생각을 하니?

"길예원인데요."

[결과 나왔나요?]

낮은 억양엔 당연한 결과를 예측한다는 듯 여유가 있었다.

"……네."

[유경인 언제 집에 오나요?]

반발 없는 대답에 그는 확신한 건지 자연스레 '유경이'라 불렀다. 치, 벌써 아빠 행세하는 거야?

"……평일이니까 독서실에서 10시쯤."

[그럼 그쪽은?]

툭, 그가 묻고,

"이쪽은 지금도 집에 가는 길인데요."

난 퉁명스럽게 대꾸했다.

[그럼 저녁 8시쯤 가죠. 이만.]

한경이 사무적인 투로 말하고, 답은 듣지도 않고 전화를 끊었다. 이런 배려 없는 남자. 내겐 예의조차 없는 거야? 그런데 왜 8시? 유경인 10시에 온다고 했잖아.

입술을 불만스레 이죽거리며 죄 없는 휴대폰 액정만 노려보다 고개를 들었다. 버스 차창 밖의 풍경이 익숙했다. 내려야 할 정류장임을 인지하고 후다닥 의자에서 몸을 드는데 늘어난 단화에서 발꿈치가 쏙 빠졌다. 뒤로 벗겨진 단화가 버스 의자 아래서 나를 뒤따르지 않았다. 이 녀석은 왜 꼭 이렇게 말썽이야?!

"아! 아…… 아저씨! 잠시만요!"

성급히 다리를 뻗어 단화를 구겨 신으며 버스기사에서 외쳤다.

"거참!"

버스 뒷문을 닫으려던 버스기사가 성질을 부렸다. 승객들의 관심 어린 눈초리가 날아왔다. 뒤통수, 등, 다리, 엉덩이까지 온몸 구석구석 와 박혔다.

"죄송합니다."

창피함에 턱을 아래로 말며, 구겨 신은 단화를 질질 끌어 버스에서 내렸다. 제길. 오늘 일진 정말 사납다. 이쯤이면 오늘의 끝이 어떨지 아주 기대가 된다, 기대가.

# 영점영일의 확률

똑똑.

샤시문 두들기는 소리가 침착 혹은 딱딱함을 전했다.

"누구세요?"

굳이 확인하지 않아도 노크의 주인을 알면서도 일부러 물었다. 심술이었다.

"도한경입니다."

기복 없는 억양으로 자신을 명확하게 밝히는 남자. 차분한 걸까, 아니면 피가 찬 사람일까? 시간도 정확하다. '땡' 하고 시계추를 맞춰놓은 사람마냥 8시 정각에 문을 두들겼다.

이 남자는 뭐든 정확하고 명확할 것이다. 완벽주의자 유경이가 아빠의 성격을 닮았는지도 모르겠다. 열다섯 살임에도 유경인 본인의 스케줄을 완벽하게 컨트롤하는 아이니까. 돌이켜 보니 으레 흐트러짐 없이 목표대로 노력하는 유경일 보면서 어쩌면 태생부터 남다른 아이일 거라 생각한 적이 있었다. 역시 이 친부라는 사람의 피를 받은 태생인가? 그런데 이렇게 정확한 사람이 왜 이제야 유경일 찾은 것일까?

"확인서 보여주시죠."

들어오자마자 한경이 말했다. 명령조 비슷했지만 예의적인 어감이라 난 팔을 뻗었다. 반경 내에 준비해뒀던 친자확인서를 집어 건넸다. 그는 감정 없이 무표정하게 텍스트를 읽기 시작했다.

"B형이네."

차분히 읽던 그가 무의식중으로 내뱉으며 픽 약하게 웃었다. 웃음에 감격 비슷한 오묘함이 내포되어 있었다. 이 사람도 B형인 모양이다. 아, 역시 피는 물보다 진하다는 건가? 꼼꼼히 친자확인서를 살핀 그가 고개를 들었다. 건조하고 침착한 눈이 내게 왔다. 긴장으로 심장이 어릿하게 울렁거렸다. 진정하라고 주문을 외며 마른침을 살며시 삼켰다.

"데려가겠습니다, 유경이."

짧은 침묵을 깨고 한경이 입을 열었다. 침착한 표정만큼이나 침착한 목소리. 심장이 왈칵했다.

"네?!"

"제가 데리고 가죠."

"……저기요."

매운 고추를 먹다 눈을 비빈 것처럼 눈동자가 따끔거리며 아릿아릿했다.

"짐은 많나요? 대부분은 새로 구입할 거니까, 꼭 필요하고 중요한 것만 챙겨주십시오."

"……이봐요."

입술이 바들바들 떨렸다.

"유경이 오기 전에 챙기고, 유경이 오면 같이 갔으면 좋겠습니다."

그는 나의 바들거림에도 무신경했다. 무덤덤하고 강경하게 본인이 결정한 바만 전했다.

"……안, 안 돼요."

바삭거리는 입술에 힘주어 간신히 토해냈다. 그의 냉랭한 눈동자가 가늘어졌다.

"안 돼요. 못 데려가요!"

"법적으로 당신이 막을 권리는 없을 텐데?"

"……권리는 없어도…… 안 돼요. 보낼 수 없어요."

"권리도 없는데 무슨 수로?"

한경의 입술이 비릿하게 비뚤어졌다.

"이제 와서…… 그것도 15년 만에 나타나서…… 갑자기 이런 법이 어디 있어요?"

"내가 그걸 그쪽한테 설명할 이유는 없고."

떨며 따지는 내게 그는 냉담하게 말을 이었다.

"내가 늦었다 해서 그쪽이 참견할 문제는 아니야."

"그니까…… 그니까…… 이쪽은요……."

틀린 말은 아니었다. 난 권리가 없는 유경이 동거인일 뿐이니까. 법적으로도, 생물학적으로도.

"……제가 권리가 없는 게 맞는데요…… 그래도…… 그래도 15년 동안 유경이랑 같이 살았어요……."

따끔했던 눈시울이 화기에 닿은 듯 달아올랐다.

"유경이…… 태어날 때부터 지금까지 한 번도 떨어진 적 없다고요."

참으려 애썼다. 눈물 같은 건 지난 7년 동안 흘린 적이 없다. 내 눈물은 미유 언니 죽었을 때가 마지막이었다. 누가 죽지도 않았는데 울면 안 된다.

"그러니까…… 안 돼요. 유경이랑 떨어질 수 없어요. 데려가지 마세요."

"그럴 순 없어."

"……유경이는 여기 계속 살고…… 오셔서 만나면 되시잖아요."

"안 돼."

매몰차게 그가 거절했다.

치.

순간, 오기가 생겼다. 손을 뻗어 낚아채듯 그의 손에서 친자확인서를 확 뺏었다. 그의 미간이 신랄하게 일그러졌다.

"여기!"

손가락으로 99.99% 표시를 가리켰다.

"그쪽이요. 그니까…… 유경이…… 아버님?"

아, 뭐라 불러야 하는 거야? 이 와중에 호칭을 고민하는 내가 싫다. 정말.

"아무튼…… 이거잖아요, 99.99."

한경의 눈썹이 '그런데?'로 바뀌었다.

"그니까 유경이…… 아버지 되시는 그쪽은 99.99 가지시고요."

찔릴 것 같은 그의 첨예한 시선을 회피하며 바닥을 주시했다.

"……나한테 0.01퍼센트 줘요."

"뭐?"

자그마한 웅얼거림에 그의 입술이 황당하다는 듯 실룩했다.

"그니까 그쪽은 구십구점구구 퍼센트 아빠잖아. 백 퍼센트는 아니란 거잖아!"

난 용기 내어 눈을 부릅뜨고 그를 노려봤다. 이대로 절대 물러설 수 없다.

"그러니까 영점영일 퍼센트는 내 거야. 나도 유경이 가족이야. 지난 15년 동안 유경이랑 가족으로 살았어! 내게서 유경일 뺏어갈 순 없어!"

"이봐!"

나의 외침에 그의 표정이 험악해졌다.

"나도 영점영일만큼 유경이 가족이야! 나도 영점영일의 확률만큼 가족이라고! 그러니까 유경이 혼자 못 보내!"

"그래서 어쩌겠다고?"

부들거리며 악다구니를 쓰는 내게 한경이 화난 듯 엄하게 말했다.

"……나도 데려가요."

결국 비굴하게 매달렸다. 코웃음이 날아왔다.

"그쪽이 아빠인 건 인정할게요. 뭐, 피는 물보다 진하니까."

억울해서 침을 꿀꺽 삼키며 말을 이었다.

"근데 나는…… 유경이 없인 못 살아요……."

눈이 매웠고, 확인서를 들고 있는 손끝이 아렸다. 종이에 가시가 돋친 것처럼 잡고 있는 손끝이 따끔따끔했다. 종이가시는 손끝으로 파고들어 혈류를 타고 심장으로 왔다. 심장을 시리게 자극하는 가시를 뽑아낼 수 없었다. 그저 보이지 않는 가시의 존재에 절망할 뿐이었다.

"단 한 번도…… 유경이 없이 사는 거 생각 못했다고요……. 유경인 유일한 내 가족이란 말이에요."

물 밖으로 내동댕이쳐진 물고기 지느러미처럼 입술이 심하게 파닥거렸다.

"……그러니까…… 유경이 데려가려면…… 나도 데려가요."

결국, 뚝.

눈물을 흘리고 말았다. 그런 나를 한경이 무표정하게 내려다봤다. 파닥거리는 입술을 꽉 악다물었다.

눈물도 닦지 못하고.


"대신, 조건이 있어."

한경은 냉정하게 말했다.

"정말 참을 수 없고, 그쪽과 맞지 않아서 나가라고 하면 나가."

놀랍게도 그는 나를 받아들였다. 매정하게 뿌리치고 무참하게 버릴 줄 알았는데 나까지 유경이 묶음으로 데려가기로 결정했다. 오기로 뱉은 말인데 막상 들어주니 달콤한 꿈 같았다. 이사람, 사실은 좋은…….

"오해는 하지 마."

진짜 오해가 막 쌓이려는 찰나, 그가 덧붙였다.

"지난 15년 동안 그쪽과 살았다면 유경이도 갑작스런 환경 변화에 거부감이 들 테니, 옵션으로 그쪽과 같이 사는 것도 나쁘지 않을 것 같아."

"……네."

옵션이라니.

"그리고 분명히 말하는데."

겁나게 그가 말을 잠시 끊었다. 이어질 뒷말을 예측하며 가중되는 불길함을 무시했다.

"당분간이야."

엄격한 표정만큼이나 엄격하게 그가 말했다.

역시. 불만으로 질근거리려는 입술을, 한경의 또렷한 시선에 얌전히 다물었다. 이왕 비굴해진 것, 끝까지 비굴해지기로 마음먹었다.

"짐 챙길까요?"

"그쪽 것까지 챙기려면 일이 많겠군."

그가 무관심하게 안을 휘둘러봤다.

"구질구질한 것 빼고, 간단히. 가구, 이런 건 다 필요 없고."

그는 옥탑방을 채운 가구며, 전자제품 등이 죄다 마음에 안 드는 눈치였다.

"가볍게, 간단히 알았어?"

"네."

미유 언니와 살 때부터 쓰던 물건도 있고, 내가 아르바이트해서 어렵게 장만한 물건도 있어 아까웠지만, 감히 거역할 수 없어 바로 수긍했다.

"그럼 내일 오후에 데리러 오지. 그리고."

무뚝뚝하게 몸을 돌리려다 말고 그가 날 넘겨다봤다.

"이번엔 유경이한테 꼭 전달할 것."

딱 부러진 억양에 난 움찔했다. 내가 그 편지를 전달하지 않은 것에 오해했나? 한경이 밖으로 나갔고, 혼란스러웠던 옥탑엔 적막감이 쌓였다.

예상했던 대로 유경인 강력하게 거부했다. 친자확인서를 훑는 그녀의 눈동자에 분노가 여릿하게 번졌다. 뜬금없이 나타난 친부. 태어나서 지금까지 존재조차 몰랐을 뿐만 아니라, 엄마인 미유를 통해서 이미 하늘나라로 떠난 줄 알던 아빠. 그런데 멀쩡하게 살아 있다. 그것도 멀끔하다 못해 너무나 세련되어 보인다. 구질구질한 우리와 달라도 너무 다른, 삶 자체가 달랐던 이미지. 그에 따른 배신감은 한경에게뿐만 아니라 비밀로 기만한 엄마 미유에게까지 솟구치는 걸 난 본인은 아니지만 이해했다.

"난, 분명히 실수로 생긴 아이였던 거야."

외면했던 사념을 유경이 토해냈다.

"……유경아."

"언니도 봤잖아. 엄청 젊잖아. 내 아빠라기엔 너무 젊잖아. 그리고 우리 엄마, 나 낳았을 때 스물셋이었어. 그럼 답이 나오잖아! 어려서 사고 치고 나 버린 거잖아?!"

유경의 노염이 화산처럼 폭발했다. 그녀 속내에 잠자고 있던 용암이 시뻘건 용액을 쏟아내며 환멸을 터트렸다. 금방이라도 염화될 것 같은 분노로 유경이 거친 숨을 꼴딱거리며 씩씩거렸다.

"그리고 그 옷 봤지? 머리부터 발끝까지 다 명품 같잖아! 나도 눈 있어. 그 사람 힘들게 산 사람도 아니야. 힘들어서 어쩔 수 없이 나 버린 것도 아니라고!"

"유경아."

파르르 떠는 유경의 양어깨를 쥐었다. 유경이 성가시다는 듯 몸을 흔들며 뒤로 물러났다.

"그런데 왜 이제 나타나? 차라리 죽은 아빠로 그대로 있지. 그게 나아. 내가 사생아밖에 더 돼?!"

유경인 흥분한 적도, 이렇게 부들부들 떨며 분개한 적도 없었다. 어린 나이라 이제껏 노여워할 일도 없었지만, 성향 자체가 조숙하고 차분했다. 어쩌면 어려운 환경 탓이라고 난 생각했었다. 밝음이 부족한 아이. 진작부터 사회, 미래를 계산하는 아이. 그리고 책잡히지 않으려 행동거지를 조심하는 이성적인 아이. 그것이 유경이었다.

임유경. 엄마의 성을 따라, 임유경.

엄마 이름은 임미유, 그 사람 이름은 도한경.

미유 언니가 지은 이름의 의미를 이제야 깨달으며, 난 입을 열었다.

"사정이 있었을 거야. 설명한다고 했잖아."

달래듯 손바닥으로 유경이 팔을 쓸어내렸다.

"어쨌거나 네 엄마, 아빠는 사랑했던 사이인 것은 분명해. 유경아."

듣기 싫다는 듯 유경이 턱을 돌려 버렸다. 혹여 이 일로 유경이가 비뚤어질까 겁이 났다.

"언니가 있잖아. 네 아빠란 사람 한번 지켜보자. 그 사정이라는 것도 들어보고. 그래도 네 마음이 가지 않으면, 지금처럼 언니랑 둘이 살면 되잖아. 응?"

내가 장난치듯 그녀의 팔을 흔들어대자 유경이가 못마땅하다는 듯 봤다.

"언니는 속도 좋아. 그 사람이랑 같이 살고 싶어?"

모나게 유경이 빈정거렸다.

너까지.

"할 수 없잖아, 네 아빠라는데……. 그럼, 언니 아빠도 되나? 언니는 네 언니니까?"

못 들은 척 살살거리다 하하 크게 웃었다. 어처구니없다는 듯 유경이 인상을 찌푸렸다. 나도 내가 비굴한 거 알아. 그래도 어떡해? 안 그럼 너와 난 따로따로가 되는걸.


아침나절부터 바빴다. 구청에서 운영하는 중고재활용센터에 가구와 전자제품들을 수거시키고, 취급 안 하는 건 근처 고물상에 가져가 흥정해서 팔아치웠다. 집과 가까운 거리에 고물상이 위치해 다행이었다. 안 그랬으면 아깝게 다 버릴 뻔했다. 남은 지저분한 것들, 오래된 것들을 버리며 혼이 쏙 빠지게 1분도 낭비할 수 없는 시간이었다. 그나마 백수인 게 천만다행이라고 이죽거렸다. 새삼 물건을 정리하며 체감하지 못했던 짐들이 의외로 많음에 놀랐다. 이 옥탑에서 산 지 벌써 3년. 유경이와 단둘이 산 세월이 햇수로 7년이나 되었다. 미유 언니 없는 세월이.

돌연 기억하고 싶지 않은 그때가 떠올랐다. 그날.

스무 살 대학교 1학년 여름방학이었다. 오전엔 주유소 아르바이트를 했고, 낮에는 중학생 과외, 오후부터 밤까지는 대학 근처 호프집에서 일했다. 새벽 6시에 나가 밤 11시 넘어 지쳐서 귀가하는 일상이었다. 늦은 밤 귀가하면 미유 언니나 여덟 살 유경이는 깊은 수면 중이었다. 그럼 난 살금살금 씻고 유경이 볼에 살포시 뽀뽀하고 기절 수준으로 잠들었다. 언니는 마트 판매사원이라 주말에도 대부분 출근해서 마주하기 힘들었다. 그래서 몰랐다. 등 돌리고 자던 미유 언니의 건강 상태를. 보진 못해도 매일 전화통화는 했었는데…….

[임미유 씨 동생분 되시죠?]

저녁 시각이었다. 요란스런 음악이 울려대는 호프집에서 한창

생맥주를 나르다 언니로부터 부재중 전화가 여러 통 와 있는 걸 뒤늦게 확인했다. 부랴부랴 비상구로 가서 전화하니 언니가 아닌 낯선 사람이 받았다.

[여기 S종합병원 응급실인데요. 임미유 씨가 회사에서 쓰러져서 실려오셨는데 확인하니 이분 말기암 환자시던데……. 다니시는 병원으로 옮기셔야 할 것 같은데, 정보가 없어서요.]

그대로 털썩 주저앉았다. 듣고 있는 말이 농담처럼 들렸다. 실없는 웃음이 흘러나올 정도로 황당한 소리. 하지만 농담도, 거짓말도 아니었다. 다니는 병원의 정보가 없는 건 다니지 않았기 때문이라는 걸, 부리나케 병원에 가서 창백하고 한껏 말라 있는 미유 언니의 얼굴과 몸을 세세히 보고서야 인지했다.

어째서…… 왜…….

언니의 등을 때리지도 못하고, 따지지도 못하고 흐느끼기만 했다. 그런 내게 변명조차 못하고, 언니는 등 돌리고서 소리도 못 내고 울었다.

언니가 말하지 못한 데는, 병을 치유해 보려 노력하지 못한 데는 돈이라는 이유도 있었고, 어린 유경일 겁먹게 하고 싶지 않음도 있었다.

그래도 원망했다, 아주 잠깐.

언니, 나한텐 말해줬어야지 하고.

그리고 또 원망했다, 나를.

대학생이라고, 공부하며 아르바이트한다고 바쁘다는 핑계로 아픈 언니를 파악하지 못한 나를.

3개월 후, 언니는 그렇게 각박한 세상을 떠났다. 언니를 화장터에서 보내고 이틀 동안 얼빠져 지냈다. 그땐 참 기막히고 무상했다. 정말 암담했다. 그러다 깨달은 사실. 유경이, 여덟 살밖에 안 된 어린 유경이. 그리고 혼자가 아닌 나.

그 당시 월세집 주인아줌마는 '네가 유경이를 어떻게 키우냐. 진짜 동생도 아닌데 고아원에 보내라'고 했었다. 하지만 그럴 수 없었다. 고아원을 전전하는 삶은 나 하나로 족하니까.

☆  ★  ☆

7년이 지난 오늘, 언니가 한 가지 더 말 못하고 거짓말한 사연에 난 또 한 번 기막히다. 마트에서 구해온 박스에 깔끔히 담아 차곡차곡 쌓아놓은 짐들을 언짢은 표정으로 살피는 이 남자. 멀쩡히 살아 있는 유경이의 젊은 아빠. 나도 유경이 아빠는 죽은 사람으로 알고 있었는데…….

"간단히 챙기라고 했을 텐데?"

"최대한 간단히…… 싼 건데요…….."

그의 미간에 나타난 주름진 선에 울컥했다. 하지만 난 기죽어 웅얼거렸다.

"구질구질한 것 버리라고 했을 텐데? 유경이 옷 몇 개, 필요한 책이나 소품정도만."

"그렇게 싼 거예요. 내 것도…….."

나의 덧붙임에 한경의 한쪽 눈썹이 약하게 꿈틀거렸다.

"아래, 차에 옮겨."

포기한 듯 그가 바로 고고한 태도로 바뀌었다. 명령하듯 말하고 그가 몸을 돌렸다. 에? 나 혼자? 널따란 등을 보며 기막힘에 멀뚱거렸다. 불퉁거린 눈초리를 감지한 그의 고개가 돌려졌다.

"무거운 거 있나?"

한경이 딱딱하게 물었다.

"……유경이 책요."

소심한 속닥거림에 그가 성큼성큼 되돌아와 눈으로 '어느 것' 하며 박스를 내려다봤다. 손가락으로 맨 아래 박스를 가리켰다. 그의 눈짓이 위에 얹어진 성가신 박스를 치우란 듯 실룩거렸다. 불만스레 비쭉거리려는 입술을 꾹 다물고 허리를 숙여 옷 박스들을 치웠다. 그가 유경이 책이 담긴 무거운 박스를 거뜬히 들고 걸음을 옮겼다. 나도 옷가지가 든 박스를 들고 뒤를 따랐다.

진짜 간다, 그의 공간으로. 이상하게 설레는 건 뭐지?

그의 집에 도착했을 땐 황당했다. 멀지 않은 거리였다. 유경이가 다니는 학교와도 가까웠다. 전의 옥탑과 이 집의 딱 중간 지점이라 전학하는 번거로움도 없었다. 지척에 유경이 친아빠가 있었다는 사실이 운명처럼 느껴졌다. 아니, 운명이 아니라 혈연인 거지.

"2층에 방은 두 개 있지만 하나는 서재야. 유경이와 한방을 쓰든가, 서재를 쓰든가 알아서 해."

집은 빌라 3층 꼭대기였다. 계단을 통해 올라가 현관을 들어서니 2층인 복층 구조였다. 세련된 인테리어가 한눈에 들어왔다. 널따란 거실엔 안락한 가죽 소파와 벽걸이 TV 홈시어터가 있었고,

현관문과 정면으로 보이는 곳엔 사선으로 칸막이가 만들어진 모던한 원목 장식장이 있어, 주방과 거실을 가르는 파티션 역할을 했다. 장에는 와인들이 띄엄띄엄 멋스럽게 꽂혀 있고, 빈틈 사이로 주방 내부가 보였다. 주방 인테리어도 드라마배경처럼 고급스런 최신식이었다.

주방 왼편으로 계단이 있고, 뒤편으로 방이 하나 있었다. 계단과 맞보고 방이 하나, 그 옆으로 방문이 또 하나, 나란히 베란다로 나가는 커다란 유리문, 좌측으로 방이 또 하나.

인테리어며 벽지며 고급스럽지 않은 것이 없었다. 유일하게 볼품없이 초라한 것은 거실 바닥에 놓인 내가 챙긴 박스들밖에 없었다. 그나마 집이 이래서 나와의 동거를 허락한 건가? 아, 동거라니까 왠지 쑥스럽고 묘한 어감이다. 왜 야릇한 생각이 들지? 길예원, 정신 차려. 응큼, 그만.

"난 회사 업무 때문에 나가니까 알아서 깔끔하게 정리하도록."

유경이 책이 담긴 무거운 박스만 거실 바닥에 내려놓은 한경은 그 외에 도와줄 인정은 애초에 없었던 듯 가차 없이 몸을 돌렸다.

"······현관 비밀번호는······."

"문자로 보내주지."

머뭇머뭇 묻자, 간명히 대답하고 그는 밖으로 나갔다. 저 인간, 이제 대놓고 반말이다. 닫힌 현관을 노려보다 주위를 둘러봤다. 낯선 공간에 뚝 떨어진 기분이었다. 현실임에도 현실 같지 않다.

그나마 좋은 건 월말 이사란 것이다. 월초였으면 월세비가 아까웠을 텐데 말이다. 이 와중에 난 월세 아꼈다고 좋아한다. 주인아줌마한테 보증금 돌려받으면서 욕을 왕창 먹긴 했어도 목돈도 생겼다. 여기서 언제 쫓겨날지 모르니 함부로 건들 수 없는 돈이지만.

그런데 저 사람, 돈이 많은 듯하다. 명함엔 '대표이사'라고 명시되어 있었다. 나이도 젊은데 대표이사인 것은 능력이 좋거나 좋은 집안 자제일 확률이 높다. 그런데 왜 지금에서야 유경일 찾은 걸까? 왜 미유 언니는 그렇게 혼자 유경일 낳고, 힘들게 혼자 기르다 끝까지 혼자 간 거지?

궁금증에 허덕이며 계단과 맞보는 방문을 열었다.

넓다. 단칸방이던 옥탑의 거실과 방을 합친 만한 크기. 브라운과 그레이로 된 모던한 인테리어 공간. 침대, 책장, 붙박이장 등이 있었는데 남의 방을 훔쳐보는 것 같아 후다닥 문을 닫았다. 방의 옆은 욕실이었다. 욕실의 고급스러움에 감탄하고, 베란다로 나가봤다. 내다본 골목길도 깔끔하고 세련되었다. 집들의 벽돌까지도 달라 보였다. 전의 동네와 몇 블록 차이밖에 안 나는데 동네부터가 다르다.

베란다 옆은 드레스룸이었다. 복도식으로 양옆엔 붙박이장이었고, 명품엔 문외한인 내가 건성으로 봐도 고가 제품인 시계, 선글라스, 넥타이 등의 잡화가 진열된 높다란 장식장이 막다른 벽에 있었다.

위화감을 절실히 느끼며 2층으로 올라갔다. 작은 거실과 욕실을 가운데 두고 방문 두 개가 맞보고 있었다. 왼편 방문을 열었다. 새로 깔끔하게 도배된 방이었다. 여성스러운 핑크색 침구 세트가 깔린 크림색 가죽 침대와 핑크가 섞인 붙박이장, 책상 등의 인테리어. 창문에 달린 핑크색 커튼. 온통 핑크다. 핑크의 방.

휘둘러보다 유경이 방임을 알아챘다. 열다섯 살 유경이를 위한 방. 여자는, 여자아이는 핑크를 좋아할 거라 단순히 생각한 것일까? 도한경이라는 남자, 의외로 세심한 사람인지도 모르겠다. 하지만 유경이는 무채색을 좋아하니 이 방을 싫어할지도 모른다. 난 좋은데.

오른편의 방은 서재였다. 커다란 붙박이 책장에 가득 꽂힌 책들과 컴퓨터책상, 컴퓨터, 편한 의자가 있었다. 난 이 바닥에 이불 깔고 살아도 될듯하다. 아빠란 사람이 애써 준비한 딸의 방을 내가 침범할 수는 없으므로.

핑크의 방에 유경이 물건을 정리하다 보니 오후가 훌쩍 갔다. 한 끼도 먹지 않았음에도 허기지지 않은 건, 새 공간의 설렘과 여유가 없는 탓이었다. 한경은 유경이 학원 끝나면 데려온다고 했었다. 그럼 유경이 저녁도 먹여야 한다. 도한경이라는 사람도 먹어야 되겠지?

얹혀살게 되었으니 뭐든 보답해야 될 듯해 부리나케 내 물건은 서재에 넣어놓고 밖으로 나왔다. 가까운 곳에 대형마트가 있었다. 황망하게 장을 보고 나온 시각은 오후 5시가 넘어서였다. 유경이가 학원에서 끝나는 시각이 6시 30분. 촉박함에 무거운 짐을 들고 달렸다.

달려. 달려.

하여튼 나는 달리는 것이 일상이다. 위축은 되었지만 이왕 옮긴 공간이니 산뜻하게 시작하자고 다짐했다. 난 씩씩한 길예원이니까.

한경이 보내준 문자메시지를 보며 도어락 비밀번호를 풀고 현관에 들어섰다. 신발을 벗고 장본 물건을 낑낑거리며 주방으로 걸어갔다.

그때였다.

"왜 이렇게 일찍 왔어?"

벌컥 욕실 문이 열리며 한경과는 다른, 듣기 좋은 울림인 것은 맞지만 좀 더 까칠한 느낌의 목소리가 들렸다. 반사적으로 음성을 따라 시선을 돌린 순간, 목욕타월을 허리에 두른 남자와 맞닥뜨렸다. 남자는 다부진 근육질 몸매가 다 드러난 채, 수건으로 머리를 털어댔다.

헉.

들고 있던 쇼핑봉투를 툭 떨어뜨렸다. 입이 저절로 크게 벌어졌다. 충격 비슷하게 놀랐음에도 그의 맨 몸에서 눈을 떼지 못하겠다. 아, 잔근육들이 멋있다. 날렵한 배도 쓸데없는 살 한 점 없이 단단해 보인다. 머리카락을 헝클어뜨리며 털어대던 남자의 눈길이 무심히 들려졌다. 남자가 경악으로 눈동자를 희번덕거리는 나를 봤다. 남자의 이목구비가 명확하게 나타났다. 그 순간,

"아!"

며칠 전 지하철역 앞에서 부딪쳤던, 내가 현실에서 첫 마주한 나의 이상형과 비슷하다며, 잘생겼다고 히죽거렸던 남자임을 깨달았다.

어? 어떡해?

기막힌 인연이다. 그를 여기서 보다니. 것도 이렇게 홀라당 벗은 상태의 그를. 감탄할 새도 없이 그의 눈동자와 나의 눈동자가 허공에서 강렬하게 마주쳤다. 그의 동공이 나를 발견하고 커졌다.

"뭐야?! 너?!"

화들짝 놀란 그가 날카롭게 일갈했다.

다부진 근육이 붙어 있는 그의 가슴팍이 들썩거렸다. 매끈한 벗은 가슴이 들썩거리는 게 무진장 섹시해 보였다. 나 남자의 벗은 가슴을 보는 건, 그것도 이렇게 적나라하게 가까이서 보는 건 처음인데.

놀라서 쪼그라든 심장이 콩닥거렸다. 시선을 떼야 하는데 주책 없는 눈동자가 떨어질 줄을 몰랐다.

"……누구냐고?!"

얼빠진 내게 그가 더 성질을 냈다. 첫인상에서 느낀 바대로 성질이 좋아 보이지 않는다. 가리고나 소리치지. 그러면서 난 왜 계속 보는 거야?

"저기……."

"야, 너 뭔데? 가사도우미야? 새로 왔어?"

그의 뾰족한 시선이 내 발아래 마트봉투로 옮겨졌다. 우씨, 뭐래니? 얘.

"아닌데요."

"그럼?"

이 남자는 계속 가리지도 않고 따진다. 그에게서 풍겨오는 페로

몬 자극에 머리가 지끈거리는 것 같았다.

"저는……."

올라오는 취기를 못 견딘 눈이 초점을 내리깔았다. 뭐라고 설명해야 하지? 유경이 옵션이라고 설명하면 알아먹을라나? 근데 이 남자는 누구지?

"길예원인데요."

딱히 소개할 말이 떠오르지 않아 우선 이름부터 밝혔다. 나의 통성명에 그가 황당하다는 듯 미간을 좁혔다.

"그래서?"

설명할 말을 열심히 찾는데, 그가 떠올랐다는 듯이,

"야, 너! 며칠 전."

손가락질을 했다. 그가 나를 알아봤다.

"너…… 스토커야?"

덧붙이는 그의 중얼거림에 기도 안 차 실소가 나왔다. 그가 경계심 가득한 눈으로 봤다. 정말 그건 오해시거든요? 라는 눈으로 그를 올려다봤다.

진짜, 뭐야, 이게.


"그래서 이게 형 딸이라고?"

나를 '스토커'로 잔뜩 오해했던 그가 깐깐하게 팔짱 끼고 앉아 소파에 얌전히 앉아 있는 유경일 턱짓했다.

날 구제한 것은 아슬아슬한 타이밍이었다. 벌거벗은 것이나 다름없는 그에게 쫓겨나기 일보 직전에 한경이 유경이와 함께 들어왔다. 덕분에 민망한 상황을 난 겨우 모면할 수 있었고, 그는 낯선 불청객들로 불쾌해했다.

그의 이름은 도현강.

한경의 사촌 동생으로 현재 이 집에서 기거한다. 더 이상의 부연 설명은 없었다. 묻고 싶음이 봄날의 아지랑이처럼 스멀거렸지만, 시크한 도한경이나 까칠한 도현강이 친절히 가르쳐 주지 않을 듯해 애초에 포기했다.

"그래."

한경은 그의 까칠함이 익숙한 듯 눈썹 하나 까딱하지 않았다. 유경은 어제와 마찬가지로 불퉁스런 표정이고, 한경은 여전히 감정 없이 무표정했다. 그리고 이 도현강이라는 남자는 눈썹 산에 힘이 잔뜩 들어가서 불만이 가득했다. 한경의 간단한 대답에 현강의 입술이 조소하듯 삐뚤어졌다.

"그럼 이건?"

현강의 턱짓이 내게로 옮겨졌다.

"이것도 딸이야? 그러기엔 너무 늙어 보이는데?"

그의 비아냥거림에 난 헛웃음을 약하게 흘렸다.

"옵션."

허, 옵션. 이어진 한경의 답에 뒷골까지 지끈 당겼다. 내가 왜 이런 취급을 받고 있는 거야? 불끈 따지고 싶었지만 대꾸할 힘도 없었다. 벗은 현강과 대면한 상황에 진을 뺀 탓이었다.

"무슨 옵션? 아, 가사도우미 대신인가?"

현강이 불쑥 떠올랐다는 듯 짧은 탄성을 내며 턱을 갸웃했다. 이

자식은 아까부터. 부아가 부글부글 치밀어 올라 따지려는데,

"우리 언니요."

유경이 차갑게 입을 열었다.

"언니? 아, 네 친엄마의 딸인가? 형은 그럼 대체 몇 살하고."

"그만해라."

현강의 조소에 한경이 냉정히 잘랐다.

그 순간 냉정한 눈빛의 한경, 신랄하게 눈썹이 치켜세워진 현강, 차가운 표정의 유경, 이들 셋이 한 가족으로 보였다. 정말.

난 옵션이 맞구나. 절실하게 깨달으며 이들 틈에서 같이 사는 것이 갑자기 크게 부담스러워졌다. 내가 과연 괜찮을까? 문득 나의 안위가 무진장 걱정스러웠다.

불편했던 대면식이 끝나자마자 난 장본 것을 정리하고 주방에서 저녁 준비를 시작했다.

나는 왜 현강의 말마따나 가사도우미처럼 이러고 있는 걸까? 밥통에 밥을 안쳐놓고 기계적으로 반찬을 만드는 내가 한심스러웠다. 그래도 우리 유경이 배는 골릴 수 없으므로 손길을 분주하게 움직였다.

두부를 된장찌개에 넣고 있는데,

"근데 너 몇 살이야?"

뒤에서 또 반말지거리가 날아왔다. 이 자식, 진짜.

"스물일곱인데요."

"……그래?"

잠깐의 틈. 난 그걸 놓치지 않았다. 이 녀석, 분명 동갑이거나 나

보다 어리다. 휙 고개를 뒤돌렸다. 팔짱을 끼고 와인장식장에 기대고서 깐깐하게 보던 현강이 예리한 내 시선에 흠칫했다.

"그러는 도현강 씨는 몇 살이신데요?"

"……스물일곱."

짧은 한숨을 내쉬다 그가 넘기는 투로 대답했다. 역시.

"그럼 도한경 씨는 몇 살이에요?"

"서른넷. 것도 몰랐어?"

묻는 김에 가장 궁금했던 것까지 물으니 현강이 무시했다. 서른넷. 머릿속 계산기를 빠르게 두들겨 댔다. 34—15=?

허. 나온 답에 기막혔다.

잠깐, 아니다. 유경이 생일이 11월이다. 그럼 스무 살 때인 건가? 대략적인 계산으로 스무 살 때가 맞는 듯하다. 미유 언니가 스물셋, 한경이 스무 살. 어떤 상황이었을까?

일반적인 상상은 연상연하 커플의 안타까운 이별쯤? 아님 흔한 드라마 소재처럼 부유한 집안의 남자와 가난한 여자. 그러다 사랑하고 임신한 여자. 돈봉투를 내미는 남자의 어머니. '저의 사랑을 모독하지 마세요' 라고 울며 뛰쳐나가는 여자. 난 상상력이 풍부하지 않으므로 딱 그 선까지만.

"근데 너 이름이 길예원이라고? 진짜 이름이야?"

"……네."

반찬을 만들면서 그를 뒤돌아보지 않고 대답했다.

대화가 왜 이런 건지……. 왜 동갑이시라는 이 도현강 씨께서는 계속 반말지거리고 난 꼬박꼬박 존댓말을 하는 거야?

"진짜? 스물일곱 길예원?"

"네. 왜요?"

반복되는 질문에 짜증이 솟구쳐서 몸을 돌렸다.

별안간 현강이 와인장식장에서 떨어져 성큼성큼 걸어왔다. 다가오는 위압감에 난 주눅 들어 움츠러들었다. 내 앞, 바로 가슴 앞에 그가 탁 멈췄다. 움찔할 새도 없이 그의 손이 공중으로 올라와서 내 턱을 들어 올렸다. 동시에 현강이 상체를 기울여 얼굴을 가까이 들이밀었다. 바로 눈앞에 나타난 현강의 잘생긴 이목구비에 아찔해졌다.

이 도현강 씨는 피부도 어쩜 이리 좋으신지…… 성격만 좀 고치시면 완벽하실 터인데……. 이 와중에 그의 피부와 외모를 감탄하는 내가 존경스럽다.

"길, 예, 원?"

가늘게 뜬 눈을 지긋하게 보며 그가 또 확인했다.

"……왜…… 왜요? 뭔…… 문제라도……."

코앞의 그에게 기죽어 오물거리듯 물었다. 그의 얼굴이 더 바짝 다가왔다. 숨이 막혀왔다. 뒷목 너머 이상야릇한 전율이 찌릿거리며 살갗이 오돌오돌 올라왔다. 내 모공까지 들여다볼 기세로 뚫어져라 보던 그가,

"어?"

짧은 탄성을 내며 동공이 커졌다.

"진짜…… 너 길예원이네? 동명이인이 아니네? 어떻게 이렇게 보지? 어이없네."

현강이 감탄하듯 입꼬리를 늘리며 미소 지었다. 아득해질 정도로 살인적인 미소를.

"……저 아세요?"

그의 눈동자에 담긴 반가움이 의아했다. 재미있다는 듯 그가 피식거렸다. 반가워서 눈빛이 번뜩이는 그의 입가에 연신 기분 좋은 미소가 번졌다.

"나 도현강, 기억나지?"

"네?"

"야, 나 도, 현, 강, 이라고. 어? 기억 안 나?"

내가 영문을 모르겠다는 듯 멀뚱거리자, 순식간에 그의 다정한 미소가 사그라졌다. 자기 이름을 딱딱 끊어 강조하는 그의 동공이 흔들렸다. 그의 눈이 불쑥 더 가까워졌다. 내 눈알로 들어올 기세로 들이대는 그의 눈동자와 눈싸움이라도 할 판이었다. 당혹감과 괜한 쑥스러움에 난 재빨리 허공으로 초점을 돌렸다.

"야! 피하지 말고! 똑바로 봐!"

현강이 경고하듯 버럭 외쳤다. 화들짝 놀라 그의 똑 부러진 얼굴로 눈을 돌렸다.

"어? 나 모르겠어? 어떻게 몰라? 나를?"

감히 자신을 기억하지 못하느냐는 말투. 눈앞의 잘생긴 눈썹이 일그러졌다. 기억이 절대 나지 않는, 너무나도 가까운 현강의 눈을 보다 보니 현기증이 일었다. 끝내 소심한 내 초점이 다시 도망쳤다. 그는 진심인 듯했다. 반가운 기색이 소멸된 그는 황당하고 어이없어하다가 화까지 냈다.

"너 진짜 기억 안 나?"

"……뉘신지?"

도통 기억나지 않음에 흘리듯 중얼거리며 침을 꿀떡 삼켰다.

"허."

기도 안 찬다는 듯 현강이 헛숨을 내뱉었다.

"네가 날 기억을 못해? 길예원?"

그의 입술 끝이 비릿하게 올라갔다. 돌연 죄책감까지 들었다. 먹물에 담가놓은 듯 시꺼멓게 물든 기억회로가 정지인 상태로 굳어 있었다.

"돌대가리."

그의 기다란 집게손가락이 내 이마를 쿡 밀어젖혔다. 신경질적으로 떨어진 그가 빠르게 주방에서 나가 버렸다.

진짜다. 그는 진짜로 나를 아는 듯하다. 그런데 난 왜 까마득하게 기억나지 않지? 이름도 흔치 않고, 비주얼도 잊힐 비주얼이 아니다. 더군다나 이상형 아닌가?

찜찜함이 밀물처럼 거침없이 밀려왔다. 현강이 사라진 방향만 얼빠져 주시하다 끓어오르는 된장국으로 후다닥 다가갔다. 국자로 된장국을 휘휘 젓는데 묘한 불길함이 짓눌러 무의식중에 몸서리가 쳐졌다. 대체 누구지? 도현강?

"식사 하세요."

저녁 준비를 끝내고 한경의 방문을 두들기려다 망설이는데, 여전히 멋진 슈트 차림인 그가 방에서 나왔다. 이 사람은 언제나 이렇게 고고함을 유지하나?

"먹어."

한경은 무미건조하게 대답하고 외출했다. 이어서 현강도 거실로 나왔다. 계단참에 우두커니 있다가 그와 눈이 마주치고 말았다.

"……밥…… 먹어요."

극존대는 할 수 없는 알량한 자존심. 그럼에도 존대는 여전한 비굴함. 내가 싫다, 정말.

"밥?"

현강이 얼마나 대단한 것을 차렸냐는 듯 눈썹을 올리며 주방으로 걸어갔다. 불현듯 그의 단단한 등짝을 주방에 들여놓는 건 실수라는 생각이 들었다. 하지만 그의 날카로운 눈동자는 재빨리 식탁 위에 소박하게 차려진 밥상을 스캔했다. 두부버섯된장국, 시금치나물, 오이무침, 어묵볶음 그리고 예쁘게 야채 송송 넣은 계란말이.

"뭘 먹으라고?"

그가 이죽거리더니 야멸차게 내 곁을 지나쳐 현관으로 갔다. 아니, 뭐? 이게 뭐? 다 나의 정성이 가득 담긴……. 항의하려는데 2층에서 유경이가 내려왔다.

"유경아, 밥 먹어."

"언니, 저 방 뭐야? 저 방이 내 방이야?"

유경이는 예상했던 대로 핑크의 방을 질색했다.

"어. 예쁘지?"

"그럼 언니가 써. 유치하게."

유경이 방금 전 현강과 비슷한 느낌으로 입술을 질근거리며 타박타박 걸어갔다.

"저녁 먹어야지."

"독서실 갈 거야."

"유경아, 그럼 돈 가져가."

"나도 있어."

부리나케 2층으로 가려는 내 발길을 잡더니, 유경이 대답도 듣지 않고 성질내듯 현관문을 쾅 닫고 나가 버렸다. 일순간 집 안에 적막감이 돌았다.

도한경은 무시하고, 도현강은 이죽거리고, 임유경은 성질내며 나간 공간에 나만 남았다. 무기력감을 느끼며 느른히 주방으로 들어갔다. 식탁에 차려진 정갈한 반찬을 힐끔 보다 밥통에서 밥을 푸고 의자에 앉았다. 수저로 밥을 크게 퍼서 입에 넣었다. 된장국을 한 수저 떠 입안에 넣고 꿀꺽 삼켰다. 고소한 콩된장의 짭짤함이 혀끝에 닿으며 금세 군침이 맴돌았다. 첫 끼니인 탓인지 한 수저 들어가니 허기가 확 올라왔다.

맛있기만 하고만. 내가 기죽을 줄 알고? 길예원을 뭐로 보고.

입안에 들어간 밥을 우적우적 씹으며 난 씩씩거렸다. 도씨들. 유경이도 따지고 보면 엄연히 도씨잖아. 저 도씨들 틈에서 내가 과연 버틸 수 있을까?

정말 예감이 좋지 않다. 그래도 밥은 맛있다.


윙윙.

청소기의 잠잠한 소리가 정적을 깨준다. 혼자 밥을 먹고 주방 정리를 끝내고서 유경이 방에 올라가니, 교복이 침대에 대충 널브러져 있었다. 흐트러진 교복 모양새만 봐도 예민한 심리 상태가 훤히 감지됐다. 갈비뼈 안쪽이 무지근해서 숨을 토해내며 청소기 코드를 뽑았다.

　"네가 날 기억을 못해? 길예원?"

　현강의 핀잔이 되살아났다. 정말 난 그 도현강과 아는 사이일까? 이따 들어오면 살짝 물어볼까? 내가 차분히 물어보면 대답해 주지 않을까?
　그때 잡념을 떨쳐 내는 휴대폰 벨소리가 들렸다. 발신자가 한경이라서 저절로 긴장해서 받았다.
　[유경이 휴대폰 번호가 어떻게 되지?]
　"유경이 휴대폰 없는데요."
　돌연 저편에서 무거운 침묵이 흘렀다. 이 무거운 침묵으로 인해 솟아오르는 죄책감은 뭐지? 그저 휴대폰 하나 안 사줬을 뿐인데 내가 유경일 막 대한 기분이 드는 건 뭐냐?
　[그럼 독서실 위치는?]
　침묵을 깨고 한경이 물었다. 독서실로 데리러 갈 모양이었다. 아빠 노릇 제대로 하려나 보네? 쿡 웃음이 나오는 걸 입술을 깨물며 삼켰다.
　"주소 아니까 톡으로 보내 드릴게요."
　[그래.]

간명한 대답 후에 전화는 끊겼다.

월세보증금으로 내일 유경이 휴대폰부터 사줘야겠다. 한경에게 독서실 주소를 톡으로 보내고 청소를 끝냈다. 정신없던 하루 일과가 어느새 마무리되는 시점이 와서 안도하며 욕실로 들어가 온몸에 묻은 먼지를 씻어냈다. 개운한 몸으로 욕실에서 나오는데 계단을 올라오는 유경이와 맞닥뜨렸다.

"왔어? 내일 언니랑 휴대폰 사러 갈까?"

"필요 없어."

유경인 아까보다 기분이 더 언짢아 보였다.

"유경아, 아, 아…… 빠가 독서실로 데리러 갔어?"

막상 아빠라고 호칭을 하려니 더듬거렸다. 유경인 대꾸 없이 쾅— 문을 닫고 핑크의 방에 들어가 버렸다. 한경과 분란이 있었나? 걱정되는 마음에 1층으로 내려가 용기 내어 한경의 방에 노크했다. 안에서 '들어와'라고 차분한 목소리가 들렸다.

"……전데요."

슬그머니 방문을 여니 그의 등이 보였다. 한경은 바지주머니에 손을 찔러 넣고 널따란 창문을 통해 어둑한 밖을 내다보고 있었다. 그가 고개만 돌렸다.

"유경이 데려오셨어요?"

한경이 고개만 주억거렸다.

"……무슨 일 있었어요?"

"내가 데리러 갔다고 질색해서 그래. 학원에서도 그랬어."

낮은 저음으로 설명하더니 대화하고 싶지 않다는 듯 그가 창문

쪽으로 시선을 돌려 버렸다. 문득, 등이 쓸쓸해 보였다. 나까지도 쓸쓸함이 전이되는 듯했다.

그는 진심인 것 같은데 유경인 아직 받아들이지 못한다. 아빠라고 나타난 것이 며칠 전이었고, 어제서야 친자 확인을 했으며, 오늘부터 같이 사니 유경이 입장에서는 많이 혼란스러울 것이다. 만약 나라면…… 나도 그랬을까? 내게 돌아가신 줄 알았던 아빠가 갑작스럽게 찾아온다면?

조용히 문을 닫고 계단으로 가려는데 현관문이 열리며 현강이 들어왔다. 무관심한 눈길이 잠시 내게 꽂혔지만 그는 무시하듯 지나쳤다. 아슬아슬하게 교차되며 그는 방으로, 난 계단으로 올라섰다.

우뚝. 그가 문 앞에서 멈추더니 휙 고개를 돌렸다. 무의식이 감지해 버려 나도 모르게 흠칫했다.

"야, 객."

현강이 다가오라는 듯 손을 까닥거렸다. 강아지 부르듯 손바닥을 보이며, 까딱까딱.

객? 부름의 뜻을 몰라 어리둥절했다. 뇌가 객의 의미를 빠르게 번역했다. 아, 객식구. 삽시의 시간 만에 말뜻을 깨닫고 살며시 흘겼다.

"안 와?"

내가 반응하지 않자 까칠한 눈썹이 또 치켜세워졌다.

"……왜…… 요?"

"너, 길예원."

쭈뼛쭈뼛 다가가니 현강이 상체를 기울이듯 숙여 빤히 내려다봤다.

"정말, 나 기억 안 나?"

잇새로 갈 듯이 그가 물었다. 이 자식, 일부러 괴롭히려고 이러나?

"안 나…… 요."

반말로 받으려다 눈치가 보여 '요'를 붙이는 나의 이 비굴함.

"그래. 계속 나지 마라. 응?"

협박하듯 질근거리더니 그가 몸을 돌려 방문을 열었다. 난 안도의 한숨을 쉬었다. 그런데 그가,

"너, 객."

다시 뒤돌아봐서 난 또 움찔 반응했다. 정말 잠시도 긴장을 풀수가 없다.

"나 지저분한 꼴 못 보니까 청소 잘해놓고, 아까 같은 것들은 안먹으니까 제대로 된 것으로 준비하고. 알았어?"

"에? 내가 왜…… 요?"

"너 백수라며."

아까 소파에서 정식으로 인사할 때 한경이 '뭐 하느냐' 물어 괜히 솔직하게 퇴사했다고 고백했다. 이런 취급까지 받을 줄 알았다면 거짓말을 했을 텐데. 나의 솔직한 주둥이를 쥐어뜯고 싶었다.

"……곧 다시 들어갈 거예요."

"아직은 안 들어갔잖아."

맞받아치는 현강에게 이어 쳐낼 말이 순발력 있게 떠오르지 않

았다.

"아무튼 똑바로 해라, 깔끔히."

미간에 힘을 빡 주고 그가 딱딱하게 명령하더니,

"그리고……."

느리게 다가왔다. 으스스한 다가옴에 희미한 두려움이 일었다.

"너, 길예원."

바짝 마주 선 그가 은근하게 불렀다. 길예원이었다가, 객이었다가. 그의 대화에 따른 호칭에 기막혔지만 따질 수 없었다. 현강이 위협적으로 허리를 굽혀 눈높이를 맞추며 쏘듯이 봤다.

"너 진짜, 나 기억하지 마라."

기억하는 순간 끝장이라는 듯 무시무시한 협박성 멘트에 심장이 쪼그라들었다. 그는 곧장 몸을 휙 돌려 방으로 들어갔다.

정말 도현강 씨, 댁은 뉘신데 저에게 이러시는지요.

깊은 내면에서 쏟아지는 한숨을 내쉬며 난 뻣뻣한 무릎을 움직여 계단을 올라갔다. 이해할 수가 없다. 날 아는 것이 아니라 트집 잡고 시비 거는 것 같다. 나는 도통 저 인간이 왜 기억나지 않을까?

#3

INN

## 비현실인 현실

아침의 공기가 달라졌다.

엄밀히 말하면 공기뿐이 아니다. 모든 현실이 일변했으므로.

책 냄새 가득한 공간에서 맞이한 낯선 아침에 텁텁한 뇌가 맑아지는 데 시간이 걸렸다. 곧게 누워 눈꺼풀만 끔벅이다 한참 후에야 현실을 요지했다.

한경의 집에서 맞이하는 첫 번째 아침. 일어나 앉아 무릎을 안은 상태로 책장에 꽂힌 책들을 주시했다. 다양한 책들 사이에 번역되지 않은 영어 원문서적들과 프로그램 전문서적들이 상당수 차치했다. 다가가 영어 원문서적을 하나 꺼내 살폈다. 읽은 흔적이 있다. 장식용은 아닌 모양이다. 영어를 잘하나 보네.

다른 책도 살피다 컴퓨터로 시선이 갔다. 컴퓨터를 보니 어제 백수라고 핀잔한 현강이 떠올랐다. 손가락으로 컴퓨터의 전원버튼을 눌렀다.

내가 바로 취직하고 만다, 도현강.

바닥에 깔린 이불을 서둘러 정리하고 박스에서 이력서 바인더를 꺼냈다. 의욕이 충만해져서 컴퓨터를 뒤돌아보는데, 모니터화면에 사용자 로그인 체크박스가 떠 있었다.

제길. 패스워드. 패스워드.

불끈거리던 의욕이 머리를 떨구며 절망했다. 씻고 내려가 주방에서 아침 준비를 했다. 어떠한 상황이든 내 범위에선 최선을 다하는 것이 좋으므로.

"언니, 나 입맛 없어."

식탁에 아침상을 차리는데 유경이가 내려왔다. 그녀는 물만 마시고 등교하려 했다. 안쓰러워 다급히 쫓아갔지만 유경이는 짜증을 부렸다. 내가 무안해서 주춤하고 물러나니 유경이 겸연쩍어 일별했다. 하지만 곧 감정을 억제하듯 입술을 앙다물고 나가 버렸다. 유경이 마음처럼 닫힌 현관문을 바라보며 깊은 한숨을 내쉬었다.

한경과 현강도 출근 준비를 마치고 주방으로 왔지만 아침을 먹지 않는다며 우유만 마셨다. 남자 둘이 생활하여 몸에 밴 습관인 듯했다. 그 와중에 현강은 식탁에 차려진 나의 소박한 아침상을 비웃었다.

한경이 출근하기 직전 나를 뒤돌아봤다.

"내일부턴 도우미가 올 거니까 넌 집안일에 신경 쓰지 마라."

"제가 도울 수 있는 만큼 도울게요."

"안 해도 돼."

서먹하게 웃는 내게 한경이 단호하게 부언했다. 내가 괜한 바지 런을 떨어 번거로운 건가. 멋쩍어서 우두커니 있으니, 한경과 현강 이 차례로 현관을 나섰다. 불현듯 두 남자를 지켜보는 현재가 비현 실적으로 느껴졌다. 어쩜 저렇게 둘 다 길쭉하고 호리호리하면서 도 옹골져 보이는지.

"저기……."

멍하니 감탄하다 망각할 뻔했던 용건으로 조심스레 입을 열었 다. 호칭이 어려워 쩔쩔매며. 나의 '저기'에 한경과 현강이 동시에 뒤돌아봤다. 빛나는 외모의 현란함에 눈이 부셨다. 한경은 고고한 미남형, 현강은 도도한 매력적인 이목구비. 역시 여긴 현실이 아니 다. 내가 어떻게 이런 남자들과 한집에…….

"……서재에 있는 컴퓨터 써도 돼요?"

"안 되는데?"

소심하게 묻는데 인정머리 없이 현강이 일언지하에 딱 잘랐다.

치사한 자식. 뇌로만 욕설을 날리며 입술을 앙다물었다. 한경은 무관심하게 먼저 밖으로 나갔고, 현강은 눈썹만 얄밉게 실룩거렸 다.

"뭐 하려고?"

문을 연 상태로 현강이 앞만 보며 물었다.

"……이력서 좀 넣으려고……."

솔직하게 오물거리는데 현강이 대꾸 없이 발을 움직였다. 묻지 나 말지. 나가는 그의 뒤통수를 마음껏 흘겨봤다.

그때,

"ㅋㅋㅋㅋ."

나가면서 현강이 넘기듯 툭 던졌다. 어? 현관문이 닫혔다. 별안간 던져진 'ㅋㅋㅋㅋ'에 쿡 웃음이 쏟아졌다. 웃음을 흘리며 2층으로 올라가 유경이 방에 들어가 창문을 활짝 열고 환기부터 시켰다. 침대를 정리하는데, 다시 히죽 웃음이 나왔다. 현강의 무심한 'ㅋㅋㅋ'가 상기되어.


"그래서? 연락이 하나도 없어?"

퇴근 후 술 한잔하자는 친구 선아와 만나 그간의 일을 털어놓았다. 한경의 등장부터 회사에서 잘린 사연에 선아는 기막혀했다. 거하게 술을 마셔도 시원찮을 마당에 술은 한 모금도 마시지 못했다. 늦은 귀가도, 음주후의 귀가도 눈치가 보였다. 선아가 기울이는 소주로 대리만족하며 안주만 깨작거렸다.

"어, 아무 데서도 연락이 안 와."

며칠 전부터 상시채용인 회사들에 이력서를 20통 가까이 넣었지만 소식은 감감했다. 오늘 오전에도 채용정보를 살폈지만 마땅치 않아 한숨만 쉬어댔다.

"……네가 그때 중퇴만 안 했어도 이 고생은 안 할 텐데……."

선아는 내가 마지막 다닌 고등학교 동창으로 사정을 낱낱이 아는 유일한 친구였다. 그녀는 나와 함께 교육대학에 입학했고, 4년 동안 열심히 학점을 따고 임용고시도 합격해 지금은 초등학교 국어선생님으로 있다.

"너 그 누구보다 똑똑하고 열심이었는데…… 물론 지금도 열심이지만."

"무슨…… 언제 적 얘길 하는 거야?"

"그냥 속상해서……. 참, 김영권 취직하겠다고 이를 바득바득 간다더라. 진작 잘하지. 너한테 까이고 정신 차렸나 보더라."

무거워진 화제를 돌리려는 듯 그녀가 몇 달 전 헤어진 남자친구 이름을 꺼냈다. 김영권은 선아의 중학교 동창으로 내 생애 유일한 남자친구였다. 봄에 군대를 제대한 녀석과 선아와의 술자리에서 안면을 텄고, 녀석의 고백을 받았다. 난 모태솔로를 탈피한다는 일념 아래 그를 받아들였다. 그때까지만 해도 김영권은 찬란한 미래에 대한 의욕으로 빛났기에. 하지만 결심이 무색하게도 김영권은 얼마 안 되어 온라인게임에 빠져 허우적거렸고, 난 과감히 이별을 통보했다. 첫 연애인데 참으로 볼품없는 경험이었다.

"영권이가 취직했더라도 얼마 못 갔을 것 같아. 내가 왜 그 녀석과 사귄 건지…… 나도 참……."

"연애 경험이 없으니까 그러지. 유경이 키우느라 그 고생을 하며 한눈판 적 있냐? 그러니 남자 보는 눈이 있겠어?"

"맞아. 남자 보는 눈. 그건 어떻게 하면 생기는 걸까?"

"경험도 중요하긴 하지만 역시 운."

선아의 억양이 강경해졌다.

"운?"

"그래. 남자 만나는 것도 운이야. 좋은 놈, 나쁜 놈이 걸릴 확률은 낚시와 같아. 대어가 걸리느냐 피라미가 걸리느냐……. 대어 낚을 확률이 무지 낮을 뿐이지 누구에게나 기회는 있어. 비단 운이 안 따라줄 뿐이지."

"왠지 이상해. 운이라니……. 그 확률이 영점영일보다는 높겠지?"

한경에게 외쳤던 억지 확률의 수치가 떠올라 혼잣말처럼 중얼거렸다.

"모르지? 그것보다 낮을지도."

그래. 사랑을 만날 확률을, 좋은 사랑을 만날 확률을 계산하는 것 자체가 어려울 테니까.

"근데 넌 왜 우울해?"

"까였어, 우리 학교 선생님한테 고백했다가."

선아의 동공에 암울함이 드리워지며 침울해졌다.

"에? 너 짝사랑했었어?"

"……창피해. 나 이제 학교 어떻게 다니지? 그 선생님이…… 다른 선생님 좋아한대. 그래서 나는 안 된대. 둘이 커플이 되면 죽어 버릴 거야."

"무슨! 짝사랑 때문에 죽어! 그럴 수도 있지. 괜찮아. 다 지나가리오……."

팔을 길게 뻗어 그녀의 자그마한 어깨를 토닥거렸다.

짝사랑은 외사랑이니까 혼자 마음이 가고 혼자 마음을 접어야 하는 사랑이라 힘듦일 것이다. 그런 사랑조차 할 여유가 없던 나는 미안하지만 그녀의 감정이 부러웠다.

선아와 헤어지고 귀가하는 길에 문자메시지가 도착했다.

─내일 오전 10시 30분까지 본사의 4층 면접실로 오시기 바랍니다.

마지막 줄에 써진 문구에 난 근래 들어 가장 큰 행복감을 느꼈다. 물론 면접에서 떨어질 수 있으니 설레발치면 안 된다. 그래도 뒤꿈치가 들썩거리며 발걸음이 가벼워졌다. 폴짝폴짝 걷는데 헐렁한 단화가 또 벗겨지려 했다. 단화를 내려다보며 난 피식거렸다. 그래도 좋다. 면접이다!

그러나 나의 달뜬 감정은 다음날 오전 10시 45분이 넘어서면서 확 다운되고 말았다.

"우리가 길예원 씨 면접을 한 번 봐보자고 한 것은 이렇게 많은 아르바이트와 계약직 등으로 꾸준히 일한 성실함에 놀라워서입니다. 근면 성실은 근로자로서 가장 큰 미덕이기에 한 번 보고 싶었어요."

면접관의 말은 날 혼란스럽게 했다. 헷갈리는 애매모호한 말이었다. 한 번 봐보자, 한 번 보고 싶었다. 그저 호기 어린 관심일 뿐이라는 뉘앙스.

"가장 큰 궁금증은 이토록 성실한 사람이 왜 재계약되지 않았습니까?"

호기심은 급속도로 시들해졌고, 꼬투리로 이어졌다. 이들은 처음부터 날 채용할 생각이 없었음을 파악했다. 하지만 1%라도 희망이 있다면 그 자리에서 최선을 다해야 하는 것이 면접이다.

"회사 사정으로 계약직은 모두 감원되었습니다."

"그렇군요. 그런데 왜 부모님 성함을 기재하지 않았지요? 혹시 안 계시더라도 성함은 기재하셔야 되는데."

예상 질문이 날아왔다. 거짓으로라도 채우고 싶은 빈칸. 그러나 채울 수 없는 빈칸. 영원히 비어 있을 칸.

"모릅니다."

"몰라요? 부모님 성함인데?"

의아한 반문에 메마른 입술을 살짝 혀로 축였다. 거짓말하고 싶은 순간이다. 하지만 거짓말을 한 적은 없다.

"태어나자마자 고아원에 버려졌어요. 그래서 모릅니다."

이력서에 박혀 있던 면접관들의 눈이 동시에 들렸다. 그들의 눈동자에 동정심이 어른거렸다. 당혹감으로 짧고 무거운 침묵이 흘렀다. 여느 때와 같은 반응, 조금도 다름없는 반응에 익숙한 나는 번쩍 눈을 떴다.

"물론 제 이름은 원장님 성에 따라 지어진 이름이고, 저는 두 분의 성함조차 모르지만 괜찮습니다. 저는 이해합니다. 아마 피치 못할 사정이 있었을 거예요. 어디선가 건강하게 잘사셨으면 좋겠습니다."

활기차게 덧붙였지만 가라앉은 공기는 무참히 침몰됐다. 그들은 환히 웃는 나의 진심을 동정으로 바라봤다.

면접이, 끝났다.


6월의 태양이 뜨겁다. 한여름의 태양빛보다 더한 열기를 내뿜는다. 너무 뜨거워서 시리다. 시리도록 뜨거운 태양은 서늘함을 동반한다. 그러지 말자 하면서 서늘함을 담는다.

정오가 다가오면서 뜨거움은 견딜 수 없음으로 바뀌었다. 아껴 신는 검은색 정장구두를 간만에 신었더니 발이 아파왔다. 뒤꿈치도 어릿했고, 엄지발가락도 저렸다. 그래도 걸었다. 버스를 타거나 지하철을 타고 휭하니 되돌아가고 싶지 않았다.

무거움을 떨쳐 내는 건 걷거나 뛰거나.

구두를 신었으니 오늘은 걷는 것으로.

걸으며 아무리 자기최면을 걸어도 걸리지가 않는다. 걷는 건 걷기 위함인데 걸리지는 않고 복잡함만 엉킨다.

높다란 빌딩 숲으로 들어섰다. 규칙적으로 정렬되듯 박힌 보도블록을 거닐며 이 중에 내 자리는 없구나 싶어 더욱 위축되었다.

좀 더 걷자. 축 처지게 내려앉은 어깨를 부러 올리지도 못하고 걸어갈 때였다.

"어? 길."

푸름을 담은 빌딩을 지나가는데, 바로 옆에서 던져지는 말이 귀에 꽂혔다. 낯익은 목소리, 낯익은 어투. 그리고 새로운 단어, 길.

들린 방향으로 고개를 돌렸다. 빌딩의 자동문에서 막 나온 현강과 눈이 마주쳤다. 그 옆에는 한경도 있었다. 헉! 왜 여기서? 것도 둘이 왜 같이?

화들짝 놀라 발걸음을 우뚝 멈췄다.

"너, 뭐냐? 길?"

현강이 어이없다는 듯 내려다봤다. 어제까지는 '객'이더니 오늘은 '길'이다. 내 이름은 '예원'인데.

"너, 또 나 쫓아왔어?"

"에? 아니거든!"

억울함에 반사적으로 소리쳤다. 나의 반말에 현강의 미간이 엄해졌다. 너 잊었나 본데 우리 동갑이거든? 덧붙이고 싶었지만 소심히 초점을 이동하며 참았다.

"여긴 무슨 일이야?"

한경이 무뚝뚝하게 물었다. 진짜로 이들은 내가 자신들을 쫓아왔다고 생각하는 건가? 사람을 뭐로 보고.

"……그냥 지나가는 길인데요."

"웃기지 마. 지나가는 길인데 어떻게 우리 회사 앞에서 마주 치냐? 일부러 오지 않는 한."

현강이 빈정거리듯 한쪽 입술을 올렸다. 저 입술을 잡고 쭉 늘려 버렸으면 좋겠다. 그런데 우리 회사? 그럼 둘이 같은 회사인 거야? 어쩐지 같이 출근한다 했다. 한경은 명함에 대표이사라고 명시되어 있었다. 그럼 현강은? 치, 낙하산이구만!

"진짜거든…… 요. 이 근처에서 면접 보고 집에 가는 길이었어요."

현강을 살며시 째리다, 한경에게 눈을 돌렸다.

"그래? 그럼 점심 먹으러 가는 길인데 같이 가자."

한경이 단조롭게 말하더니 대답도 듣지도 않고 앞장섰다. 현강도 여유로운 걸음을 옮겼다. 어? 같이 점심? 그거 지금 나 배려하는……

"너, 점심 얻어먹으러 온 거 아니야?"

우두커니 있는 나를 어깨 너머로 뒤돌아보며 현강이 이죽거렸다. 저것은 진짜 정을 줄려야 줄 수가 없다. 흘기는데 현강이 턱짓하며,

"길, 빨리 와. 느려 터져서는."

하고 투덜거렸다.

나, 길. 기다란 그들의 큰 보폭을 종종걸음으로 뒤따랐다. 난 예원이라고. 입술을 삐죽거리며.

그들과 함께 이동한 일식집에서 난 '설마 점심마다 이런 걸 먹진 않겠지?' 하고 놀랐다. 하지만 곧 주문에 맞춰 나온 일식정식이 한경의 배려임을 깨달았다. 유경이 방을 핑크로 꾸미는 세심함과 같은.

"면접 결과는?"

식사를 시작하며 한경이 의례적으로 물었다. 관심 있는 표정은 아니었다.

"내일 통보해 준다고 했는데…… 안 될 것 같아요."

넘기듯 가뿐히 대꾸하며 난 헤헤 웃었다. 현강이 한심하다는 듯 봐서 머쓱해 먹는 것에 집중했다. 여기 맛있다. 오랜만에 배가 포식한다. 그런데 역시 이런 맛있는 음식을 먹으면 유경이부터 떠오른다. 퇴직금 받으면 데리고 와야지.

무슨 물고기인지 모르겠지만 데코레이션이 예쁜 초밥 하나를 집어 입에 넣는데, 건너편, 맞은편, 옆에서 식사하는 여자들이 우리 테이블을 힐끔거리는 눈초리가 의식됐다. 슬며시 곁눈질해 보니 이들의 시선을 받는 주인공은 나와 마주 앉은 두 남자였다.

아, 이들의 남다른 비주얼.

그리고 이어 여자들의 계산적인 시선이 내게 꽂혔다. 그들이 전부 '넌 뭐니?' 하면서 머리부터 발끝까지 날 스캔했다. 네네, 전달하지 않으셔도 압니다. 저도 일주일 전까지만 해도 꿈도 못 꿨다고요. 내가 아주 마뜩찮은 그들에게 변명할 수 없음에 눈을 내리깔고 모른 척했다.

"이유는?"

"네?"

"결과가 나오기 전부터 미리 부정적으로 단정하는 이유."

젓가락을 내려놓으며 한경이 사무적으로 질문했다. 별안간 식사가 아니라 그에게 면접을 받는 기분이 훅 들었다. 얄팍한 등살이 긴장으로 바르르 떨렸다.

"현장에서 느낀 직감?"

딱히 할 말이 없어 에둘러 댔다. 나의 농담에 한심하다는 듯 현강의 한쪽 눈썹이 올라갔다. 아씨, 창피해.

"이력서."

그때, 한경이 테이블 위로 쓱 손을 내밀었다. 소스라치게 놀라 보니 한경은 진지했다. 비어 있는 옆자리에 내려놓은 바인더를 슬그머니 곁눈질했다. 이걸 줘야 하는 거야? 나?

혹시 몰라 예비로 챙겨왔는데 후회가 되었다. 어안이 벙벙해 미적거리는 나를 한경은 침착하게 기다렸다. 설마 유경이와 같이 살기에 적합한가, 안 한가를 판단하려는 절차는 아니겠지?

채근하는 듯한 손을 그대로 둘 수 없어 미약한 마음이 바인더를 넘겼다. 한경은 입술을 굳게 닫은, 딱 면접관처럼 곧은 표정으로 내 이력서를 살펴보기 시작했다. 그가 그러고 있는 동안 긴장해서 밥도 못 먹고 기다렸다. 현강은 관심 없다는 듯 태연히 밥을 먹었다. 주변의 여자들은 여전히 그들과 나를 번갈아 훑었다. 이 자리, 정말 불편하다. 그냥 집에 갈걸.

이력서의 뒷장까지 빼곡하게 채워진 나의 경력을 꼼꼼히 살핀 그는 자기소개서까지 읽어 내려갔다. 부끄러움이 스멀스멀 올라왔다. 자기소개서까지 다 읽은 그가 그 뒤의 자격증들 사본까지 체크하고 테이블 위에 내려놓았다. 그 기회를 놓치지 않고, 현강이 재빨리 가져갔다.

헉. 넌 왜? 뺏어오고 싶어 입을 열려는 찰나,

"안 해본 일 없이 여러 가지 일을 많이 했구나."

한경이 나직하게 말했다.

"……안 해본 일도 많아요."

쑥스러움에 계면쩍어 헤헤거리기만 했다.

"고생스러웠겠다."

이어진 한경의 조용한 말에 난 움찔했다. 가슴골 사이에 싸한 전율이 올라와 퍼졌다. 한경의 차분한 눈이 똑바로 날 봤다. 시선을 피할 수 없어 얕은 숨만 내쉬며 마주 봤다. 뜬금없이 심장이 뛰어댔다.

"길, 너 교육대 수석 입학했네? 돌대가리가 애썼네. 근데 왜 중퇴했냐?"

그때, 조소하듯 웃음기 섞인 빈정거림이 날아와 눈을 부릅뜨고 현강을 흘겼다. 유일하게 내세울 수 있는 건 교육대 수석입학밖에 없어 그거라도 넣어야 그나마 서류전형에서 합격할 확률이 높아지기에 기재한 이력인데 갑자기 무진장 후회스러웠다.

"유경이 때문이냐?"

내가 입을 열기도 전에 한경이 물었다. 현강의 시선이 이력서에서 내게로 넘어왔다. 빈정거리던 어투와 다르게 눈빛은 가라앉아 있었다.

"……그게."

멋쩍어 어색한 웃음만 흘렸다. 그런 나를 뚫어지게 응시하던 한경이,

"내가 할 몫을 네가 다 했구나."

눈을 내리깔며 낮은 숨을 쉬었다. 대꾸를 해야 하는데 사고가 돌아가지 않았다. 눈만 끔벅거리며 한경의 얼굴만 응시했다. 잠시 침묵이 흘렀다.

"이제 내가 책임질게. 그러니 넌 편하게 있어라."

"네?"

짧은 침묵을 깨고 한경이 눈을 들었다. 그의 말이 무서웠다. 나에게 이제 그만하고 나가라는 건가? 유경이를 두고?

"내가 할 몫을 네가, 네 것을 포기하면서까지 했으니까 내가 보상할게."

"보상이오?"

머리가 띵 하고 울렸다.

"그래."

"……전 그런 거 바라고 한 거 아니고…… 아니……."

놀란 심장이 벌컥거리며 뛰었다. 뜨거워짐을 가라앉히기 위해 물컵을 들고 쭉 들이켰다.

"그래도 내가 해줘야 될 것 같구나. 그게 도리일 것 같다."

"……아니요…… 정말 저는요……."

순식간에 바짝 마른 입술을 혀로 축이고 황급히 말을 이었다.

"저는 제 것을 포기하면서까지 뭘…… 고생하고 그런 게 아니라…… 그냥 내 가족이니까……. 진짜 가족은 아니지만 내게 있어서 가족이니까 한 거구요. 보상…… 뭐, 보상 같은 건 바란 거 아니고요……."

보상해 줄 테니 나가라는 의미 같아 아득해지는 정신을 부여잡고 두서없이 말을 시작했다. 내가 무슨 말을 하는 건지, 하고 싶은 건지도 모르고 나오는 대로 쏟아냈다. 두 남자가 그런 나를 빤히 주시했다.

"아무튼 저는 그런 거 필요 없는데……. 저는 그냥 동생이니까. 내 동생…… 진짜 동생은 아니지만 그래도…… 그래도……."

어떡하지? 나가라고 하면 어떡하지?

"……내가 할 일이니까. 저는 유경이밖에 없으니까…… 내가 해줘야지……."

"야, 길."

현강이 툭 날 불렀다. 파르르 떨던 난 멈칫해서 초점 잃은 눈동자를 그에게 돌렸다. 그가 자신 앞에 놓인 물컵을 쓱 내밀었다.

"어?"

얼이 나간 내게 그가 빨리 안 받고 뭐 하냐는 듯 인상을 썼다. 얼떨결에 물컵을 건네받았다. 현강이 턱짓하며 '마셔'라고 했다. 그의 명령대로 쭉 물을 삼켰다. 떨던 심장이 조금의 안정을 되찾았다.

"오해한 것 같은데 나가란 소리 아니야."

한경이 차분히 입을 열었다. 얽힌 것 같던 속이 순식간에 가라앉았다. 난 가까스로 호흡을 제대로 했다.

"네가 내 대신 유경이 키웠으니까 보상하고 싶다는 거야. 다시 공부하고 싶다면 공부해라. 도와줄게. 일자리가 필요하다면 우리 사무실에 나와도 되고."

한경이 흐트러짐 없이 진지하게 말했다.

"미안하다, 내 몫이었는데."

그리고 한경이 사과했다. 그의 진심 어린 사과에 번뜩 놀랐다.

"아니요."

"몰랐다. 난 단순히 네가 동거인일 뿐이라고 생각했어. 네 부모님이든 어른이 따로 계시는 줄 알았다. 한심한 생각이었지."

한경이 큰 숨을 내쉬었다. 그의 가슴팍이 크게 들렸다.

"난 원래 사람에 대한 정이 없는 사람이야. 사무실 직원들은 내 일을 해주는 고마운 사람들이니 그만한 대우를 해줘야 옳고, 그 밖의 사람들에겐 적당선을 유지하며 예의만 지키면 된다고 생각한다. 그리고 그 범주에도 속하지 않는 사람에겐 일말의 감정도 주지 않아."

그의 차분한 말을 단 하나도 놓칠 수가 없었다.

"그래서 내가 너에게 실수했다. 미안하다."

한경이 나를 똑바로 응시했다.

"정말 미안해."

그의 눈동자가 잔잔한 바다에 파도가 일 듯 넘실거리며 흔들렸다. 그의 깊은 눈길을 피할 수 없었다. 난 숨죽이고 그를 마주 보았다. 서서히 심장박동이 빨라졌다.


어디선가 봤다.

로또 1등에 당첨될 확률은, 1/8,145,060이라고.

어느 날 갑자기 아무것도 없던 현실에 나타난 단 한 사람으로 인해 살고 있던 환경이 달라지고 살아가던 방식이 달라질 확률은 얼마나 될까? 그것도 아주 좋은 환경과 좋은 조건으로 말이다.

"안녕하세요. 길예원입니다."

집만큼이나 깔끔하고 세련된 사무실 입구에서 관심 어린 시선을 한 몸에 받으며 허리를 깊게 숙여 인사했다. 직원들이 반색하며 짧게 박수 쳤다. 사무실 입구와 마주 보이는 전면 유리벽 바로 앞, 기다란 책상 끝자리에서 거만하게 등받이에 기대고 앉아 있는 현강만 빼고.

사무실은 넓었지만 직원들 사이사이에 파티션이 없었다. 입구에서 둘러보면 모든 직원이 한눈에 다 보였다. 입구 오른편엔 통유리로 된 나눠진 방과 벽 전체를 차지한 붙박이책장이 있었다. 책장에는 도서관처럼 책들이 빼곡하게 꽂혀 있었다. 왼편도 나눠진 공간이 있었고, 전면 유리벽이라 내부의 커다란 책상과 스크린프로젝트가 세세하게 보였다. 회의실인 듯했다. 그 옆은 탕비실로 문 없이 뻥 뚫려 있어 이용이 편리할 듯했다.

그리고 가장 멋스러운 건 입구와 맞보는 사무실 끝 벽. 전면 통유리로 밖의 전경이 다 내다보였는데, 그곳은 실외정원이었다. 빌딩 탑층인 사무실은 외부 정원을 갖고 있었다. 깔끔하게 조경된 실외정원이 사무실 안, 어디에서든 눈에 들어왔다. 유리벽 왼편 끝엔 이동하는 유리문도 달려 있고, 정원엔 파라솔이 달린 원목 테이블들과 네모난 지붕 딸린 평상도 있었다.

난 정원이 한눈에 보이는 이 사무실이 소름 끼치도록 좋아졌다. 첫눈에 반했다.

한경은 내가 인사할 동안 여유롭게 곁을 지켰다. 그는 염치없는 나의 '취직시켜 주세요'를 들어줬다. '나도 데려가세요'에 이은 두 번째 황당한 억지였음에도 가뿐히 월요일부터 같이 출근하자고 했다. 그러고는 나란히 출근한 자리에서 나를 '오늘부터 같이 일할 식구'라고 소개했다. 그는 내가 '식구'라는 말에 얼마나 감동했는지 모를 것이다.

"길예원 씨, 이쪽으로 와요."

전면 유리벽 앞의 기다란 책상에 앉아 있는 30대 초중반의 여자가 손짓했다. 나의 등장에 잠시 멈췄던 사무실은 재가동되었다. 한경도 오른편의 유리방으로 들어갔다. 그곳이 대표이사실인 모양이었다. 환하게 오픈된 공간. 그가 직원들과 어떠한 관계를 유지하는지, 어떻게 배려하는지 느껴졌다.

여자의 손짓에 따라 전면 창가 자리로 걸어갔다. 하필이면 현강이 있는 자리.

기다란 책상엔 다섯 자리가 있었다. 창을 등지고서 나에게 손짓한 여자와 나란히 여직원이 앉아 있었고, 맞은편에는 남직원 하나, 빈자리가 있었다. 현강만 책상 왼편 끄트머리 중심에 앉아 있었다.

"반가워요, 난 이해영. 그냥 이 과장이라고 불러요. 여기 앉으면 돼."

그녀가 비어 있는 오른편의 끝자리를 손가락으로 가리켰다. 다행이다. 그마나 현강과 제일 거리가 멀었다. 빈자리에는 노트북만 덩그러니 놓여 있었다. 편안해 보이는 의자에 앉자마자, 해영이 두꺼운 바인더 몇 개를 들고 와서 내려놓았다.

"우리 회사가 어떤 회사인지 이사님에게 전혀 전달받지 못했다고 하던데…… IT업계도 처음이고……."

"네."

그녀는 친절한 미소를 가진 사람이었다. 그녀의 어투가 참 편했다. 문득 서른일곱 살의 골드미스 팀장이 떠올랐다. 그녀에게서 벗어난 나는 이런 축복을 받는구나.

"우리 회사는 비즈니스 소셜네트워크 구축을 전문으로 하는 회사예요. 본사는 뉴욕에 있고, 우린 한국 지사 같은 형식이지만 엄연히 독자적인 기업이지요. 뉴욕은 기업 관리를 도맡아 하고, 우리는 소셜네트워크 개발을 하거나 페이지 구축하는 일을 전반적으로 해요. 여기엔 우리 회사에 대한 소개와 회사 지침 등이 간략하게 설명되어 있어요. 우선 이것부터 살펴보면 돼요."

해영이 바인더를 손바닥으로 짚었다. 난 고개를 크게 끄덕이며 집중해서 들었다. 해영이 눈웃음치며 찬찬히 설명한 후에 자리로 돌아갔다.

"반가워요."

옆자리 남직원이 명함을 내밀었다. 20대 후반쯤으로 귀여운 인상을 가진 평범한 외모였다. 명함엔 '개발팀 백민호 주임'이라고 명시되어 있었다. 맞은편 여자도 명함을 주며 씽긋 웃었다. 개발팀 김정미 대리. 그리고 내 뒤에 있는 여직원 둘도 명함을 건넸다. '개발팀 디자이너'라고 되어 있는 그들 중 이지원은 배가 남산만 한 만삭이었고, 다른 한 명은 박세나였다. 이 과장을 제외하고 여자들은 20대 후반으로 보였다.

"아! 내 것도."

자리에 앉던 해영이 허리를 쓱 올리더니 명함을 건넸다. 재빨리 허리를 일으켜 그녀의 명함을 받았다. 현강은 모니터만 집중하고 볼 뿐 눈길도 주지 않았다. 중심 자리에 앉아 있는 현강을 일별했다. 노트북과 커다란 데스크톱 모니터를 나란히 놓아 그의 얼굴이 가려져 잘 보이지 않았다. 그런데 언뜻언뜻 보이는 표정이 무척 진지했고, 내 시선은 절대 의식 못하는지 완전 집중 모드였다. 난 바인더로 시선을 내렸다.

"민호 주임, 이거."

집중하던 현강이 민호에게 프린트물을 넘기고 노트북을 들고 회의실로 성큼성큼 걸어갔다. 그의 뒤를 따라 민호와 정미 그리고 디자이너들이 회의실로 갔다. 회의실에서 현강은 프로젝터를 켜면서 회의 준비를 했다. 직원들은 현강이 준비한 스크린을 보면서 회의를 시작했다. 빔스크린 앞에 서서 직원들에게 PT하는 현강이 선명하게 보였다. 진지함과 정확함이 그의 얼굴에 내비쳤다. 첫인상부터 시작해 요 며칠 동안 겪은 모습과 전혀 다른 현강이 새삼 달라 보였다. 조금, 아주 조금 멋져 보였다.

난 바인더에 가지런하게 꽂혀진 파일로 시선을 옮겼다. 슬그머니 미소가 떠올랐다. 공간이 바뀌니 주변 사람들이 한 번에 다 바뀌었다. 정말 신기한 일이다. 꿈 같은 로또에 당첨된 느낌도 비슷할까? 설레고 날아갈 듯 기분이 좋다.

얼떨떨하고 낯설지만 시간은 여지없이 지나갔다.

시계가 정오를 가리키자 정미와 해영이 배고프다고 투정했다. 사무실은 자유스러운 분위기라 점심시간이라고 해서 일사불란하게 움직이지 않았다. 진작 밥을 먹으러 나간 직원들도 있었고, 일이 남은 직원들은 꼼짝하지 않았다.

"예원 씨, 밥 먹으러 가요."

정미가 내게 웃었다. 난 가볍게 '네' 하면서 의자에서 일어났다.

"도 팀장, 밥 안 먹어?"

해영이 모니터에 집중해 있는 현강에게 물었다.

팀장? 저 녀석이?! 어째서? 그녀의 호칭에 난 화들짝 놀랐다. 그는 해영의 말에 고개만 흔들고 모니터에서 눈을 떼지 않았다. 눈꺼풀을 내리깐 그의 기다란 속눈썹이 시야에 들어왔다. 자신의 업무에 집중하는 남자의 강렬한 눈빛. 아, 이 녀석 오늘 좀 계속 멋지······.

시선을 느낀 현강이 눈꺼풀을 들었다. 피할 새도 없이 그와 눈이 마주쳤다. 훔쳐보다 들킨 것 같아 난 후다닥 허공으로 눈을 돌렸다. 별안간 현강이 벌떡 일어났다.

"나도 갈래."

"그럼 우리 팀에 신입도 들어왔는데 도 팀장이 살 거지?"

"내가? 왜? 저……."

민호의 말에 현강이 내 쪽으로 턱짓하다 곧바로 입을 다물었다. 난 끝까지 하지 않은 그의 말을 들었다. 분명 '저것 때문에'라고 말하려다가 만 것이다.

"알았어."

성가신 듯 대답하더니 그가 앞장섰다. 뒤따라 일어난 세나와 지원이 '신난다' 하고 웃었고, 민호가 손가락으로 브이질을 하면서 좋아했다.

"현강 팀장, 나 비싼 거 먹고 싶은데? 비싼 거 먹어도 돼?"

정미가 쪼르르 현강을 쫓아가 애교스럽게 웃었다.

"요 앞에 INBack 가자. 그래도 되지, 도 팀장?"

"마음대로들 하세요."

해영의 물음에 현강이 건성으로 대꾸했다. 다들 팀장이라곤 하지만 현강에게 반말이었다. 나이가 어린 탓인가? 스물일곱밖에 안 된 현강이 팀장이라니……. 역시 낙하산 빨이겠지? 근데 나도 낙하산인 거지?

그때 한경이 유리방에서 나와 우리 곁에 다가왔다.

"식사하러 가요?"

"이사님, 같이 가요."

해영이 그에게 환하게 웃었다.

"미안. 난 선약이 있어서."

한경의 입가에 다정한 미소가 떠올랐다. 어? 저렇게 웃을 줄도 아네? 시크해 보이던 인상이 순식간에 부드러워졌다. 내 심장의 박동이 또 빨라졌다. 두근거리는 것처럼 느껴졌다.

"대신 이거."

슈트 재킷 안주머니에서 카드지갑을 꺼낸 한경이 카드 한 장을 해영에게 건넸다.

"와! 이사님 최고!"

민호가 오버하며 호들갑을 떨었다.

"안 되는데, 오늘은 현강 팀장이 산다고 했는데?"

"그럼 도 팀장은 내일 사면 되지."

정미의 말에 해영이 너스레를 떨었다.

"기회는 오늘뿐이야."

현강이 앞만 보며 딱 잘랐다. '치사해' 하면서 팀원들이 웃었다. 단란한 분위기. 이런 분위기라서 반말하면서 편히 지내는 건가? 픽 웃음이 나왔다.

엘리베이터 문이 열리자 현강이 먼저 타서 뒤로 이동하고, 개발 팀원들이 순서대로 들어갔다. 한경이 멀뚱거리는 내게 손짓했다. 엘리베이터에 들어가며 빈 공간인 현강 앞에 섰다. 현강은 내가 앞에 서자 공간을 넓혀주려는 의도인 건지, 나와 붙어 있는 것이 싫은 건지 뒤로 한 발짝 물러났다. 덕분에 내 공간이 넓어졌다.

뒤늦게 탄 한경이 벽에 붙은 내 옆에 섰다. 심장이 약하게 떨렸다. 한경의 기운이 고스란히 전달이 되는 듯했다. 그가 의식되었다.

한경은 지하주차장으로 이동하기에, 직원들과 엘리베이터에서 먼저 내렸다. 떨리던 심장이 가라앉아 무의식중에 안도했다.

개발팀 직원들과의 식사 시간은 즐거웠다. 이들과 함께 나도 이제 팀원이라는 사실만으로도 흐뭇했다. 나와 거리를 두고 앉은 현강은 얌전히 식사만 했다. 여직원들은 그에게 호감 어린 대화를 유도했지만 가뿐히 대구할 뿐이었다. 온통 딴생각뿐인 듯 대화에 집중하지 못했다. 해영이 그에게,

"밥 먹을 때는 일 생각 좀 그만해."

라며 타박했다. 현강은 빙그레 웃기만 했다. 그러고는 금세 또 깊은 생각에 잠겼다. 그러자 여직원들도 더 이상 그를 방해하지 않았다.

식사가 끝나고 사무실로 돌아오자마자 현강은 노트북을 들고 회의실로 이동해 일에 몰두했다. 무서운 집념이었다. 저 녀석, 일은 저렇게 하는구나. 다시 한 번, 아주 조금, 멋져 보였다.

오후의 시간도 별반 다름없이 흘렀다. 난 여전히 해영이 넘겨주는 회사의 자료를 파악하는 데 시간을 보냈다. 사내 분위기의 편안함으로 낯선 공간에서의 첫날임에도 금세 익숙해졌다. 짐짓 회사에 융화된 느낌까지 들었다. 입가에 떠오르는 미소가 좀처럼 사그라지지 않았다.


─길예원 씨, 이사실로 와요.

퇴근 시각이 가까이 다가왔을 때 한경의 네트워크 쪽지가 왔다. 한경은 이상하게 텍스트에서조차 시크함이 풍긴다.

대표이사실로 들어선 내게 가운데 소파에 앉으라 하며 한경이 건너편에 앉았다. 그는 직원들은 대표이사나 사장님이라는 호칭 대신 '이사님'이라고 부른다면서, 유하게 지내고 싶으니 내게도 편히 부르라 설명했다.

"회사 분위기는 어때?"

"네, 좋아요."

수줍게 웃으며 대답했다.

"현강 팀장하고 상의해 봤는데, 혹시 웹디자인에 관심 있나?"

"웹디자인이오?"

"우리 회사는 기업의 시스템 개발과 구축을 전반적으로 하지만 그들의 요청에 따라 페이지 구축도 하거든. 모바일페이지나 시스템관리페이지 같은 것. 그래서 디자인 업무가 디테일하게 필요하진 않지만 꾸준히 있어."

한경이 여유롭게 설명해 나갔다.

"현재 디자이너가 두 명 있지만, 이지원 씨가 다음 달부터 출산휴가에 들어가. 그렇게 되면 육아휴직까지 해서 1년은 공석이 되어서 원래는 계약직 직원이나 아르바이트 직원을 둘 생각이었지. 그런데 네가 마침 우리 회사에 입사했으니 널 활용해 보면 어떨까 싶어서."

"제가요?"

내가 디자인을? 난 포토샵도 모르는데? 물론 기회만 준다면…….

"네 이력서를 살펴보며 든 생각이 넌 그동안 돈을 벌 수 있는 적당한 직장이라면 어디든 마다하지 않고 다닌 것 같더군. 맞나?"

"……뭐……."

맞는 말이었지만 알량한 자존심에 얼버무리듯 억지미소만 지었다.

"그래서 말이야, 이젠 네가 직장이 아닌 직업을 가졌으면 좋겠어서. 내가 잃게 한 네 직업을 찾아줘야 할 것 같아서 말이야. 그래서 난 이제 네가 좋아할 만한, 성취감을 느낄 만한 일을 찾으면 어떨까 싶어. 네가 좋아하는 일을 찾아 공부를 다시 해도 되고, 괜찮다면 디자인을 배우면서 일을 하면 어떨까 싶은데."

그의 말에 뇌 한쪽이 일렁거렸다.

직장이 아니라 직업을 갖는다.

교육대학에 입학할 당시만 해도 내가 가질 미래의 직업을 꿈꿨었다. 아이들 틈에서 즐거이 웃는 선생님의 모습. 그것이 나의 꿈이었다. 내가 갖고 싶었던 절실한 직업.

"물론 강요하는 건 아니고 네가 관심 있다면 하면 좋겠다 싶은데. 아니면 교육대학에 다시 입학해도 되고. 도와줄 테니까."

"할게요! 열심히 할게요."

난 반사적으로 불끈 주먹을 쥐고 소리쳤다. 나의 빠른 반응에 한경이 멈칫했다.

"억지로 안 해도 돼. 네가 선택하는 거야."

"아니에요. 정말 하고 싶어요. 예전에도 관심은 있었어요. 전의 사무실에서 디자이너는 아니었지만 그래픽 업무를 하는 직원이 있었는데 재미있어 보이기도 하고 부럽기도 했거든요."

말을 하면서도 설레었다. 내 자리에 대한 두근거림.

"그런데 전 아무것도 몰라요, 정말."

"천천히 배우면 돼. 재촉하는 사람 없을 거야. 현강 팀장도 그렇고 디자이너들도 널 기꺼이 도와준다고 했어."

"그럼 열심히 배워서 할게요!"

의욕을 다지는 나의 강한 대답에 한경의 입술이 움직였다. 입술이 길게 늘어나며 그의 눈꼬리가 가늘어졌다. 그리고 내게 정말 부드러운 미소를 지었다. 돌연 심장에 바람이 들어왔다. 산들산들한 봄바람 같은 바람이.

"그래."

그의 입술이 더 길게 늘어났다. 그가 웃는다. 내게. 처음으로.

바람이 들어온 심장은 미세하게 흔들렸다. 바람결에 따라 물결치듯 흔들렸다. 그의 뒤편으로 유리창에서 비춰지는 도시의 햇살이 들어왔다. 그가 화사하게, 빛이 나는 것처럼 보였다. 내 심장이 그 빛을 그대로 흡수했다.


출근하는 길 내내 들떴다. 새삼, 차창에 비치는 내가 달라 보였다.

포토샵도 모르는 주제에 오늘부터 무늬만 '디자이너'라는 자리에 앉게 된 내가 신기했다. 그것도 디자인 공부를 천천히 하면서 디자인 일을 배우는 과정부터 시작이라니. 이런 기회는 스물일곱 해를 사는 동안 한 차례도 없었다. 이래서 다들 낙하산이 좋은 거라 하나 보다.

한경은 무표정한 얼굴로 운전에만 집중했다. 대화가 없음에도 무겁지 않은 건 어느새 그와 친숙해진 탓이었다. 현강은 외박을 한 듯했다. 저녁에 들어온 기척도, 아침에도 나타나지 않았다. 여자랑 외박한 거겠지? 공연히 심통 부리듯 이죽거렸다.

"유경이는 어때?"

"……똑같아요."

"그렇군."

"……조금은 그냥 두세요. 유경인 똑똑한 아이니까 차분히 생각할 시간을 줘야 할 듯해요. 아직은 감정이 정리되지 않는 모양이에요."

조곤하게 덧붙였다.

"그래."

"유경인 착한 아이예요. 너무 걱정 마세요."

한경이 희미하게 미소 지으며 고개를 주억거렸다. 하지만 눈동자는 씁쓸했다. 못내 안타까웠지만 모른 척할 수밖에 없었다.

사무실에 들어와 자리로 향하는데, 회의실에 혼자 있는 현강이 눈에 들어왔다. 벌써 출근했네? 살며시 넘겨다보니 그는 노트북을 보면서 깊은 상념에 빠져 있었다. 낯빛에 피곤한 기색이 역력했다. 여자 때문이 아니라 일하느라 밤샌 모양새였다. 열정적인 그의 모습에 불끈 의욕이 용솟음쳤다. 나도 디자인 공부에 박차를 가해서 멋진 길예원이 되자.

"길예원 씨, 이거 보면 돼요."

의자에 앉자마자 세나가 다가와 디자인 자료를 건네며 디자인 업무가 회사에서 큰 비중을 차지하지 않으니 큰 부담은 느낄 필요가 없다고 설명했다. 그러면서 포토샵 기초만 우선 습득하고 실무로 연습하면서 차근차근 배워 나가면 될 것이라며 독려했다.

사무실 직원들은 하나같이 친절하다. 한경은 직원을 뽑을 때 성품부터 보나? 현강의 성품은 의심스럽지만.

회사에서 구축한 페이지 디자인을 구경한 후에 본격적으로 포토샵 공부를 시작했다. 포토샵 프로그램을 열고 인터넷에 접속해 포토샵 기초 강좌 블로그를 검색했다. 나의 모든 사무용 프로그램의 기초는 이렇게 독학으로 공부해 왔다. 회사에 출근했으면서 학원도 아닌데 공부를 하는 것이 머쓱하고 죄송했지만, 한경의 말마따나 어느 직원도 내게 눈치 주지 않았다.

오전의 시간을 포토샵과 블로그를 번갈아보면서 포토샵 툴을 외우고 연습하며 보냈다. 지루할 틈도 없었다. 그러다 사람 이미지를 하나 받아 강좌의 설명에 따라 Healing Brush를 이용해 주름을 지우고 있을 때였다.

탁.

두꺼운 책 몇 권이 둔탁한 소리를 내며 왼편 책상에 놓였다. 집중 중이던 터라 난 화들짝했다. 곁을 지나치는 길쭉한 그림자가 언뜻 어른거렸다. 휙 머리를 드니 현강의 널찍한 등짝이 보였다. 그는 팀장 자리로 느긋하게 되돌아가고 있었다. 그의 등을 보다 시선을 내렸다. 두껍고 커다란 포토샵 활용서들이었다. 나 이거 보라고 갖다 준 거야?

"나 퇴근한다."

노트북 가방을 챙겨 든 현강이 민호에게 간명하게 말하고 입구로 성큼성큼 걸어갔다. 나를 보지 않고.

멀어지는 그가 혼잣말로 '졸려죽겠네' 하며 투덜거렸다. 밖으로 이동하는 그의 등을 물끄러미 응시하다 눈을 끔뻑거리며 책들을 내려다봤다.

이거…… 나 봐도 되는 거야?

독이 묻어 있어 만지는 순간 죽는 거 아닐까?

#4

NN

## 욕심, 내겐 절실한 욕심

레이어는 말이야, 포토샵에서 사용하는 투명한 필름 같은 거야. 이미지 작업할 때 레이어를 추가하면서 겹치고 겹쳐서 사용해.

완성된 포토샵 이미지를 보면 하나처럼 보이지만 실제 원본을 보면 말이야, 수십 개의 레이어들이 겹쳐져서 완성된 거거든. 그것은 어쩌면 우리 사람을 닮았어.

우리 사람은 겉에서 보이는 건 하나같지만, 그 속을 파고들면 무수히 많은 생각들과 많은 기억들이 차곡차곡, 겹겹이 쌓여 있잖아.

속도 겉처럼 하나면 얼마나 좋을까? 그럼 뭐든 간단하고 편하겠다.

포토샵 레이어에 대해 공부하다, 상기된 생각을 떨쳐내려 눈꺼풀을 들어 실외정원을 내다봤다. 점점 퉁명스러워지는 유경이 걱정으로 어젯밤도 밤새 뒤척거렸다. 유경이의 복잡한 심경을 파악하고 싶지만, 간단한 문제가 아니므로 섣불리 나서지도 못하고 방관자처럼 지켜보는 것이 무기력하게 느껴졌다. 포토샵에서 배웠듯 레이어를 통합해 하나의 이미지를 만드는 것처럼 유경이의 엉킨 마음도 하나로 묶어주면 좋겠다.

난 포토샵 공부에 완전히 빠져들었다. 왜 이제야 시작했는지 후회스러웠다. 내가 무언가에 열정적으로 깊게 파고들었던 적이 있었나. 분명 있긴 한 것 같은데, 까마득하게 기억나지 않았다. 지난 7년간 나의 열정은 오직 유경이뿐이었고, 나에 대해선 없었기에.

하지만 오늘의 나는 다르다. 하루하루가 다르다. 밤낮으로 디자인 공부를 하며 디자이너가 될 날을 꿈꾸기 시작했다.

"나 좀 허기져. 우리 사발면 사다 먹을까?"

오후 네 시가 넘어가자 해영이 등받이에 허리를 깊게 기대며 기지개를 켰다.

"과장님, 나도. 나 점심 많이 먹었는데도 배고프네."

민호가 말했다. 뒷자리의 세나와 지원도 '나도 껴줘요' 하고 끼어들었다.

"예원 씨?"

"저는 괜찮아요."

정미의 물음에 난 고개를 흔들며 웃었다. 낮에도 먹은 사발면이기에 식욕이 당기지 않았다.

회사 직원들은 근처 식당가를 이용해 점심을 해결했다. 번화가

인 만큼 식당 물가는 만만치 않았다. 가장 싼 점심 메뉴가 7천 원이었는데 기껏 된장찌개 정도였고, 웬만한 것을 먹으려면 8, 9천 원은 줘야 했다. 높은 점심값에도 도시락을 싸오는 직원은 없었다. 급여에 식대가 나오기도 했고, 식사 시간이 불규칙적인 사내 분위기도 있었다.

난 높은 점심값이 부담이었다. 이제 월세가 나가지 않아 여유가 생기긴 했지만, 미유 언니의 병원비 때문에 받았던 대출금이 아직 남아 있었다. 내게 병을 들키고도 미유 언니는 치료를 거부했지만 나는 마지막 지푸라기라도 잡고 싶었다. 언니를 그렇게 보낼 수 없었다. 나의 고집스런 애원을 언니는 거절하지 못했다. 언니의 걱정대로 병원비는 무시할 만한 것이 아니었다. 목돈이 없는 탓에 높은 이자의 대출을 받았다. 그리고 그 빚은 고스란히 남았고, 난 끝내 언니를 지키지 못했다. 나를 지켜준 언니였는데.

그리고 지난 7년간 적게나마 꾸준히 상환하며 갚고 있었다. 그렇기에 아무리 급여에 식대가 나와도 한 끼 점심식사에 만 원 가까운 돈을 쓰기엔 아까웠다. 차라리 식대를 아끼고, 월세 나가던 것까지 합치면 나머지 대출금은 금방 갚을 수 있을 듯했다. 그럼 한결 가벼워지겠지?

그래서 새롭게 싹트는 희망에 난 며칠 전부터 직원들에게 이런저런 핑계를 대고 점심은 편의점이나 멀리 떨어진 마트 분식 코너에서 해결했다.

"도 팀장은?"

"현강 팀장은 라면 안 먹어요."

회의실에서 집중 중인 현강을 넘겨다보며 해영이 묻자, 정미가 대신 대답했다.

"맞다. 그럼 다른 걸 사다 줘야 하나?"

해영이 슬슬 회의실로 걸어갔다.

"현강 팀장 안 먹는대. 우리끼리 먹자."

회의실 안의 현강에게 다녀온 해영이 되돌아왔다. 일사불란하게 민호와 정미가 일어나더니 간식에 대한 의견을 모았다. 슬며시 턱을 들어 회의실에 있는 현강을 봤다. 그는 데스크탑 모니터와 노트북을 번갈아 보면서 곧은 눈썹에 힘을 주고 있었다. 피곤한 기색이 역력했지만, 집념으로 멈추지 못하는 듯했다.

현강은 들쭉날쭉하게 출퇴근을 했다. 밤새 철야한 후에 낮에 퇴근하거나 새벽녘에 들어와 낮에 출근하기도 했다. 그 덕분에 지난 며칠간 집에서 마주친 적이 없었다.

간식거리는 떡볶이, 순대, 튀김, 김밥으로 결정 났다. 현강을 제외하고 개발팀 팀원들이 실외정원에 단란하게 모였다.

"……저 때문에 불편하시죠? 제가 별로 도움이 못 되어서……."

"무슨 소리야? 예원 씨 덕분에 내가 얼마나 편해졌는데."

팀원들에게 민폐 끼치는 듯해 조심스레 물었다. 해영이 시답지 않은 소리를 한다는 듯 말을 잘랐다.

"솔직히 난 기획서 파워포인트 작업을 잘 못해서 애먹었거든. 예원 씨가 도와주니까 얼마나 좋은데."

"맞아. 과장님은 신기하게 기획서 되게 못 만들어. 진짜 촌스러워."

"그래, 나 감각이 없다. 내가 감각이 있으면 기획 하냐? 디자인 하지?"

정미가 킥킥거리자 해영이 흘겼다.

"근데 예원 씨는 정말 기본적으로 타고난 감각이 있어요. 색감도 뛰어나고."

까르르 웃던 세나가 끼어들었다.

"예원 씨, 그런데 나 궁금한 거 있는데 물어도 되나?"

"네, 말씀하세요."

"예원 씨가 이사님한테 어떤 은인이야?"

정미의 질문에 의아해 눈썹을 세웠다. 은인?

"실은 이사님이 예원 씨가 은인 같은 사람이라며 자신 때문에 잃은 것이 많다고 우리에게 도와달라고 부탁하셨거든. 이사님의 그런 부탁은 처음이라 굉장히 놀랐었지."

내가 어리둥절해하니 해영이 덧붙였다. 나의 특례를 직원들이 거부감 없이 받아들인 이유가 이거였다. 한경은 내가 많은 것을 잃었다고 생각하는 모양이다. 난 나의 선택을 단 한 번도 후회한 적이 없다. 내가 스무 살에 꿈에 대한 목표를 접고 유경이를 키우는 데 급급하게 살아온 것은 맞다. 하지만 그 선택으로 내 삶을 잃은 것은 아니다. 가장 큰 것을 얻었기에.

"말하기 어려우면 안 해도 돼. 난 이제 예원 씨 없으면 안 되니까. 빠릿빠릿하고 습득 속도도 빠르고. 오히려 이사님한테 감사한 걸."

대답의 어려움으로 내가 난감해하자 해영이 서둘러 덧붙였다.

다른 직원들도 크게 고개를 끄덕였다.

"난 예원 씨가 와서 정말 좋아요. 깔끔하고 부지런하고. 솔직히 우리팀 여자들 너무 치우는 덴 건성이거든. 무슨 여자들이 이렇게 더러운지……. 예원 씨 온 다음부턴 사무실이 얼마나 깨끗해졌는 데……."

눈치 없는 민호의 칭찬에 여직원들의 따가운 눈초리가 그에게 일직선으로 꽂혔다. 매서움에 민호가 헛기침을 하고 간식 먹기에 열중했다.

"도 팀장님은 항상 저렇게 일만 해요?"

갑작스런 칭찬들에 민망해져서 난 화제를 돌렸다. 화제가 현강 으로 돌아가자, 정미가 눈을 반짝거리며 입을 열었다.

"프로젝트 초기엔. 어느 정도 진행이 되면 느슨해져. 그때까진 집념의 남자."

"아, 그래서 팀장님이 되신 건가……."

"그런 것도 있고 원래 창업멤버거든."

해영이 차분하게 설명을 이었다.

"이사님이 뉴욕 본사에 있다가 3년 전에 우리 회사 창업을 했어. 그때 도 팀장은 뉴욕대학 학생이었는데, 개발이야 커뮤니케이션만 되면 온라인상으로도 가능하니까 같이 시작했더라고. 그리고 졸업 하고 한국 와서 합류한 지 아직 1년 안 되었어."

"현강 팀장, 머리 진짜 좋아. 추진력, 아이디어 최고라니까. 솔 직히 창업멤버 아니라도 팀장감이긴 해. 어린 것 빼곤 인정."

엄지손가락을 들어 올리며 정미가 거들었다.

"그럼 이사님하고 도 팀장님 뉴욕에 있었어요?"

"이사님 부모님이 오래전 이민을 가셨고, 그 뒤를 따라서 도 팀장 네도 갔다더라. 부모님들은 다 뉴욕에 계신 걸로 알아."

해경의 말에 한경과 현강이 단둘이 사는 이유를 알게 되었다. 한경이 오래전 이민을 갔다면 미유 언니와 스무 살에 만났을 때는 한국에 있었던 건가? 그럼 현강은 도대체 나하고 언제 만났다는 거지?

여러 가지 꼬리를 무는 의문이 있었지만 화제가 바뀌어 난 얌전히 간식을 먹으며 혼자만의 상념에 빠졌다.


—내 방으로 잠시 좀 와라.


실외정원에서 나와 자리로 돌아가니 한경으로부터 네트워크 쪽지가 와 있었다. 네트워크 쪽지도 현강이 개발한 것이라고 했다. 개인PC 사용자로그인해서 들어가면 자동로그인되어 직원들끼리 바로 연결되는 사내메신저였다.

"이거."

이사실로 가니 한경이 슈트 재킷에서 카드지갑을 꺼내 카드 한 장을 내밀었다.

"유경이 필요한 것들 있으면 사. 난 뭐가 필요한지 모르니까."

"아니요. 저도 돈 있어요."

"옮기면서 대부분 버렸을 거 아니야. 그런 것들 사."

카드를 받지 않고 거부하자 한경의 시선이 엄해졌다. 하는 수 없어 우물쭈물 카드를 건네받았다.

"아낌없이 뭐든."

내가 의심스러운지 그가 딱딱하게 강조했다. 난 그에게 확신을 주듯 턱을 크게 까닥거리고 방에서 나가기 위해 몸을 돌렸다.

"그리고."

한경이 나의 발길을 잡았다.

"핸드폰부터."

"……네."

정말 진심으로 제가 사주기 싫어서 안 사준 게 아니거든요, 라고 덧붙이고 싶었지만 말을 삼키고 자리로 돌아왔다.


밤의 거리지만, 교복을 입은 아이들이 보도블록을 가득 채운다.

오늘 하루도 무수히 많은 활자들을 뇌에 주입시키느라 지친 기색이다. 한 아이의 입이 벌어진다. 턱이 금방이라도 끊어질 듯 늘어지게 하품을 한 아이가 때마침 도착한 학원버스에 오른다. 줄지어 있던 아이들이 일제히 귀가하기 위해 학원버스에 오른다.

초록색으로 치장된 작은 철창 같은 학원버스를 멀거니 보는데 따스한 감촉이 어깨를 감쌌다.

"웬일이야?"

뒤에서 들린 반가운 음성에 난 활짝 웃었다.

"언니가 방해했어?"

유경이는 건성으로 고개만 흔들었다.

"저녁 안 먹었지? 뭐 먹고 싶어? 언니가 취직 턱 쏠게."

"월급 타려면 멀었으면서."

유경이는 내가 한경의 회사에 취직한 것을 달가워하지 않았다. 시큰둥하게 '알았다'라고 대답했지만 싫은 기색이 역력했었다.

"뭐 먹고 싶은데?"

"아무거나."

"독서실 이제 옮기자니까. 집에서 너무 멀어."

"이달 치 아깝게."

학원가에 위치한 피자가게에 들어가 앉으며 말하니 유경은 무심히 대꾸했다.

"그렇긴 하다."

난 헤헤거리며 먼저 나온 콜라에 꽂힌 빨대를 빨았다. 언제부터 우리의 대화가 어려워졌지? 유경이의 심경이 가늠되지 않았다. 철딱서니 없는 나는 아빠를 찾았다는 사실에 마냥 기쁠 것 같은데…….

"학원도 새로 늘려도 되는데…… 이제."

"왜? 부자…… 가 나타나서?"

빈정대며 유경이 중간의 말을 끊었다. 입에서 '아빠' 혹은 '아버지' 소리는 절대 나오지 않나 보다.

"그런 말투 하지 마."

모른 척 유경의 어투만 엄하게 지적했다. 유경이는 시선을 회피하며 콜라를 마셨다. 분위기가 침잠해졌다. 피자라도 속편하게 먹여야겠다는 생각에 학교 이야기를 물었다. 유경이는 바로 표정이 산뜻해져서 수다를 떨었다.

피자를 먹고 나서 그녀를 데리고 근처 휴대폰 매장으로 이동했다.

"왜?"

"예쁜 걸로 골라봐."

빙그레 웃으며 난 진열장의 휴대폰을 살폈다. 최신형 휴대폰들이 근사한 자태를 뽐내고 있었다. 친절한 직원이 다가와 휴대폰들을 꺼내 유리 진열장 위에 올려놓았다.

"왜 갑자기 휴대폰, 휴대폰, 그래? 이걸로 나 족쇄 채우래?"

"유경아……."

"독서실로 들어갈래. 언니, 가."

"유경아, 휴대폰은 오래전부터 언니도 사주고 싶었던 거야. 요즘 세상도 흉흉하고…… 너 늦게까지 독서실 있는데……."

말이 끝나기도 전에 유경이 듣기 싫다는 듯 몸을 돌렸다. 거리로 나가는 그녀를 황급히 쫓아갔다.

"유경아, 네가 마음이 좋지 않은 건 알겠는데…… 조금은 좋은 쪽으로 생각하면 안 돼?"

"몰라. 다 마음에 안 들어."

"……그래도 네 아빠잖아."

"내가 그렇게 부르지 말랬지?!"

별안간 유경이 예민하게 소리치며 돌아서서 가려고 했다.

"유경아!"

팔을 급하게 잡는데, 유경이 신경질적으로 뿌리쳤다.

"언니, 지금은 그냥 놔둬. 15년 만에 나타난 부자 아빠 같은 건 난 원치 않았다고."

"네 아빠…… 아니, 이사님이 사정이 있다 했잖아. 들어보지도 않고……."

"그래, 사정! 그래서 그 사정 때문에 이제 나타나서 뭐?! 돈으로 보상하는 거야? 좋은 집에서 살게 해주고, 비싼 휴대폰 사주면서? 그럼 난 감사합니다, 해야 해? 그동안 못 오신 사정 깊이 이해하니 더 많은 것을 주세요. 그동안 너무 가난하게 살았는데 너무 좋네요, 다 갖고 싶었어요, 해? 그럼?!"

비뚤게 입술을 일그러뜨리는 유경의 목소리가 부들부들 떨렸다. 유경이의 악다구니가 뾰족한 못처럼 아리게 심장에 박혔다. 참으려 했는데 눈시울이 달궈지는 건 어쩔 수가 없었다.

"미안해. 언니가……."

"언니가 뭐가 미안해?!"

고개를 숙이며 눈물을 참는 내게 유경이 버럭 일갈했다. 그녀의 눈동자도 시뻘게졌다.

"가! 내버려 둬!"

유경이 신랄하게 몸을 돌려 빠른 걸음으로 독서실로 걸어갔다. 급히 뒤따랐지만 유경이는 마지막까지도 내 손을 거부했다. 독서실 건물 안으로 사라져 버린 유경의 빈자리가 아파 얕은 숨만 헐떡이며 그 자리에 멈췄다.

너무 가난해서 힘들었었나, 우리 유경이? 내내 사고 싶은 것도 못 사고, 갖고 싶었던 것도 참았나?

미안해, 언니가.

미안해.


내색하지 않음으로, 밝아지려 애씀으로 몰랐다 말하는 건 핑계
다.

나는 어쩌면 알고 있었다. 가끔 내가 욕심 부리는 건가 고민했었
다. 만약 나와 살지 않았다면 유경이가 다른 삶을 살지 않았을까,
생각한 적도 있었다. 유경이는 예쁘고 똑똑한 아이니까 고아원에
들어갔다면 좋은 부모에게 입양되었을 거다. 그렇다면 유경이는
좀 더 편히 컸을 것이다. 내 욕심으로 유경이의 좋은 기회를 놓치
게 했을 수도 있다. 그래서 유경이가 많은 것을 포기하고 살았을지
도 모른다. 어쩌면.

그래도 하나, 분명히 변명하고 싶은 하나는 내게 있어서 너는 절
실한 욕심이었다는 거다. 그래, 그것이 잘못이라면 미안해. 미안
해, 유경아.

"길, 너 거기서 뭐 해?"

깊은 상념에 빠져 있다 들려온 음성에 현실로 돌아왔다. 반사적
으로 턱을 들고도 멍한 나를 현강이 무표정하게 내려다봤다.

"어?"

왜 내가 있는 곳에 현강이 나타난 것인지 잠시 헷갈렸다. 버스에
서 내려 걷다 지친 마음을 달래느라 어느 지점에서 다리를 멈추고
앉았었다. 그런데 왜? 서둘러 주변을 훑었다. 그제야 내가 앉은 지
점이 빌라 앞 화단임을 인지했다. 현강은 빌라 주차장에 차를 주차

하고 막 내리던 참이었다.

"너, 술 마셨어?"

"아니요."

"멍청하게."

얄궂은 말을 던지고 현강이 빌라 현관으로 성큼성큼 걸어갔다. 이 자식은 틈만 나면. 계슴츠레 그의 등을 흘기며 화단에서 일어났다.

"길예원."

현강이 도어락 번호를 누르면서 불렀다. 또 무슨 시비를 걸려나 싶어 잔뜩 긴장했다.

"그러고 있지 마."

나직한 말이 들렸다. 보안 문이 열리며 그가 안으로 들어갔다. 어? 지금 목소리에 걱정스러……

"거지 같아 보여서 동네 창피하잖아."

놀라 등을 주시하는데, 그의 가느다란 눈이 뒤돌아보며 이기죽거렸다. 곧바로 현강은 계단을 탁탁 올라가 버렸다.

뭐야…… 저…… C…….

순간 튀어나오려는 욕을 억지로 꾹꾹 누르며 그가 사라진 방향을 죽일 듯이 노려봤다. 우울했던 기분이 일순간 사그라지고 현강에 대한 분노가 그 자리를 차지했다.

도현강, 틈만 나면 막말이고 틈만 나면 무시한다. 나도 이제 반말할 거야. 막 대할 거야.

"도현강 씨, 이거요."

그럼에도 난 왜 이 인간에게 존대를 계속하는가.

어젯밤에 불끈하며 결심하고 또 결심했음에도 불구하고 난 현강을 보자마자 주눅 들었다. 이상하다. 왜 도현강 앞에만 서면 위축이 되고, 이 녀석의 눈썹 꿈틀거림에도 움찔움찔하는지 모르겠다. 내가 무슨 큰 빚을 진 것도 아닌데 뭔가 크게 잘못한 기분이 드는 건 뭘까? 역시 내가 이 녀석에게 약점이 잡힌 기분 때문일까? 이 녀석은 나를 아는데 나는 모르는 약점?

궁금증에 단도직입적으로 물어보고 싶음이 용솟음치지만 심술 궂은 현강이 친절히 설명해 주진 않을 것은 명백했다. '돌대가리' 라는 이죽거림만 날아올 것이 겪지 않아도 훤하기에 참았다.

해영이 부탁한 PT 자료를 만들어 내밀자 현강은 잔뜩 팀장 포스를 풍기며 '고마워요' 하고 사무적으로 말할 뿐 모니터에서 눈을 떼지 않았다. 아랫입술을 삐죽거리며 자리로 돌아가는데,

"길예원 씨."

위압적으로 현강이 불렀다.

"네?"

"도현강, 팀장님."

뒤돌아보자 그가 '팀장님' 자에 힘주어 호칭을 정정했다. 눈을 가늘게 늘이며 오른쪽 입술 끝으로 약 올리듯 씩 웃으면서.

"……네."

제길. 입술이 질근거리는 걸 억누르며 휙 자리로 돌아왔다.

얄미워. 내 기필코 반말할 거야. 막 대할 거야. 다시 한 번 크게

결심했다.


톡톡. 유리문 두들기는 소리에 데스크에서 업무 중이던 한경이 고개를 들었다. 나를 발견한 그가 들어오라고 턱짓했다. 조심스레 유리문을 열고 들어가 카드를 데스크 위에 올려놓았다.

"필요가 없을 듯해서."

"왜? 유경이가 거부해?"

내가 대답을 못하자 한경이 눈치챘다. 그의 눈동자가 희미하게 일렁거렸다.

"그래도 가지고 있어. 뭐든 필요하게 되면 사."

"아니에요. 저도 돈 있고요. 휴대폰도 조만간 제가 사줄게요, 유경이 설득해서."

"……휴대폰도 싫대?"

"유경인 원래 스마트폰이 공부에 방해될 것 같다고 거부했었어요."

대수롭지 않다는 듯 웃으며 둘러댔지만 한경의 낯빛은 어두워졌다. 그가 데스크에서 나와 여유롭게 소파에 다가가 내게 앉으라 시늉했다. 그와 마주 보고 소파에 앉았다.

"내가 유경이한테 어떻게 하면 좋을까?"

"……사실은 저도 잘 모르겠어요. 요즘은 유경이가 저도 너무 어려워요."

"나랑 살기가 정말 싫은 건가?"

"그 정도는 아닐 거예요. 지금 유경이가 모나게 굴긴 하지만 마음 씀씀이가 착하고 세심한 아이예요. 감성적인 탓에 자기감정 컨트롤이 힘든 것 같아요."

한경의 쓰디쓴 표정이 안타까워 빠른 어조로 말했다. 한껏 비뚤어진 아이처럼 구는 유경이는 원래 여리고 상대방을 배려하는 착한 아이다. 그건 그 누구보다도 내가 장담할 수 있다.

"유경인 내 존재에 대해서 어떻게 알고 있었지?"

"……아빠가 하늘나라에 있는 줄……."

"그렇군. 유경이 입장에서는 정말 충격이겠군."

오물거리는 내 대답에 한경이 쓰게 웃었다.

"……유경이는 엄마가 미혼모인 줄 몰랐어요. 아빠가 태어나기 직전 사고로 돌아가신 걸로 알았어요. 하지만 유경이는 똘똘해서 아빠 사진 한 장 없으니까 눈치챘을 거예요. 그래서 이사님이 나타나자마자 바로 인지했지만, 이 일로 본인의 정체성에 대해서 혼란이 온 듯해요."

"내 잘못이야."

"그 사정 말해주시면 아마 금방 이해할 거예요."

"……그래. 하지만 말하기 어렵다. 자신이 없어서……."

짧은 숨을 내쉬면서 한경이 말을 이었다.

"카드는 네가 가지고 있어. 지금 내가 할 수 있는 건 고작 이것뿐이다. 그냥 예쁜 옷, 이런 거라도 사줘. 그것조차 안 되는 거야?"

그가 서글프게 웃었다. 아릿하게 심장이 울렸다.


한경의 방에서 자리로 돌아가니 팀원들이 점심시간이라 자리에서 일어나고 있었다.

"식사 맛있게 하세요."

"예원 씨, 정말 안 먹을 거야? 그렇게 비쩍 말랐으면서 무슨 다이어트야?"

난 며칠 전부터 '다이어트'를 시작했다고 핑계 댔다.

"아니에요. 숨겨진 살들이 꽤 돼요."

기막혀하는 해영에게 에둘러대며 배를 손바닥으로 쓱쓱 문질렀다. 팀원들은 강요하지 않고 사무실에서 나갔다. 현강은 여전히 집념의 업무로 회의실에서 나올 생각을 안 했다. 정미가 회의실에 가 물었지만 그는 무관심하게 고개만 흔들었다.

주변 정리를 찬찬히 한 후에서야 난 지갑을 챙겨 들고 사무실에서 나왔다. 직원들과 마주칠지도 모른다는 노파심에 멀리 있는 편의점에 가서 사발면과 삼각김밥을 계산하고 스마트폰으로 소설 사이트에 접속했다. 얼마 전부터 내가 좋아하는 박 작가가 새로 연재 시작한 소설 '일점일영'을 읽으며 한껏 벌린 입에 라면을 넣었다. 그러다 이상한 이끌림에 유리창 너머를 힐끔 봤다.

그때, 낯익은 길쭉한 몸매가 시야에 들어왔다. 흠칫하며 자세히 보니 근처 커피전문점에서 테이크아웃해 가는 현강이었다. 역시 도현강은 스치듯 봐도 포스가 남다르다.

나 보면 안 되는데. 부리나케 눈길을 거두려는데 동물적인 감각으로 그가 눈을 돌렸다. 그와 나의 눈이 격렬하게 부딪쳤다. 아, 늦었다. 나를 발견한 그의 한쪽 눈썹이 치켜세워졌다. 후다닥 모른 척 고개를 숙였다. 입안에 잔뜩 우겨 넣었던 라면을 꿀꺽 삼켰다.

그냥 가겠지? 죄인마냥 고개도 들지 못하고 기다렸다. 삽시의 시간임에도 천 년처럼 긴 시간 같았다. 스산한 기운이 곁에 다가왔다.

"길, 여기서 뭐 하냐?"

내 바람과 다르게 현강이 발길을 돌려 편의점으로 들어왔다.

"어? 여긴…… 웬일이야…… 요?"

여전히 반말이 나오지 않았다. 이곳에서의 마주침이 민망해 억지미소를 흘렸다. 다이어트 핑계를 현강도 들었는데.

그의 마른 시선이 내 사발면과 삼각김밥으로 이동했다. 짧은 침묵이 흘렀다. 도현강의 심통이 어디로 튈지 몰라 난 숨죽였다. 그런데 그가 아무런 언질도 하지 않고, 테이크아웃 커피를 테이블에 내려놓았다. 그러더니 몸을 돌려 편의점 안쪽으로 들어갔다.

궁금증에 게슴츠레 곁눈질하니 그가 사발면 하나를 집고, 미간을 잔뜩 찌푸리고 심각한 표정으로 삼각김밥 하나를 골랐다. 어? 저걸 왜?

계산을 마친 그가 여전히 오만상을 쓰고 익숙지 않은 몸짓으로 사발면 포장지를 벗겨 물을 붓고 내 곁으로 돌아왔다.

"그거…… 먹으려고요?"

"그럼?"

"……라면 안 먹지 않아요?"

"네가 하도 게걸스럽게 먹으니까 먹고 싶어졌어."

퉁명스레 대꾸하는 그를 난 입술을 삐죽이며 흘겼다. 내가 길게 말하지 말아야지. 난 대화를 포기하고 라면을 먹기 시작했다. 잠자코 날 내려다보던 그의 손이 삼각김밥으로 갔다.

"그거…… 30초 데워 먹으면 맛있는데……."

라면을 오물거리며 난 심드렁하게 혼잣말했다. 쓱. 말 끝나기 무섭게 그의 삼각김밥이 내밀어졌다.

"그럼 해와."

"넌……. 도현강…… 팀장님은…… 손이……."

소심한 나의 웅얼거림에 현강의 눈빛이 위압적으로 바뀌었다. 이…… 자식은 하여튼 눈에 힘만 주면 다 되는 줄 알아…….

내심 욕하면서도 그에게 삼각김밥을 받아 전자레인지로 갔다. 30초 데워와 그의 앞에 무진장 귀찮은 일이라는 듯 탁 힘주어 내려놓았다. 그것만이 내가 할 수 있는 유일한 불만 어필이었다.

"……이거 뭐야? 난 모양이 왜 이래?"

비닐 포장지를 쭈욱 뜯어낸 그가 내가 쥐고 있는 온전한 삼각김밥을 넘겨다보며 인상을 썼다. 눈을 돌려보니 비닐 포장지를 모두 떼어낸 그가 밥 따로, 비닐에 싸인 김 따로 각각 손에 들고 있었다.

"삼각김밥 처음 먹어봐요?"

"어. 난 편의점에서 사 먹는 건 음료수밖에 없어. 잘 오지도 않고. 빨리 이것 좀 제대로 해봐, 네 것처럼."

"……내가 왜……."

심각한 듯 미간을 좁히며 그가 건네는 분해된 삼각김밥을 반사적으로 받았다.

"이거 이렇게 되면 되게 귀찮은데……."

비닐을 벗겨내며 난 투덜거렸다. 그는 사발면의 뚜껑을 열고 건성으로 젓가락을 휘휘 저었다. 어렵게 완성한 삼각김밥을 건네자, 그는 자연스럽게 받아 입으로 가져갔다. 고맙다는 인사는 기대하지 않았고, 현강 역시 하지 않았다.

그와 난 말없이 나란히 서서 사발면과 삼각김밥을 먹었다. 정오가 넘어서고 한낮인 밖의 태양은 여전히 뜨거웠다. 밖의 열기와 상반되게 편의점 안의 공기는 선선했다. 그와 나의 주변 공기는.

"도 팀장, 안색이 좋지 않아."

점심 먹고 들어온 지 얼마 되지 않아 해영의 걱정스런 목소리가 들렸다. 세나가 부탁한 가벼운 이미지 수정 작업에 심혈을 기울이다 눈길을 돌렸다.

팀장 자리에 있는 현강의 얼굴이 모니터 사이로 보였다. 현강이 부정하듯 머리를 가로저었다. 그의 얼굴색이 좋지 않았다. 파리할 정도로 창백했다.

"정말! 현강 팀장, 어디 아파?"

"……아니야. 괜찮아."

화들짝 놀란 정미의 물음에 현강이 이빨을 악다물 듯이 말하고 자리에서 일어나 회의실로 갔다. 그가 걸어가며 무의식중에 주먹으로 가슴을 탁탁 쳤다. 어? 난 눈으로 그의 등을 황급히 좇았다.

"현강 팀장 속 안 좋은가?"

정미도 그 동작을 봤는지 쪼르르 따라갔다. 회의실 안에서 정미가 현강에게 손짓하며 채근했지만 현강은 괜찮다는 듯 손사래만 쳤다. 정미가 회의실에서 서둘러 나왔다.

"아무래도 얹힌 것 같은데? 계속 괜찮다곤 하지만."

"도 팀장 점심 안 먹지 않았어?"

해영이 의아한 듯 갸웃거렸다. 돌연 떠오른 생각에 난 입을 열었다.

"혹시…… 도 팀장님 라면 먹으면 얹혀요?"

"응. 현강 팀장 원래 면 안 좋아하는데, 특히 라면 먹으면 체해서 절대 안 먹어. 왜? 현강 팀장 라면 먹었어? 그럴 리가 없을 텐데?"

정미의 대답에 아차 싶었다. 저 녀석은 체하면서 왜 그걸 먹어서…… 내가 그렇게 맛있게 먹었나? 그렇게 안 보이는데 식탐 있나?

"따줘볼까요?"

소지하고 다니는 바늘쌈지가 생각나서 넌지시 물었다.

"예원 씨 딸 줄도 알아? 난 무서워서 못하는데…… 할 수 있으면 한번 해줘봐. 눈치가 얹힌 게 맞는 것 같다."

회의실에서 연신 쇄골 부위를 주먹으로 탁탁 쳐대는 현강을 넘겨다보며 해영이 말했다. 난 부랴부랴 가방에서 바늘쌈지를 꺼내 회의실로 갔다. 현강이 들어서는 날 보자마자 가슴을 두들기던 주먹을 내렸다.

"왜?"

그가 파리해진 낯빛으로 귀찮다는 듯 봤다.

"……얹힌 것 같은데, 따줄까요?"

"뭐?"

바늘쌈지를 보여주니 그가 흠칫했다. 어차피 긍정적인 답은 오지 않을 것이기에 서둘러 옆에 앉아 주섬주섬 바늘을 꺼내고 실을 잘랐다. 가느다란 바늘을 보는 그의 낯빛이 더 창백해졌다.

"그걸로…… 날 찌르겠다고?"

"얹힌 데는 따는 게 최고예요."

"야, 그건 증빙되지 않는 민간요법이잖아. 민간요법이라는 게 얼마나 위험한 건지 알아?"

성질을 내다가도 속이 좋지 않은지 현강이 미간을 찌푸리며 입술을 꾹 다물었다.

"거봐, 속이 엄청 안 좋으면서."

난 억지로 그의 큰 손을 탁 잡아당겼다. 그가 움찔했다. 그의 섬세한 긴 손가락은 보드라웠다. 말은 거부했지만 막상 내게 손을 빼앗기자 현강은 순순해졌다. 속이 정말 안 좋긴 하나 보다.

엄지손가락을 잡아당겨 쓱쓱 피를 밀어당기고 실로 돌돌 두르는 것을 현강이 잔뜩 겁먹은 표정으로 지켜봤다. 그 표정에 안쓰러워졌던 것이 고소해지는 악마의 마음이 스멀거리며 올라왔다. 쿡 나오는 웃음을 간신히 삼키고 엄지손가락을 구부려 거침없이 바늘 끝으로 손톱 위 살점을 푹 튕기듯 찔렀다.

"아!"

엄살피우듯 현강이 짧은 비명을 질렀다.

"야, 너 일부러 아프게 했지!"

"이봐, 엄청 체했네. 피가 시커먼 것 봐."

성질부리는 그의 말을 못 들은 척 일부러 호들갑을 떨었다. 같이 가져온 휴지로 살갗을 뚫고 방울지게 나온 까만 피를 세심하게 닦아줬다.

"그런 거야?"

그가 궁금하다는 듯 눈꺼풀을 내리깔며 자신의 시커먼 피를 내려다봤다. 난 피를 꾹꾹 눌러 빼서 마저 닦아주고, 의자에서 일어나 그의 뒤로 이동해 손바닥으로 등을 쓱쓱 위에서 아래로 쓸었다.

"속이 좀 나아요?"

"모르겠는데?"

시큰둥하게 대답하더니 현강이 갑자기 *끄윽—* 하고 트림을 했다. 예기치 못하게 튀어나온 트림으로 그가 창피한지 어깨를 움츠렸다. 그의 등을 쓸어주며 킥킥 웃었다. 널따란 등이 귀엽게 보이는 건 내 눈의 착각인 거겠지?

"좀 괜찮죠?"

"……어."

"다행이네."

속닥이는 듯 낮은 답에 피식 웃었다. 어쩌면 쑥스러워하는지도 모르겠다. 아직 체기가 남아 있을지 모르므로 그의 단단한 등을 쓸어내리는 것을 멈추지 않았다. 그는 얌전히 앉아 나의 손짓을 받았다.

오후가 조용히 갔다.


"그래서? 그 집에서 사는 거야?"

퇴근 후에 저녁을 함께한 자리에서 그동안 밀린 도씨 일가와의 일화를 간략히 전하자 선아는 놀람에 이어 안쓰러워했다.

"응…… 유경이가 있으니까."

"뭐 하러 그래? 네가 그곳에서 눈치 보며 살 필요 없잖아? 유경이 아빠란 사람 덕분에 취직도 했고, 여유도 생겼으니까 유경이 크는 거야 이제 걱정도 없고……. 그럼 너 혼자 편히 살아도 되는 거잖아."

선아의 답이 정답일지도 모른다. 나도 아는 답. 객관적인 답.

"너 그동안 아무것도 못했잖아. 술 한 번 제대로 마신 적도 없지. 아니, 영화 한 편 편히 본 적 있니? 김영권이랑 너 왜 사귀었니? 너 솔직히 그 녀석이 어디 가자, 보채지 않아서 그런 것도 있지? 그냥 심심할 때 외롭다 느낄 때 대화 상대 필요해 만난 거지?"

"그건 아니야."

"그럼?"

"김영권은…… 그냥…… 그런가?"

부인했음에도 불현듯 뇌 회로가 까매졌다. 어째서 아니라고 했을까? 어째서 변명조차 못하지?

"정말 그런가 보다. 모태솔로 딱지 떼고 싶었나? 무턱대고 받아들여 놓고는 마음 내킬 때 남자친구 본다는 그런 보상 심리?"

"그래. 너는 한 번도 김영권한테 채근하지 않았잖아. 언제나 무덤덤."

"맞아. 나 그랬나 보다. 나 갑자기 김영권한테 되게 미안하다."

파스타를 들었던 포크를 도로 내려놓고 아이스티를 마시며 건조한 목을 축였다. 내 첫 번째 연애가 한심해서 쓴웃음이 나왔다.

"미안할 건 없지. 그 녀석도 연애의 예의는 안 지켰으니까. 어쨌든 너도 이제 좀 가벼워져. 진짜 연애도 하고 마음껏 놀러 다니고. 유경인 아빠 찾았으니까 네가 신경 쓸 필요……."

"……선아야."

그녀의 말을 잘라매듯 조용히 불렀다. 입을 다문 선아가 날 봤다.

"유경인 내 짐이 아니야. 유경인 내 가족이야."

"예원아."

"알아, 피도 섞이지 않은 가족이라는 거. 그런데 나에겐 가족이야. 내 피붙이 같은."

고개를 숙였다. 그리고 그 누구에게도 못했던 말을 꺼냈다.

"유경이가 태어나고 그런 유경이를 재우는 미유 언니를 봤을 때 너무 부러웠어. 엄마 품에 안겨 젖을 먹는 유경이도, 잠든 모습도 다 부러웠어. 우리 엄마도 날 버리기 전에는 저런 모습이었을까? 상상도 했었어. 그때부터였나 봐. 유경이에 대한 마음이, 미유 언니에 대한 마음이. 부러움에서 나도 함께이고 싶은 마음."

솟구치는 아릿함에 잠깐 깊은 숨을 내쉬며 말을 참았다.

"그리고 열여덟 살 때 오갈 데 없는 내게 먼저 같이 살자고 손 내밀어준 사람이 미유 언니야."

그날이 생각난다. 가벼운 접촉사고로 병원에 입원했을 때 미유 언니는 내 손을 잡고 말했었다. 아직도 그날의 언니 표정을 잊을 수가 없다.

"예원아, 우리 같이 살까? 너랑 나랑 친자매처럼. 네가 유경이 언니처럼."

"그래도 돼? 나도?"


입술을 슬며시 벌리고 환히 웃던 언니의 눈동자는 눈부시게 빛
났다. 아무런 생각도 나지 않았다. 그저 반짝이는 언니의 눈동자와
웃는 입술. 답 대신 끄덕이던 고개. 그것만이 전부였다.

"셋이 살기 시작했을 때 난 정말 행복했었어. 내가 지켜줘야 할
가족이 생긴 것 같아서. 그런데 미유 언니를 잃었고, 더 이상 잃고
싶지 않았어. 그래서 내가 유경일 보호해 주고 책임져야 된다고 생
각했어. 내가 지켜줘야 할 가족이니까. 내 가족이니까, 내게 있어
선."

처연해지려는 감정을 억눌렀다.

내가 미유 언니 동생이고 유경이 언니인 이상하고 복잡한 관계
였지만 상관없었다. 우리에겐 그런 건 중요하지 않았다. '같이' 였
으니까.

"나도 알아. 내가 구차하고 구질구질한 거. 그런데 아직은 정리
가 되지 않아. 정리가 되면…… 나와야지. 난 가족이 아니니
까……."

"구질구질하다고 말한 거 아니야."

"알아. 그런데 맞아. 비굴하게 매달렸거든. 혼자 될까 봐 무서워
서. 근데 진짜는 내가 낄 자리가 아니야. 유경이가 마음 열고 이사
님을 받아들이면 나올 거야. 그때쯤 되면 나도 정리가 되겠지…….
시간이 좀 필요해."

선아가 테이블 너머 손을 쓱 뻗어, 주먹 쥔 내 손을 잡았다.

"넌 혼자가 아니야. 응?"

"그럼. 당연하지."

선아를 보며 빙그레 웃었다. 그녀의 손바닥이 내 손등을 토닥거렸다. 그 손길이 따뜻해서 난 환하게 웃었다.


"그러니까 오지 마시라고요!"

선아와의 술자리로 귀가 시간이 늦었다. 현관문을 열고 들어서는데 유경이의 앙칼진 목소리가 들려 난 멈칫했다. 계단참에서 유경이가 씩씩거렸고, 한경이 그녀의 팔을 잡고 있었다. 격해진 감정으로 거친 숨을 토해내는 유경이가 날 봤다. 그녀가 신경질적으로 한경의 손을 뿌리치고 쿵쿵 계단을 올라갔다.

한경은 크게 가슴팍을 들썩거렸다. 어정쩡하게 멈춘 나를 한경이 일별하고 방으로 걸어갔다. 가시방석 같은 자리에 혼자 남았다. 그들의 대화를 방해한 내가 원망스러웠다. 하필 지금 들어왔을까. 내가 들어오지 않았다면 격앙되게 부딪치고 싸우더라고 서로의 감정을 조금은 내비칠 수 있었을 텐데.

"유경아."

유경이는 더운 날임에도 이불을 머리끝까지 뒤집어쓰고 있었다. 조심스레 침대 맡에 앉았다.

"널 이해 못하는 거 아니야. 억지로 받아들이라고 강요하는 것도 아니야. 다만 다가오려고 애쓰시는데 조금만 편히 대해보면 안 될까?"

이불 위를 손바닥으로 덮었다. 유경의 등이 낮게 오르락내리락했다.

"오늘 오후에 업무차 장거리 가셨었어. 거기서 오자마자 너 데리러 간 모양인데……. 널 걱정하는 마음과 가까워지고 싶은 마음이 있는 거잖아."

유경이의 닫힌 귀는 다독이는 내 말을 모른 체했다. 어떻게 하면 네 마음을 열 수 있을까? 가슴에 유리가 달려 있음 좋겠다. 그럼 알고 싶은 마음이 투명하게 다 보일 텐데.

난 그녀의 등을 토닥거려 주고 아래층으로 내려갔다. 신호가 통한 듯 한경이 방에서 나왔다. 눈가가 그늘진 그가 쭈뼛대는 내게,

"피곤하지 않으면 술 상대 좀 해줄래?"

라며 쓴웃음을 지었다.

난 크게 턱짓했다. 한경이 와인장식장에서 와인을 한 병 꺼내주고 베란다에 나가 있으라며 주방으로 들어갔다. 난 베란다 한편에 놓인 테이블에 얌전히 앉아서 기다렸다. 그가 잔과 치즈큐브를 투명 글라스에 담아 나왔다. 세심하게 담겨진 치즈큐브를 보면서 난 자그마하게 미소 지었다.

"내가 잘못하는 것 같다."

각각의 잔에 와인을 따르고 한 모금 마시더니 한경이 입을 열었다.

"자격도 없고 경험도 없어서 어떻게 해야 될지 모르겠어. 유경이는 한창 예민한 시기인데 내가 나쁜 자극을 주는 것 같아서 미안하고."

"원래는 그렇게 예민한 아이가 아닌데…… 사춘기가 다시 왔나
봐요."

무거운 분위기를 쇄신하려 농담조로 말했다.

"사춘기는 언제였지?"

"유경인 조숙해서 다른 아이들보단 일찍 왔어요, 열한 살 가을
에. 낙엽만 굴러가도 가슴이 시리다고 훌쩍거리곤 그랬어요."

"그래?"

가라앉았던 그의 눈동자가 상상하듯 픽 웃음이 감돌았다.

"정말 심했다니까요. 난 그렇게 유난 안 떨었던 것 같은데……."

"유난 떨었어?"

"엄청 그랬어요. 얼마나 기분이 들쑥날쑥한지……. 유경이가 똑
똑해서 그런가 봐요. 감성이 남다르긴 해요. 시도 잘 쓰고 글도 꽤
잘 써요. 상도 많이 받았어요, 글짓기 독후감 대회에서."

"그런 재주가 있군."

한경의 입가에 뿌듯함이 올라왔다.

"아! 잠깐 기다리세요. 사진 보여 드릴게요."

난 벌떡 일어나 서둘러 2층 서재로 갔다. 박스에 챙겨놓은 유경
이 앨범을 들고 나왔다. 어려서부터 꼬박꼬박 모아놓은 덕분에 앨
범은 두 개였다.

한경과 나란히 앉아 앨범에 꽂힌 유경이 사진을 봤다. 한경은 갓
태어났을 때의 유경이 사진을 보며 신기해하면서도 애틋한지 표정
이 복잡 미묘해졌다.

"고아원에서 살던 때였어요. 미유 언니가 보육교사로 있었거

든요."

"보육교사로 거길 들어간 거야?"

"네."

"……임신했을 때?"

꺼내기가 어려운 듯 그가 잠시 망설였다. 가차 없이 명령하던 처음과 사뭇 다른 주저였다.

"네. 언니가 만삭일 때 들어왔고, 얼마 있다가 유경이를 낳았어요."

"그렇군."

그의 눈가가 진해졌다. 깊은 상념에 빠진 듯 그의 입술이 곧아졌다. 그는 미유 언니가 임신해서 보육교사로 들어온 사실조차 몰랐다. 그렇다는 건 언니가 미혼모 시설에서 지냈던 것도 몰랐을 확률이 높았다. 언니와 그는 언제 헤어진 것일까?

"혹시…… 언니가 임신한 거 모르셨어요?"

어려운 질문을 꺼냈다. 그가 한숨과 섞어 와인을 마셨다.

"응."

그리고 무겁게 대답했다. 역시…….

"그럼…… 어떻게 알고 유경이를 찾았어요?"

"얘기하면 좀 긴데…… 아는 지인을 만났어. 올해 초에 우연히. 미유…… 유경이 엄마도 아는 지인."

한경이 와인을 내려놓았다.

"그분에게 유경이 엄마가 죽었다는 전언을 들었어. 그러다 유경이가 남겨진 사실을 알게 되었어. 처음엔 넘기듯 들었는데…… 뭐

랄까, 찜찜함인지, 직감인지……. 머릿속에서 유경이 존재가 떠나지 않았어. 그래서 그분을 찾아가 자세히 물었지."

그가 말하는 지인이 누구인지 알 듯했다. 미유 언니가 오래전부터 친언니처럼 지내던 분으로 유경이가 태어났을 때 기저귀도 사들고 왔고, 고아원에서 나왔을 때는 언니에게 마트 일자리도 소개시켜 줬던 분이다.

"유경이 태어난 년도를 들었고, 난 유경이 엄마가 어떤 사람인지 아니까 내 아이임을 확신했어. 유경이를 당장 찾자고 결심했고, 친자 확인도 필요 없다고 생각했지. 그 후에 마트에서 일했던 흔적으로 사람 찾는 전문가에게 맡겼다."

그를 잡은 찜찜함은 혈육의 이끌림 같은 건가? 피가 당긴다는 그것. 필연적으로 만나야 될 운명.

"다행히도 유경이가 학생이라 학교 이력이 있어 예상했던 것보다 오래 걸리진 않았어."

미유 언니와의 사정을 세세하게 듣고 싶은 욕구가 용솟음쳤지만 그의 눈길은 사진으로 돌아갔다.

"참 예뻤구나, 유경이."

"네. 태어났을 때도 난리였어요. 이렇게 예쁜 아기는 처음이라고 원장님도 감탄했다니까요. 정말 예쁘죠? 무슨 갓난아기가 이렇게 또릿또릿하고 이목구비가 뚜렷한지……."

"그래."

나의 흐뭇함 못지않게 한경의 눈동자에도 뿌듯함이 올라왔다.

"고아원에서 계속 살았어?"

"아니요. 제가 열여덟 살 때 다른 고아원으로 옮겼는데 그곳 원장님이 절 탐탁지 않아하신 걸로 기억해요. 원래 열다섯 살 남학생이 제일 큰 애였는데 고등학생인 제가 들어가니 불편하셨나 봐요. 그래서 눈치 보고 있었는데 미유 언니가 같이 살자 했어요. 급여도 적고 유경이를 계속 고아원에서 키울 수 없으니까 언니도 이직할 생각이었다며. 그때부터 언니와 함께 살았죠, 유경이랑 같이."

한경이 천천히 와인을 마셨다. 그가 마시는 와인의 높이가 줄어들고 채워짐을 반복했다. 그와 나는 늦은 새벽까지 유경이의 사진을 함께 봤다. 사진 속 유경이가 커갈수록 그는 신기해하면서 감탄했다. 그러면서 미안해했다.

뜨거웠던 밤의 기운이 선선해졌다.

선선한 바람과 함께 어두웠던 그의 표정이 점점 유연해졌다. 그의 입가가 늘어나기도 했고, 그의 눈꼬리가 길어지기도 했다. 때론 웃었고 때론 슬퍼 보였다. 그런 그를 달랠 순 없어 난 그저 같이 웃고, 같이 슬퍼할 수밖에 없었다.

곁에 붙다시피 앉은 그의 체온을 느끼며, 그의 얕은 숨을 느끼며, 가슴속에 따스한 온기가 가득 채워지는 밤이었다.


구름이 낀 하늘이다. 잔뜩 하늘을 가린 구름은 곧게 작열하던 태양의 열기를 가라앉혔다. 덕분에 그와 걷는 보도블록 길이 뜨겁지 않았다.

"억지로 주면 싫어하겠지?"

한경은 오전에 네트워크 쪽지로 유경이 휴대폰을 사러 갈 수 있느냐 물었다. 어차피 업무적으로 바쁜 위치가 아니기에 그를 따라 나섰다.

"연결할 만한 핑곗거리가 없어서 말이야. 휴대폰이라도 있으면 톡이라도 보낼 텐데……."

"제가 잘 설득해 볼게요."

"그래, 고마워."

"이따 오후엔 유경이 옷 사러 가려고요. 사주고 싶으신 거 있으세요?"

"아니. 모르겠네?"

한경의 입술이 슬쩍 벌어지며 기분 좋게 웃었다. 오늘 그의 표정은 상당히 유했다. 나에게 향한 눈빛과 미소도.

"뭐든 필요한 거 사줘. 부탁해."

다정한 눈이 나를 내려다봤다. 어젯밤 불던 따스한 바람이 또 가슴속에서 일렁거렸다. 난 후다닥 시선을 거두고 고개만 끄덕였다. 괜스레 양 볼이 후끈 달아올랐다. 처음 내게 '이봐' 하던 쌀쌀한 냉기는 온데간데없다. 마치 다른 사람인 듯하다.

"난 말이야."

휴대폰 매장에서 최신형 휴대폰을 살펴보는 나를 잠자코 지켜보던 한경이 부드럽게 입을 열었다.

"예원이, 네가 존경스러워졌어."

"네?"

유리 매대에서 눈을 떼고 그를 올려다봤다. 한경이 지긋하게 날 응시했다.

"어제 유경이 사진을 보면서 느낀 거야. 네가 유경일 잘 키웠구나 싶어서."

그가 낮게 피식 웃었다.

"내가 유경이를 키웠다면 너처럼 잘 키울 수 있었을까 의문이 들었어. 어린 네가 아이를 혼자 키워낸 것이 대단하다고 생각해. 고맙고 존경스러워."

"제가 한 거 없어요. 유경이가 워낙 똘똘해서 혼자 알아서 컸어요."

"네가 없었으면 유경이가 어떤 곳에서 어떻게 컸을까? 그 생각을 하면 너라서 다행이다 싶다."

쑥스러움에 난 턱을 내렸다. 머리 위에서 한경의 다정한 시선이 느껴졌다. 다른 손님과 상담하던 매장 직원이 순서대로 우리 곁으로 왔다. 나는 그에게 요즘 아이들이 좋아할 만한 최신형 휴대폰을 가리켜 보였다.

"중학교 2학년 여학생이면 핑크색으로 하시죠."

"아니에요. 핑크색 싫어해요."

직원이 핑크 색상 휴대폰을 권유해서 난 도리질했다. 그러다 생각 없이 뱉어낸 말을 삼킬 수 없어 아랫입술을 깨물었다.

"그랬어?"

곁의 한경이 들었다. 그가 턱을 기울이며 당혹스러워했다. 계면쩍어 웃으며 고갯짓했다.

"김 부장님이 딸은 핑크가 최고라고 해서……."

그의 후회스러운 중얼거림에 쿡 웃었다. 사업부 김 부장님은 중학교 3학년 딸이 있었다. 한경은 그에게 조언을 구했던 모양이다.

"이젠 익숙해진 모양이에요. 개의치 마세요."

개통한 휴대폰을 들고 거리로 나오면서, 뒤의 그에게 고개를 돌리며 말했다.

그때였다. 보도블록 위를 자전거가 지나갔다. 자동문을 통해 밖으로 나오던 나의 몸이 자전거와 부딪치기 일보 직전이었다. 그 순간, 한경이 팔을 휙 뻗어 나의 팔을 잡고 끌어당겼다. 동시에 그의 다른 팔이 내 등을 감싸며 안다시피 보호했다. 아슬아슬한 거리로 자전거와 부딪침을 모면했다.

"억! 죄송합니다."

남학생이 서둘러 자전거를 멈추며 당황했다.

뇌가 정지했다. 자전거 따윈 신경조차 쓰지 않았고, 숨 쉬는 것조차 인지 못했다. 코에 닿은 그의 널따란 가슴팍으로 인해 머리가 어지러웠다. 얌전하던 심장이 심하게 뛰어댔다. 등에 닿는 그의 온기, 팔을 잡은 그의 손, 머리 위에서 쏟아지는 그의 숨. 그 모든 것이 내게 전부 전달되었다.

"조심하세요. 인도로 다니면 위험하잖아요."

"죄송합니다."

나를 가슴에 안아 보호하고서 한경이 남학생에게 엄하게 말했다. 남학생이 크게 머리를 조아리고 도로로 자전거 방향을 틀었다.

"부딪친 거 아니지?"

손을 풀면서 한경이 확인했다. 코앞의 넓은 가슴팍만 보면서 난 빠르게 고개를 끄덕였다.

"내 은인인데 다치면 안 되지."

농담처럼 말하며 그가 입술을 벌리고 웃었다. 너무나도 멋있고 반짝반짝 거리는 그를 멍하니 올려다봤다. 보호받는 게 이런 거구나. 감동이 밀려왔다. 빠르게 뛰던 심장에 뜨뜻한 온기가 퍼졌다.

나 이 사람에게 반했나?

그 생각이 들자, 불쑥 사고가 멈췄다. 맥박이 빨라지며 긴장되었다.

곁의 한경을 의식하며 어떻게 사무실로 돌아왔는지 모르겠다. 까마득할 정도로 거리도 멀었다. 긴장하고 긴장한 채, 휴대폰이 담긴 쇼핑백만 가슴에 꽉 안고서 왔다. 빌딩에 도착하자마자 한경은 점심 선약이 있다며 미안한 기색으로 주차장으로 내려갔다. 난 오히려 한경이 면전에서 사라져 안도했다. 생전 처음 느낀 감정에 심장이 과부하를 일으키기 일보 직전이었으므로.

"예원 씨."

정신이 나간 상태로 오후시간을 보내는데 옆자리의 민호가 날 불렀다.

그는 스물아홉이었다. 며칠 전 민호는 실외정원에서 휴식을 취하는 내게 다가와 은근슬쩍 여자친구가 없다는 말을 흘렸다. 소개팅을 해달라는 말인 듯해 선아와 연결해 줄까 고심하고 있었다.

"혹시 저녁에 약속 있어요?"

"네?"

"영화표가 두 장이 있는데 같이 보러 갈래요?"

민호가 귀여운 동그란 눈을 빛내며 수줍게 웃었다. 어? 이건 데이트 신청인 건가?

"영화요?"

"네. 친구가 넘겨줬는데 보러 갈 사람이 없어서⋯⋯. 괜찮다면 같이 가줄래요? 부담 느끼지 말고요."

그의 입가에 쑥스러움이 번졌다.

정말 데이트 신청이다. 민호의 눈이 슬쩍슬쩍 호감을 보냈다. 이렇게 정식으로 데이트 신청을 받아본 적은 없었다. 한 달 만난 첫 번째 남자친구 김영권에게는 데이트 신청도, 연인들의 데이트다운 데이트도 해본 적이 없었다. 피시방, 선아와 함께한 술자리. 그러다 동네 공원. 공원 벤치에서 뽀뽀 두 번. 그것도 무턱대고 키스하려고 해서 뽀뽀로 합의해 준 것이었다.

민호에게 호감이 있던 것도 아님에도 생애 첫 데이트 신청을 받자 묘한 기분이 들었다. 무심결에 빙그레 웃었다. 뭐, 가볍게 영화 보는 거야 괜찮지 않을까? 내가 한경에게 이상한 전율을 느낀다고 해서 어차피 그와 이뤄지는 것은 아니므로.

난 이렇게 평범한 사람과 평범하게 데이트하다가 평범한 사랑에 빠져 결혼하는 수순이 옳은 듯했다. 그에게 오케이하려는 찰나였다. 팀장 자리에서 업무에 집중하던 현강이 불쑥,

"길."

하고 불렀다.

"예원 씨."

그리고 바로 덧붙였다. 직원들 눈이 있어 부언한 것이었다. 심

드렁하게 넘겨보니 그가 다가오라고 여전히 손을 까딱까딱했다.

저건, 하여튼.

억지로 일어나 머뭇머뭇 다가갔다. 내가 책상 앞에 서자, 그가 메모지를 가져다가는 볼펜으로 뭔가를 적었다. 시원스럽게 갈겨쓰는 그의 필체는 힘이 있으면서 보기 좋았다. 자식, 글씨는 잘 쓰네.

—나 오늘 일찍 들어갈 거니까 맛있는 거 해놔.

신랄하게 써진 명령에 황당했다.

내가 왜?

눈에 힘을 주며 불만을 강하게 표출했다. 현강은 무시하며 고개를 돌렸다. 눈을 더욱 부라리며 내려다봤지만 그는 차양처럼 눈꺼풀을 내리깔고 들지 않았다. 그의 눈가를 그늘지게 하는 기다란 속눈썹을 확 뽑아버리고 싶었다.

속으로 도현강을 질겅질겅 씹으며 자리로 돌아왔다. 슬그머니 모니터 너머 현강을 흘겼다. 도도한 눈동자는 모니터만 보고 있어 내 시선을 인지 못했다. 민호는 잔뜩 기대에 찬 눈빛으로 내 대답을 기다리고 있었다.

"죄송해요. 선약이 있어서……."

제길. 첫 번째 데이트다운 데이트를 할 뻔했는데.

민호가 실망한 눈을 숙였다. 그 순간, 모니터를 바라보던 현강의 입술에 만족스런 미소가 번졌다. 별안간 내 심장이 찌릿했다.

설마 내가 데이트 못하도록 방해한 건가? 의심스런 눈초리로 그를 빤히 봤다. 시선을 느낀 듯 현강의 눈이 내게 돌려져 난 후다닥 머리를 숙였다. 아슬아슬하게 눈 마주침을 모면할 수 있었다. 필통에서 볼펜을 꺼내 열심히 끄적거리는 척했다. 찌릿했던 심장이 콩닥콩닥 요상하게 두근거렸다.

이봐, 심장. 자네 미쳤나?

## #5

## NN

## 고장 난 심장




"그래, 이게 바로 그 VVIP카드라는 거야."

퇴근 후에 외로움을 호소하는 선아와 백화점에 왔다. 유경이와 오고 싶었지만, 한경이 사주는 거라고 거부할 듯해서 말할 수 없었다. 백화점은 대박세일이라고 선전할 때 빼곤 이용하지 않아서 혼자 돌아다니기엔 겁났다. 그런데다 할인 없는 정상가의 옷들을 선뜻 구매하긴 어려웠다. 그런 나를 선아는 타박했다.

"그러니 마음껏 질러."

"그래도…… 어떻게 그래."

"왜? 그 사람이 아낌없이 사라고 했다며?"

"그렇긴 해도."

내 웅얼거림은 새겨듣지도 않고 선아가 팔을 잡아끌었다.

"난 15년 만에 나타난 아빠가 VVIP인 유경이가 너무 부럽다. 너 모르지? 이 VVIP카드 연회비만 해도 100만 원인 거."

"뭐?! 연회비가 100만 원?!"

"야, 창피해."

나의 기겁에 선아가 손가락으로 옆구리를 콕 찔렀다.

연회비가 100만 원이라니. 내 유일한, 만약을 대비한 카드도 연회비 없는 것을 찾아 가입한 건데.

"그러니까 요런 것들 사는 건 아무것도 아닐 거란 말이야. 알았어?"

선아가 하늘거리는 민트색 원피스를 꺼내 꼼꼼히 살폈다.

"이왕이면 네 것도 좀 사고."

"내걸 왜 사? 유경이 거 사러 왔는데……."

새삼 한경이 나와는 다른 세계의 사람임이 인지됐다. 괜스레 시무룩해지는 마음에 기죽어 옷들만 멍청하니 봤다. 예쁘다. 하나같이 다 예쁘다. 우리 유경이 입히면 예쁘겠다.

한편에 마련된 거울에 내 모습이 비춰졌다.

보세의류점에서 구입한 2만 원짜리 다홍색 블라우스와 맞춰 입은 3만 원짜리 연베이지 면바지. 그리고 주말에 깨끗이 빨아 신은 싸구려 단화. 구두라도 신고 올걸…….

근사한 슈트 차림을 한 한경의 모습이 뇌리를 스치고 지나갔다. 아까 오전에 같이 휴대폰 매장에 갔을 때, 그의 곁에 있는 내가 얼마나 생뚱맞아 보였을까?

초라한 내가 싫어 한 걸음 떨어지려는데, 거울 너머로 입술을 비뚤게 올리며 이죽거리듯 웃는 현강이 보였다. 화들짝 놀라 뒤돌아 봤다. 등 뒤엔 행거에서 옷을 고르는 선아뿐이었다. 놀란 심장이 튀어나올 정도로 두근두근 뛰었다.

"예원아, 이 원피스 유경이 입으면 정말 예쁘겠다."

선아가 데님원피스를 흔들어대며 호들갑을 떨었다.

"어."

미친 거지. 왜 도현강의 환영을 보고 난리야? 마른침을 꿀떡 삼키고 선아에게 다가갔다. 두근거리는 심장이 좀처럼 가라앉지 않았다.

선아와 헤어지고 귀가하니 아무도 없었다. 일찍 들어온다고 협박해 놓고는 현강도 없었다.

그를 욕하며 2층으로 올라가 샤워를 끝내고 유경이 방으로 들어갔다. 선아와—선아는 이렇게 마음껏 지른다는 자체가 행복하다며 신나서 유경이 옷을 골랐다—쇼핑한 유경이 옷들과 속옷을 꺼냈다. 속옷은 유경이에게 확인시킨 후 세탁할 생각으로 침대 위에 얌전히 놓고 널따란 붙박이장을 열었다. 구입한 옷들을 옷걸이에 깔끔하게 정리하다 보니, 유경이의 보세 옷들이 한없이 초라해 보였다. 버리기 아까워 넣어놨던 옷들을 빼냈다.

그래, 멋진 아빠를 뒀는데 유경이도 더 예뻐지고 멋져져야지.

싱그레 웃으며 마저 정리했다. 유경이 옷 정리를 마치고 붙박이장을 닫으려는 찰나였다.

"야, 길! 너 여기 있어?!"

열린 방문 너머로 현강이 나타났다. 어느 틈에 귀가해서 씻은 건지 그의 머리카락이 젖어 있었다. 뽀얀 얼굴이 촉촉해서 한층 더 매력적이었다.

"……왜…… 왜…… 요?"

갑작스런 그의 등장에 깜짝 놀라 심장이 벌렁거렸다. 백화점에서처럼 환영이 아니었다. 자동적으로 어깨가 긴장되어 움츠러들었다. 나는 왜 현강만 보면 긴장하는 걸까?

"나 배고파."

"……그래서요?"

"뭘 그래서야? 배고프다니까?"

그가 미간을 좁히며 방으로 들어왔다. 그러더니 처음 본 양 유경이 방을 쓱 훑었다.

"이건 대체 누구의 취향이냐?"

온통 핑크로 둘러싸인 핑크의 방을 보며 현강이 오만상을 썼다. 무심결에 쿡 웃었다.

"너냐?"

"아니에요!"

나도 모르게 반사적으로 반응했다. 그리고 나선 왠지 한경에게 무척 미안했다.

"……아, 몰랐는데 한경 형 이런 취향이야?"

"예쁜데 뭘……."

"암튼 나 배고파. 빨리 뭐 좀 줘. 하루 종일 아무것도 안 먹었단 말이야."

금세 핑크의 방엔 관심도가 떨어진 현강이 투정부리듯 재촉했다. '알았다'며 붙박이장을 닫으려는 순간이었다.

"임유경!"

열려진 문밖에서 날카로운 목소리가 들렸다. 이어지는 현관문이 '쾅' 닫히는 소리.

유경이 방에 있던 현강과 나는 들린 외침에 동시에 움찔했다.

"잠깐만 기다려."

한경의 급한 목소리.

"싫어요!"

유경의 신경질적인 소리침에 이어 계단을 쿵쾅거리고 올라오는 소리가 들려왔다. 대화하고 싶어 하는 한경과 피하는 유경의 등장에 생각할 틈도 없이 현강의 팔을 불끈 잡았다. 현강이 깜짝 놀랐다. 입모양으로 왜? 하면서.

순간적인 판단에 이 둘을 방해해선 안 될 듯했다. 방해는 저번에도 하지 않았는가. 난 성급히 현강의 팔을 잡아끌고 붙박이장 안으로 들어갔다.

'뭐야, 뭐?'

현강이 어이없다는 듯 입모양으로 물었다. 하지만 그도 이내 지금 상황에서 우리가 끼어선 안 되겠다고 판단했는지,

'빨리빨리.'

나의 다급한 애원에 눈썹을 일그러뜨리며 '아이 씨' 하며 붙박이장 안으로 들어왔다. 현강이 좁은 공간 안에서 고개를 숙이고 바로 내 가슴 앞에 붙어 섰다. 난 부리나케 문을 닫았다. 안이 일순간 깜깜해지면서 문틈으로 방의 빛만 희미하게 새어 들어왔다.

"유경아!"

"부르지 마요! 내 이름."

아슬아슬한 타이밍으로 유경이 목소리가 가까워졌다.

"사정을 전부 말할 수 없는 건 네가 아직은 어리니까……."

한경의 목소리도 바로 들렸다. 둘 다 방에 들어왔다. 붙박이장 안에서 난 마른침만 꿀꺽 삼켰다.

"더 이상 말하지 마세요."

"임유경."

"아! 그거."

안타까운 듯 한경이 부르는데 유경이 탄성을 냈다.

"임유경. 방금 말하셨죠? 그거예요. 전 임유경……. 아…… 저씨는 도한경. 우리가 가족이에요? 우리가 부녀 사이예요?"

유경이 차가운 음성으로 빈정거렸다.

"태어날 때부터 난 아빠는 없었어요. 죽었다고 했어요, 엄마가."

"유경아, 내가 미안해. 그런데……."

"멀쩡히 살아 있는 사람을 죽었다고 할 정도면 평생 만날 필요가 없는 사람이라는 거잖아요. 엄마는 당연히 평생 우리 앞에 나타나지 않았을 거라 생각한 거잖아. 그런데 지금에 와서 왜 이래요? 그냥 계속 모른 척 두지…… 왜요?"

유경의 목소리가 바들거렸다.

"차라리 죽었다 하는 게 나을 뻔했어. 아…… 저씨가 나타남으로 인해서 내 존재가 싫어졌단 말이에요. 내가 버려진 존재라는 걸 깨달아서……."

"아니야."

급하게 자르며 한경이 토해내듯 말을 이었다.

"넌 버려진 존재가 아니야. 몰랐어, 네 존재를. 알았으면…… 그 당시에 내가 어떻게 했을지 그건 모르겠지만……."

"엄마가 그것도 말하지 못할 만큼 부담스러웠나 보죠."

이번엔 유경이 한경의 말을 자르며 야멸차게 비웃었다.

"……그래, 그랬을지도 몰라."

안타깝게도 한경이 인정했다.

"거봐. 나가세요. 더 이상 말하고 싶지 않아요."

"유경아, 하지만……."

"알았어요! 알았다고요. 내가 아직 어려 말하지 못할 사정이라는 거 아는데요, 이해가 안 돼요. 아니, 싫어요. 어떤 말을 해도 다 싫어. 그러니까 그냥 내버려 둬요, 나 좀."

애원하듯 유경이 떨어댔다. 안쓰러워 뛰쳐나가 안아주고 싶었다.

"미안하다."

한경이 침잠한 음성으로 사과했다.

"……나가주세요. 씻으러 갈 거예요."

"그래, 오늘은…… 아니, 네 마음이 가라앉을 때까지 기다릴게. 미안하다. 내가 네게 할 수 있는 말의 전부는 이것밖에 없는 것 같다."

나지막하게 말한 한경이 방에서 나갔다. 곧이어 유경이 내면 깊숙한 곳에서 우러나오는 한숨을 내쉬었다. 유경아, 진심이 아니잖

아. 왜 그리 모질게 굴어?

　나도 깊은 한숨이 새어 나왔다. 지끈거리는 관자놀이를 만지려
손을 드는데, 현강의 단단한 가슴이 스쳤다. 그제야 내가 어쩌고
있는지 깨달았다.

　헉.

　바로 면전에 현강의 쇄골이 있었다. 두드러진 그의 쇄골뼈가 어
스름하게 들어오는 빛을 받아 은근 섹시하게 보였다. 그의 다부진
가슴팍이 내 가슴과 거의 닿을 듯 말 듯 얕게 들썩거렸다. 팔을 편
히 늘어뜨린 그가 조금만 움직여도 영락없이 안는 자세가 될 듯했
다. 내 머리 위의 현강이 의식되어 긴장으로 몸이 뻣뻣해졌다.

　그의 시선이 느껴졌다. 자신이 없었지만 슬그머니 턱을 올렸다.
순간 내려다보는 현강과 눈이 마주쳤다.

　철렁. 심장이 요동쳤다. 등줄기가 오싹하면서 이상야릇한 전율
이 전신에 퍼졌다. 심장이 미친 듯이 뛰기 시작했다. 터질 것처럼
쿵쾅거리며 빠르게 뛰는 심장박동으로 정신이 아득해졌다.

　너 심장, 왜 아까부터 이래. 정말 미쳤나 봐.

　심장이 내 말을 무시했다. 커다란 심장박동 소리가 그에게 들릴
것 같았다. 진정하라고 외쳐도 소용없었다.

　현강의 눈동자가 캄캄한 어둠속에서 곧게 내려다봤다. 어두워
눈동자의 감정을 읽을 수 없었다. 그의 눈길을 벗어나고 싶었다.
하지만 이상하게도 꼼짝할 수 없었다.

　그때, 암흑을 뚫고 그의 눈빛이 강렬하게 번뜩였다. 그 번뜩임에
묘한 전류가 가슴골을 타며 찌릿찌릿 거렸다. 숨이 막혔다. 유경이

방에서 나가는지 방문 닫히는 소리가 들렸지만 굳은 것처럼 몸이 움직이지 않았다.

현강의 가슴팍이 크게 들리면서 내 가슴과 닿았다. 오소소 소름이 돋았다. 그 순간 굳은 것처럼 멈춰 있던 그의 고개가 숙여졌다. 천천히, 느리게.

무의식중에 호흡을 멈추고 침을 꿀떡 삼켰다. 그의 얼굴이 가까이 다가왔다. 그의 입술이 시야에 들어왔다. 눈을 감을 수도 없었다. 내 심장은 금방이라도 숨을 넘길 것처럼 팽창했다. 그의 매력적인 입술이 바로 코앞에 다가왔다. 뜨겁고 섬뜩한 전율이 뒷덜미를 타고 올라와 머리카락이 쭈뼛 섰다. 그의 입술이 거의 닿을 듯 내 입술 앞까지 왔다. 그의 입술 촉감이 공기를 타고 전해지는 듯했다. 무심결에 눈을 질끈 감았다.

느껴졌다.

내 입술 바로 위에 그의 입술이 있음이.

호흡하던 폐가 동작을 멈췄다. 내 모든 숨이 멈췄다. 입술에 질끈 힘이 들어갔다.

그런데 닿을 듯 촉감이 감지되었던 그의 입술이 쓱 내 입술에서 떠나더니 뺨을 지나 귀에 닿았다.

"밝히기는."

픽 웃는 소리로 속닥이더니 현강이 탁 붙박이장을 열고 나갔다.

헉. 다리 힘이 풀려 난 그대로 주저앉고 말았다. 멈췄던 호흡을 연신 꿀떡거리며 미칠 듯이 달려대는 심장에 손바닥을 댔다.

방에서 나가 버린 현강보다 진정되지 않는 심장 때문에 정신을 차릴 수가 없었다. 뭐지? 정말 너 왜 이래? 쿵쾅거리는 심장의 박동이 좀처럼 가라앉지 않았다.

어떡해.

내 심장이 아무래도 고장이 났나 봐. 시도 때도 없이 두근거리더니, 드디어 미쳤어.

붙박이장에서 나와 미친 심장의 두근거림과 씨름하며 방바닥에서 허우적거리다, 욕실에서 씻고 들어온 유경에게 들키고 말았다. 폭발할 듯 울렁거리는 감정 때문에 너무 지체한 탓이었다.

"언니, 뭐 해?"

"……머리카락이 떨어져서……."

뇌리에 가득 찼던 현강의 쇄골, 현강의 가슴팍, 현강의 턱 선, 현강의 입술이 일순간 펑 하고 소멸됐다. 부랴부랴 둘러대며 빈손으로 방바닥을 훑었다.

풀린 다리를 일으켰다. 얼마나 뇌가 혹사되었으면 일어나자마자 현기증이 핑 돌았다. 약하게 주춤 비틀거리다 정신을 부여잡았다. 정말, 정신이 하나도 없다.

"언니, 저…… 아저씨 말이야……."

유경인 어렵게 한경의 이야기를 꺼낼 참인 듯했다.

"유경아, 그래도 아저씨라고 부르는 건……."

"아무튼. 독서실로 데리러 오지 말라고 해줘. 너무 불편해."

설득해 봤자 소용없기에 알았다 대답하고 방에서 나서다 말고 책상에 놓인 휴대폰을 가리켰다.

"유경아, 휴대폰 샀거든? 꼭 들고 다녀. 연락이 힘들면 걱정되니까 산 거야."

나의 애원에 그녀가 알았다고 억지로 턱을 까닥거렸다.

핑크의 방에서 나오자마자 사고를 멈췄던 뇌가 돌아갔다. 정신 줄 놓았던 심장이 제자리로 돌아온 듯 얌전해졌다. 그와 동시에 도현강에 대한 노염이 솟구쳤다. 분명 날 놀린 것이다.

도현강. 이 자식, 내가 진짜 가만 안 둬.

입술을 앙다물며 거칠게 계단을 쿵쾅거리며 내려갔다. 그러다 우뚝 계단 중간에서 발을 멈췄다. 근데 이상한 건 오히려 나다. 만약 그때 현강이 멈추지 않았다면? 확 밀어젖혔어야 옳았다. 그런데 심장만 쿵쾅거리며 그의 입술이 닿는 순간을 기다렸다.

정말 나 밝히는 건가?

나에 대한 의구심을 밀어놓고 현강에게 욕은 한 바가지 해주자 크게 결심하고 마저 내려갔지만 허탈하게도 그는 없었다. 내게 양심 없는 짓거리를 해대고는 보복이 두려워 토낀 것이 분명했다. 눈을 부릅뜨고 기다렸지만 그는 자정이 넘어서도 귀가하지 않았다.

아침에서야 현관에 놓인 그의 신발을 발견했다. 그의 신발을 매섭게 노려보며 대리만족하고 있는데, 한경이 드레스룸에서 나왔다. 토요일임에도 고급 슈트 차림인 그를 보면서, 이 사람은 항상 이렇게 고고한 완벽함을 유지하나싶어 감탄했다.

"부산에서 세미나가 있어서 내일 온다."

그가 친절하게 전했다. 그런 그에게 난 살포시 웃으며 '잘 다녀오세요' 하고 소곤거렸다.

"문단속 잘하고."

나가면서 그가 빙그레 웃었다. 닫힌 현관문을 바라보며, 흐뭇함에 솟아오르는 미소를 주체할 수가 없었다. 아, 이렇게 세미나 가는 그를 배웅하고 있으니 마치 내가 와이프…….

"길, 거기서 뭐 하냐? 바보처럼 히죽거리면서?"

하지만 곧, 등 뒤에서 들린 '길'에 설레는 상상은 무참히 깨졌다. 막 씻었는지 젖은 머리카락이 헝클어진 현강이 태연하게 날 봤다. 그를 죽일 듯이 노려봤다.

"어제…… 왜 그랬어요?"

"왜? 안 해줘서 실망했어?"

현강이 놀리듯 씩 웃었다.

"그게 말이 돼?! 장난을 쳐도 정도가 있지?!"

불끈거리는 화를 주체 못하고 버럭 소리쳤다. 현강이 느린 듯하며 여유롭게 다가왔다. 방금 당당하게 소리쳤음에도 그가 으스스한 기운으로 가까워져서 난 또 금세 주눅 들었다.

"길예원."

그가 턱을 옆으로 기울이며 깊은 눈매로 내려다봤다.

"장난 아니었다면?"

"어?"

낮고 진지한 그의 음성과 진득한 눈빛에 난 움찔했다. 또 가슴골에 이상하고 묘한 뜨끔거림이 시작됐다. 아, 이 느낌 대체 뭐야?

"내가 너한테……."

현강의 턱이 더 기울어졌다. 그의 허리가 숙여지면서 얼굴이 다가왔다. 난 잔뜩 긴장해서 꼼짝도 못했다.

"이러면……."

별안간 그의 눈동자가 애틋해 보였다. 그의 매력적인 입술이 또 다가왔다. 슬며시 벌어지는 그의 입술을 보는데 정신이 몽롱해졌다. 뜨겁고 따끔한 전류가 가슴골사이를 내리꽂듯 퍼졌다.

그의 손이 공중을 가르듯 올라왔다. 아득한 나의 눈길은 그의 입술에서 떼어지지 않았다. 아, 도현강님. 그대의 입술은 너무 섹시…….

그때 위로 올라온 그의 집게손가락이 내 이마를 쓱 밀어젖혔다.

"이것 봐. 또 기대하잖아."

픽, 현강이 코웃음 쳤다.

뒤로 턱 넘어간 머리에 달린 내 눈이 천장을 봤다. 현강이 재빨리 몸을 돌려 방으로 걸어갔다.

허. 지끈 뒷골이 당겼다. 번쩍 젖혀진 고개를 들어, 잔뜩 재미있어하는 현강의 등을 뚫어버릴 기세로 노려봤다. 격한 노기로 얼굴이 화끈거렸고, 용가리처럼 씩씩 뜨거운 숨이 내뿜어졌다. 하지만 찍소리도 나오지 않았다. 정곡을 찔린 듯해서.

길예원, 너 뭐지? 섹시한 입술이라고 감탄하며 또 기다렸다. 몽롱해지기까지 했다. 나 제정신 아닌가 보다. 저 녀석은 도한경이 아니라 도현강인데 왜 이러니? 정신 차려, 길!

"언니, 나 독서실 간다."

자괴감에 허덕거리는데 유경이 2층에서 내려왔다. 계단참에서 현강과 유경이 마주쳤다. 그를 보고도 유경은 샐쭉하게 지나쳤다. 그러자 현강이 앞을 탁 가로막았다.

"이봐, 꼬맹이."

현강이 위압적으로 불렀다.

엥? 그의 호칭에 유경이도, 나도 눈썹이 치켜 올라갔다.

"삼촌을 보면 인사를 해야지? 안 그래?"

이죽거리는 그의 말에 유경이 째려봤다. 언짢아진 유경이 대꾸 없이 쾅쾅거리는 발걸음으로 현관으로 걸어갔다.

"유경아!"

내가 놀라 불렀지만, 그녀는 현관문을 쾅 하고 우악스럽게 닫아 버렸다. 난 현강을 쏘아봤다.

"아무리 그래도 꼬맹이라고 부르면 어떡해요?"

"뭘? 꼬맹이를 꼬맹이라 부르지 안 그럼 뭐라 불러?"

"유경이가 어떻게 꼬맹이예요? 그냥 봐도 숙녀티가 나는데."

"나보다 작잖아."

그의 천연덕스러운 대답이 기막혀 할 말을 잃고 말았다. 말이라도 못하면. 얄미운 그는 별반 동요 없이 방으로 들어갔다. 정말 도현강, 질근질근 씹어버렸으면 속 시원하겠다.

닫힌 방문을 매섭게 째리다가 투덜대며 주방에 들어갔다. 아무도 손대지 않은 아침상을 내려다보며 짧은 한숨을 쉬었다. 이사 온 후론 유경인 아침도 거르기 일쑤고 저녁조차 거의 안 먹는다. 밖에선 잘 챙겨 먹나? 도현강 복수보다 유경이에 대한 걱정이 더 컸다.

도시락을 싸서 가져갈까? 토요일이라 도시락 싸서 근처 공원에서 먹고 유경이가 마음이 풀리면 영화라도 볼 생각에 서둘러 냉장고 문을 열었다.

간단히 도시락 준비를 끝내고 부리나케 2층으로 올라가 핑크의 방 환기부터 시켰다. 청소하려고 돌아서는데 책상 위에 그대로 놓인 휴대폰 박스를 발견했다. 어제 대답은 '알았다'고 했으면서 가지고 나가지 않았다.

유경아, 언제쯤 마음을 열 건데?

한숨을 쉬며 박스를 쇼핑백에 담았다. 부랴부랴 청소를 하고 휴대폰 박스와 도시락을 챙겨 유경의 독서실로 갔다. 그런데,

"유경이 안 왔어요."

독서실 총무 알바생의 말에 난 경악했다.

"안 오다니요? 아침에 갔는데?"

"아직 안 왔어요. 그리고 유경이 요즘 독서실 잘 안 와요. 밤에만 잠시 들러요."

"그게 무슨…… 언제부터요?"

눈앞이 캄캄했다. 흐릿해지는 시야를 끔벅이며 손에 쥔 쇼핑백 끈을 불끈 쥐었다. 지탱할 만한 것은 얄팍한 그것뿐이라.

"얼마 전부터 계속 그러던데? 가끔 7시쯤 오고, 대부분 9시쯤 잠시 왔다 가요."

뇌가 바삐 시간 계산을 했다. 평일 유경이 학원 끝나는 시각이 6시. 독서실은 학원에서 10분 거리. 그런데 대부분 9시에 오다니……. 그 공백 시간 동안 유경이는 대체 뭘 하는 거지? 그리고 오늘은 아침부터 여태 어디 있는 걸까?

관자놀이가 콕콕 쑤셨다.

설마 이래서 한경에게 데리러 오지 말라고 화내고 거부한 건가?

"……알았어요."

삐거덕거리는 몸을 돌렸다. 그러다 다시 알바생에게 되돌아갔다.

"오늘 나 왔었다는 말은 유경이한테 비밀로 해줘요. 난 모르는 걸로 해줘요. 부탁해요."

"네."

별로 어렵지 않다는 듯 알바생이 고개를 끄덕였다.

무거운 걸음이 자꾸 침잠해졌다. 걷고 있음에도 걷는 느낌이 아니었다.

귀가해 식탁에 쇼핑백들을 올려놓고 얼빠져 있는데 방문 닫히는 소리가 들렸다. 곧이어 현강이 주방에 들어섰다. 집에 계속 있었던 모양이다.

"길, 뭐 해?"

내가 망연히 올려다보자 그가 미간을 좁혔다.

"왜?"

난 주저했다. 지금 한경에게 유경이의 일탈을 말할 순 없다. 밝혀진 것도 없고, 유경이가 나쁜 길로 빠졌다는 심증도 없다. 설사 나쁜 길로 빠진 것이 확실하다 해도 한경에게 전언할 수 없었다. 그가 원인이 본인 때문이라고 얼마나 자책하겠는가.

그런데 현강은 괜찮지 않을까?

"왜 그러는데?"

"저기……."

"어, 말해."

"아니에요."

그래도 아니다. 도현강을 믿을 수 없다. 난 눈을 내리깔았다.

"야, 길. 왜? 말 안 할 거야?"

그의 표정이 엄해졌다. 그가 식탁에 손바닥을 짚더니 허리를 숙여 불쑥 얼굴을 들이밀었다. 이 고약한 도현강한테 고민을 털어놓으려 하다니, 내 실수다. 이 상태면 말할 때까지 들들 볶일 것 같다.

"길예원, 혹시 나 기억났어?"

별안간 은근하게 현강이 물었다. 이 녀석은 끊임없이 집요하다. 그놈의 기억. 대체 뭔지……. 그냥 말해주지…….

"……아니요."

"그럼 뭔데? 빨리 말 안 해?"

금세 그의 목소리 톤이 신경질적으로 바뀌었다.

"……사실은…… 유경이가요."

솔직하게 털어놓기로 했다. 어쨌거나 그는 삼촌이니까.

'유경'이라는 말에 관심도가 뚝 떨어진 듯 현강이 상체를 일으켰다. 그가 성가신 표정으로 어서 말하라는 듯 턱짓했다. 약간 후회스러웠지만 마저 입을 열었다.

"독서실에 안 가고 다른 곳으로 새나 봐요. 휴대폰 주러 독서실에 갔더니 없더라고요. 알바 말로는 매일 그렇다고……."

"어디로? 나쁜 데야?"

"그건 모르겠어요."

내가 고개를 젓자, 그가 식탁의자를 끌어당겨 마주 앉았다.

"길, 유경이 못 믿어?"

"아니요."

"그런데 뭔 걱정이야?"

대수롭지 않다는 듯 그가 어깨를 으쓱했다.

"네가 그 누구보다 유경이에 대해서 잘 알잖아. 너 믿는다며? 그럼 뭐?"

장난기 없는 그의 눈동자가 날 똑바로 봤다. 진지한 그의 눈빛에 돌연 신뢰감이 봄날의 새싹처럼 마구 싹텄다. 도현강이 이렇게 믿음직스러운 느낌이었나?

그래, 난 유경이를 가장 잘 아는데…… 유경인 그렇게 자신을 함부로 할 아이가 아니다. 그저 갑갑한 독서실을 잠시 벗어나고 싶을 뿐, 별일 아닐 것이다. 그제야 안심하며 '알았다' 하고 대답하려는데,

"그래도."

그가 딱 끊어지는 어조로,

"혹시 모르므로. 질풍노도의 10대니까."

라고 하며 휴대폰 쇼핑백을 쓱 가져갔다. 휴대폰을 꺼내 배터리를 끼우며 전원버튼을 누르는 그를 가만히 주시했다.

"뭐 하려고?"

"위치추적 어플 깔아놓으려고."

당당한 그의 대꾸에 난 실소했다. 그럼 그렇지.

그가 내 속은 모르고 입술을 길게 늘어뜨리며 웃었다.

"유경이한테 들키면 혼날 텐데……."

"깔아놓고 아이콘 숨겨놓으면 되지."

현강이 심오한 눈길로 휴대폰 액정을 보며 집중했다. 또 강렬한 집념의 눈빛을 보내는 그를 응시하다 피식 웃음이 나왔다.

"찾았다. 좋은 거 있네."

그가 만족스러운 미소를 지었다. 무심결에 나도 실없이 따라 웃었다.

"나 배고프다. 어제도 먹은 게 없었는데……."

액정에서 눈을 떼지 않고 그가 은근슬쩍 중얼거렸다. 동정심 유발하듯 약한 어조로.

"오므라이스 같은 건 먹어요?"

"어. 나 그건 먹어."

그가 번쩍 눈을 들었다. 역시 초딩 입맛일 줄 알았어.

"잠깐 기다려요."

난 빙그레 웃으며 일어났다.

야채를 꺼내기 위해 냉장고로 다가가면서, 불현듯 그는 자연스레 반말하고 난 존대하고 있다는 사실을 깨달았다. 슬그머니 그를 흘겼다. 그는 여전히 입술을 길게 늘인 상태에서 휴대폰을 보고 있었다.

다음부턴 꼭 반말할 거야.

지금은 웃는 게 예뻐서 참는다.

내가 해준 오므라이스를 만족스럽게 먹고 현강은 위치추적 어플에 대해 상세히 설명해 줬다. 어렵지는 않았지만 헷갈려서 집중해서 들었다.

"숨겨놓긴 했지만 혹시 들키면 난 책임 없다."

"무책임해."

"내가 왜?"

"깔아놓은 건 도현강 씨잖아요."

내가 볼멘 표정을 짓자,

"너 유경이한테 꼼짝 못하지?"

하고 그가 빈정거렸다.

"……질풍노도의 10대라고요."

내가 자신의 말을 따라 비유하니 현강이 쿡 웃었다. 가늘어진 눈이 매력적이다 못해 매혹적이었다. 현강이 식탁에 팔을 대고서 상체를 가까이 들이밀었다.

"그럼……."

그가 은밀한 어투로 입을 열었다. 난 흠칫했다. 또…… 또 무슨 협박을 하려고…….

"원래부터 깔려 있었나 보다 하고 잡아떼."

그가 능청스레 말하더니 해맑게 웃었다. 나는 어처구니없이 실소했다. 그가 의자에서 일어나며 팔을 길게 뻗었다.

"길, 오므라이스 잘 먹었다."

그의 손바닥이 내 윗머리에 살짝 얹어졌다 떠났다. 난 주방에서 나가는 그의 등을 물끄러미 응시했다. 쿡 웃음이 났다. 도현강은 좀 이상한 녀석이다.

설거지를 하고 돌아서는데, 껌을 쫙쫙 씹으며 다리 벌리고 쭈그려 앉아 건들거리는 유경이의 끔찍한 모습이 상상되었다. 후다닥 도리질하며 떨쳐 냈다. 그럴 리가 없다. 얼마나 도도한 우리 유경이인데.

하지만 아무리 자기최면을 걸어도 불안했다. 현관으로 걸어가는데 현강이 노트북 가방을 메고 방에서 나왔다.

"어디 가려고?"

"……유경이 독서실에……."

웅얼거리며 단화를 신었다. 내 뒤를 현강이 말없이 뒤따랐다.

"길."

현강이 자신의 SUV 자동차로 명쾌하게 걸어가다 말고 날 불렀다. 버스정류장 방향으로 주차장을 가로지르다 그를 뒤돌아봤다. 그가 오라고 손을 까딱까딱 거렸다. 이젠 익숙해서 아무렇지도 않았다.

"타."

그가 턱짓하며 조수석 문을 열었다.

"왜…… 왜요?"

화들짝 놀라 주춤하고 있는데 그가,

"나 바쁜 사람이니까, 빨리 타."

잔뜩 귀찮은 내색을 하며 미간을 좁혔다. 영문도 모르고 보조석에 올라탔다. 그가 차를 빙 돌아 운전석에 여유롭게 탔다.

"너 아까도 유경이 독서실 갔다 왔다며 왜 또 가?"

"혹시 왔을지도 모르니까."

"올 때 되면 오겠지."

현강이 차를 출발시켰다. 성질대로 거침없이.

이동하는 차 안에서 점점 불길함이 엄습해 왔다. 어딜 가는 거지? 이대로 영영 돌아오지 못하는 곳에 끌려가 버림받는 거 아닐까? 나의 불안과는 다르게 현강이 도착한 곳은 황당하게도 백화점이었다. 바지주머니에 손을 찔러 넣고 건성으로 백화점 1층을 둘러보는 그를 졸졸 쫓아가며 의아해했다. 뜬금없이 여긴 왜……

"사무실 들어가기 전에 잠시 들른 거야."

시간 내준 것을 생색내듯 현강이 도도를 떨었다.

"오늘도 사무실 갈 거예요?"

"초반 설계는 끝내야 속 시원할 것 같아서. 내일까지 쭉 있을 거야."

그가 멋들어진 여성 구두 매장으로 들어갔다. 설마 애인 구두 골라달라고 데려왔나?

"너 발 몇이야?"

"240."

가뿐한 어투 때문에 얼떨결에 대답했다.

"들었죠?"

현강이 여직원에게 눈짓했다. 여직원이 친절하게 웃으며 240 사이즈의 힐을 몇 개 추천했다. 현강이 그것들을 훑어보더니 하나를 집었다. 시원스러우면서도 고급스러워 보이는 실크색의 여름 샌들을.

"뭐 해? 앉아."

어안이 벙벙한 내 팔목을 현강이 휙 잡았다. 예상치 못한 그와의 접촉으로 난 깜짝 놀랐다. 그는 날 소파에 앉히더니 느긋하게 무릎을 구부려 앉아 샌들을 발밑에 내려놓았다.

"신어봐."

소스라치게 놀란 나와 다르게 그는 태평했다. 난 어쩔 바를 몰라 굳었다.

"빨리."

현강은 금세 성질을 냈다. 하는 수 없이 단화를 벗고 샌들에 발을 집어넣었다. 그의 커다란 손이 쓱 다가오더니 자연스레 샌들의 후크를 내 발목에 채웠다. 숙이고 있는 표정이 보이지 않았다. 눈꺼풀을 깜빡이며 그의 윗머리를 내려다보는데,

"이 단화는 버려라."

라고 넘기듯 말했다. 그는 여전히 아래를 보고 있었다.

별안간 희미한 영상이 오버랩되었다.

부드러운 머리카락의 윗머리. 내 발 앞에 무릎 꿇고 있는 누군가. 벤치에 앉아 있는 나. 운동화 끈을 묶어주던 손길.

뭐지? 나, 이 상황 경험했던 건가?

심장이 요동치듯 불끈거렸다. 아주 잠깐 스치듯 오버랩되었던 영상은 거짓말처럼 순식간에 소멸되었다.

"걸어봐."

현강이 눈을 들었다. 그와 눈이 마주쳤다. 난 그를 깊게 내려다봤다. 뭔가 이상하다. 새삼 목전의 그가 더 낯익다.

우리, 언제 봤어?

"뭐 해? 빨리 걸어봐."

성질 급한 현강의 닦달에 현실로 돌아와 기계적으로 일어났다.

신발은 편했다. 원래부터 내 신발인 양 너무 편했다.

"좋네. 이걸로 주세요. 일시불이요."

내 의사는 아랑곳하지 않고 그가 카드를 직원에게 넘겼다.

잠시 후 직원이 친절한 미소를 지으며 내 단화를 쇼핑백에 담아 얼떨떨한 내게 넘겼다.

"진짜 못 봐주겠다."

구두매장에서 나오는데 현강이 날 위아래로 훑으며 눈썹을 좁혔다. 반사적으로 곳곳에 위치한 거울로 시선을 돌렸다. 유경이 독서실 가느라 입었던 편안한 반바지와 티셔츠 차림에 멋스러운 샌들을 신은 언밸런스한 내가 비춰졌다.

"따라와."

그가 에스컬레이터를 탔다. 어리둥절하여 따라간 곳은 여성복 매장이었다. 그는 또 직원이 권유해 준 원피스들 중에서 하나를 골라 입으라고 명령했다.

"나는……."

"빨리 입어."

망설이다 그가 험악하게 성깔을 부려서 옷을 갈아입고 나왔다.

"남자친구가 너무 멋있으세요."

거울 앞에 선 내게 직원이 속닥거렸다. 그녀가 부러운 듯 현강을 힐끔거렸다. 구구절절 설명할 필요 없어 난 멋쩍은 미소만 지으며 거울 너머로 현강을 훔쳐봤다. 그는 여유로운 몸짓으로 지루한 듯 허공을 보고 있었다. 지나가는 여자들의 눈초리가 그에게 꽂혔다. 역시 도현강은 포스가 남다르다. 멋있긴 하다. 하긴 나도 처음 길에서 봤을 땐 얼이 빠졌으니까. 한데 내가 어떻게 저 녀석과 이렇게…….

현강의 눈길이 내게로 돌아왔다. 거울 사이로 눈이 마주쳐서 난 얼른 눈을 내리깔았다.

"예쁘죠?"

"그걸로 주세요. 일시불이요."

친절한 직원에게 현강이 카드를 내밀었다. 난 어색해서 쭈뼛거리며 돌아섰다. 현강은 무미건조한 시선으로 지그시 응시했다.

"가자."

별말 없이 그가 시원스레 걸어갔다. 앞장서는 그를 서둘러 따라갔다. 익숙지 않은 높은 굽의 샌들을 신은 탓에 걸음걸이가 부자연스러웠다.

먼 곳을 보고 지나치던 아저씨가 내 어깨를 쳤다.

"아! 죄송합니다."

부딪친 것은 아저씨지만 자동으로 사과하며 뒤로 물러났다. 현강이 우뚝 걸음을 멈추고 뒤돌아봤다. 그가 크게 걸어와 내 손목을 낚아채듯 잡았다. 그러고는 성큼성큼 걷기 시작했다. 난 화들짝 놀라 종종걸음을 옮겼다.

"눈치 보지 마."

앞만 보며 그가 강한 어조로 말했다. 그의 뒤통수를 올려다봤다. 또 가슴에 따끔한 전율이 찌릿하고 올라왔다. 내 손목을 잡은 그의 섬세한 손을 내려다봤다. 그 순간, 뇌리에 또 희미한 영상이 스치고 지나갔다.

'빨리 와.'

누군가에게 손목을 잡혀 이렇게 걸어간 적이 있었던 듯싶다. 누군가 기억나지 않는 목소리로 내게 재촉한 듯하다. 빨리 와와 비슷한 말.

내 기억의 한도에선 없던 일이다. 신발 매장에서 스친 영상도 마찬가지다. 그런데 정말 겪은 듯한 기시감.

현강의 뒤통수를 빤히 응시했다. 그의 뒤통수. 거의 매일 봐서 낯익은 거겠지? 아니면……

우리, 정말 언제 봤어?

떠오른 영상은 거짓말처럼 사라졌지만 가슴을 짓누르는 아련함은 깊숙하게 남았다. 주차장에 도착했을 때서야 멍한 정신이 돌아왔다.

물을까? 우리 언제 봤는지?

입을 열려는데 그의 휴대폰이 울렸다.

"어. 그래?"

전화를 받은 그가 상대방의 말을 들으며 내 손목을 놓았다. 아무런 자극이 없었음에도 그의 손바닥 촉감이 새겨진 듯 그 자리가 따끔따끔했다.

"지금?"

그가 보조석 자동차 문을 열면서 내게 턱짓했다. 어서 타라는 듯. 난 얌전히 차에 탔다.

"알았다. 거기로 갈게."

전화를 끊고 운전을 시작하는 그를 힐끔힐끔 봤다. 물어볼 타이밍을 놓치고 말았다. 그는 말없이 운전했고, 난 무릎 아래만 바라봤다. 원피스를 입은 것이 처음이라 낯설고 어색했다. 내가 원피스 치맛자락을 자꾸 매만지자 현강이,

"안 이상해."

무뚝뚝하게 말을 이었다.

"원래 사람은 옷차림이 달라지면 자신감도 생기고 그런다잖아. 그러니까 그러고 다녀, 사람들 눈치 보지 말고."

나지막한 그의 음성이 귀에 닿았다. 까칠함이 없는 음성은 달랐다. 깊게 울렸다. 턱을 돌려 그의 옆모습을 또렷하게 봤다. 감정이 담기지 않은 무표정한 현강의 눈매는 깊었다. 그는 앞만 봤다, 일부러 날 안 보듯.

내가 눈치 보는 것 같아서 신경 쓰였나?

뜨끔거렸던 가슴골에 아릿아릿함이 퍼졌다. 한경에게 느끼는 따스한 온기와 다른 묘한 불끈거림이었다. 야릇할 정도로 뜨겁다고 해야 하나?

"뭐…… 난 상관없는데……."

공연히 공기가 거북해 난 손가락만 꼬물거렸다.

"……이런 거 안 사줘도……."

그의 시선이 잠시 왔다. 잔잔한 침묵 속에서 그는 빌라로 되돌아왔고, 나만 내려 돌려지는 차를 지켜봤다. 차가 주차장에 빠져나가다 말고 멈췄다. 그의 손이 운전석 창문 밖으로 나오더니 다가오라고 까딱거렸다.

"이거."

그가 쓱 뭔가를 내밀었다. 얼떨결에 받아보니 옷과 구두를 샀던 영수증이었다. 의구심에 눈을 끔뻑거리며 그를 쳐다봤다.

"월급 타면 갚아라."

"에?"

"뭐, 안 사줘도 된다며?"

그가 놀리듯 이죽거렸다.

허. 내가 한 말이지만 뭔가 당한 것처럼 기막혀 입만 벙긋거렸다. 가슴골에 퍼지던 야릇한 뜨거움이 순식간에 연기처럼 소실됐다.

"결제 카드 없으면 취소 안 되는 거 알지?"

그가 얄망궂게 부언하더니 주차장에서 떠났다.

그럼 그렇지. 내가 도현강한테 뭘 기대한 거야? 그래, 내가 산다, 사! 멀어지는 현강의 자동차 후미를 째려보다 허탈해하며 영수증을 확인했다. 그제야 가격이 눈에 띄었다.

헉. 뒷목이 우지끈하며 관자놀이가 핑 돌았다.


"도현강, 팀장님."

치사한 현강을 난 월요일까지 코빼기도 볼 수 없었다. 타이밍이 맞지 않아 현관에 놓인 신발만 봤다. 그리고 월요일 정오쯤에 아무런 가책 없이 출근한 현강과 대면할 수 있었다.

"……카드…… 잠시만 빌려주세요."

각오를 다지고 스산한 기운을 내뿜고 다가가긴 했는데, 그의 까칠한 눈매가 올라오자 바로 힘이 쭉 빠졌다.

"싫은데?"

"……내가 원해서 산 것도 아닌데……."

"절대 안 되니까 그냥 입고 신어."

어려움 없이 살아온 탓에 내겐 부담스러운 가격인 걸 모르는 건가? 이런 강매가 어디 있어?

"……어차피 내가 사는 건데…… 내 마음에 드는 걸로 사는 것이……."

"그러니까 네 센스가 그 모양이지."

"내 센스는 내가 챙길 테니까 줘요, 카드."

잇새로 웅얼거리는 나를 그가 턱을 기울이며 얄궂게 봤다.

"할부로 해줄게, 무이자로."

그러면서 인심 쓴다는 듯 씩 웃었다. 확 한 대 때리고 싶은 충동을 부처의 심경으로 참으며 돌아섰다. 내 사정을 모르니 말해봤자 씨알도 안 먹힐 것 같아서.

"내가 그거 버리랬지?"

"남이사."

나의 단화를 핀잔하는 그에게 신경질을 부렸다. 그의 시선을 등이 감지했지만 얄미워 절대 보지 않았다.

난 알량한 자존심에 비싼 원피스와 비싼 샌들을 운명으로 받아들였다. 할부로 해준다고 했으니까, 나도 이런 거 하나쯤 있어도 되겠지? 하면서 최면을 걸었다. 그래도 속은 지독하게 매운 것을 먹은 양 끊임없이 쓰렸다.

"어머! 예원 씨, 오늘 너무 예쁘다."

쓰라린 속을 달래는 방법은 취소를 못할 바엔 열심히 입자였다. 다음날 바로 차려입고 출근한 나를 훑으며 해영이 놀랐다.

현강은 전날 철야로 밤샌 모양인지 아침에도 회의실에서 집중 중이라 내 차림새를 보지 못했다. 본다면 입을 거면서 튕겼다고 이죽거리나 하겠지?

"예원 씨! 그런데 옥에 티다. 이리 와봐."

정미가 호들갑스레 내 손목을 잡아끌고 실외정원으로 나갔다.

"이렇게 예쁘고 입고 민낯이면 너무 언밸런스하잖아."

"화장한 건데……."

"비비만 바르면 화장인가? 가만히 있어."

그녀가 날 원목테이블에 앉히더니 파우치에서 립글로스를 꺼냈다.

"예원 씨는 화장을 안 해서 그런가? 피부가 완전 청정 피부네. 따로 관리는 안 하지?"

"네…… 뭐."

"화장하고 다녀라. 립글로스 하나만 발라도 인물이 완전 사네. 기다려. 이왕 하는 김에 다 하자. 내가 내추럴하게 해줄게."

내 입술에 립글로스를 쓱쓱 바르던 그녀가 파우치에서 화장품들을 꺼내 테이블 위에 진열했다. 그러고는 눈꺼풀을 내려라, 들라 지시하며 메이크업을 본격적으로 했다. 난생처음 얼굴 전체 메이크업을 하는 탓에 낯설고 이상했다. 그런데 막상 메이크업이 끝나고 거울을 들여다봤을 땐 신기하고 괜한 웃음이 나왔다.

"기본 바탕이 좋으니까 살짝만 해도 빛나잖아. 내가 이렇게 예뻘 줄 알았다니까. 얼굴도 작고 이목구비도 예쁘고."

"그래, 정말 예쁘다."

궁금증에 실외정원으로 나온 해영도 싱글거렸다. 난 쑥스러워 웃으면서 거울만 들여다봤다. 진한 화장도 아닌데 내가 달라 보였다. 속눈썹도 휙 올라가 눈도 커지고, 윤기 흐르는 입술도 섹시해 보였다.

"오늘은 필히 데이트해야겠다."

다 같이 사무실로 들어오며 해영이 내 어깨를 툭툭 쳤다. 그때 현강이 회의실에서 나왔다. 피곤한 기색으로 목운동을 하며 자리로 걸어오던 그가 나를 봤다. 그의 한쪽 눈썹이 꿈틀했다.

"와, 예원 씨. 진짜 예쁘네요."

민호가 오두방정을 떨며 입을 크게 벌리고 하하거렸다. 그의 직설적인 칭찬에 머쓱해 부리나케 자리로 가서 앉았다. 민호는 내게서 눈을 떼지 않았다.

"예원 씨, 오늘 약속 있으세요?"

"아니요."

난 옅게 웃었다. 자리에 앉은 현강은 눈을 내리깔며 모니터만 봤다.

"약속 없어요? 그럼 저하고……."

민호의 눈이 번뜩였다.

"민호 주임, 어제 작업 확인 안 했지? 회의실로 와요."

현강이 사무적으로 내뱉으며 거침없이 의자에서 일어났다. 민호가 '그런가?' 하며 후다닥 노트북을 챙겨 들었다.

피. 역시 관심도 없을 줄 알았어. 못내 서운해지는 감정에 현강의 등을 살며시 흘기고 화장실로 갔다. 사무실 입구에서 출근하는 한경과 마주쳤다. 그의 눈썹도 올라갔다.

"오늘 달라 보이네."

"……아…… 네."

"예쁘다."

그가 입술을 길게 늘이며 부드럽게 웃었다. 자동적으로 얼굴이 화끈 달아올랐다. 온화한 온기가 감도는 심장이 수줍게 웃었다. 슬며시 유리방으로 걸어가는 한경의 등을 곁눈질로 훔쳐봤다. 입술도 심장을 따라 웃었다.

달라진 외적인 모습만으로도 자신감이 생긴다는 말이 맞는 것 같다. 습관적으로 위축이 되고, 버릇처럼 주눅들던 내가 오늘은 당당해진 기분이었다. 화장실 거울을 들여다보며 손을 씻고 활기차게 나왔다.

들뜬 걸음을 들썩이며 복도를 걷다, 엘리베이터 앞에 있는 현강을 발견했다. 그가 무표정하게 쳐다봤다. 소심한 몸이 곧바로 긴장해서 뻣뻣하게 움직였다. 내색 안하려 애쓰며 빠르게 그를 지나쳤다.

"길."

역시 난 현강참새의 방앗간인 모양이다. 절대 지나치는 법이 없다.

"너 이상해."

"에?"

"그게 뭐냐? 넌 화장해도 왜 그 모양이냐?"

미간을 좁히며 밉살스럽게 말하는 그를 쏘아봤다. 한경도 예쁘다고 했는데.

"너, 다 예쁘다고 치켜세우니까 진짜인 것 같지?"

허리를 숙여 얼굴을 들이밀며 그가 입술을 피식 비뚤게 웃었다. 난 머리를 뒤로 젖히며 가까워진 그의 얼굴과 간격을 뒀다.

"예의상 그러는 거야, 예의상."

"예의상?"

"그래. 못생겨가지고."

딱 끊어 강조하는 게 진심인 듯해 울컥했다. 타이밍 나쁘게도 엘리베이터가 '딩동' 하고 울렸다. 그가 안으로 들어갔다. 욕하고 싶던 찰나를 놓친 탓에 난 입술을 앙다물고 걸음을 옮겼다.

그때, 현강의 손이 쑥 나와 내 손목을 낚아챘다.

"어?"

순간의 당기는 힘에 난 비틀대며 엘리베이터에 탔다. 높은 굽의 샌들 때문에 휘청거리는 나를 현강이 가뿐히 어깨를 잡고 중심을 세웠다.

"커피 사러 같이 가자."

내 양어깨를 잡고 뒤에서 그가 턱을 숙여 귓가에 말했다. 귀에 닿는 숨결에 움찔하며 저절로 움츠러들었다.

"……나는 왜……."

"나 혼자 심심하잖아."

떨어지며 층수 버튼을 누르는 그를 휙 올려다봤다. 내 얼굴을 신랄하게 비판하던 그가 날 심심풀이 땅콩쯤으로 취급해 속에서 열불이 났다.

"풀어, 풀어."

잔뜩 일그러진 내 미간을 그가 손가락으로 밀었다.

"자꾸 나를……."

"알았어."

무시하지 말라고 따지려는데 현강이 층수 전광판만 올려다보며 말을 잘랐다.

"봐줄 만해. 장난친 거야."

픽 웃는 입에서 다정한 음색이 나왔다. 찌릿. 소름 끼치는 전율이 심장을 찔렀다.

딩동—

엘리베이터가 1층에 도착했다. 현강이 먼저 가뿐히 로비로 나갔다.

"뭐 해? 빨리 와, 길."

내리지 않는 나를 뒤돌아보며 그가 느긋하게 턱짓했다. 별안간 환한 로비의 빛으로 그가 반짝거리는 듯했다. 난 후드득 환각을 떨쳐 내고 문이 닫히려는 엘리베이터에서 나왔다. 덤벙거리는 나를 보며 현강이 피식 웃더니 먼저 앞장섰다. 넓은 등을 따라가며 난 얼빠진 정신을 부여잡고 고개를 가로저었다.

"아이스로 마실 거지?"

커피전문점에 들어가며 묻는 현강의 질문에 지친 감정을 억누르고 기계적으로 고개만 주억거렸다. 이 녀석한테 왜 자꾸 심장이 찌릿거리고 두근거리는지 모르겠다. 나 단단히 병 걸렸나 보다.

"……라떼로 여섯 잔, 그리고 빙수 하나. 달달한 걸로."

현강의 주문에 종업원이 빙수 추천메뉴를 보여줬다. 그가 기분 좋게 끄덕였다.

"지원 언니가 빙수 먹고 싶대요?"

"어."

현강이 빙그레 웃었다. 만삭인 지원은 연달아 달콤한 음식만 찾고 있었다. 더 이상 단것을 먹으면 안 된다고 걱정하면서도 아기가 찾으니 어쩔 수 없다며 행복해했다.

"어머, 길예원 씨."

주문한 것들을 기다리는데 낯익은 음성이 들렸다. 뒤돌아보니 서른일곱 살 골드미스 팀장과 정직원 이 대리였다.

"어? 팀장님, 여긴 웬일이세요?"

뜬금없는 그들의 등장에 어리둥절했다. 그들도 놀란 듯 나를 위아래로 훑었다.

"난 누군가 했네. 팀장님 대단하다. 길예원 씨인 줄 어떻게 알아봤어요? 난 몰라보겠네. 자기, 완전 스타일 바뀌었다."

이 대리가 나의 전신을 스캔했다. 쇼핑이 유일한 취미인 그녀의 뇌는 내 원피스와 샌들을 계산기로 두들겨 대고 있을 것이다.

"나도 긴가민가했지. 우린 길 건너편에 CS교육센터에 왔어. 예원 씨야말로 여긴 웬일이야?"

팀장의 너스레에 길 건너편에 전 회사의 교육센터가 있던 것이 상기됐다. 계약직인 나는 한 번도 가본 적 없는 센터라서 인지를 못했을 뿐이었다.

"자기, 이 시각에 돌아다니는 거 보니까 아직 취직 못했구나? 근데 이렇게 꾸미니까 다른 사람 같다. 여유가 좀 생겼나 봐? 어떻게?"

"그게……."

이 대리는 계약직 직원들을 깔보는 경향이 있었는데 말투가 여전해 거북했다. 난감해서 어정쩡하게 있는데 현강이,

"길예원 씨, 이거."

하며 주문해서 나온 커피 한 잔을 내밀었다. 무심한 그녀들의 시선이 현강에게 쏠렸다. 그러다 빛나는 그의 외모와 스타일에 눈이 휘둥그레졌다. 현강이 동공 튀어나올 만한 비주얼이긴 하지.

현강이 나머지 커피들과 빙수를 챙겨 들었다.

"……누구?"

이 대리의 눈동자에 윤기가 번졌다. 올해 서른한 살 싱글인 그녀가 호감 어린 시선으로 현강을 뚫어져라 봤다.

"우리 팀장님이요. 저, 팀장님…… 전에 다니던 회사……."

"아, 네."

나의 소개에 현강은 건성으로 턱짓만 하고 인사조차 안 했다. 그러고는 내게는 '들어가죠'라고 다정하게 존대했다. 고개를 끄덕이고 넋 나간 그녀들을 봤다.

"저 들어가 봐야 해서……."

"자기 취직했구나. 여기 근처인가 봐."

사심 가득한 눈길을 현강에게 꽂은 채, 이 대리가 살갑게 물었

다. 목소리 톤이 훅 바뀌었다.

"네. 그럼 전……."

더 이상 대화하고 싶지 않음에 난 몸을 돌렸다. 이 대리가 '저기……' 하고 오물거렸지만 쳐다보지 않았다. 현강 곁으로 가 커피 캐리어로 손을 뻗었다.

"제가 들게요."

"괜찮아요."

웬일로 현강이 아주 친절한 미소를 지었다. 그가 먼저 나가라는 듯 길을 터주었다. 그제야 그의 갑작스런 대우가 나를 무시하는 그녀들에게 보여주기 위함임을 깨달았다. 기분이 묘하게 흐뭇해졌다. 난 그대로 그녀들의 시선을 한껏 받으며 자신감 넘치는 걸음으로 거리로 나왔다.

뒤따라 거리로 나온 현강이 여유로운 걸음으로 나와 보폭을 맞췄다.

뜨거운 여름의 열기가 이상하게도 뜨겁지 않았다. 손에 쥔 차가운 커피가 식혀주는 듯.

#6
## NN
# 이게 힌트?

"예원 씨, 정말 약속 없으세요?"

늦은 오후로 접어들자 민호가 오전에 못했던 말이 아쉬운지 끈질기게 물었다. 난 옅게 웃으며 끄덕였다.

"그럼 우리 오늘 회식하면 안 돼?"

정미가 끼어들었다. 민호의 미간이 일그러졌다.

"우리 회식 안 한 지 너무 오래됐잖아. 신입도 왔는데 환영회도 안 하고. 응? 현강 팀장."

정미는 민호의 반응엔 관심도 없었다. 업무 중인 현강에게 애교를 떨었다. 한창 프로젝트 진행 중인데 무슨 회식이냐고 까칠하게 굴던 현강은 팀원들의 성화에 못 이겨 결국 승낙했다.

"그런데 현강 팀장, 요즘 바빠서 여자들 안 만나겠네?"

회식은 간단히 샤브샤브집에서 저녁을 해결하고, 만삭인 지원만 귀가하고 나머지 인원은 호프집으로 옮겼다. 약간 취기가 오른 해영이 현강에게 물었다. 여자들? 난 맥주잔을 기울이다가 꽂히는 단어를 곱씹었다.

"원래 안 만나. 내가 얼마나 청렴한 사람인데."

유유히 등받이에 등을 기대며 현강이 피식거렸다.

"완전 바람둥이면서."

"맞아. 빌딩 앞으로 모시러 오는 여자들이 한둘인가?"

정미의 핀잔에 세나가 맞장구를 쳤다.

현강은 여자들에게 둘러싸여 있고, 나와 민호는 마주보고 앉아 술을 기울였다. 팀원들도 역시 비주얼이 최고인 모양이었다. 민호는 완전 찬밥이었다.

"내가 원해서 만나는 건 아니야."

"어휴, 나쁜 남자."

현강의 거드름에 세나가 게슴츠레 흘겼다. 일순간 여자들이 까르르 웃었다.

"난 현강 팀장 좋아했었는데."

툭, 정미가 말했다. 양 뺨에 취기가 올라 불그스름한 그녀는 진심인 듯했다. 그런 그녀를 현강이 내려다보며 부드럽게 웃었다. 저 녀석, 저렇게 웃으니 여자들이 좋아하지. 너무 매력적이잖아. 뜬금없이 심장에 싸한 전율이 흘렀다. 왜? 어이없는 심장의 반응에 속으로 조소하며 맥주를 벌컥벌컥 마셨다.

"예원 씨, 술 잘하네요?"

"잘하진 못하고 그냥 적당히……."

민호가 맥주를 따라주더니 바로 건배를 했다. 민호는 곱상한 생김새하곤 다르게 애주가였다. 반면 현강은 예의상 받아만 놓은 상태로 술잔엔 손도 대지 않았다. 여자들은 호감 어린 눈길로 끊임없이 대화를 유도했고, 그는 몸에 밴 습관처럼 익숙하게 잘도 받아쳤다. 그들의 대화에 끼지 않는 나만 민호의 술 상대였다. 민호는 쉴 새 없이 술을 따라주며 건배를 해댔다. 벗어나지 못하고 술을 연거푸 홀짝댔다.

얼굴의 후끈거림을 느끼며 화장실을 다녀온 사이 자리가 바뀌었다. 유부녀인 해영이 빠져나간 후라 현강이 내 옆자리로 이동해 있었다.

"예원 씨, 건배."

민호도 취했는지 눈동자의 초점을 잃었다. 그가 내 잔에 잔을 부딪쳤다. 자리에 앉자마자 건배하는 그에게 억지미소 짓고 술잔을 들었다.

그 순간 현강의 손이 쓱 다가왔다. 갑작스런 손의 등장에 흠칫했다. 그의 기다란 손가락이 내 잔을 잡더니 빼앗듯 가져갔다. 현강이 앞만 보며 쭉 들이켜고는 내 앞에 빈 잔을 놓았다.

뭐지?

주변에 있던 직원, 그 누구도 그가 내 술을 빼앗아 마시는 걸 보지 못했다. 놀라서 멀뚱거리는데 민호가,

"우와, 예원 씨 진짜 잘 마시네."

하면서 술을 채웠다. 술을 받으며 곁눈질로 옆의 현강을 힐끔거렸다. 그는 말을 건네는 정미와 세나를 상대할 뿐이었다. 표정의 변화도 없었다.

목이 말랐나? 그럼 자기 앞에 놓인 술을 마시지…… 왜…….

"화장실 다녀오자."

세나가 정미에게 말했다. 세나와 정미는 서른 살 동갑내기였다. 세나는 남자친구가 있었고, 정미는 싱글이었다. 정미는 옆구리가 허전하다고 자주 토로했다.

"건배."

눈치 없는 민호가 또 건배했다. 술잔을 드는데 현강의 손이 다시 휙 왔다.

두근.

별안간 심장이 뛰었다. 그의 손이 술잔을 빼앗아가 한입에 털어 넣고 내 자리에 놓았다. 진짜 내 술을 대신 마셔주는 건가?

이번엔 대놓고 그에게 고개를 돌렸다. 내가 보는데도 그는 날 보지 않았다. 느른히 빈 의자 등받이에 팔을 걸치고선 다른 곳을 응시하듯 시선조차 주지 않았다. 그의 잘생긴 옆선은 무표정했다. 감정이 헷갈렸다. 두근거린 심장박동만 빨라졌다.

"예원 씨가 잘 마셔주니까 좋네. 내가 술 상대가 없어서 말이야. 우리 팀원들은 다 술을 못해. 여기 현강 팀장도 좀만 마시면 취한다니까."

다시 민호가 술을 따라줬고, 현강이 또 내 술을 가져가 마셨다. 화장실을 갔던 세나와 정미가 돌아오자, 현강은 계산서를 들고 자리에서 일어났다.

"민호 주임, 그만 마셔. 이제 일어나자."

그리고 성큼성큼 계산대로 걸어갔다. 고장 난 심장이 완전히 망가진 듯 콩닥콩닥 난리도 아니었다.

거리로 나와 팀원들은 반대 방향이라며 횡단보도를 건너갔다. 현강과 둘이 남은 나는 망가진 심장은 외면하고 서둘러 택시를 잡았다. 택시에 오르는데 현강이 별안간 비틀거렸다. 에? 진짜 술 못마셔? 그런데 왜…….

뒷좌석에 앉자마자 현강은 취기가 오르는지 눈을 감고 등받이에 깊게 기대었다. 그는 곧 잠이 든 듯 얌전해졌다. 긴 속눈썹이 그의 눈꺼풀 아래를 덮은 걸 잠자코 바라봤다.

도현강님은 자는 모습도 어쩜 이리 예술이신지…… 성격만 좀 고치면…….

길예원, 너 지금 누굴 보며 감탄하는 거야. 이놈은 도현강이다. 너에게는 도한경 이사님이…….

택시가 빌라 앞에 도착해 택시비를 계산하고 슬그머니 현강의 어깨에 손을 댔다. 그가 눈을 번쩍 떴다. 연일 계속되는 철야로 피로가 쌓인 상태에서 술이 들어가서 깊게 잠들었던 모양이다. 아주, 잠깐, 조금 안쓰러웠다.

"도착했어요."

"나 잤어?"

택시에서 내리며 현강이 물었다. 난 턱만 까닥이고 빌라 현관으로 가려고 몸을 틀었다. 현강의 손이 덥석 내 팔을 잡았다.

"길예원."

그가 나직하게 불렀다. 나는 멈칫해서 올려다봤다.

"나 정말 기억 안 나?"

"……안 나요."

"어떻게 그렇게 까마득하게 안 날 수가 있지? 신기하네?"

깊은 눈매로 내려다보던 그가 고개를 갸웃했다.

"……정말, 저랑 아는 사이 맞아요?"

"내가 착각하는 것 같아?"

의심스런 눈초리로 보자 그가 어이없다는 듯 실소했다.

"뭐…… 그게 아니라…… 말 그대로 정말 기억이 안 나서. 우리 언제 봤는데요?"

"그건 네가 기억해야지."

"……힌트라도 줘요."

"힌트?"

웅얼거리는 내 말에 현강이 재미있다는 듯 피식 웃었다. 잠시 짧은 침묵이 흘렀다. 어색한 기류로 난 안절부절못했다. 머릿속으로 그가 왜 기억이 나지 않을까만 곱씹어댔다.

그때였다. 현강의 자유로운 손이 올라와 불쑥 내 뒷목을 움켜쥐고 끌어당겼다. 화들짝 놀라 눈을 크게 떴다. 별안간 천둥을 맞은 듯 심장이 들썩거렸다. 그가 씩 길게 웃었다.

"이게, 힌트."

그의 고개가 숙여지면서 그의 입술이 내 입술에 겹쳐졌다. 놀라 벌어진 입술 틈으로 그의 뜨거운 혀와 숨결이 들어왔다. 옴짝달싹 못하고 화기 같은 키스를 받았다. 정신이 아득해졌다. 지금 내게 무슨 일이 벌어진 건지 가늠할 수도 없었다. 그의 입술과 혀가 내 입술과 혀를 부드럽게 자극했다. 내 혀를 감아올리는 그의 혀의 감촉을 느낀 순간, 전신에 짜릿한 전율이 휘감기듯 퍼졌다. 아찔했다. 뜨거운 키스가 내 입안을 훑으며 깊어졌다. 황홀함에 몽롱해지는데 그의 입술이 아쉬움을 토하며 천천히 떨어졌다.

"꼭 기억해라."

그가 허스키한 목소리로 중얼거렸다. 얼빠진 나는 떨어진 현강을 멍청하니 보기만 했다. 현강이 입술을 길게 늘여 웃으며 내려다봤다. 너무나도 다정한 미소였다. 내게서 완전히 물러난 그가 몸을 돌렸다.

지금…… 무슨…….

현관 너머로 사라지는 현강의 등을 그 자리에 얼어붙어서 바라봤다.

이게 힌트라고……? 도대체…… 왜…… 뭘 기억하라는…….

온몸을 감싸던 전율이 소실된 자리의 맥박들이 심하게 울려댔다. 심줄이 터질 것 같은 맥박의 가쁜 박동을 고스란히 느꼈다. 이상야릇한 일렁임과 복잡한 감정에 싸여 첫 키스에 대한 억울함을 토로할 수 없음에 억울해하며, 난 오래도록 그대로 멈춰 있었다.

심장이 꼴딱거리며 뇌에게 물었다.

너 기억나니?

답은 '아니'였다.

정신이 오락가락했다. 내 기억에선 그가 말하는 힌트의 답은 없었다. 그가 한 키스가 나의 첫 키스였다. 난 기껏해야 김영권과의 뽀뽀 두 번이 전부인데. 도둑키스를 해놓고는 내 잃어버렸다는 기억의 '힌트'라니. 키스가 힌트인데 어찌하여 잊었단 말인가? 절대 잊을 리 만무하다.

단순 장난일까? 또 놀려먹은 건가? 이해할 수가 없다. 의구심과 묘한 설렘으로 밤을 꼴딱 샜다. 출근 준비를 끝내고 1층으로 내려가니 깔끔하게 출근 준비를 마친 현강이 주방에서 느긋하게 우유를 마시고 있었다.

난 그를 죽일 듯이 노려봤다. 그런데 그는 영문을 모르겠다는 듯 태연자약하게 날 봤다.

"뭐?"

"에?"

아연질색하는 내게 현강은 능청까지 부렸다.

"왜 그러는데? 그런데 나 어제 어떻게 들어왔냐?"

"에?!"

돌아온 물음에 황당함까지 가중되었다.

"지금…… 기억 안 난다고 수작부리는 거지?"

참을 만큼 참은 나도 불쑥 반말이 나왔다.

"왜? 내가 뭐 실수했어?"

현강은 나의 반말을 아랑곳하지 않았다. 그의 눈빛이 너무나도 천연덕스러워 헷갈렸다. 기껏 맥주 세 잔 마시고 필름이 끊겼다고?

"설마…… 진짜로 기억 안 나?"

"어. 계산하고 나온 이후 기억이 없네?"

"……힌…… 트, 기억 안 난다고?"

넌지시 물었다. 솔직히 딱 까놓고 '키스한 거 기억 안 나느냐?' 묻고 싶었다. 하지만 알량한 자존심과 민망함에 얼버무리듯 물었다.

"무슨 힌트? 퀴즈 풀었어?"

얼토당토않은 반문이 되돌아와 관자놀이가 지끈했다.

밤새 잠 한숨 못 자고 뒤척이며 머리를 쥐어뜯었던 내가 한심했다. 이 녀석에게 있어서 키스는 대수롭지 않은 건가? 그래서 기억도 못하나?

시간 낭비 같았다. 난 신랄하게 몸을 돌렸다.

"야, 길. 왜 그래? 무슨 힌트인데?"

넉살스런 어투로 그가 채근했다. 무시하고 입술을 질근거리며 신발장에서 단화를 꺼내 신었다. 빨리 달려서 지하철역으로 가야겠다. 무조건 뛰자.

"내 차 타고 같이 출근하자."

"……됐어."

현강이 쓱 다가와 내 손목을 잡았다. 난 확 뿌리쳤다.

키스하고선 필름이 끊긴 녀석에게 우스워지고 싶지 않았다. 화도 못 내고, 때리지도 못하고, 말도 못하는 게 억울할 뿐이었다. 타박해 봤자 무슨 소용인가 싶었다. 어차피 녀석은 내 첫 키스를 강탈한 것조차 기억 못하는데.

"왜 화났는데?"

여전히 단조로운 말투였다. 그의 태연함에 더 기분이 상했다.

"……신경…… 쓰지 마."

잇새로 질근질근 씹듯이 뱉어내고 난 서둘러 밖으로 나왔다. 현관문을 쾅 닫는 것을 잊지 않고.

내 첫 키스가 공중에서 무참히 소멸됐다.

힌트라니, 개뿔. 억울해!


달려. 달려.

사무실을 향해 달렸다. 그런데도 감정이 제자리걸음이었다. 아무리 달려도 내 감정은 신경질을 부리며 씩씩거리는 원망을 내뱉었다. 지각할 시간이 아님에도 헐떡거리며 로비에 들어서는 나를 보안요원들이 의아한 듯 봤다. 멋쩍은 인사를 하고 엘리베이터 버튼을 눌렀다.

"어? 일찍 나가셨으면서……."

"조찬 모임이 있었어."

엘리베이터 안에는 지하주차장에서 올라오는 길인 한경이 있었다. 방금까지 내 뇌를 휘젓던 얄미운 현강을 발로 뻥 차버렸다.

"일은 어때?"

"좋아요. 정말 재미있어요."

"다행이다."

"주말부터는 디자인학원 다니려고요."

"잘했다. 언제든지 필요한 것 있으면 말해."

다정히 웃는 그에게 고개를 끄덕였다.

"유경이가 휴대폰을 아직 사용 안 하나 봐."

"오늘 가져갔어요."

드디어 오늘 유경이가 휴대폰을 들고 등교를 했다. 그것만으로도 난 조금은 안도했다. 곁의 한경이 있어 든든하고 공연스레 뿌듯했다. 안정감에 심취해 있는데 탑층에 도착했다. 그는 다정히 '수고하라'고 말하고 유리방으로 들어갔다. 난 여느 때와 마찬가지로 의욕을 다지며 자리로 갔다. 가는 길에 죄 없는 현강의 책상다리를 발로 탁 차주고.

밉상 도현강은 유여하게 출근했다. 가뿐한 몸짓으로 업무를 시작하는 그에게서는 다른 변화를 발견할 수 없었다. 기억 못하니 인지조차 못하는 듯했다. 사과라도 받아야 되는데. 아씨, 진짜 억울해.

불끈불끈 노기가 치솟아 올랐지만 티낼 수 없어 속 탔다. 오늘의 나는 홍어보다도 독한 냄새를 뿜어낼 것이다. 삭히고 삭혀져서.

"오늘부터 회의에 길예원 씨도 참여하세요. 이제 어느 정도 업무 파악을 했으니까."

회의실로 이동하기 직전 그가 사무적으로 전했다.

예상치 못했던 지시에 난 화들짝 놀랐다. 단순한 나는 약 올랐던 감정이 조금 누그러졌다. 나도 이제 진정한 팀원으로 인정받은 듯해서.

그런데 그것도 잠시.

난 망연해졌다. 중요한 것은 그가 낸 힌트의 답이 아니었다. 그 키스의 후폭풍이 얼마나 강렬한지 깨닫는 데는 그리 오랜 시간이 걸리지 않았다.

첫 회의임에도 집중할 수 없었다. 엄한 청각은 정지했고, 엉뚱한 시각만 한곳에 초점을 두고 뚜렷해졌다. 내 초점이 스크린 앞에서 PT하는 현강의 얼굴에 꽂혀서 이동되지 않았다. 정확히 말하면 그의 입술.

"이제 초반 설계는 마무리가 되었고……."

벙긋벙긋 벌려지는 입술. 약간 선홍색을 띤 입술의 움직임은 유난스레 섹시해 보였다. 저 입술이 내 입술에 닿았던 감촉이 선명하고 생생하게 떠올랐다. 양 볼이 후끈 달아올라 후다닥 시선을 거뒀다. 아찔한 전율이 휘몰아치며 심박동이 급속도로 올라갔다. 도통 초연해질 수가 없었다.

혼돈의 회의가 그런 사이에 끝났다.

신입인 주제에, 것도 첫 회의에 참석했으면서 내용이 하나도 기억나지 않았다.

"예원 씨, 아까 말한 대로 작업한 디자인 보내줄 테니까 잘라서 페이지 작업 좀 해봐."

"네……."

자리에 앉으며 지원이 지시했다. '네' 하고 웃긴 했지만 당혹스러웠다. 무슨 페이지 작업을 하라는 거지? 기억이 전혀 없다. 정말 길예원, 너 심각해.

다행히도 친절한 지원이 PSD 파일을 넘겨주며 설명해 줬다. 나

자신을 자책하다 원망의 눈초리로 현강을 째렸다. 두 대의 모니터 틈으로 그의 갸름한 얼굴 라인이 보였다. 현강의 꾹 다문 입술은 더 눈에 띄었다.

저 얄미운 입술이 나를 농락한 거야. 그러니까 잊어.

게슴츠레 흘기다 눈길을 돌리려는 순간, 다물어졌던 그의 입술이 집중한 탓에 슬며시 벌어졌다.

두근. 미친 심장이 또 주책없이 두근거렸다. 휙 고개를 돌려 눈을 부릅뜨고 잡아먹을 듯 모니터를 노려봤다. 온몸의 세포가 눈에 쏠렸다. 동공이 튀어나올 것처럼 피가 눈동자에서 역류했다. 그러면서 주문을 멈추지 않았다. 집중. 집중.

하루를 완전히 까먹었다. 소중한 하루가 현강의 입술에 온통 빼앗겼다. 뇌가 현혹된 듯 버그로 인해 업무에도 지장이 있었다. 실수 연발이었다. 덕분에 퇴근할 때는 심신이 시달려 고단했다. 하지만 유경이의 안위가 걱정되어 독서실로 갔다. 예상대로 유경이는 독서실에 없었다. 걱정되는 마음에 꺼림칙하기까지 했다.

크게 결심하고 위치추적 어플을 켜고 말았다. 현강이 세팅한 대로 연결되는 유경이 휴대폰 위치를 추적했다. 근방은 아니었다. 심호흡하고 택시를 잡았다.

택시가 멈춘 곳은 독서실에서 30분가량 떨어진 곳이었다. 유흥가도 아니었고, 주택가와 상가들이 전부인 낯선 곳이었다. 그런데다 집도, 학교도 반대 방향이었다. 유경이 친구가 이 근방에 사는 걸까?

화살표 표시대로 걷는데 위치추적 어플이 가리키는 곳이 끝났다. 특별히 지정된 장소도 없이 사거리에서 뚝 끊겼다. 디테일하게 확인하려 이것저것 만져 봤지만, 장소는 변함이 없었다. 절대 전화하고 싶지 않았지만 답답함에 어쩔 수 없이 현강에게 전화를 걸었다.

[그래서? 거기 어디인데?]

현강은 상황을 전달받고 장소만 물었다. 난 어플이 가리키는 주소를 읊었다.

[사무실이니까 조금만 기다려. 금방 갈게.]

"어? 온다고?"

[근처 커피전문점이라도 들어가 있어. 도착해서 전화할게.]

그가 덤덤하게 말하고 전화를 끊었다. 삼촌이라고 유경이 걱정은 되는 모양이다. 외부 테이블이 있는 커피전문점을 발견하고 그곳에서 현강을 기다렸다. 그러면서 나도 태연한 척하자고 주문을 외웠다. 현강은 예상보다 빨리 도착했고, 유경이를 가리키는 화살표는 이동하지 않았다.

"기지국만 가리키는 거야. 근처에 있긴 할 거야."

"그럼 어떻게 찾아?"

"한 바퀴 돌아볼래? 애들이 갈 만한 곳이 있나?"

그도 주변 전경에 의아해했다. 집념의 업무를 중단하고 부리나케 달려와 준 그가 조금은 든든했다. 유경이 걱정으로 까칠함도 없었고, 사뭇 진중했다. 그래서 첫 키스에 대한 원망은 잠시 내려놓기로 했다.

그와 근방 주택가 골목을 거닐었다. 어느덧 시간이 8시를 넘겨서 하늘이 어스름해졌다.

"필름이 끊겼다면서 속은 괜찮나?"

걸으며 은근슬쩍 비꼬았다.

"어, 괜찮아. 너야말로 많이 마셨잖아?"

"난 원래 숙취는 없어."

퉁명스럽게 대꾸했다. 그는 오전과 마찬가지로 나의 반말을 자연스레 받아들였다. 나 혼자서 멍청하게 주저한 모양이었다. 진즉 깔걸.

"그래, 넌 뭐든 소화시킬 것 같다."

"치. 본인은 기억도 소화시키면서."

그가 놀리는 어조로 말해 난 반사적으로 흘기며 이죽거렸다. 현강이 쿡 웃었다.

"길, 그런데……."

난 우뚝 걸음을 멈췄다. 나직하게 입을 열려던 현강도 따라 멈췄다. 지나쳐 온 길을 뒤돌아보다 찬찬히 되돌아갔다. 그가 나를 빤히 지켜봤다.

빨간 벽돌인 예쁜 2층 건물이 나란히 두 개 있고, 작은 주차장이 건물 사이에 있었다. 건물로 다가가 위에 달린 간판을 읽었다. '사랑의 집'이라는 명칭 아래 작게 '미혼모 쉼터'라고 명시되어 있었다.

"여기 같아?"

현강이 내게 다가왔다. 난 턱을 약하게 까닥거렸다.

"기다릴 테니까 들어가 봐."

미혼모의 집이라 현강은 매너를 지켰다. 난 조심스레 안으로 들어갔다. 대문을 넘으니 아기자기한 정원이 나타났다. 정원을 가로질러 입구로 들어섰다. 조그마한 로비가 있었고, 미닫이문으로 된 사무실이 보였다.

"안녕하세요."

사무실에는 수녀님이 테이블에 앉아 업무 중이었다. 그녀는 나의 방문에 차분히 웃었다. 곧 예감한 대로 유경이가 있음을 확인했다.

유경이는 이곳에서 봉사를 한다고 했다. 처음엔 유경이가 어려서 거절했지만 사정이야기를 하며 간곡히 부탁해서 허락했고, 이제 열흘 되었다고 했다. 유경인 평일엔 저녁 8시 30분까지 있었고, 지난 주말엔 오전부터 왔다고 했다.

"어려운 일은 못하고 애기들 빨래를 널거나 개거나 청소를 해요. 유경이가 아기들을 무척 좋아해요. 차분하고 꼼꼼하고요. 지금 거의 다 정리해서 내려올 시간일 텐데."

수녀의 말이 끝나기 무섭게 2층에서 내려온 유경이가 미닫이창으로 나타났다. 인사하기 위해 문을 열던 유경이가 날 발견했다. 그녀의 눈썹이 매섭게 치켜세워졌다. 난 쭈뼛대며 자리에서 일어났다. 유경이 화난 듯 신랄히 몸을 돌려 밖으로 나가버렸다. 수녀님에게 인사하고 급히 그녀를 쫓았다.

건물 밖에서 기다리던 현강이 유경이를 잡았다. 유경이 신경질적으로 그의 팔을 뿌리쳤지만, 강한 현강의 손아귀에선 벗어날 수 없었다.

그리고 냉한 상태로 현강의 차로 이동했다.

"유경아, 언니가 널 믿지 못해서 그런 게 아니라……."

난 난감해서 어쩔 바를 몰랐다. 유경이는 좀처럼 뿔난 감정을 풀지 않았다.

"밥은 먹었어?"

내가 말을 제대로 잇지 못하고 난색하자, 현강이 룸미러로 힐끔 넘겨다보며 유경에게 물었다. 유경이 건성으로 고갯짓했다.

"길은 안 먹었지?"

이어진 질문에 난 그게 뭐 중요하냐고 흘겼다.

"난 무진장 배고프다. 꼬맹이, 너 밥 먹었더라도 삼촌은 배고프니까 밥 먹으러 가자."

현강이 태연히 중얼거렸다. 유경이는 꼬맹이라고 불렀는데도 꿈쩍도 안 했다.

"꼬맹이, 언니가 너 걱정하느라 밥도 못 먹고 헤맨 거 모르지? 그러니까 표정 좀 풀어."

우리를 한우전문점에 데려간 현강은 불판에 고기를 올려놓으며 유경에게 말했다. 내가 괜한 소리를 한다고 째려보자, 그는 천연덕스럽게 눈썹을 올리면서 '뭐?' 라고 했다.

"먹어. 봉사하시느라 고생하실 텐데 보충하셔야지."

놀리는 어투라 나와 유경이 동시에 노려봤다.

"삼촌이 쏠게. 마음껏 먹어."

현강은 아랑곳하지 않고 능청스레 씩 웃기까지 했다.

"자꾸 꼬맹이라고 부르지 마요."

"듣기 싫으면 나보다 더 크던가."

"치."

유경이 입술을 삐죽거렸다. 현강에게 반응하며 표정이 한결 누그러진 유경을 곁눈질하며 난 자그마하게 웃었다. 현강은 여전히 짓궂게 놀리며 유경이 앞접시에 고기를 놔줬다. 배고프다고 성화였으면서.

"길도 많이 먹어."

"어. 많이 먹을 거야."

넌지시 말하는 그에게 난 젓가락을 들고 굳센 결의에 가득 차서 고기를 집었다.

"이건 꼭 사야 돼."

"오케이."

영수증을 내밀었던 것이 떠올라 빈정거렸는데 현강은 가뿐히 대답했다.

침몰하는 타이타닉호처럼 가라앉았던 분위기가 가벼워졌다. 유경이 어느 새 현강의 말에 피식거렸다. 굳이 묻지 않고 당연지사 짓궂게 놀리고 장난치는 그의 화법에 그녀가 오히려 감정을 풀었다. 다행이다, 그가 이 자리에 있어서.

"엄마 심정을 알고 싶었어. 엄마가 어떤 마음으로 나를 임신하고 낳았는지. 아…… 빠가 내 존재를 몰라도 엄마의 결정은 날 낳는 것이었으니까."

식사를 끝내고 한우전문점 정원 벤치에 앉았을 때, 유경이 무겁던 입을 열었다. 현강은 음료수만 건네고 대화하라고 자리를 비켜졌다.

"언니, 엄마가…… 고마워졌어."

그녀의 눈길이 정원 한편의 어둠에 자리 잡았다.

"엄마가 미웠었거든, 잠시. 그런데 여기서 봉사하면서…… 고마워졌어. 엄마는 굳은 결심으로 혼자서 키울 각오를 하고, 날 포기하지 않고 힘겹게 낳은 거잖아. 더 편한 길이 있었을 텐데…… 아니었잖아. 그게 얼마나 힘든 건지 알았어. 아무도 없는 세상에서 나를 키우기 위해 어려운 선택을 한 엄마한테 그동안 원망한 게 미안해졌어."

그녀의 시선이 내게로 왔다.

"엄마가 되는 게 쉬운 일이 아닌 걸 알았어. 나는 그냥 엄마가 되는 건 줄 알았는데 그게 아무나 하는 일이 아니더라고. 멋있는 거더라고. 한 생명을 지키고 낳고 키우는 게, 그 누구도 비웃어서는 안 되는 일이더라고. 어떠한 선택을 했든."

눈가가 뜨거워지는 걸 억누르며 유경의 손을 잡았다.

"그래서 엄마한테 고마워. 태어나게 해줘서, 포기 안 해줘서 고마워. 이젠 그런 말 전할 수 없지만."

"엄만 다 알 거야."

"날 키워준 언니도 고마워. 미안해, 언니. 그동안 심통 부려서."

"내가 더 고마워, 유경아."

그녀의 손을 더욱 꽉 쥐었다.

"근데 언니, 아빠는 미워. 사정이 있다곤 하지만 어쨌거나 엄마를 혼자 내버려 뒀고, 날 이제야 찾았잖아. 그래서 원망스러워."

"유경아, 이런 말 언니는 네게 안 하려고 했었는데……."

난 조곤하게 말을 이었다.

"언니는 엄마도 아빠도 없던 사람이잖아. 언니의 기억 한도 내에선. 그래서인지 네게 15년 만에 아빠가 나타나서 부럽기도 하고, 다행이라 생각했어. 만약 언니라면 15년 만이든, 30년 만이든 날 찾았다는 사실만으로도 좋았을 것 같아. 그래서 너도 조금은 편히 생각했으면 좋겠어."

싱그레 웃어주며 그녀의 눈을 마주 봤다.

"사정이라는 거 들어보고 나서 그때 원망해도 늦지 않아. 원망하다가 용서하고, 용서하다가 이해하고. 그럼 되지 않을까?"

"……미안해, 언니. 내가 나만 생각해서."

"아니야. 당연한 거야. 네가 나한테 미안할 건 없어. 그러니까 유경아, 우리 아빠 사정 들어보자."

"어떤 사정인지…… 조금은 무서워. 언니가 물어봐 주면 안 돼?"

"그럴게. 언니가 물어볼게."

내가 끄덕거려 주자 유경이가 웃었다. 조금은 겁먹은 듯, 조금은 기쁜 듯 웃었다. 그녀의 손을 다정히 쓰다듬었다. 보드라운 유경이 손은 따뜻했다.


"드릴 말씀이 있어요."

집에 도착했을 때 한경은 귀가하지 않은 상태였다. 전화하니 그는 외부 인사와의 저녁 약속으로 있지만 서둘러 귀가하겠다고 했다.

유경인 한결 편안해져서 방에서 공부하다가 자겠다고 했다. 그러면서 내게 오랜만에 환하게 웃었다. 유경의 예쁜 웃음을 보는 순간, 그동안 쌓인 노파심이 사그라졌다.

거뜬해 보이던 현강은 집에 오자마자 피곤한 기색을 역력히 드러냈다. 전날의 철야로 수면 부족인 듯했다. 눈을 질근거리고 뒷목을 주무르며 방으로 들어가는 뒷등이 안쓰러웠다. 하지만 곧바로 미워졌다. 나쁜 놈.

한경을 기다리는 동안 책장에서 발견한 소설책을 꺼냈다. 하퍼리의 앵무새 죽이기. 내가 가장 좋아하는 소설이다. 난 소설에 담긴 감동적인 이념보다 단순히 주인공 아버지 때문에 이 책이 좋았다. 한없이 온화한, 아이들에게 세상의 전부인 아버지가 내게도 있으면 얼마나 좋을까 상상하며 주인공이 참 부러웠던 소설이었다.

똑똑.

한참 정독하는데 노크 소리가 들렸다. 무심결에 눈길이 벽시계로 갔다. 밤 11시가 넘어서는 시각이었다.

"난 네가 유경이와 같이 지내는 줄 알았다."

근사한 슈트를 벗고 편안한 옷으로 갈아입은 한경이었다. 새삼 산뜻한 옷차림의 그가 인상도 한결 부드러웠고 젊어 보였다. 사실 유경이 때문에 더 어른스럽게 보여 어려웠지만, 실제 그는 서른넷밖에 안 된 사람이었다. 남자로서는 한창일 때였다.

"아무것도 없는데 여기서 어떻게 지내지?"

열린 문틈으로 그가 한편에 곱게 개켜놓은 이불과 정돈된 박스를 봤다. 그의 눈빛이 '왜 말하지 않았느냐?'로 바뀌었다.

"전 너무 편해요."

헤헤 웃으며 난 서재에서 부랴부랴 나왔다. 그의 가라앉은 눈길이 내게 머물렀다.

"유경이는 아직 안 자더군."

"보통 자정쯤 자요. 유경이는 공부가 재미있대요. 신기하죠? 공부가 어떻게 재미있지?"

그와 1층 베란다로 나가며 중얼거렸다. 한경이 피식 웃었다.

그에게 난 오후에 있었던 일을 세세하게 전했다.

"이사님이 말씀하기 어렵다는 사정을 말해주세요. 모르니까 오히려 더한 오해가 쌓이고 소통이 어려워지는 것 같아요."

"나도 알아, 내가 솔직해져야 함을."

한경의 굳게 다물었던 입술에서 짧은 한숨이 나왔다.

"그런데 겁나고 자신 없는 건 내 잘못이 크기 때문이고, 유경이가 오해하는 부분이 오해가 아니기 때문이야."

그의 깊은 눈매가 어둠으로 옮겨졌다.

"……미유 누나는 어머니가 운영하던 한식전문점 종업원이었어. 누나가 고등학생 때부터 아르바이트를 시작했는데, 어머니는 누나를 아주 좋아하셨지. 참하고 부지런하다고."

힘겨운 이야기가 시작되었다.

"그러다 누나가 고등학교를 졸업하면 고아원에서 퇴소해야 된다는 사실을 알게 된 어머니가 안타까워서 식당 한 켠을 개조해 원

룸처럼 만들었지. 누나는 퇴소 후에 그곳에서 살았어."

미유 언니도 고아원 출신이었다. 언니와 더 끈끈한 사이가 된 것은 동변상련 때문이었다.

"나도 누나가 편하고 좋았어. 하지만 그건 어디까지나 누나로서의 감정이지 여자로는 아니었다. 그런데…… 미유 누난 아니었어."

한경이 잠시 말을 멈추고 크게 공기를 들이마셨다.

"날 좋아했어. 눈치채고 있었지만 부담스러워 내내 모른 척했다."

그의 목소리 울림이 깊어졌다. 그가 잠시 말을 끊고 어둠을 지켜봤다. 그의 눈동자가 흐릿하게 일렁거렸다.

"그리고…… 그날은…… 대학교 신입생 환영회였다. 난 술을 과하게 마셨어. 집과 식당은 가까웠어. 자정쯤 택시 타고 오다가 속이 좋지 않아 식당에서 내려 모퉁이에 먹을 걸 다 토해냈어. 식당 마무리하던 누나가 그걸 봤지. 옷까지 버린 나를."

난 그가 겁을 냈던 이유를 깨달았다.

"누나는 몸도 못 가누는 날 부축해 방에 데려다 놓고, 내 옷을 벗겨 빨아 널어놓고 멀찍이 떨어져 잠들어 있었어."

한경이 눈을 질끈 감았다.

"새벽녘에 깼는데…… 내가 실수를 했다. 충동적이었고, 취기는 가시지 않은 상태였어. 그리고 누나 감정을 알기에 가볍게 생각했던 것 같다. 누나는 나에 대한 감정이 커서 받아들였어."

난 마른침을 삼켰다.

"……아침에 깨어 실수한 것을 깨닫고 후회하고 미안하면서도 누나에게 화냈다. 날 방으로 끌어들이고 옷을 벗겨 유혹한 게 아니냐고 되레 윽박질렀어. 적반하장도 유분수지, 그렇게 몰아붙였어. 우는 누나에게 일말의 배려도 없이 모질게 했어. 어린 마음에 하룻밤의 실수로 엮이지 말자 한 거야."

언니가 일언반구하지 않고 한경을 죽은 사람이라고 말한 것이 이해되었다. 그는 언니에게 감정이 없었기에. 언니 혼자만의 감정이었기에.

"그 일 후 한 달인가 지나서 미유 누난 홀연히 식당에서 나갔다. 악랄한 나는 홀가분했어. 잠깐의 실수에서 벗어났다고. 얼마 후 어머니는 식당을 정리했고, 난 부모님과 함께 뉴욕으로 이민을 갔다. 그리고 난 잊었었다. 대수롭게 여기지 않았어."

언니는 임신한 사실을 알고 그에게 부담 주지 않으려 아무런 말도 못하고 떠났을 것이다. 그리고 아이를 낳고 아이 이름을 그의 이름과 합쳐 짓고는 평생 혼자 키우며 살 결심을 했을 것이다. 그를 너무 많이 사랑하기에 그의 아이와 함께.

"3년 전에 한국에 왔고, 아무런 것도 모르고 지냈다. 그러다 알게 된 거지. 의심하다가 깨닫는 순간에서야 죄책감이 들었다. 내가 무슨 짓을 한 건지…… 누나한테 내가……."

토해내듯 그가 깊은 숨을 뱉었다.

"나의 하룻밤 실수가 누나의 인생을 바뀌게 만들었다는 걸. 미안하고, 안쓰럽고, 또 미안했다."

그도 지난 몇 달 동안 힘겨웠을 것이다. 이제 서른네 살의 그가 감당해야 할 하룻밤 책임의 무게에 도망치고 싶었을지도 모른다. 그러나 그는 도망치지 않았다.

"난 모든 걸 책임져야 된다고 생각했어. 내가 저지른 짓에 면책은 못하더라도 갚아야 된다고 생각했어. 어떻게 해서든 유경이를 찾아 지켜야 된다고 결심했다. 그것만이 내가 누나한테 용서를 구하는 길이라고."

죄책감 가득한 그의 눈이 내게로 왔다.

"미안하다. 이런 사정. 네게도."

"……아니요. 저는……."

"이 사정을 유경이에게 말하기 어려웠다. 유경이가 자신은 실수로 태어난 아이라 하는데 사실이니까. 유경이가 더 상처받을까 겁이 나."

눈꺼풀을 내리깐 한경의 무거움이 세세하게 다 보였다.

"……전 그래도 솔직하게 말해줘야 된다고 생각해요. 물론 하얀 거짓말이라는 것도 있지만요. 어린 유경이에게 상처 주지 않기 위해 거짓말을 할 수도 있겠지만, 그건 진실이 아니잖아요."

목소리가 갈라졌다. 마음이 무거운 탓이었다.

"유경이가 받아들이지 않을 수도 있어요. 하지만 진심을 전한다면 유경이는 똑똑하니까 이해할 거예요. 엄마가 아빠의 존재를 숨긴 사정도, 아빠가 이제야 자신을 찾은 이유도."

돌려진 그의 눈을 마주 봤다.

"제가 전할 수는 없을 것 같아요. 이사님이 직접 진심을 전하세요."

찬찬히 곱씹듯 그의 눈빛이 진해졌다.

"유경이는 나이보다 생각이 깊은 아이예요. 유경이를 믿어주세요."

"……그래."

쓴웃음을 지으며 그가 나직하게 대답했다.

"고맙다."

잔잔한 미소가 돌아왔다. 난 희미하게 웃으며 도리질했다. 그의 시선이 어둠으로 갔고, 난 반듯한 그의 옆얼굴을 지그시 응시했다.

늦은 밤에 대화가 끝나 한경은 유경에게 진실을 털어놓지 못했다. 다음날을 기약하며 그와 나는 잠자리에 들었다. 이른 아침에 등교하는 유경이라 한경은 아침에도 그녀와 마주할 수 없었다.

"유경이한테 오늘 일찍 와달라고 해줄래?"

내게 같이 출근하자고 하여 그의 차로 이동하면서 한경이 말했다. 난 고개를 끄덕거렸다. 사무실에 출근해서는 업무가 복합적으로 발생한 덕분에 여느 날보다 바쁜 하루였다. 회의실에 틀어박혀 집념의 업무 중인 현강의 입술에 신경 쓸 여력조차 없었다.

혼자 퇴근해 빌라 계단을 오르는데, 막 퇴근하는 가사도우미 아줌마와 만났다.

"오늘은 늦으셨네요?"

"응. 사장님이 보낸 가구 정리 하느라고."

아줌마는 말수가 적고 야무진 사람이었다. 살림도 성격만큼 꼼꼼히 했다. 퇴근하면 집안일로 바빴던 나의 일과가 여유롭게 바뀐 것에 새삼 감사해하며 2층으로 올라갔다.

그런데 서재로 들어서면서 나의 턱이 함지박만 하게 벌어졌다. 바뀌었다. 책장과 책상은 그대로였지만, 널따란 빈 공간에 정갈한 삼나무 원목침대와 붙박이장이 채워져 있었다.

시원한 인견 소재의 여름 침구가 깔린 침대로 가서 이불을 손으로 쓸어보았다. 보들보들하다. 옷장의 문을 열었다. 박스에 담겨 있던 옷들이 줄 맞춰 걸려 있었다. 나머지 물건들도 옷장 서랍 등에 깔끔히 정리되어 있었다. 내 대신 정리하느라 아줌마의 퇴근이 늦었던 모양이다.

난 감격에 콧잔등이 시큰해졌다. 이제야 비로소 이 집에 내 공간이 생긴 기분이었다. 이렇게 계속 있어도 되는 걸까? 욕심이 났다.

"고맙습니다."

퇴근해서 들어오는 한경에게 난 감동해서 인사했다. 그는 약하게 웃었다.

"유경이는?"

"기다리고 있어요."

내 대답에 머리를 끄덕거린 한경은 조용히 방으로 향했다. 잠시 후, 옷을 갈아입은 한경이 핑크의 방으로 갔다.

오랜 대화를 끝낸 유경이가 서재로 나를 찾아왔다.

"조금은 이해했지만 많이 원망스러워. 그래도 솔직하게 말씀해주셔서 감사하다곤 했어. 언니, 아직은 얼떨떨해. 조금 더 생각해볼게. 시간이 필요해."

그녀가 한 말은 그게 전부였다. 하지만 표정은 한결 편안해져 있었다. 난 크게 나쁘게 받아들이지 않은 유경이가 대견스러워 그녀의 머리카락을 쓰다듬어 주기만 했다.

삼 일 연속된 복잡한 일들에 심신이 지쳐 유경이가 방으로 가자마자 이른 취침에 들려 침대에 누웠다. 하지만 쉬이 잠에 빠지지 못했다. 유독 발달된 청력이 열린 창으로 차 소리를 감지했다. 무의식중에 난 자동차 엔지 소리로 현강의 차를 가늠하고 있었다.

11시가 넘어가는 시간쯤 거침없는 엔진 소리가 들렸다. 현강이다. 어두운 창문가로 살살 다가가 아래를 내다봤다. 뛰어난 청각의 짐작이 맞았다. 매일 철야로 바빴던 그이기에 이른 귀가나 매한가지였다. 침대로 돌아와 눈을 감았다.

"길, 자?"

뒤척거리며 수면에 빠지려 노력하는데 노크 소리가 들렸다. 느닷없는 현강의 노크에 심장이 소스라치게 놀랐다. 감정을 소모하고 싶지 않아 이불을 움켜쥐고 어둠의 방문만 노려봤다. 기척이 없자 곧 계단을 내려가는 발소리가 들려왔다.

웬일이지? 배고프다고 부려먹으려고 찾나? 콧바람을 씩씩 내며 울렁이는 속을 외면하고 눈을 감았다.

아침에는 현강과 마주치고 싶지 않아 서둘러 출근했고, 회사에서는 업무에만 집중했다. 유경의 일이 마무리되자, 묻혀뒀던 첫 키스 사건이 떠올라 그가 불편했다.


"길예원 씨."

퇴근 시각이 가까워졌을 때 현강이 손바닥을 까닥까닥했다. 솟구치는 감정을 내색하지 않고 태연한 척 그에게 갔다. 그가 메모지에 특유의 시원스런 필체로 갈겨썼다.

—퇴근하고 뭐 해?

이런 용건이면 네트워크 쪽지를 보내지 왜 사람을 강아지처럼 쫄래쫄래 불러 세우는 거야? 내가 진짜 만만한 모양이었다. 불끈 성질이 올라왔다. 그의 손에서 휙 펜을 빼앗아 아래에 답을 썼다.

—약속 있음.

신랄한 답을 속이 칭찬했다. 그의 미간이 좁혀졌다. 그도 휙 내 손에서 펜을 가져갔다.

—깨.
—내가 왜?

그의 미간이 완전히 일그러졌다. 그의 까칠한 눈동자가 올라왔다. 난 눈꺼풀을 내리깔며 도도하게 그를 내려다봤다. 나도 이런 여자라고.
그런데 마음에 안 든다는 듯 실룩거리는 그의 입술이 눈에 들어왔다. 그의 섹시한 입술이 아찔할 정도로 매력적이었다.

두근. 심장님, 제발…….

뛰어대는 심장에게 간곡히 간청했다. 너무 오래 내게 자유를 안 줬나 보다. 조금은 느끼게 해줄걸. 이건 욕구불만에 허덕이는 발정 난 암캐나 다름없다. 병이다, 병.

#7

## 깨어난 감정

나의 선약은 하릴없이 어슬렁거리기.

만날 사람이 없다. 이런 제길. 선아는 학교 선생님하고 영화 보러 간다고 매정하게 외면했다. 전 회사에서 친하게 지냈던 계약직 동료들에게 뜬금없이 연락하기도 민망했다. 결국 혼자서 서점에서 신간들을 살피고 그중에 마음에 드는 책 몇 권을 사서 커피전문점에서 읽으며 시간을 때웠다.

현강에게 거짓말로 둘러댄 선약의 시간을 채우기 위해서였으나 막상 여유롭기도 했다. 책에 뒀던 시선을 문득문득 유리창 너머 거리로 뒀다. 각박해서 친구도 사귀지 못했던 삶에 찾아온 여유로움이 믿기지 않았다. 꿈을 꾸는 것 같다. 어느 날 갑자기 '자, 이제 눈을 뜨고 현실로 돌아오십시오' 라는 목소리가 들리면 어떡하지?

두렵다. 이 현실이 물거품처럼 사라질까 봐. 이젠 나도 욕심이 생긴 모양이다.

괜스레 울적해지려는 기분을 떨치며 거리로 나왔다. 여유는 좋지만, 잡념이 많아지면 안 된다. 기운을 가라앉히는 잡념은 주저 없이 버리는 것이 좋다. 생각은 깊어질수록 생각의 늪에 빠져 허우적거리게 만드니까.

귀가해 서재로 들어서는데 책상 위에 놓인 낯선 상자를 발견했다. 빨간색 상자에는 커다란 리본까지 묶여 있었다. 유경이의 서프라이즈 선물인가? 슬며시 웃으며 리본을 풀고 뚜껑을 열었다. 안에는 예쁜 단화가 들어 있었다. 작은 카드가 있어 꺼내어 펼쳤다.

—구두 사면 주는 서비스인데 깜빡 안 줬다 하더라.

시원스럽게 갈겨쓴 현강의 필체였다.

말도 안 돼. 구두 사면 단화를 주는 서비스가 어디 있어? 기막혀 웃음이 나왔다. 단화를 들었다. 240. 내 발 사이즈에 맞는 단화.

어젯밤의 노크 용건도, 오늘 퇴근 후의 용건도 이것이었나? 갸웃거리면서도 기분은 좋았다. 선물은 좋은 것이니까. 난 어쩌면 현강에게 서운했던 건지도 모른다. 얼토당토않은 핑계의 선물을 받고선 금세 마음이 누그러지는 것을 보면.

단화를 신어봤다. 예쁘다. 발을 이리저리 돌리면서 봤다. 정말 예쁘다.

킥킥거리는데 노크 소리가 들렸다. 설마 또 영수증? 후다닥 신발을 벗어 책상 위에 놓고 방문을 열었다.

한경이었다. 그가 양손 가득 들고 있던 쇼핑백들을 내밀었다. 얼떨결에 받아 들었다.

"내가 사람을 잘못 봤다."

"네?"

"카드를 주면 당연히 유경이 거, 네 거 다 살 줄 알았어. 그런데 넌 어떻게 유경이 것만 챙길 수가 있어? 그런데다 서재에서 그렇게 지내고."

질책하듯 한경이 엄하게 말했다. 양손 가득 든 쇼핑백에 무게감이 느껴졌다.

"유경이한테 사이즈 물어서 점원이 추천해 주는 대로 받아왔다. 마음에 안 들면 가서 교환하면 된대."

단호하게 한경이 말을 이었다.

"내가 준 카드 마음대로 써도 돼. 유경이 것뿐만 아니라 네 것도. 알았지?"

이게 무슨……. 산타클로스에게 평생 밀린 선물을 한꺼번에 받는 기분이었다.

"쉬어라."

얼빠져 입만 벙긋거리는 내게 다정히 웃어주고 한경이 몸을 돌렸다. 1층으로 사라지는 한경을 멀거니 주시하다가 방문을 닫았다. 침대에 앉아 쇼핑백의 내용물들을 꺼냈다.

먼젓번에 현강과 함께 간 백화점 마네킹들이 멋들어지게 입고 있던 신상들이었다. 근사한 백까지 있었다. 명품 같지만 워낙 문외한이라 브랜드명은 모르겠다. 세련된 것이 무진장 비싸 보였다. 나한테 어울릴까?

현강이 고른 원피스 한 벌도 내 기준에서는 헉 소리가 났는데, 이건 대체 몇 벌인 거야? 이것들 전부 합치면 얼마일까? 유경이 옷을 잔뜩 샀을 때도 가격이 어마어마했었다. 결제할 때 벌벌 떠는 내 대신 선아가 했다. 난 겁나서 영수증도 확인 안 했다.

현실 같지 않다. 이제 현실로 돌아올 시각이라고, 누군가가 주문을 외울 것 같다. 그럼 난 옥탑방 거실에 앉아 있겠지.

세세하게 한경의 선물을 살피다 보니 새삼 그가 멀게 느껴졌다. 옷들을 조심스레 매만졌다. 손끝을 자극하는 보들보들한 고급 원단이 왜 가시가 달린 것처럼 따끔따끔한지. 만지는 건 손끝인데 아픈 건 심장인지.

눈을 들어 책상에 놓인 단화를 봤다. 예쁜 단화.

한경도, 현강도 나와 다른 세계의 사람 같다. 나와는 어울리지 않는 세계의 사람들. 한경 산타의 선물도, 현강 산타의 선물도 마냥 반갑지 않은 건 내 자격지심일지도 모른다. 속없이 까르르 웃으며 횡재했다고 웃는 게 정상 아닐까? 그런데 난 왜 더 위축되지?

위축되는 것과는 별개로 단화 선물에 대한 고마움은 표해야 되었지만, 난 현강을 피해 일찍 출근하고 말았다. 한경의 선물도 얌전히 옷장에 넣어놓고 평소대로 내 옷을 차려입었다.

"오늘은 다 같이 점심 하는 건 어때? 도 팀장도 초반 작업 끝나서 여유로워졌으니까 밥 먹을 거지? 밥 좀 먹고 일해라."

바쁜 오전 일과가 끝나 점심시간이 되자 해영이 말했다. 팀장 자리에서 업무에 집중하던 현강이 알았다는 듯 턱짓하며 일어났다.

"예원 씨도 오늘은 꼭 같이 먹자."

"네."

정미가 단호하게 말해 하는 수 없이 따라 일어났다. 성큼성큼 앞장서 걸어가는 현강의 등을 쳐다보며 결심했다. 오물거리는 그의 입술은 절대 보지 않으리라.

"어. 지금? 알았어."

엘리베이터를 타기 직전에 현강의 휴대폰이 울렸다. 상대방과 간단한 통화를 끝낸 그가 뒤돌아봤다.

"난 오늘 안 되겠다."

"현강 팀장, 또 누가 왔구나?"

정미가 못마땅한 듯 핀잔했지만 현강은 피식 웃기만 했다. 궁금증이 올라왔지만, 모른 체 시선을 떨궜다.

"오빠!"

로비에서 다 같이 내리는데 상큼한 목소리가 들렸다. 모델처럼 길쭉한 여자가 손을 번쩍 들고서는 힐을 또각또각 거리며 다가왔다. 머리부터 발끝까지 예쁜 여자였다. 로비에 있던 남자들의 시선이 온통 그녀에게 쏠렸다.

볼륨 있는 가슴과 얄팍한 허리를 강조한 미니원피스를 입은 그녀의 도드라진 아랫입술이 벌려졌다. 환하게 웃는 그녀의 가느다란 팔이 쭉 뻗어지더니 순식간에 현강의 팔을 감았다. 어이없게도 내 어깨가 움찔했다.

"너, 내가 회사로 오지 말랬지?"

"보고 싶은데 어떡해? 한국에 오면 자주 볼 줄 알았는데 아니잖아."

현강의 꾸지람에도 그녀는 살살거리며 애교를 떨었다. 현강이 픽 가볍게 웃었다. 세련된 비주얼의 두 사람이 눈부시도록 잘 어울렸다.

"맛있게 식사하세요."

그의 눈길이 지나치는 우리에게 돌려졌다. 팀원들도 답인사하고 정문으로 이동했다. 민호는 혼이 나간 듯 그녀를 훑었고, 정미와 세나는 속닥거렸다. 난 눈을 내리깔았다.

"맛있는 거 사줄 거지?"

"뭐 먹고 싶은데?"

여자의 애교에 친근하게 대꾸하는 현강의 음성이 등을 찔렀다. 움찔했던 심장이 따끔따끔 쓰렸다.

"아무거나. 오빠랑 먹는 건 뭐든 다 좋아."

까르르 웃는 여자의 웃음소리가 귀에 꽂혔다. 날카롭게 날아와 아프게. 뒤돌아서서 그들을 보고 싶음이 용솟음쳤다. 알량한 자존심에 바닥만 주시했다. 뒷목에 싸한 전류가 흘러내렸다. 로비의 길이 너무나도 길었다. 왜 이렇게 가도 가도 끝이 없는 듯 아득한지.

거듭 여자의 까르르 웃는 소리가 들렸다. 바짝 타는 목구멍에 마른침을 삼켜 넣고, 눈꺼풀을 또렷하게 들어 정면을 노려봤다. 빌딩의 자동문이 스르륵 열리는 길로 팀원들이 이동했다.

"머리부터 발끝까지 명품이야. 역시 현강 팀장이나 이사님의 주변은 우리와 달라."

정미가 자동문을 나서면서 불만스러움을 피력했다.

"당연한 거 아니야. 집안 자체가 재력가라며. 그러니 주변 지인들도 다 비슷비슷하겠지."

"어, 그렇대. 내가 현강 팀장에 대한 감정을 접은 게 나 혼자만의 감정인 것도 있었지만, 나처럼 평범한 사람이 넘볼 만한 자리가 아니겠더라고."

"너 보면 아직도 마음 있는 것 같아."

"좋아하는 마음이 그렇게 쉽게 접어지나?"

세나와 정미의 대화를 들으며 뜨거운 여름의 태양이 내리쬐는 거리로 나왔다. 한여름 태양의 열기가 싸했다. 시리도록 싸했다.

불타는 금요일인데 기분이 울적해졌다고 외쳐 대던 정미가 집요하게 나와 세나의 퇴근길을 막았다. 맥주 딱 한 잔만 하자는 그녀에게 이끌려 술자리를 가졌다.

"현강 팀장은 아까 그 여자 만나는 것 같더라? 퇴근 시각에 맞춰서 또 왔나 봐."

"어. 전화가 오더라고."

현강은 그녀의 전화를 받고 바로 퇴근했다. 나와는 무관한 일이다, 외면하면서도, 서둘러 나가는 그의 등이 못내 서운했다. 또렷한 내 시선을 못 느끼는 그가.

"그래서 우울해?"

"예쁘더라, 연예인처럼."

"너 그렇게 정리가 안 되면 화끈하게 고백해 보던가."

"내가 말 안 했나? 나 고백 비슷하게 했었어. 그런데 농담으로 받아들이는 거야. 놀라지도 않고. 그래서 자존심이 더 상했어."

정미가 맥주를 벌컥벌컥 마셨다.

"현강 팀장은 선을 넘는 법이 절대 없어. 까칠하면서도 다정하고, 다정하면서도 냉정해. 내가 예전에 물어본 적 있거든? 사랑해본 적 있느냐고. 그런데 없대. 그런 건 해본 적도, 귀찮아서 할 생각도 없다고 당당히 말하더라. 주변에 자기 좋아하는 여자들도 많으면서. 현강 팀장 나쁜 남자 맞지?"

"그럼. 사람 홀리게 매력적인 거 자체가 나쁜 남자야."

세나가 동조하며 픽 웃었다. 정미도 자조적으로 웃었다.

"내가 우울해진 건 현강 팀장이 다른 여자 만나서가 아니야. 그냥 비교되어서. 인생 참 공평치 않다 싶거든."

정미가 깊은 눈매로 황토색 맥주를 주시했다.

"그런 애들은 금수저 물고 태어난 거잖아. 현강 팀장도 그렇고. 아마도 끼리끼리 만나다 결혼하고 그러겠지? 당연한 수순처럼."

"원래 비슷한 사람들끼리 만나야 편한 거야."

세나의 말에 정미가 맥없이 맥주를 들이켰다. 나도 따라 마셨다. 쌉싸래한 맥주가 혀끝을 자극하며 목구멍을 톡 쏘아댔다.

"내 님은 어디 계시나? 나와 비슷하진 않고 나보단 좀 잘났으면 좋겠다."

허탈한 듯 정미가 중얼거렸다. 그래, 나도 그랬으면 좋겠다. 많이는 말고 조금만. 되새기면서도 가슴 한 켠이 왜 아리게 씁쓸해지는지…… 우습게도.

"예원 씨, 민호 주임이 진짜 관심 있는 것 같더라. 민호 주임 어때? 조금 눈치가 없어서 그렇지, 사람은 착하고 성실한데."

세나가 화제를 돌렸다. 뜬금없이 날아온 질문에 난 당황했다.

"전…… 뭐…… 생각해 본 적 없어요."

"그래? 예원 씬 좋아하는 사람 혹시 있어?"

정미가 관심을 보였다.

별안간 한경의 얼굴이 뇌리에 스치고 지나갔다. 근사한 슈트를 차려입은 한경. 그가 준 선물 보따리. 맥주를 들어 벌컥벌컥 마셨다. 술을 한 번에 털어 넣고 잔을 내려놓았다. 테이블 바닥에 단란히 팔짱 낀 현강과 상큼한 그녀가 어른거렸다. 정말 잘 어울렸다. 마치 일부러 만들어놓은 것처럼.

손가락으로 꾹 눌러 쪼그마한 그들을 소멸시켰다.

핑계는 우울한 정미 달래기 술자리였음에도 과하게 마신 건 나였다. 택시를 타고 내려 어기적거리다 화단에 털썩 앉았다. 언제 샀는지 뚜껑도 따지 않은 생수를 손에 쥐고 있어 실없이 웃었다. 필름이 끊겼는지 기억이 가물가물했다. 텔레포트해서 집 앞에 도착한 기분이었다.

이렇게 정신 못 차려서야.

창피하고 황당했다. 뚜껑을 따서 생수를 꿀떡꿀떡 들이켰다. 무미한 액체가 갈증으로 메마른 입술과 목구멍을 축였다. 자정이 가까워지는 시각임에도 열기가 사라지지 않은 미지근한 공기를 들숨 날숨 빨아들였다.

얼큰하게 올랐던 취기가 차츰 사그라졌다. 뇌는 졸리다고 성화였다. 무거운 몸을 화단에서 일으켜 보안문으로 걸어가는데, 노란색 자동차가 주차장으로 들어섰다. 어둠 속에서도 미끈하게 빠진 자동차가 멋스럽게 발광했다. 외제차 같았다. 미끄러지듯 들어선 자동차가 멈추며 실내등이 켜졌다. 순간 어두컴컴했던 차 안이 선명하게 환해졌다.

현강이다.

보조석에는 현강, 운전석에는 그녀가 있었다. 낮에 로비에서 봤던 상큼한 그녀.

돌연 몸이 굳은 듯 멈췄다. 바닥에 붙은 발은 떨어지지 않았고, 꽂힌 시선은 떼어지지 않았다. 얕게 숨을 꿀떡대며 그들을 넋 놓고 바라봤다. 그들은 움직이고, 내 안의 시계만 정지했다.

그들은 짧은 대화를 했다. 가볍게 턱을 까닥거린 현강이 내리려는지 몸을 틀었다. 그녀가 현강의 팔을 잡았다. 그의 고개가 그녀에게 되돌려졌다. 별안간 그녀의 입술이 현강의 입술을 덮었다.

움찔. 부리나케 시선을 거뒀다. 키스는 그들이 하는데 내 심장이 떨렸다. 가빠지는 폐가 공기를 황급히 빨아들였다. 연신 심호흡하며 폐와 심장을 진정시켰다.

들어가자. 멍청하게 여기 서서 뭐 하는 거야?

질끈 눈살을 찌푸리며 도어락 번호를 누르고 열린 문을 통과했다. 자동차 문이 닫히는 소리에 이어 주차장을 빠져나가는 타이어 긁히는 소리가 들려왔다.

계단을 오르는데 도어락 번호 눌려지는 소리가 났다. 속도를 냈지만 3층 현관문 앞에서 보폭 큰 현강에게 포착되고 말았다.

"길, 지금 왔어? 늦었네?"

"어."

그를 보지 못했다. 볼 수가 없었다. 갈비뼈 안쪽이 뻐근했다. 둔탁한 것에 한 대 맞은 양 아릿한 통증을 느끼며 현관문을 열었다.

"술 마셨어?"

자연스레 뒤따라 들어오며 현강이 물었다. 고개만 끄덕이고 거실을 직진했다. 굳은 입술이 벌려지지도 않았고, 불쾌한 서늘함이 치밀어 올랐다. 그에게서 여자 향수 냄새가 진하게 풍겼다. 금방이라도 토할 것처럼 속이 울렁거렸다.

"길."

"……잘 자."

무뚝뚝하게 인사하고 빠르게 계단을 올라갔다. 그는 서두르는 날 붙잡지 않았다. 그 밤엔 다행히도 남아 있는 알코올 기운으로 바로 잠에 빠졌다. 하지만 이른 아침 햇볕을 감지하고선 솟구치는 불쾌감에 눈을 부릅떴다.

왜 이렇게 화가 날까.

주체할 수 없을 정도로 몸까지 파르르 떨렸다. 내가 왜 이러지?

그래. 뉴욕에서 살다 온 그에겐 키스는 가벼운 인사에 불과할 것이다. 철저하게 한국 여자인 나만 혼란스러워한 것뿐이다. 어차피 기억도 못하는 그에게 감정 소모할 필요는 없다. 그까짓 취중 키스에 연연하지 말자.

우스웠다, 내내 그의 입술에 자극을 느끼고 설렌 내가.

주말부터 디자인학원 수강 신청을 해놓은 상태라 일어나야 했는데 몸이 저울추를 달아놓은 듯 축축 처졌다. 오전부터 오후까지 여섯 시간 강의하는 주말반인데 첫날부터 지각할 수는 없었다. 벌떡 침대에서 일어나 나왔다. 내겐 일이 있다. 나는 스스로 멋진 여자가 되자.

학원 갈 준비를 마치고 아래로 내려갔다. 물을 한 잔 마실 생각에 주방에 들어서려는데,

"너도 힘든 거 알아. 이해해."

현강의 음성이 들렸다. 도둑고양이처럼 움츠러들며 벽에 붙었다. 슬며시 고개만 움직여 주방 안을 훔쳐보니 현강과 유경이 있었다.

"그래도 이제는 형에 대한 서운함을 풀었으면 좋겠어. 너도 힘들겠지만 사실 그 누구보다도 힘든 사람은 형이야."

"……나 때문에요?"

"네 존재 때문에 힘들다는 건 아니야. 다만……."

현강이 잠시 망설이듯 입을 다물었다. 유경이 차분히 기다렸다.

"내가 이 사실을 말하면 형은 불같이 화내겠지만, 난 너도 알아야 된다는 입장이라."

"무슨 사실이오?"

"……형은 사랑하는 사람이 있었어. 오래 만났고, 작년에 약혼했지. 올해 결혼이 예정되어 있었어. 그런데 형은 네 존재를 안 후에…… 파혼했어."

"파혼이오?"

소스라치게 놀란 유경이 못지않게 숨죽이고 있던 나도 기겁했다.

"그래. 형은 네가 우선이라서 결혼으로 네게 혼란을 줄 수 없다고 그런 결정을 했어."

속이 다시 울렁거렸다. 어젯밤부터 울렁거리던 감정에 더해져서. 넘실거리는 바다 위에 두둥실 떠다니는 부표가 된 기분이었다. 일렁이는 파도따라 울렁울렁.

조심조심 걸어 단화를 신고 밖으로 나왔다. 현관문을 닫자마자 맥이 탁 풀렸다. 기진맥진한 사람처럼 현관문에 등을 기댔다. 멍하니 천장에 달린 센서를 올려다봤다.

"하아……."

깊은 숨이 토해내듯 나왔다.


엉킨 뇌는 휴식을 필요로 했다.

뇌에게 휴식을 주는 방법은 무념. 오로지 무념.

잠식된 복잡한 잡념은 성미가 지독하고 뿌리가 깊어서 좀처럼 뽑히지 않았다. 순식간에 뇌 전체를 갈아먹었다. 버텨야 한다. 이거지 같은 잡념에 먹히면 주저앉고 말 것이다.

주말반 디자인학원을 신청한 것을 다행이라 여겼다. 안 그랬으면 오갈 데 없어 하릴없이 거리나 활보해야 했을 것이다. 학원은 수업이 끝난 후에도 강의실 하나를 개방했다. 강의실에서 문 닫는 시각까지 복습을 하며 시간을 보냈다.

늦은 귀가를 했을 때는 집 안은 고요했다. 신발로 한경도, 현강도, 유경도 모두 집에 있음을 확인했다. 발자국 소리도 나지 않도록 살금살금 걸어 얌전히 씻고 잠자리에 들었다.

아침에도 서둘러 출근했다. 방학이 된 유경이를 위해 아침만 식탁에 차려놓고 도망치듯 쏜살같이 나왔다. 그러나 역시 회사에서 마주 대하는 것은 어려웠다. 지레 선을 긋듯 집중하는 척, 바쁜 척 업무에만 몰두했다.

탕비실에서 커피를 뽑아 나오는데 쓰윽 그림자가 앞을 가로막았다. 길쭉한 현강이라 난 흠칫하며 움츠렸다.

"길, 왜 단화 안 신었어? 마음에 안 들어?"

"⋯⋯그냥. 고마워."

능청스런 그의 태도에 불끈 노기가 올랐다. 그를 확 밀치고 싶었지만 보는 눈이 많아 엉거주춤 대답만 했다.

"고마울 것까지야 서비스로 준 건데⋯⋯."

어깨를 으쓱하며 현강이 너스레를 떨었다. 저 헤픈 주둥이를 확 꼬집어주고 싶다. 솟구치는 충동을 억누르며 이빨을 앙다물었다.

"길, 점심 약속 없지?"

그의 몸이 느슨해져 틈이 생겼다. 좁은 틈으로 탕비실을 빠져나왔다. 자신의 몸을 스치듯 지나치는 내게 그가 속삭이듯 물었다.

"예원 씨, 이거 저장 잘못했다. 다시 해줘."

지원이 나를 구원해 줬다. 그에게 대꾸하지 않고 '네!' 하고 대답하고 후다닥 그녀에게 뛰듯이 다가갔다. 그녀의 모니터에 띄워진 이미지를 확인하면서도 뒤통수는 팀장 자리에 앉는 현강을 감지했다. 절대 그를 보지 않으려 뻣뻣하게 목에 힘을 줬다. 그는 태연한데 나의 감정만 미묘한 듯해 억울했다. 자기 최면을 걸어 감정이 무던해지기만 바랐다.

"금요일에 나만 함께하지 못했으니까 오늘 점심은 내가 살게."

점심시간이 되자 현강이 말했다. 팀원들은 반색했지만 난 아니었다.

"전 약속이 있어서 먼저 나갈게요. 맛있게 드세요."

지갑을 챙겨 들고는 주저 없이 나왔다.

불볕을 뚫고서 빠르게 걸었다. 무작정 빌딩에서 떨어지려 걷고 또 걸었다. 도시는 금방이라도 타버릴 듯 후끈거렸다. 내 몸도 활활 타버릴 듯 달아올랐다. 이대로 화염 속에 갇혀 재가 될 것 같았다.

우뚝. 걷던 길을 멈추고 뜨거운 하늘을 올려다봤다. 작열하는 태양열이 온전히 내게 쏟아졌다. 왜 이렇게 속이 타지? 왜 이렇게 미칠 것처럼 속이 뜨거울까?

[저녁 같이 하자.]

더딘 시간은 그래도 흘렀다. 퇴근 준비를 하는데 외출했던 한경의 전화가 왔다.

[주차장으로 내려와.]

그와 마주할 자신이 없는데. 사랑하는 사람과 파혼한 그는 어떤 심정일까? 이젠 잊은 건가?

"너한테 고마우면서도 네게 밥 한 번 제대로 사준 적이 없어서."

한경은 눈이 휘둥그레질 고급 레스토랑으로 날 데려갔다. 어안이 벙벙해 주문도 못하는 내 대신 주문을 하면서 다정히 웃었다.

"그런데 옷이 마음에 안 들어? 그럼 다른 걸로 교환해도 되는데."

"제가…… 좀…… 초라해 보이셨어요?"

"무슨 소리야? 깔끔하고 보기 좋아."

"그런데…… 그렇게 잔뜩 옷을……."

내가 난색을 표하자 한경도 난감한 표정을 지었다. 그가 나이프와 포크를 내려놓고는 침착하게 쳐다봤다.

"유경인 좋은 옷 입는데 넌 그렇지 않은 게 신경 쓰인 건 사실이고. 미안한 것도 고마운 것도 있고."

"이사님은……."

별안간 울컥했다.

"제게 미안하고 고마운 감정밖에 없으시죠?"

왜 내가 서운해서 따지듯 묻는지 모르겠다. 못내 서운한 이 감정이 오롯이 한경에게만이 아닌 기분도 들었다. 괜한 불똥을 한경에게 날리는 기분이었다.

"그게 무슨."

"……이사님은 제가 여자로 전혀 안 보이죠?"

"예원아."

"왜 아무도 날 여자로 안 봐요?"

왜 '아무도'라고 내뱉는 건지. 지금 이 순간 왜 다른 남자가 떠오르는지.

"저 이사님 좋아하나 봐요."

불쑥 토해내듯 고백했다. 한경이 깜짝 놀라 당혹스러워했다.

"이사님이 곁에 있으면 따뜻하고 든든해요. 난생처음 누군가한테 보호받고 있는 안정감도 들고요. 하지만 그것뿐이에요. 이사님한테 뭔가를 바라는 감정은 아니에요. 그런데…… 서운해요."

놀랐던 한경의 눈빛이 차츰 가라앉았다.

"매번 미안하다고 하고, 고맙다고만 하시니까…… 제가 여자가 아닌 것 같아서……."

"……미안하다. 다시 미안하다고 하면 안 되는 줄 알지만, 미안해. 그리고……."

그가 나직하게 말을 이었다.

"네가 여자가 아닌 게 아니라 그냥 안 보이는 거야, 그 누구도 내겐."

한경이 물컵을 잡고 한 모금 마셨다. 그도 속이 타는 모양이었다.

"사랑하는 사람이 있었어. 억지로…… 보냈다."

모든 답은 정해져 있었다.

"유경이 때문에요?"

"그런 것도 있고, 그 사람에게 너무 큰 짐을 주는 것 같아서."

"후회하진 않으세요?"

그는 대답하지 않았다.

"전요……. 너무 숨 가쁘게 살아와서 그동안 여유가 없었어요. 그래서 지금이 현실 같지 않아요. 그런데 여유가 생기니까 여태 몰랐던 감정들이 마구 엉키는 것 같아서 저도 제 감정을 잘 모르겠어요."

"네가 내게 느끼는 감정이 이성적인 감정이 아닐지도 몰라."

그가 차분히 바라봤다.

"지금까지 보호받지 못했던 삶과 비의해서 느끼는 안정감일 거야. 나를 좋아하는 것보단 보호자로 동경하는 거지."

완전히 아니라고 부정할 수 없었다.

"어쨌든 나는 네게 한없이 고맙다. 내가 너로 인해 얻은 것이 많아."

그의 눈빛에 담긴 진심이 읽혔다. 갑갑했던 감정이 달래지는 듯했다.

"저도 감사해요."

그와 마주 보며 환하게 웃었다. 그리고 여느 때보다도 편안한 저녁 시간이 되었다. 일상적인 회사 일이나 유경이에 대해 공유하는 것들을 나누었다. 그러면서 내심 실타래처럼 엉켰던 것 중 하나가 풀리는 것도 같았다. 뿌옇던 내 감정이 점점 선명해졌다.

귀가하자마자 서재에서 '앵무새 죽이기'를 꺼내었다.

어쩌면 이거일지도 모른다. 이 소설의 아빠처럼 든든하고 지원군 같은 아빠. 나를 보호해 주는 너무 멋진 아빠. 항상 그리워했던 아빠.

난 유경이를 찾아온 아빠를 부러워했다. 그 따스함에 대한 열망을 나도 갖고 싶었다. 내 감정은 한경의 말마따나 보호자로서의 동경이었던 것 같다. 그렇다면 현강은? 현강에게 향한 불끈거림은 무엇일까?

이른 아침 출근하는 것이 습관이 되었다. 햇살을 인지하자마자 자동으로 눈을 번쩍 뜨고 부랴부랴 준비를 했다. 뭐가 두려워 피해 다니는지 우스웠다. 파악하기 힘든 감정에 허덕이지 말고 무시하자 하는데도 도통 실행되지 않았다.

"굿모닝."

터덜터덜 계단을 내려가는데 막 욕실에서 씻고 나오는 현강과 마주쳤다. 젖은 머리카락과 촉촉한 얼굴을 마주하자 등줄기에 오소소한 소름이 돋았다. 무의식중에 침을 꿀떡 삼키고 눈길을 피하며 '어' 하고 짧게 대답만 했다.

"길, 요즘 왜 이렇게 일찍 출근해?"

"……그냥."

"조금만 기다려. 나랑 같이 가자."

"아니…… 먼저 나갈게."

난 시선을 회피하며 빠르게 나왔다. 뒤에서 '길' 하고 부르는 소리가 들렸지만 못 들은 척했다. 고동 소리가 밖으로 튀어나올 지경으로 심장이 뛰어댔다. 집 밖으로 나오자마자 뛰었다.

달리자. 그것밖에 없어. 달려. 달려.

출근해서 주변 청소부터 했다. 개발팀 책장들을 정리하면서 현강의 자리를 확인했다. 그는 까칠한 성격답게 책상도 깔끔히 정리되어 있었다. 틈이 전혀 없을 거야. 사랑해 본 적도 없고, 할 생각도 없으면서 여자들하곤 잘도 키스하고 다니고. 치. 나쁜 놈.

또 기분이 상했다. 내가 정말 왜 이럴까. 왜 기분이 이렇게 들쭉날쭉하고, 오락가락 기복이 심한지.

"예원 씨가 싹 정리했어? 미안하게. 나 좀 지저분하지?"

두 번째로 출근한 해영이 깔끔하게 정리된 책상을 보며 계면쩍어했다. 난 별거 아니라는 미소로 답했다. 내게 금방 준비할 테니 기다리라고 했던 현강은 늦장 부리듯 오지 않았다.

연달아 사무실 입구를 곁눈질하는데, 느긋한 걸음으로 현강이 나타났다. 보안문이 열리며 들어서는 그에게서 후다닥 눈길을 돌렸다. 또 주책없는 심장이 뛰었다. 아무래도 내 심장은 A/S를 받아야 될 것 같다. 아무래도 기계적인 결함이 있는 듯하다.

개발팀으로 걸어오며 현강이 나를 봤다. 그의 시선이 의식되었지만 조아린 머리를 절대 들지 않았다. 뚫어지게 날 보던 현강이 무표정하게 업무를 시작했다.

디자인 업무 확인으로 세나에게 돌아서면서 무심결에 현강을 넘겨다봤다. 미간을 잔뜩 찌푸리고 업무 중인 현강에게서 불편한 심기가 간파되었다. 범접할 수 없는 까칠한 아우라가 그의 온몸을 감싸고 있었다.

세나에게 작업 내용을 확인받고 돌아서는데,

"길예원 씨."

현강이 무뚝뚝하게 불렀다. 호흡이 멎을 뻔했다. 길예원 씨는 업무적인 호칭이니까 긴장하지 말자고 되뇌며 주춤주춤 다가갔다.

"어제 관리자페이지 작업한 것 중 여기 보이죠?"

그는 시스템 개발을 중점으로 하는 탓에 관리자페이지 작업은 민호 담당이었다. 그런데 이번 작업까지 그가 관여하는 모양이었다.

"1픽셀 정도 어긋나서 틈이 생겼어요. 이 부분만 다시 확인해서 넘겨줘요."

그가 사무적으로 말하며 모니터를 손가락으로 짚었다. 난 인지하며 고개를 끄덕였다. 그 상태로 다음 말을 기다렸다. 그의 건조한 시선이 내게 올라왔지만 집중하는 척 모니터만 주시했다.

"……지금 바로 해줘요."

"네."

내가 끝내 자신을 보지 않자 현강이 마른 어조로 지시했다. 난 조그맣게 대답하고 자리로 돌아갔다. 등에 그의 시선이 닿았다. 등이 따끔따끔했다. 그래도 끝까지 모른 척했다.

현강이 벌떡 자리에서 일어나 노트북을 챙겨 들고 화난 걸음걸이로 성큼성큼 회의실로 갔다. 그 후에 그는 회의실에서 나오지 않았다. 덕분에 난 무던하게 업무에 집중할 수 있었다.

─길, 같이 퇴근하자.

퇴근 무렵, 현강의 네트워크 쪽지가 날아왔다. 그에게서 쪽지가 날아온 것은 처음이었고, 퇴근까지 같이하자는 말 또한 처음이었다. 가까스로 가라앉혔던 심장의 요동이 재가동을 시작했다. 자꾸 나한테 왜 이러는 거야? 그냥 내버려 두지. 무시하듯.

─선약이 있어.

간략한 메시지를 보내고 퇴근했다. 회의실 앞쪽이 아닌 책장이 놓인 뒤쪽으로 빙 돌아 사무실을 나왔다. 거리로 나와서야 간신히 막힌 숨통이 트이며 살 것 같았다.

이렇게 계속 어색하게 지낼 순 없다. 이상한 건 나지 도현강이 아니다. 이미 그까짓 첫 키스는 잊었는데. 왜 이렇게 구차한 걸까?

"왔어?"

갈 곳도 없는 주제에 선약이 있다고 거짓말한 덕에, 또 하릴없이 길고양이처럼 거리를 방황했다. 하지만 귀가하자마자 하필이면 주방에서 나오는 현강과 딱 맞닥뜨렸다. 밖에서 시간을 축낸 것이 아무짝에도 소용없어졌다.

아, 유경이 독서실에나 가서 기다렸다가 같이 올걸. 9시가 넘어가는 시각임에도 이른 귀가 같아 후회됐다. 웬일로 이렇게 일찍 퇴근한 거야? 공연히 현강을 또 원망했다.

고갯짓만 하고 도망치듯 2층으로 올라왔다. 숨듯이 서재로 들어와 연거푸 심호흡을 크게 했다. 갈피를 못 잡는 감정을 씻겨내기 위해 옷을 챙겨 들고 욕실로 들어갔다. 샤워기에서 쏟아지는 물줄기로 전신에 덕지덕지 붙은 끈끈한 감정들이 씻기길 바라며.

욕실을 나오는데 서재 왼쪽에 서 있는 현강을 발견했다. 예상치 못한 그의 등장에 난 자지러지게 놀랐다. 바지주머니에 손을 찔러 넣고 등을 벽에 기댄 품새가 영락없이 날 기다린 듯했다.

대수롭지 않은 척 서재로 걸음을 내딛었다.

"길, 너 나 왜 피해?"

그의 날카로운 눈초리가 내게 꽂혔다.

"……내가 언제……."

위압감이 가득한 포스에 저절로 위축되었다. 자그마하게 웅얼거리며 그의 곁을 지나쳤다. 무거운 팔을 들어 서재문의 손잡이를 잡았다. 현강이 내 팔을 움켜쥐듯 잡았다. 깜짝 놀란 나를 그가 휙 잡아당겼다.

"지금도."

"놔."

그의 손을 뿌리치려고 팔을 돌렸다. 하지만 우악스런 그의 손아귀에서 벗어날 수 없었다.

"너, 나한테 화났어?"

"……내가? 왜? 아니거든."

냉정하려 했으나 입술이 비아냥거리듯 비뚤어졌다. 다른 손을 뻗어 그의 손을 밀어냈다. 내가 강렬히 거부하자 그가 손을 놓았다. 그의 다부진 가슴팍이 크게 들썩거렸다. 현강이 낮게 숨을 토해내더니,

"내가 모른 척해서 화났어?"

지그시 날 봤다.

"뭐?"

"내가 키스한 거 기억 안 난다고 해서 화났냐고."

"……기억하는 거였어?"

어이없어서 입술이 파르르 떨렸다. 기억하면서 모른 척한 거야? 실수여서 언급하고 싶지 않아 회피한 거였나?

"미안해. 장난친 거야."

"장난?"

"네가 나를 기억 못하니까 놀려주고 싶어서. 하지만 곧 얘기하려고 했어. 그런데 타이밍이 맞지 않아서……."

듣고 싶지 않음에 몸을 틀어 서재 손잡이를 잡으려 했다.

"길예원."

그가 강하게 날 다시 잡았다.

"정말 미안해. 그런데……."

"그래. 별것도 아닌 키스인데 내가 화내는 것도 우스운 거니까……."

"우습다 생각 안 해."

부르르 떠는 내 말을 현강이 잘랐다.

"알았어. 우스운 거 아니야. 그냥 인사 같은 건데 내가 오버하는 거야. 너한텐 그런 거 인사 같은 거지?"

안 그러려고 했는데 시큰했다. 감정이 시큰했다.

"그런데 나는 아니야. 가볍지 않다고. 너처럼 나하고 장난치듯 키스하고, 금세 다른 여자랑 키스할 정도로 강심장도 아니고……. 나는 네가 그럴 동안에도 내내 신경 쓰였다고!"

뭐가 그렇게 서러운지 눈가가 아렸다. 금방이라도 눈물이 쏟아질 것처럼 아프게 아렸다. 울보가 됐나 보다. 이까짓 거에 눈시울이 뜨거워지는 게.

"……봤어?"

그의 눈썹이 일그러졌다. 상대하고 싶지 않아 그의 손을 치우려는데 현강이 거칠게 날 벽에 밀어붙였다. 그의 거친 힘으로 등이 벽에 탁 닿았다. 앞을 버티고 선 현강에게서 벗어날 수가 없었다.

"달라. 보려면 똑바로 보지 그랬어."

그의 단호한 눈이 가늘어졌다.

"뭐가 달라? 별로 다르지 않을 것 같은데?"

빠져나가려고 몸을 트는데 현강이 벽에 손바닥을 짚고 가로막

앉다.

"다른 게 뭔 줄 알아?"

그가 거친 숨을 내뱉었다. 그의 목울대가 꿈틀거리고 가슴팍이 연신 움직였다. 난 턱을 들어 그를 노려봤다.

"그 녀석한텐 내가 당한 거고 너한텐 내가 한 거라는 거야, 이렇게."

그 말이 끝나자마자, 그가 고개를 숙여 내 입술에 입술을 겹쳤다. 그의 한 손이 내 뺨에 닿았다. 기겁해서 손을 올려 그의 가슴팍을 밀어냈다. 떨어지려 했지만 그의 가슴팍이 강하게 밀착되어 옴짝달싹할 수 없다. 뺨에 닿은 그의 손이 귀 뒤로 넘어가 머리카락 속으로 헤집고 들어왔다. 거친 입술이 뜨거운 숨결을 뿜어내면서 격렬한 키스를 퍼부었다. 그의 손바닥이 뒤통수를 더욱 강하게 끌어당기며 키스가 깊어졌다. 내 혀를 감고 입안을 훑은 격한 그의 혀가 못 견디게 뜨거웠다. 진한 키스로 온몸의 힘이 쭈욱 빠져나갔다. 내가 맥없이 벽에 등을 기대자, 거칠었던 키스가 부드러워졌다. 달래듯 그의 입술과 혀가 부드럽게 혀를 자극하고 잇새 사이를 훑었다. 아쉬움을 남기며 그의 입술이 천천히 떨어졌다.

"길예원."

허스키한 목소리로 그가 속삭이듯 불렀다. 질끈 감았던 눈을 슬며시 떴다. 그가 뜨거운 숨을 토해내며 그윽한 눈길로 나를 내려다봤다. 가늘어진 그의 눈동자가 날 짙게 들여다봤다. 난 숨을 꼴딱거리며 그의 강렬한 눈길을 피하지 못했다.

"내가 잊었던 감정에서 깨어난 것 같거든."

그의 손이 올라왔다. 그의 엄지손가락이 내 아랫입술에 닿았다. 그의 고개가 다시 숙여졌다. 그리고 얕은 숨만 쌕쌕거리는 내 입술에 짧게 입맞춤을 했다.

"그러니까 그것만 봐."

그가 떨어지며 속삭였다. 나를 지그시 바라보는 그의 가슴을 양손으로 힘없이 밀었다. 내 손끝의 부들거림을 인지하며 그가 물러났다. 그에게서 떨어져 서재로 들어왔다. 문을 닫자마자 다리힘이 풀렸다. 털썩 바닥에 쭈그려 앉았다. 방문 너머로 현강의 기운이 느껴졌다.

무서울 정도로 심하게 심장이 두근거렸다. 시한폭탄 같은 심장은 금방이라도 팡 하고 터져 내 몸을 갈기갈기 찢어놓을 것 같았다.

그대로 무릎에 얼굴을 묻었다.

#8

## NN
## 전 소중하니까요

"내가 잊었던 감정에서 깨어난 것 같거든."

그의 잊었던 감정은 무엇일까?

"그러니까 그것만 봐."

자신의 감정만 보라는 의미인가? 고백인 건가? 조금 헷갈렸다. 물론 대놓고 '나 너 좋아해', '나 너 사랑해' 식의 닭살 고백을 할 도현강은 절대 아니지만.

거듭해서 정리를 해봐도 결론은 하나였다. 상상조차 못했던 도현강이 날 좋아하는 '것 같다'는 거였다. 또 장난치는 건 아니겠지? 하지만 그 키스는 장난이 아니었다. 짜릿할 정도로 설레었다. 자려고 눈을 감을 때마다 떠오르고, 입술에 얼얼하게 남은 감촉으로 두근거렸다.

그 설렘은 내 밤을 하얗게 불태웠다.

수면 부족으로 허덕이며 출근 준비를 했다. 지끈거리는 관자놀이를 누르며 여지없이 도망치려 서둘러 아래층으로 내려갔다.

계단참에 내려서다 내 심장이 철렁했다. 현강이 소파에 앉아 노트북을 보고 있었다. 옷을 차려입은 품새가 출근 준비를 마친 상태였다. 이렇게 이른 시각에 왜……

그의 널따란 등을 노려보다 침을 꿀떡 삼키고 잽싸게 현관으로 걸어갔다.

"기다려."

소파를 지나치는데 뒤에서 나지막한 음성이 들렸다. 버튼을 누른 것도 아닌데 내 발이 자동적으로 멈췄다. 현강이 노트북을 정리해 가방에 넣고는 소파를 돌아 명령 대기 중인 로봇처럼 굳어 있는 내게로 걸어왔다.

"가."

뇌가 없는 내 발은 그의 명령을 따랐다. 얌전히 신발을 신고 나가는 내 뒤를 현강이 말없이 뒤따랐다. 3층에서 1층까지 연결된 짧은 계단이 천 개의 계단인 양 막막하고 길었다. 침묵의 계단을 걷는 게 거북했다.

밖으로 나오자마자 현강이 팔을 뻗어 내 손을 잡았다. 그의 온기를 손바닥이 느끼는데 전율은 가슴에 흘렀다.

"이리 와."

나직하게 말하며 현강이 잡아끌 듯 걸음을 옮겼다. 질질 끌려가다시피 그의 차로 걸어가 현강이 열어주는 보조석에 탔다. 수동적인 자세라고 뇌가 질책했지만 심장은 찌릿한 전율로 진저리를 쳐댔다.

"길예원, 나는 너랑 불편하고 싶지 않아."

운전하며 그가 가라앉은 침묵을 깼다. 난 허벅지만 보며 잠자코 들었다. 겁이 났다. 휘몰아치듯 몰려오는 감정이 두려울 정도였다. 한경에게 느꼈던 따스한 온기와는 차원이 달랐다. 한 번 빠지면 헤어 나오기 어려운 늪임을 무의식중에 간파하고 있었다.

"무엇보다도 네가 나를 피하는 건 못 참겠어."

용기 내어 그의 옆모습을 봤다. 반듯한 그의 옆모습은 진지했다.

"그리고 네가 오해하는 그 녀석은 어려서부터 옆집 살던 동생이야. 여동생 같은 녀석이야. 그날은…… 뜬금없는 녀석의 행동에 나도 당황했고, 따끔하게 말해줬어. 네가 오해하듯 나 그렇게 아무한테나 가볍게 그러지 않아."

그의 단호한 눈동자가 힐끔 나를 봤다. 난 부리나케 눈을 피했다.

"내가 기억 안 난다고 장난친 건 진짜 미안해. 그날 사실대로 말하려고 했어. 유경이 찾으러 돌아다닐 때. 그러다 계속 타이밍이 맞지 않았고, 넌 피하고."

신호 대기에 걸려 차가 횡단보도 앞에서 멈췄다.

"이런 말 하면 네가 화낼진 모르겠지만……."

그의 눈이 내게로 완전히 돌아왔다.

"난 네게 장난치는 게 재밌어. 그래서 자꾸 놀리고 싶어져."

순간 불끈해 고개를 획 돌려 흘겼다. 그러자 예상했다는 듯 그가 피식 웃었다. 아씨, 또. 난 반응이 너무 빠른 모양이다.

"그런데."

차가 출발했다.

"나, 내 감정에 대해선 장난 아니야."

나직한 그의 깊은 울림엔 진심이 담겨 있었다. 살며시 고개를 돌려 그를 바라봤다.

"그냥 평소대로 있어. 그래도 돼. 부담 느끼지 마."

슬쩍 넘겨다보는 그의 입술이 길게 늘어지며 다정히 웃었다. 찌릿하던 심장이 용암처럼 뜨거운 액체에 묻히는 듯했다. 박동수가 최대치로 올라가는 심장의 두근거림을 억누르며 차창 밖으로 시선을 돌렸다. 이렇듯 진지한 고백은 처음이었다. 상상만 했던 일이 실제로 일어나니, 심장은 뛰는데 뇌는 명청하니 정지했다.

침묵 속에서 사무실에 도착했다. 지하주차장에 도착한 그가 아예 내 쪽으로 몸을 틀었다.

"눈치 보지 말고."

쿡, 그가 가볍게 웃었다. 잔뜩 긴장해 손가락을 꼬물거리며 무릎만 응시했다. 그의 손바닥이 올라와 내 윗머리를 톡톡 두들기듯 장난을 쳤다. 한 번만 할 줄 알았는데 계속 멈추지 않았다. 톡톡톡.

끝내 못 참고 난,

"그만해."

불퉁거리며 손으로 그의 손을 치워냈다. 턱을 들어 흘겼다. 현강이 눈을 찡그리며 애교를 떨듯 능청스레 웃었다. 난 못 참고 킥 웃고 말았다. 얼른 웃음을 거뒀지만 현강이 봤다. 이씨, 길. 너는 하여튼.

"길, 난 네가 왜 이렇게 귀엽지?"

황급히 차에서 내려 주차장을 가로지르는 나를 부리나케 쫓아온 그가 지나가는 투로 말했다. 그의 한쪽 입술이 올라갔다.

두근. 이 녀석은 내 심장 홀리는 데 일가견이 있다.

"오늘 하루도 수고하세요, 길예원 씨."

엘리베이에 타자 현강이 팀장 포스로 위엄 있게 말했다.

"……도 팀장님도요."

퉁명스럽게 내뱉으며 숫자판만 바라봤다. 그가 풀라는 듯 손가락으로 내 좁혀진 미간을 찔렀다. 힐끗 노려보는데 그가 씨익 매력적으로 웃었다. 웃음이 나오나? 내 속을 며칠 동안 그렇게 끓게 만들었으면서.

절대, 절대 고백을 받아주지 않으리라 결심했다. 얄미우니까!

그러면서도 그에게 자석이 붙어 있는지 연거푸 훔쳐봤다. 오전의 짧은 회의를 마친 그는 팀장 자리에서 꼼짝하지 않고 일에 몰두했다. 저런 사람이 내게 감정이 있다고? 민호 주임도 아니고, 도현강이지 않은가? 내 주제엔 민호 주임도 감사한 일인데. 내 자격지심일지는 모르겠지만 믿기 어려운 건 사실이었다. 그의 주변엔 예쁜 상큼녀가 가득일 것 아닌가. 왜 나처럼 평범한 여자한테.

—길, 점심 나랑 하자. 단둘이.

　톡이 울려 포토샵 작업을 하다 확인하니 현강이었다. 그의 톡은 처음이라 깜짝 놀랐다. 그가 맞는지 확인부터 했다. 안타깝게도 프로필 사진은 비어 있고, 인사 문구도 없었다. 보낸 이는 '도현강'이고 호칭은 '길'이니 현강이 맞는 듯했다.

　힐끔 현강을 넘겨다봤다. 모니터 사이로 나를 본 그와 눈이 마주쳤다. 그의 눈이 가늘게 길어졌다. 얄미운 건 얄미운 건데 매력적인 건 매력적인 거다. 세나의 말마따나 홀리게 매력적인 나쁜 남자.

　고장 나서 시도 때도 없이 두근대는 심장은 아무래도 포기해야 될 듯하다. 두근대는 심장도 무시하고, 그의 시선도 무시했다. 깔끔하게 거절할까? 그럼 성질 내겠지? 그래도 좀 고소하지 않을까?

　"예원 씨, 점심 같이 하자."

　"네."

　고심하는 사이 해영이 어려운 문제에 직면한 나를 구해줬다. 난 화색을 띠며 대답했다. 현강의 눈썹이 꿈틀했다. 역시, 고소하다.

　"나도 같이 해."

　"안 돼."

　현강이 무심한 척 끼어들었는데, 해영이 딱 잘라 거절했다.

　"왜?"

　"오늘 중복이라서 내가 정미랑 예원 씨 삼계탕 사줄 건데 도 팀장까지는 못 사."

"……내가 사면 되잖아."

매정한 해영의 말에 현강이 잇새를 물 듯 말했다.

"진짜? 그럼 나야 땡큐지."

"현강 팀장, 나는?"

민호가 기회를 놓치지 않았다. 현강의 까칠한 시선이 민호에게 꽂혔다. 하지만 이내 '알았어' 하고 단념했다. 일하는 척 머릴 조아리고 쏟아지려는 웃음을 간신히 삼켰다. 속이 자꾸 쿡쿡거렸다.


"예원 씨, 다음 주부터 휴가인데 뭐 해?"

팀원들과 함께 점심을 먹으러 빌딩 근처 삼계탕 전문식당으로 이동했다. 중복인 탓에 식당은 인산인해였다. 날이 날인 만큼 주문하자마자 쏜살같이 삼계탕이 날아왔다.

"……계획이 아직 없는데요."

정미의 질문에 난 자그마하게 웃었다.

"그래? 그럼 휴가 때 시간 괜찮으면 소개팅할래? 대학 동기가 있는데 싱글이거든. 소개팅 시켜달라는데 예원 씨가 떠오르잖아. 괜찮은 놈이야. 잘생겼어."

정미가 화색을 띠우며 말했다. 현강의 눈썹을 일그러졌다. 그의 반응에 실없이 웃음이 나오려 했다. 웃음을 억누르며 망설이는 척했다.

"안 돼."

그때 인상을 구긴 민호가 화난 어조로 말했다. 그의 반대에 현강이 슬며시 안도하는 듯했다.

"민호 주임이 무슨 상관이야?"

"나도…… 예원 씨랑 데이트하고 싶단 말이야."

"어머, 민호 주임. 지금 예원 씨한테 은근슬쩍 데이트 신청하는 거야?"

정미가 오버하듯 톤을 놓여 감탄했다.

"예원 씨, 대답해 줘야지. 민호 주임이 데이트 신청하는데."

"네?"

애매한 상황이 당혹스러웠다. 잠시 안도했던 현강의 미간이 완전히 좁혀졌다. 설마 질투하나? 팀원들은 눈치 못 채는 현강의 자그마한 반응을 나만 느끼고 있었다. 어떻게 저렇게 티가 나지? 도현강은 의외로 단순하다.

"빨리 대답해 줘라. 민호 주임 목 빠진다."

해영까지 내게 재촉했다. 대답의 어려움으로 곤란해하는데,

"……그런 걸 그렇게 강요하는 법이 어디 있나? 길예원 씨는 민호 주임 별로인 것 같은데."

무심한 척 숟가락으로 삼계탕을 휘휘 저으며 현강이 신랄하게 중얼거렸다. 민호는 상처받았다는 표정을 지었고, 정미는 까르르 웃었다.

"도 팀장, 너무 대놓고 독설이다."

해영도 깔깔 웃었다.

다행히 현강 덕분에 민호 주임의 깜짝 데이트 신청은 쏙 들어갔다. 화제가 바뀌자, 찌푸렸던 현강의 표정이 평온해졌다. 재미있는 건 나였다. 뚝배기에 담긴 삼계탕만 호호 불어 먹으며, 맞은편에

앉은 현강을 의식했다. 심장은 계속 두근거렸다, 멈춤 없이.

"길예원 씨, 회의실로 잠시 와요."

점심을 먹고 들어와 오후 업무에 들어갈 준비를 하는데 현강이 노트북을 챙겨 들고 성큼성큼 회의실로 갔다. 진지한 팀장의 위엄이 있어 다이어리를 챙겨 들고 부랴부랴 따라갔다. 난 그가 앉은 의자와 하나 건너 자리 잡았다.

"여기."

그가 성질내며 자신의 옆자리를 손가락으로 쿡 가리켰다. 노트북을 가운데로 훅 밀어서 화면을 봐야 되나 싶어 그의 명령에 따랐다. 노트북 화면에는 모바일페이지 기획서가 열려 있었다.

"그러니까."

난 얌전히 기획서를 뚫어지게 바라봤다. 현강이 찬찬히 입을 열었다.

"민호 주임하고 데이트할 거야?"

"에?"

업무 지시를 기다리는데 날아온 엉뚱한 질문이 황당했다. 현강은 도도하게 눈꺼풀을 내리깔고서는 바라봤다. 유리벽 너머의 직원들 시선을 의식한 듯 표정은 사무적이었다. 살며시 그를 흘기고 노트북 화면으로 고개를 돌렸다.

"왜 대답 안 해?"

"……업무…… 얘기 하실 거 아니에요?"

"어."

현강은 당당했다. 기막혀 코웃음이 나왔다.

"그럼 난 나갈래요."

"안 돼."

"이건 직권남용이야."

불만스러워 내가 째려보자, 그가 턱을 갸웃하며 날 빤히 봤다. 진득한 시선이 부담스러워 난 눈길을 회피했다.

"길."

그가 은근하게 불렀다. 간드러질 정도로 은근한 목소리라 심장이 움찔했다.

"나랑 데이트하자."

긴장해서 숨죽이고 있는데 현강이 부드럽게 웃었다. 움찔했던 심장이 부르르 떨었다. 밖은 직원들이 분주하게 업무 중이었다. 회의실 공간에는 작은 두근거림 중이었다. 그의 다정한 시선이 미칠 듯이 설레었다. 난 마른침을 꼴딱 삼키고 후다닥 다이어리를 챙겨 들었다.

"······안 해."

웅얼대듯 거절하고 쏜살같이 회의실을 나왔다. 곁눈질로 현강의 실룩거리는 눈썹을 봤다. 쿡 웃음이 나왔다. 현강이 나를 놀리는 재미를 조금 알 것 같다.

두근거렸던 데이트 신청은 곧바로 물 건너갔다. 늦은 오후에 들어서며 현강은 거래처 시스템 오류로 회의실에서 집념의 업무를 시작했다. 그를 두고 무심한 듯 퇴근하면서도 못내 아쉬웠다. 데이트해 달라고 매달리면, 못 이기는 척 받아주려고 했는데.

귀가해 저녁을 먹고 치우는데, 현관에서 만났다며 유경이와 현강이 같이 귀가했다. 들어오자마자 현강은 배고프다고 투정을 부렸다. 유경이도 저녁을 먹지 않았다고 해서 나란히 앉혀놓고 저녁 식사를 차려주었다.

"독서실 안 갔어?"

"오늘 공부가 집중 안 돼서 사랑의 집 봉사만 했어."

유경의 대답에 식사를 차리고 돌아섰다.

"길은 안 먹어?"

"난 먹었어."

현강이 날 챙겼다. 난 빙그레 웃으며 어질러진 싱크대를 치웠다. 그의 작은 배려가 설레었다. 설거지를 하면서 슬쩍 뒤돌아 유경이와 대화하며 밥 먹는 현강을 훔쳐봤다.

음식이 들어가는 입술인 탓에 윤기가 반지르르 흘러 유난스레 선홍색 빛이 짙어졌다. 그가 내게 진하게 했던 키스가 떠오르며 얼굴이 화끈 달아올랐다. 낮게 심호흡하며 물을 틀었다. 시원하게 쏟아지는 물줄기가 내 심장박동 소리를 묻어주길 바라며.

"잘 먹었다."

설거지를 끝내고 그릇을 정리하는데, 등 뒤로 다가온 현강의 손바닥이 내 윗머리에 얹어졌다. 쓱 올려다보니 그가 입술을 가늘게 늘이며 다정히 웃었다. 그의 따스한 손바닥이 칭찬하듯 내 머리카락을 쓰다듬고 물러났다.

주방을 나가는 현강의 등을 바라보다, 고개를 돌려 마저 정리하는 내 입술이 살며시 벌어지며 길어졌다. 이대로 받아들여도 될까? 내가 아무래도 그에게 반응하는 것 같다.

밤부터 폭우가 쏟아졌다. 하늘을 뚫을 기세로 쏟아지며 천둥번개를 동반한 폭우였지만 기분 좋은 수면을 취할 수 있는 건, 비로인한 선선한 여름 공기 때문일까? 내 가슴에 부는 선선한 바람 때문일까?

—길, 너 또 혼자 도망치듯 가지 마라.

아침나절부터 톡이 왔다. 픽 웃는데 연달아 톡이 왔다.

—같이 출근해.

현강은 눈 뜨자마자 침대에 누워 메시지를 보내는 걸까? 아래층의 현강이 궁금했다. 답을 보낼까 하다 짓궂은 마음에 그대로 휴대폰을 내려놓고 서재를 나왔다. 답이 없어 성질 낼까? 그 특유의 눈썹 실룩거림을 하며 눈에 힘을 빡 주겠지? 현강의 표정을 상상하며 쿡쿡거리며 들썩이는 뒤꿈치를 움직여 욕실로 향했다.

어젯밤 잠자리에 누워 찬찬히 기억을 되짚었다. 그리고 내가 그에게 진작부터 반응하고 있었음을 깨달았다. 나도 그에게 감정이 있었다. 깨닫지 못하고 있었을 뿐이었다. 민호 주임의 첫 데이트 신청을 거절했을 때가 첫 두근거림이었다. 그땐 심장이 미친 줄 알았다. 그 심장은 붙박이장에서 완전히 고장 났었다. 내 심장이 그를 먼저 알아본 걸까?

—할 얘기가 있으니까 출근하기 전에 1층에서 보자.

씻고 나오니 이번엔 한경의 메시지가 도착해 있었다. 도씨 형제가 나란히 날 찾으니 이상했다. 서둘러 준비하고 내려갔다.

한경과 유경이 소파에 있었다. 나란히 한경과 앉아 있는 유경의 표정이 한결 편안해 보였다. 이제 마음이 많이 누그러진 듯했다. 유경이 옆에 앉으며 환하게 웃어줬다.

"다른 게 아니라 유경이도 방학이고, 회사도 다음 주엔 휴가니까 뉴욕에 갔으면 좋겠어서."

"뉴욕이오?"

"응. 괜찮다면 유경이랑 예원이도 같이."

"저도요?!"

이어진 말에 난 자지러지게 놀랐다. 한경은 뉴욕이 용인 에버랜드도 아닌데 '갈래?' 하는 투로 물었다.

"그래, 이왕이면 같이 가고 싶은데."

한경이 명쾌하게 말했다. 실없는 소리가 아니었다. 뉴욕? 나도? 꿈의 도시인 뉴욕에 가자는 말에 어안이 벙벙했다. 아직 제주도도 못 가본 난데. 아니, 제주도는커녕 비행기도 못 타봤는데.

별안간 귓가에 오래전 한창 재미나게 봤던 미국드라마 '섹스 앤 더 시티'의 오프닝 OST가 울렸다. 빰빠빰빠……. 살랑거리는 치마를 들썩이며 뉴욕거리를 걷던 주인공의 근사함에 내가 얼마나 침 흘렸던가. 내 평생 뉴욕은 구경조차 못해볼 곳이라 생각했었다.

"예원이는 여권 있어? 유경이 것은 서둘러 만들어야 하는데."

"……없긴 하지만……."

여권조차 없는 나인데. 내가 혼이 나가 멀뚱거리자 한경이 부드럽게 웃었다.

"유경이 할머니 때문에."

"할머니요?"

할머니라는 호칭에 유경의 동공이 커졌다. 상상도 못했던 '할머니'의 존재에 놀란 낌새였다. 나도 놀랐다. '유경이 할머니' 단어만 듣고도 벅찼다.

"그래. 사실 네 할머니가 한국에 오실 예정이었어. 할머니는 네 방학만 기다렸지. 그런데 며칠 전에 발목을 접질러서 깁스를 하셨어. 그래서 한국행이 무산됐거든."

"많이 다치셨어요?"

"깁스를 해서 거동만 불편하신 정도."

나의 질문에 한경이 차분히 말을 이었다.

"네 할머니는 그래도 굳이 오신다고 하셨어. 널 무척 보고 싶어 하시거든."

"……저를 보고 싶어 하세요?"

유경의 눈동자에 촉촉한 윤기가 돌았다.

"응. 네 사진이라도 보내달라고 성화를 얼마나 부리시던지……. 그래서 네가 괜찮다면 우리가 갔으면 좋겠다."

다정다감한 한경의 눈빛에 아쉬움이 어렸다. 사진을 찍고 싶음에도 아이 눈치 보느라 말도 꺼내지 못했던 모양이다.

"제가…… 있다는 사실에 괜찮으시데요?"

"솔직하게 말해줄게."

한경이 유경이를 진지하게 바라봤다.

"처음엔 놀라셨긴 해. 상상도 못했던 일이었으니까. 하지만 곧 좋아하셨어. 지나간 일에, 이미 네가 태어나 자란 상태인데 좋게 받아들여야 한다고."

유경의 동공이 심하게 일렁거렸다.

"뱃속에 생긴 너를 당연히 받아들이고 같이 키웠어야 했는데, 네 엄마 혼자 결정하고 도망쳐서 서운하다 하셨지. 그러면서도 나의 팍팍함에 오죽했으면 말도 못했겠느냐 질책하셨고."

"정말요?"

듣고 있음에도 믿을 수 없는지 유경이 되물었다. 나도 놀랐다. 정미의 말이 떠올랐다. 정미나 세나는 그랬다. 결론은 정해진 것이라고. 어차피 비슷한 조건의 사람들끼리 어울리다 맺어지는 것이 당연한 수순이라고. 그러니 재력가인 그의 집안엔 평범한 우리 같은 사람이 감히 들어갈 자리는 없다고 했다. 그런데 그의 어머니는 다르단 말인가?

"그래. 할머니는 네 엄마를 무척 좋아하셨거든. 네가 네 엄마 딸이니, 예쁘고 야무진 아이일 거라며 얼마나 기대하시는데. 괜찮다면 오늘이라도 사진 찍어서 보내 드리면 좋겠다."

"……할머니에 대해선 상상도 못했어요."

유경이가 벅찬 표정으로 중얼거렸다.

"할머니는 여느 분하곤 다르셔. 나하고도 많이 다르시고. 네가 많이 고생했겠다고 걱정하셨고, 잘 컸다 들었으니 감사하다 하셨어. 그리고 예원이에게도 고맙다 하셨어."

한경이 부드럽게 웃었다. 유경이도, 나도 감격했다. 난 속으로 계속 '다행이다' 라 되뇌며 웃었다. 정말 감사한 일이었다.

출근 준비를 마친 현강이 방에서 나왔다. 나란히 셋이 있는 걸 보고 이미 전달받았는지,

"뉴욕 가기로 했어?"

라고 물으며 소파 뒤에 섰다.

"아직."

한경의 눈길이 나와 유경에게 돌아왔다.

"그러니까 같이 가자. 네 할머니 보러. 예원이도."

"……아니요, 저는."

"왜? 가서 놀다 와. 방도 많고, 편히 있다 올 수 있어."

내 대답에 현강이 경쾌하게 말했다. 유경이가 할머니를 뵙는다는 사실만으로도 감격스러웠고, 나도 뵙고 싶었다. 하지만 엄연히 유경의 자리이며, 유경이 가족의 자리였다. 내가 낄 자리가 아니다.

"넌?"

"난 글쎄? 봐서."

한경의 반문에 현강이 내키지 않는다는 듯 어깨를 으쓱했다.

"너도 6개월 정도 안 갔잖아. 이번에 같이 갔다 오지? 작은어머니도 너 보고 싶다고 성화이실 텐데."

"이 여산 말뿐이야. 얼마나 공사가 다망하신데."

현강이 성가시다는 듯 고개를 설레설레 저었다. 불현듯 나는 왜 유경이 할머니보다 현강의 어머니가 더 궁금한 건지. 참나.

"그럼…… 유경인? 같이 갈래?"

깊은 눈매로 한경이 유경이에게 애원하듯 물었다. 감격했음에도 어물어물 망설이는 그녀의 손을 잡고, 난 자그마하게 '갔다 와'라고 독려했다. 주저하던 유경이 턱을 까닥거렸다. 한경의 입술이 늘어났다.

"길은? 진짜 안 갈 거야?"

"……난 할 일이 있어서."

"할 일? 무슨 일? 계획 없다며?"

얼떨결에 거짓 변명을 했는데 집요한 현강이 단순히 넘어가지 않았다.

"갑…… 자기 생겼어."

"무슨 일?"

"……친구랑 놀러 가기로 해서……."

"친구 누구? 어?"

에둘러대는데, 현강이 하이에나처럼 눈을 번뜩이며 소파 등받이를 짚고서 허리를 숙였다. 그의 얼굴이 불쑥 가까이 들이밀어졌다. 저 눈빛은 뭐야? 내가 남자하고 갈 줄 아나?

"……뭘…… 말하면 아나?"

"누군데?"

턱을 뒤로 밀며 간격을 두는데 그가 끈질기게 캐물었다. 요상한 현강의 반응에 한경과 유경이 의아하다는 듯 봤다. 시선을 느낀 현강이 초점을 돌리며 허리를 폈다. 그도 멋쩍은지 마른 헛기침을 해 댔다. 웃음이 나오려 해서 난 아랫입술을 꽉 깨물었다.

"그럼 당장 결정하지 말고 조금만 더 생각해 봐. 여권 만들고 비 자 신청해야 하니까. 시간이 촉박하니까 내일까지는 결정해 줘."

"전 정말 괜찮아요. 잘 다녀오세요."

내가 끝내 거절하자 한경이 하는 수 없다는 듯 받아들였다. 유경 인 아쉬워했고, 현강은 의심스러워했다.

"출근하자. 예원인 내 차 타고 가자."

"아니, 내 차로."

한경의 말에 현강이 황급히 끼어들었다. 급한 어투에 흠칫 놀라 보니,

"……개발팀 업무 얘기를 좀 해야 해서……."

현강이 턱을 들면서 되지도 않을 변명을 잔뜩 티내며 했다. 하지 만 한경은 눈치채지 못했다.

"그럼 유경인 독서실 갈 거면 데려다 줄게. 밖에 비도 많이 오니 까."

"네. 그럼…… 준비하고 내려올게요."

"그래, 기다릴게."

유경이가 바로 대답하자 한경이 기쁘게 웃었다. 나도 절로 입술 을 늘리며 웃었다. 내가 웃자 현강도 웃었다. 돌림노래처럼 다 같 이 웃었다.

한경에게 '먼저 출근한다'고 말하고 현강과 집에서 나왔다.

도시는 비가 점령했다. 굵은 빗줄기를 와이퍼가 쉴 새 없이 까닥

거리며 닦아내도 소용없었다. 나 때문인지 폭우 때문인지 거침없이 운전하던 현강이 조금은 느리게 운전했다.

"너 진짜 누구랑 놀러 가는데?"

"……친…… 구."

"진짜? 진짜 친구?"

우물거리는데 그가 의심 가득한 눈을 부라렸다.

"거짓말이지? 형이랑 유경이 사이에 끼고 싶지 않아서?"

"그게…… 할머니랑도 첫 대면이니까."

결국 실토했다.

"뭐 어때서 그래? 눈치 보고 그러지 말라니까."

"그래도."

내가 작게 대답하자, 현강의 손이 쓱 다가왔다. 그가 톡톡 내 윗머리를 두들겼다.

"가끔은 배짱을 좀 부려."

그러면서 그가 거드름을 피우면서 덧붙였다.

"나처럼 멋진 남자를 홀렸으니까 그래도 돼."

"에?"

내가 기막혀 미간을 좁히자 현강의 눈꼬리가 가늘어졌다. 웃는 게 예뻐서 나도 쿡 웃고 말았다. 그는 앞만 보며 운전했고, 난 차창 밖을 내다봤다. 그와 내 입가의 미소는 닫히지 않았다. 차 안에는 그가 틀어놓은 음악만이 가득 찼다. 음악을 들으며, 대화 없이 이동했지만 편했다. 마치 언제나 그의 옆자리에 내가 있었던 것처럼. 나, 이대로 그의 옆에 있어도 될까? 수줍은 속이 끄덕거렸다.

시간이 설레고, 두근거리고, 들떴다. 집념의 업무로 회의실에 있는 현강을 지켜보며 보내는 하루가 설레었다. 바쁜 일과에도 두근거리는 심장은 쉬이 가라앉지 않았다. 혼자 퇴근하는 길도 뒤꿈치가 들리며 들떴다. 그렇게 내 시간이 전부 즐거워졌다.

"일찍 왔네? 오늘도 집중이 안 되었어?"

퇴근 후 주방에서 저녁 먹을 준비를 하는데 유경이가 귀가했다.

"그건 아니고. 에어컨이 안 나와서 너무 더워서."

가장 싼 독서실 에어컨이 또 말썽인 모양이다.

"다음 달부터는 옮길 거지?"

"어. 집 앞 독서실 등록해 놨어."

"잘했어. 저녁은 먹었어?"

빙그레 웃으며 물었다.

"아니. 언니, 진짜 뉴욕 안 갈 거야? 같이 가면 좋겠는데."

"가서 할머니랑 할아버지랑 좋은 시간 보내. 언니는 정말 일이 있어."

"알았어. 근데…… 언니…… 나 할 말이 있는데……."

유경이가 넌지시 날 봤다. 표정이 심상치 않아 그녀의 어깨를 잡고 소파에 앉혔다.

"언니, 혹시 아빠 파혼 얘기 알아?"

"자세히는 모르고 언뜻 너하고 현강 삼촌이 얘기하는 내용 들었어."

조심스레 묻는 말에 조용히 대답했다. 그녀의 입에서 자연스럽게 '아빠'라는 호칭이 나왔다. 난 싱그레 웃었다.

유경이가 찬찬히 현강과의 대화를 전달했다.

"그러면서 현강 삼촌이 말하기를, 어른들이 결정한 파혼에 내가 죄책감을 가지란 소리가 아니라, 아빠가 얼마나 최선을 다하고, 어떠한 책임감을 가진지를 알아야 된다고 했어. 모나게 받아들이지 말고 아빠를 감싸주라고. 아빠의 인생 전부니까. 난 아빠의 짐도, 선택도 아니고 딸이라고. 하나밖에 없는."

난 고개만 끄덕이며 동조했다.

"처음엔 나 때문인가, 나만 없었으면……. 이런 생각이 들었는데…… 아빠를 가만히 봤거든. 내가 퉁명스럽게 굴어도 싫은 내색도 없고, 화도 안 내고. 아까 아침에 데려다 줄 때도 내가 뉴욕에 같이 가서 너무 좋다고 하시더라."

그녀가 피식 웃었다.

"진짜 나한테 진심인 것 같아. 언니, 내가 아빠의 하나밖에 없는 딸이 맞는 것 같아."

유경의 눈동자가 붉어졌다. 금방이라도 눈물을 흘릴 것처럼 그렁그렁한 그녀의 눈을 바라보다 난 어깨를 안아줬다.

"그럼, 아빠의 하나밖에 없는 유경이지."

"나한테도 하나밖에 없는 아빠인 거지?"

"응. 정말 멋진 아빠지."

그녀가 대견해 등을 토닥거렸다. 내 눈시울도 아릿아릿했다.

"고마워, 유경아."

"언니가 왜?"

"……그냥 너무 고마워, 우리 유경이."

이제야 유경이가 오롯이 아빠를 받아들였다. 유경이에겐 아빠가, 한경에겐 딸이 생겼다. 둘이 진짜 가족이 되었다. 다행이다. 정말 다행이다.

"언니, 나 떡볶이 먹고 싶은데."

"언니가 재료 사와서 만들어줄게. 공부하고 있어."

한결 마음이 가벼워진 듯 유경이가 내 품에서 벗어나며 애교를 떨었다. 그녀에게 환하게 웃어주고 지갑을 챙겨 들었다. 서둘러 밖으로 나오는데 막 주차하고 운전석에 내리는 현강과 마주쳤다.

"길, 어디 가?"

"마트에."

"같이 갈까?"

"괜…… 괜찮은데……."

빙그레 웃으며 그가 성큼 다가왔다. 태연히 행동하려 했지만 긴장되는 건 어쩔 수가 없었다. 다리 기다란 그가 나와 보폭을 맞추고 나란히 골목길을 걷는 것이 낯설고 어색했지만 좋았다. 그는 마트에서도 말없이 내 곁을 따라다니며 지켜봤다. 그가 잔잔히 내 곁에 머물러 있는 것도 낯설고, 어색하면서도 좋았다. 하지만 수줍어서 내색도 못했다.

"일이 많은 것 같더니 일찍 왔네?"

"나야 엘리트니까."

돌아오는 길에 물으니 현강이 너스레를 떨었다. 난 입을 삐죽거렸다. 그동안 내내 궁금하던 것을 물어도 될 찬스라 결심하고 입을 열었다.

"그런데 힌…… 트, 진짜야?"

"응?"

"……그 힌트."

"아, 응."

속닥이듯 웅얼대는 내게 현강이 가뿐히 대답했다.

"어째서?"

"뭐가?"

황당해하는 내게 현강이 의아한 듯 턱을 갸우뚱했다.

"……난 첫, 처음인데…… 어떻게 그게 힌트야?"

"처음?"

민망해서 그를 못 보고 쭈뼛대니 그의 눈썹이 치켜 올라갔다. 그가 잠시 '흠' 하고 깊게 생각했다.

"길, 진짜 첫 키스야?"

"어."

짧은 침묵을 깨고 묻는 그에게 당당하게 밝혔다. 첫 키스를 강탈당해 억울하다는 듯.

"너, 여태 남자도 한 번 안 사귀어봤어?"

"……사귀어봤어."

"근데? 키스도 못해봤어?"

"……그건…… 내 마음이지."

무시하는 듯해서 씩씩거렸다. 그 순간, 현강의 긴 팔이 덥석 내 어깨를 감싸서 끌어당겼다. 소스라치게 놀라 난 어깨를 좁히며 긴장했다.

"완전 소중하구나, 우리 길."

놀리듯 그가 웃었다. 휙 턱을 올려 노려보자, 그가 턱을 뒤로 젖히며 호탕하게 웃음을 터뜨렸다. 한껏 기분 좋은 듯. 난 입술을 질근거리며 그의 가슴을 밀치며 떨어졌다. 빠르게 빌라로 향했다.

"소중한 길 양, 같이 가요."

뒤에서 현강이 능청을 떨었다. 피식 웃음이 나왔다. 슬그머니 뒷짐을 지고 걸음을 늦췄다. 그와의 간격이 점점 좁혀졌다.

그가 바로 내 뒤에, 있다.

## 9

INN

# 수줍은 설렘

오전부터 사무실 분위기가 요상하게 들썩거렸다. 월급날인 탓이었다. 직원들의 기분이 솜털처럼 사뿐사뿐 날아다니며 사무실 공기를 포근하게 했다. 월급은 언제든 좋은 것이기에.

나도 드디어 첫 월급이 들어왔다. 그런데 계약직이었던 전 회사 월급과는 비교도 되지 않게 많았다. 의아함에 유리방에 가서 물으니 한경은 대졸 신입사원 연봉과 같다고 설명했다. 내가 놀라자 그는 오히려,

"왜? 뭐가 잘못됐어?"

하고 태연히 되물었다.

"아니, 그게 아니라…… 전 아직 일도 잘 못하고……."

"그래도 직원이잖아. 대우는 같게 해야 공평하지?"

당연지사 여기는 한경의 말에 난 감동을 받았다. 많이 주신다는데 이보다 좋은 건 없지 않은가. 그에게 '감사하다'고 꾸벅 인사했다. 그가 부드럽게 웃었다.

"뉴욕에 갈 생각은 여전히 없어?"

"유경이랑 다정히 다녀오세요."

"그래. 그럼 다음엔 꼭 같이 가자."

그가 하는 수 없다는 듯 웃어, 나도 웃음으로 답했다.

"주말엔 유경이와 쇼핑을 해줬으면 좋겠어. 뉴욕에 갈 준비."

"그럴게요."

"고……."

"고맙다는 말은 하지 않으셔도 돼요."

그의 말을 자르며 내가 방긋 웃자, 한경이 고개를 끄덕였다.

유리방에서 나와 집념의 업무 중인 현강에게 얌전히 다가가 섰다.

"도 팀장님, 계좌번호 좀 알려줘요."

넌지시 말했다. 모니터에서 시선을 떼며 현강이 별안간 무슨 소리냐는 듯 봤다.

"왜?"

"……할부."

"할부?"

나에겐 심각한 금전적인 문제라 절대 잊을 수 없는 걸 현강은 잊은 모양이었다. 월급 타면 갚으라고 영수증 넘긴 걸 까먹은 건가? 영문 모르겠다는 듯 현강의 미간이 좁혀졌다.

"……샌들하고 원피스……."

"아. 벌써 월급 받았어? 길, 대견한데?"

나의 웅얼거림에 그제야 기억난 듯 그가 입술을 벌리고 웃었다. 아, 입술 좀! 난 재빨리 시선을 돌렸다. 여전히 신경 쓰이는 입술이다. 밝히는 내 뇌에 강렬했던 키스가 또 생각났다. 길, 그만.

"……알려줘, 입금하게."

"뭐? 현금으로 주려고?"

"그럼?"

엉뚱한 반문에 어이가 없었다. 자리를 비웠던 민호가 사무실로 들어섰다. 민호를 발견하고, 그가 가까이 오라고 손가락을 까딱까딱 했다. 난 허리를 숙여 그의 얼굴 가까이로 다가갔다.

"다른 걸로 줘."

"뭐?"

대체 뭘 원하는 거지? 불길했다. 또 어마어마하게 놀릴 만한 것을 요구할 것 같았기에.

"나 오늘 철야할 거거든?"

걱정하면서도 속닥이는 그의 입술이 좁은 시야에 가득 차서 심장이 콩닥거렸다.

"그러니까 도시락 싸와. 1회차는 그거."

"어? 정말?"

단순한 나는 이게 무슨 횡재인가 싶어 반색해 눈꺼풀을 번쩍 올렸다. 그러나 1회차라는 의미심장한 말을 가볍게 넘길 수 없었다. 다단계와 비슷할 것 같은 예감.

"몇 회차까지 있는데?"

"36회차."

"뭐?"

내가 기막혀 콧잔등을 찌푸리자, 그가 킥 웃었다. 장난치지 말라고 흘기니, 현강이 작게 '3회'라고 정정했다. 그래도 도현강이 자비롭다. 난 안도의 한숨을 내쉬고 화색을 띠었다.

"그럼 회차 때마다 도시락 싸주면 되는 거야?"

"아니. 다음 건 생각해 봐야겠는데?"

현강이 얄궂게 말했다. 얄미워서 현강의 목덜미를 움켜쥐고 사정없이 흔들어대는 상상을 했다.

"알았어."

그래도 1회라도 도시락으로 해결되어 마냥 좋긴 했다. 난 아무래도 도둑놈 심보인 모양이다.

"대신."

돌연 현강이 눈꺼풀을 도도하게 깔았다. 역시 그냥 넘어갈 도현강이 아니다.

"그런 거 있지? 토끼…… 뭐, 그런 거. 알지? 응?"

"에?!"

그의 황당한 요구에 절로 목소리 톤이 올라갔다. 자리에 앉으며 민호가 우리를 쳐다봤다. 머쓱해서 헤헤거려 주고 현강에게 얼굴을 더 숙였다.

"나 그런 거 만들어본 적 없는데."

"기대할게."

가엾이 봐달라는 듯 촉촉한 눈길을 보냈다. 하지만 현강은 독려하듯 강하게 턱만 까닥거렸다. 통하지 않아서 그를 매섭게 쏘아봤다. 그와 내 눈이 허공에서 강렬하게 부딪쳤다. 잠시 그와 눈싸움을 했다. 그의 머리가 좌우로 왔다 갔다 했다. 절대 굽히지 않겠다는 듯.

기가 약한 내가 단념하고 돌아섰다. 툴툴거리면서도 자리에 앉자마자 인터넷 검색창에 검색어를 입력했다.

'도시락, 토끼, 예쁜'. 그래도 예쁘긴 해야 했기에.

어마어마한 도시락들의 향연이 펼쳐졌다. 3단은 기본이고 5단, 8단도 있었다. 동물도 토끼뿐이 아니었다. 토끼, 돼지, 꼬꼬닭······.

곁눈질로 현강을 흘겼다. 저 녀석은 이런 걸 어디서 본 거야? 현강은 기분 좋은 미소를 입가 가득 머금고 업무 중이었다. 역시 웃는 모습이 예뻐서 참는다.

퇴근하자마자 바삐 움직였다. 장을 보고 집에 돌아와 서둘러 도시락 준비를 했다. 보기엔 쉬워 보이는 토끼부터 도전했다. 메추리알이 조그마하고 미끄덩해서 만만한 것은 아니었다. 망친 토끼 몇 마리가 내 뱃속으로 들어갔을 때서야 간신히 완성했다. 만드는 김에 귀여워 보이는 돼지도 만들고 소시지로 문어까지 완성하며 동물농장 시리즈를 마무리했다. 분주하게 레시피를 보면서 스마일김밥, 유부초밥, 베이컨야채말이 등을 만들어 채워 넣었다. 빚 대신 갚는 거라는 생각에 정성을 조금 들였다.

유경이 것은 내일 아침에 만들어줄 생각에 냉장고에 넣어놓고 쇼핑백에 도시락을 담아 밖으로 나왔다. 현강이 선물해 준 예쁜 단화를 신고서.

분주하게 움직였지만, 도시락에 할애한 시간이 많아 사무실에 도착했을 때는 밤 11시가 가까워지고 있었다.

현강은 회의실에서 노트북과 데스크탑을 번갈아보면서 열중하고 있었다. 유리문 앞에 서서 잠자코 지켜봤다. 집념의 업무 중인 현강은 멋있다. 긴 속눈썹이 달린 눈꺼풀을 내리깐 진중한 눈빛, 집중으로 인해 슬쩍 벌어진 섹시한 입술, 잘빠진 턱 선, 잔 근육들이 드러난 옹골진 팔뚝.

저런 사람이 내게 감정이 있다니…… 괜스레 뿌듯했다. 싱그레 웃으며 안으로 들어갔다.

"어? 왔어? 뭐 타고?"

그가 깜짝 놀라며 일을 멈췄다.

"지하철 타고."

"이 시각에? 혼자?"

"철야한다고 도시락 싸오라며."

"늦어서 안 오나 했지."

은근히 날 걱정하는 투라 피식 웃었다. 사뭇 퉁명스레 입술을 삐죽이며 테이블에 쇼핑백을 놓았다. 현강의 호기심 어린 눈길이 쇼핑백에 쏠렸다.

"정말 도시락 싸왔어?"

"싸오라며. 저녁 먹었어?"

"아니."

도리질하며 그가 기분 좋게 웃었다. 내가 세 개나 되는 도시락을 꺼내놓자, 그의 눈동자가 휘둥그레졌다. 영락없이 기대에 부푼 어린아이의 표정이었다.

"우와! 진짜 토끼가 있어."

내가 뚜껑을 열자 그가 감탄했다.

"돼지도 있고, 문어까지?"

그가 놀라움을 금치 못하겠다는 듯 호들갑을 떨었다. 이어 열린 도시락에,

"김밥도 웃네?"

하면서 웃음을 터뜨렸다. 야유하는 것 같아서 기분이 상했다. 성질나서 뚜껑을 다시 닫으려 하니, 그가 급하게 내 손목을 잡고 만류했다.

"감격해서 그래. 진짜 이거 다 만들었어?"

"……무…… 지 힘들었어."

난 자그마하게 생색냈다. 현강이 즐거운 듯 환하게 웃었다. 그가 휴대폰을 집어 카메라를 켜고 도시락 위에서 초점을 잡았다.

"그런 것도 해?"

"아니, 해본 적 없어."

의외의 행동이라 기겁해 묻자, 그가 대답하며 도시락 사진을 찍었다.

"그래도 자랑하려고."

예쁜 입술을 늘여 웃으며 그가 비어 있던 톡의 프로필 사진을 도시락 사진으로 등록했다. 그의 천연덕스러움에 웃음이 풍선 바람

빠지듯 실실 새어 나왔다.

"이거 아까워서 어떻게 먹지?"

"빨리 먹어. 저녁도 안 먹었다며."

젓가락을 꺼내 건넸다. 그가 토끼를 집어 팔을 쭉 뻗으며 내밀었다. 테이블에 엉덩이를 기대며 난 고개를 가로저었다.

"만들면서 너무 많이 잡아먹었어."

그래도 고집스럽게 내밀어, 하는 수 없이 토끼를 받아먹었다. 그의 입안에도 한 마리가 들어갔다.

톡. 그의 폰이 울려댔다. 연속적으로 울려대는 휴대폰을 그가 들어 확인했다. 무관심하게 보던 그가 피식 웃었다. 나의 궁금증을 해소시켜 주기 위해 그가 휴대폰 액정을 내게로 돌렸다. 눈을 내리고 화면을 들여다봤다.


—오빠! 이게 뭐야? 오빠가 받은 거야?

—현강, 설마 여친 생겼어?

—오빠, 이런 거 좋아했어요? 나도 싸줄 수 있는데.

—어머, 받은 거예요? 현강 씨, 여자친구 있어요?


전부 여자들이었다. 다 다른 여자들의 메시지. 메시지가 쉴 새 없이 왔다. 항상 그의 프로필을 주시해 온 양, 전부 경악 혹은 충격에 휩싸인 듯 톡을 보냈다. 그의 톡에 등록된 여자들의 프로필 사진이 죄다 보였다. 섹시한 여자, 예쁜 여자, 귀여운 여자, 지적인 여자 등등등.

"여자…… 들이 엄청 많다……."

"내가 등록한 거 아니야. 어떻게들 알고 건너건너서 등록하던 걸?"

무심하게 현강이 어깨를 으쓱하더니 짓궂게 날 올려다봤다.

"왜? 질투나?"

"아니!"

나도 모르게 버럭했다. 아, 반응이 너무 빨랐다. 오히려 냉정했어야 했는데. 근데 왜 속에 열불이 나는 거야?

"다 삭제할까?"

"……뭐 하러."

넌지시 묻는 그에게 난 무뚝뚝하게 대답했다. 그의 휴대폰은 톡이 왔다고 계속 울려댔다. 그가 휴대폰을 뒤집어 버렸다.

"맛있다."

그가 나를 보면서 부드럽게 웃었다.

두근. 주책없는 심장 고동이 빨라졌다. 쑥스러워 외면하며 '당연하지' 하고 새초롬하게 말했다. 현강이 이번엔 스마일김밥을 내밀었다. 고개를 흔들다 결국 받아먹었다.

그의 입술이 스마일김밥 모양으로 웃었다.

나도 웃음이 나왔다, 스마일김밥처럼.


"금리 변동에 따른 안내문이에요. 상환 기간에 따른 변동이니까 꼭 참고하세요."

은행 창구직원이 안내문 금리 부분에 볼펜으로 동그라미를 치고

서는 건넸다.

"네, 감사합니다."

"더 필요하신 사항은 없으세요?"

통장을 챙겨 들고 끄덕이고 몸을 돌렸다. 대출상환 안내문을 읽으며 열기 가득한 거리로 나왔다. 월세도 나가지 않고, 월급도 예상보다 많아서 이 달의 상환 금액은 꽤 들어갔지만, 변동금리인 탓에 대출금리가 약간 올랐다.

통장을 첫 장부터 한 장 한 장 넘겨다봤다. 벌써 7년. 참으로 오랜 기간이 흘렀다. 돈벌이가 시원찮아 상환 금액이 미미한 기간이 상당했다. 옥탑방 보증금이었던 약간의 목돈을 대출금으로 상환하고 싶었지만, 한경의 집에 기약 없이 얹혀사는 입장이라 선뜻 결정을 못하고 있었다. 그거라도 상환하면 조금 더 가벼워지긴 할 텐데…….

뒤에서 타타닥— 달려오는 소리가 들렸다.

"아!"

가까이 온 시커먼 그림자가 내 어깨를 툭 치며 지나쳤다. 격렬한 통증에 짧은 비명을 지르며 들고 있던 통장과 안내문을 놓쳤다.

"죄송합니다!"

고등학생 또래의 학생이었다. 남학생은 급한 용무가 있는지 더운 여름날 땀을 뻘뻘 흘리며 달려갔다. 허리를 숙여 통장을 집었다. 얄팍한 종이라 안내문은 뒤편으로 날아간 상태였다. 몸을 돌리는데, 낯익은 사람이 보도블록을 걸어오다 허리를 숙여 바닥에 떨어진 안내문을 주웠다.

"이사님."

한경이었다.

"어디 다녀오세요?"

"점심 약속이 있어서……. 은행 다녀와?"

그의 눈이 내 손에 쥔 통장을 일별했다. 난 끄덕이며 웃었다. 그
가 안내문을 건네려 팔을 뻗었다. 그의 시선이 무심결에 안내문을
힐끔 봤다. 그의 손길이 멈칫했다.

"……예원이, 너 대출 있어?"

"아, 아니……."

당황해서 허공에서 펄럭이는 안내문을 서둘러 받아 들었다. 설
명의 어려움으로 안절부절못하는 나를 한경은 침착하게 주시했다.
내가 대답하지 않자, 한경은 잠자코 바라보다가 사무실로 이동하
자고 먼저 발길을 옮겼다.

사무실로 들어오자마자 그는 나를 유리방으로 이끌었다.

"생활하다 어려워서 받은 거야?"

"……그냥…… 필요해서 쓴 거예요. 많은…… 금액은 아니에
요."

에둘러대도 소용없었다. 핑계댈 만한 것이 떠오르지 않아, 난 고
심하며 입을 굳게 다물었다. 무거운 침묵이 감돌았다. 한경은 끈기
있게 기다렸고, 난 고집스럽게 버텼다. 한경은 물러나지 않을 태세
였다. 하는 수 없이 미유 언니 치료를 위해 받은 대출에 대해 밝힐
수밖에 없었다.

"넌…… 어떻게 된 애가……."

모든 설명을 끝내자, 한경이 기막히다는 듯 긴 한숨을 쉬었다. 그의 눈동자에 안타까운 빛이 어렸다.

"일어나. 내가 해결할게."

"이사님, 아니에요. 제 문제예요."

벌떡 일어나는 그에게 난 완강히 거부하며 고개를 흔들었다.

"어떻게 네 문제야? 유경이 엄마로 인해 생긴 문제인데? 네가 책임질 부분이 아니야."

"하지만……."

"예원아."

그가 조용히, 그리고 단호히 날 내려다봤다.

"지금까지 충분히 애썼어. 이제 그 짐을 내려놔도 돼."

그의 말에 울컥하고 말았다. 눈시울이 불끈 뜨거워져 눈꺼풀을 깜박이며 고개를 숙였다. 한경의 따스한 손이 어깨에 닿았다.

솟구치는 감정을 가라앉히고, 한경과 함께 은행에 갔다. 내게 있어선 7년이라는 세월 동안에도 해결하기 어려웠던 문제가, 한경에게 있어선 30분도 안 되어 해결되는 문제였다.

'―0'이 된 통장을 받아 들고, 은행에서 나서는 길이 이상했다. 홀가분하기도 했지만, 만감이 교차하여 선뜻 웃지 못하는 내 등을 한경이 토닥였다. 그동안 애썼다, 라고 달래듯.

그를 올려다보며 난 여릿하게 웃었다. 보도블록을 메운 여름의 가로수 잎사귀가 찬란한 광채를 흩뿌리며 선명히 빛났다.


―길, 점심 같이 먹자.

점심시간이 다가오자 현강의 톡이 왔다. 우린 팀원들에게 각자 핑계대고 시간을 벌었다. 현강은 업무 중, 난 다이어트 중으로. 정말 비밀 연애를 하는 기분이었다. 기분이 아니라 시작한 건가?

"뭐 먹고 싶어?"

"아무거나."

단둘이 남아 사무실에서 나오면서 그가 웃으며 물어, 나도 웃으며 대답했다. 어느새 그와 나란히 걷고 마주 대화하는 것이 자연스러워졌다. 우리의 거리가 이만큼 가까워졌다.

엘리베이터 버튼을 누르고 기다리는데 그의 휴대폰이 울렸다. 액정을 확인한 그가 무뚝뚝하게 전화를 받았다.

"너, 내가 불쑥불쑥 오지 말랬지?"

상대방에게 다짜고짜 현강이 꾸짖었다. 누구의 전화인지 굳이 확인하지 않아도 넘겨짚을 수 있었다. 내가 피해줘야 하나? 엘리베이터가 열렸다. 현강이 망설이는 나의 등을 슬며시 안으로 밀었다.

"저기…… 나는……."

"괜찮아."

예견한 듯 그가 말을 잘랐다. 로비에는 지난번처럼 상큼한 그녀가 있었다. 그때와 마찬가지로 화사한 그녀가 손을 번쩍 들고,

"오빠."

하고 늘씬한 자태를 뽐내며 다가왔다. 그녀가 자연스럽게 현강의 팔에 팔짱을 끼려 했다. 현강이 거부하듯 그녀의 손을 치우고,

뒤에서 주춤대는 내 손목을 잡아끌었다. 그녀가 화들짝했다.

"인사해. 내가 말했지? 어려서부터 알던 동생이야. 윤재은. 이쪽은 길예원. 언니라고 불러."

"뭐야……? 이 상황?"

재은의 눈동자가 일그러졌다.

"말했지? 오빠는 너 동생으로밖에 생각 안 한다고. 이제 너랑 선을 분명하게 그을 거야. 네가 구분 못하는 것 같아서."

눈빛만큼이나 현강의 목소리는 가차 없이 단호했다. 그의 명확함에 나도, 그녀도 놀랐다. 그녀의 눈동자가 화르르 불타듯 일렁거리더니, 시뻘겋게 충혈되었다. 금방이라도 눈물을 쏟을 기세였다.

"그러니까 여기 길예원이랑 잘 지낼 거 아니면 가고, 언니로 받아들여서 잘 지내고 싶으면 같이 밥 먹으러 가."

현강은 재은의 반응에도 아랑곳하지 않았다. 냉담하기까지 했다. 재은이 서슬 퍼런 눈길로 나를 머리부터 발끝까지 훑었다. 난감함으로 난 움츠러들었다.

"이 언니가 혹시 도시락이야?"

"어."

현강이 주저 없이 대답했다. 그녀의 입술이 꾸물거렸다. 짧고 싸늘한 침묵이 흘렀다.

"알았어. 밥 먹으러 가."

일순간 울상이던 그녀의 표정이 바뀌었다. 새침하긴 했지만 재은이 가뿐히 몸을 돌렸다. 그녀의 빠른 변화에 내가 오히려 당황했다. 감정 기복이 심한 건지, 뭐든 간단한 건지 의아했다.

"둘이 정말 사귀어요? 언제부터?"

회사 근처 패밀리레스토랑으로 이동해 주문을 하자마자 그녀가 성급히 물었다.

"안 사겨. 나만 좋아해."

현강이 당당히 밝혔다. 난 물을 마시다 놀라서 사레들 뻔했다.

"뭐?"

"길예원은 나한테 감정 없어. 나 혼자만 그러는 거야."

그녀가 끝내 황당하다는 듯 나를 바라봤다. 그녀가 '정말이냐'고 신랄하게 눈짓했다. 난 인정할 수도 부정할 수도 없어 시선을 회피했다. 인지한 내 감정을 현강에게 밝히지 않은 상황이 못내 미안했다.

"말도 안 돼."

"뭐가 말이 안 돼?"

기막혀하는 재은에게 현강은 되레 의아해했다. 난 휙 그를 봤다. 정말 몰라서 묻는 건가? 눈만 끔뻑거리는 나를 그가 능청스레 '왜?' 하고 다정히 내려다봤다. 재은의 입술이 질근거렸다.

"저기."

그녀가 다정한 분위기를 사정없이 잘랐다.

"알았어. 그렇다고 쳐. 그런데 언니는 왜 현강 오빠가 싫어요?"

"싫다곤 안 했어. 왜 넘겨짚어? 싫으면 안 되지."

내게 묻는 질문임에도 현강이 불쑥 엄하게 나무랐다.

"치."

원망 가득히 현강을 흘기며 재은이 입술을 삐죽거렸다. 둘의 행동을 지켜보니 현강의 말을 신뢰할 수 있었다. 그날의 키스는 그가 거부할 틈 없이 일방적으로 당한 것이라는 걸.

주문한 음식을 먹으며 대화는 일상으로 흘러갔다.

스물네 살인 재은은 유여한 삶을 산 사람 특유의 자신감이 넘쳤고 밝았다. 그녀는 의도적으로 날 소외시키려는지 뉴욕 이야기만 꺼냈다. 현강은 가볍게 그녀의 대화에 응수했다. 동떨어진 기분을 맛보며 먼나라 이야기 같은 대화에 주눅이 들었다.

"네. 아, 그래요?"

대화중에 전화를 받은 현강이, 짧은 통화를 끝내고 의자에서 일어났다.

"나 사무실 들어가 봐야겠다."

불편한 이 자리에서 벗어날 찬스라서 난 무심결에 안도했다.

"언니, 다음엔 저랑 쇼핑도 하고 영화도 봐요. 내가 한국에 너무 오랜만에 와서 만날 사람이 없거든. 난 한국 오면 오빠가 많이 놀아줄 줄 알았더니 너무 바쁘잖아. 그러니까 언니가 놀아줘요."

헤어지기 전에 재은이 애교를 떨었다. 사교성이 좋은 아이인가? 금세 살갑게 구는 그녀에게 살며시 미소 지었다.

"안 돼."

"왜? 언니로 지내면 된다며?"

"나랑 놀기에도 바빠. 어서 가."

"오빠, 나한테 진짜 이럴 거야?"

성가시다는 듯 턱을 까닥거리는 현강에게 재은이 앙칼지게 소리쳤다.

"어, 이럴 거야. 우리 먼저 간다."

현강이 덥석 내 손을 잡았다. 씩씩거리는 재은을 남겨놓고 그가 당황한 내 손을 잡아끌다시피 걸음을 옮겼다. 그의 손이, 그의 등이 듬직해서 가슴 한편이 진한 요동으로 흔들렸다. 내 자그마한 손을 감싼 그의 커다란 손을 지긋하게 내려다봤다. 내 손을 잡은 이 손이 놓아지지 않길 바랐다. 그의 손이 너무 따뜻해서.

토요일 디자인 수업이 끝나고 서둘러 학원에서 나왔다. 유경이와 백화점에서 만나기로 했기 때문에 마음이 급했다. 무더위가 가승을 부리는 오후라, 숨이 턱턱 막혔다. 그늘도 없는 골목길을 빠르게 걸으며 버스정류장으로 향했다.

그때, 둔탁한 것이 휙 날아와 등을 강하게 때렸다.

"아!"

순간의 고통에 짧은 비명을 지르며 등을 움츠렸다.

"죄송합니다!"

더운 와중에도 좁은 골목길에서 중학생들이 축구공으로 놀던 모양이었다. 그들의 야속한 공이 내 등을 강타하고 저만치 날아갔다. 남학생 하나가 부리나케 달려와 축구공을 쫓아갔다. 다른 친구들도 따라갔다.

아파라. 고의가 아니므로 등을 매만지고, 툴툴대면서 멈췄던 다리를 움직였다.

"야, 넌 이런 것도 안 피하냐?"

별안간 이죽거리는 누군가의 말이 들렸다. 이어서 까르르 웃음소리. 머리에 탁 날아와 닿는 공의 충격. 다시 까르르.

우뚝 걸음을 멈췄다.

주변을 둘러봤다. 나를 둘러싼 아이들. 일그러진 얼굴로 배를 움켜쥐고 까르르거리는 아이들. 툭툭 심술궂게 공을 내게 던져 대는 아이들. 반동으로 튕겨 나가는 공을 재빨리 잡아 다시 툭 던지는 아이. 팔뚝을 딱 때리는 둔탁한 공. 갑자기 주변이 울렁거렸다. 빙빙 돌았다. 나를 중심으로 세상이 빙빙 돌았다. 아이들도, 건물도, 세상도.

지끈. 뇌가 울렸다. 아픔의 강도가 심해 관자놀이를 눌렀다. 어지러웠다. 지끈거림과 어지러움을 동반하고 빙빙 도는 것들에게서 헤어 나올 수가 없었다.

빵—

불쑥 클랙슨 소리가 들렸다. 골목길에 들어서던 자동차가 길 가운데 턱 버티고 있는 내게 성질을 부렸다. 화들짝 현실로 돌아와 난 간신히 옆으로 비켜섰다.

망연히 주변을 둘러봤다. 여전히 불볕의 골목길은 비어 있었다.

뭐지……? 내 눈에 보이던 영상은…….

겪은 듯, 겪지 않은 듯 뚜렷하지 않은 영상에서 벗어나기 위해 침잠한 걸음을 옮겼다. 바늘로 찌르듯 끊임없이 쑤시는 관자놀이를 약지손가락으로 눌러대며 버스정류장에 도착했다. 무기력한 무릎을 꺾듯이 굽혀 벤치에 앉았다. 나 정말 뭔가를 잊어버렸나?

"저번에 옷 많이 샀는데 또 사?"

유경이는 백화점에 먼저 도착해 있었다. 그녀와 뉴욕에 갈 준비로 쇼핑을 시작했다. 유경이와 만나니 거짓말처럼 관자놀이 통증이 사라졌다.

"이사님이 예쁜 옷으로 사주라 했어. 모자도 사고 신발도 사자. 예쁜 캐리어도 사야 해. 아! 선글라스도 살까?"

"무슨 선글라스까지."

쌜쭉거리면서도 유경이는 기분 좋은 기색이 역력했다.

"이따 쇼핑 끝나고 영화 볼까? 이사님도 불러서."

은근슬쩍 떠봤다. 오전에 한경에게 물었었다. 유경이와 함께 영화를 보자는 제안에 그는 어울리지 않게 수줍어했다. 영락없는 딸바보인 아빠 모습이라 절로 웃음이 났다.

"……아빠도 좋다고 했어?"

유경이도 은근히 물었다. 내가 크게 고개를 끄덕이자, 그녀가 입술 끝을 예쁘게 올렸다. 표정이 너무 귀여워 난 유경이 볼을 살짝 꼬집었다. 앙탈을 부리듯 유경이가 도리질했다.

"영화는 정말 오랜만이다."

한경은 쇼핑이 끝나는 시점에 맞춰 백화점에 정확하게 도착했다. 극장 로비를 걸어가는 그의 입가엔 연신 다정한 미소가 떠올라 있었다. 짐짓 새침한 듯 있었지만 유경이 눈은 광택으로 윤기가 흘렀다.

"제가 표 사올 테니까 여기 앉아 계세요."

내가 가리킨 소파에 한경도 유경도 단정히 앉았다. 영화 티켓을 구매하고 돌아가는데, 눈부신 비주얼의 두 사람이 눈에 확 띄었다. 어쩜 저렇게 잘난 부녀인지, 혀가 내둘러졌다.

"언니, 뭐 해?"

"잠깐만."

내가 휴대폰 카메라의 초점을 맞추며 마주 서자, 유경이 당황했다.

"할머니도 보고 싶어 하신다며. 뉴욕 가기 전에 사진부터 보내자."

유경이와 한경이 동시에 서로를 처다봤다. 쑥스러운 듯 유경이가 후다닥 고개를 앞으로 돌렸다.

"찍는다."

난 버튼을 누를 준비를 했다.

"하나, 둘, 셋."

'셋'과 동시에 유경이 나를 보며 웃었다.

'셋'과 동시에 한경이 나를 보며 웃었다.

너무나도 예쁘게 둘이 웃었다. 둘이 정말 닮았구나. 나도 웃었다.

"어? 임유경. 영화 보러 왔어?"

앞을 지나치던 뿔테안경을 낀 여학생과 단발머리 여학생이 유경이를 발견하고 멈춰 섰다. 유경이 반가운 기색 없이 심드렁하게 아이들을 봤다.

"어. 너희도?"

"학원을 몇 개나 다니니까 지겹잖아. 방학인데도 놀지 못해. 넌 학원 좀 늘렸어? 아직도 하나만 다녀?"

"나는……."

"누구랑 왔어?"

무시하듯 대답은 기다리지 않고 친구가 다른 질문을 했다.

"……아빠랑."

유경이 말했다. 뒤에 있던 나는 깜짝 놀랐다. 관심 있게 딸을 주시하던 한경도 깜짝 놀랐다.

"아빠? 쪽팔리게 아빠랑 영화 보러 오냐?"

비웃으며 친구들이 주변을 살폈다. 바로 뒤의 한경을 발견하지 못하고.

한경이 소파에서 일어나 성큼 유경이 옆에 섰다. 세련된 슈트 차림의 길쭉한 그가 유경이 친구들을 내려다봤다.

"우리 아빠. 같은 반 친구들이에요."

"반갑다. 유경이 잘 부탁해."

유경이 수줍게 소개하자 한경이 눈꼬리를 늘리며 매력적으로 웃었다. 눈부신 한경의 등장에 친구들의 눈이 휘둥그레졌다.

"영화표 안 샀으면 내가 사줄게. 뭐 볼래?"

그의 질문에 친구들이 홀린 듯 영화 제목을 웅얼거렸다. 한경이 '기다리라' 며 여유로운 걸음걸이로 매표하러 갔다.

"야, 임유경. 네 아빠 겁나 멋지다."

"겁나 잘생겼다."

친구들 입이 함박만큼 벌어지고, 유경의 턱은 거만하게 올라갔다. 유경이답지 않은 행동에 난 쿡쿡거렸다. 유경이 슬며시 나를 째려봤다. 그러고는 입술을 귀엽게 오므리며 웃었다. 그녀와 나의 시선이 매표하러 간 한경의 등에 꽂혔다. 듬직하고 근사한 그의 등에.

　　—아침부터 데이트 하자.

　맞춰놓은 알람도 자는 이른 시각에 톡이 울렸다. 부스스 손을 뻗어 머리맡의 휴대폰을 잡았다. 현강이었다. 고약한 심보가 꿈틀거려, 킥킥대며 핸드폰을 터치했다.

　　—나 학원 가야 하는데?
　　—그 학원, 오늘만 하는 거 아니잖아.

　튕기듯 보내니, 신랄한 답이 왔다.

　　—주말만 해서 꼭 가야 돼.

　이어진 나의 답에 톡이 잠깐 소강상태가 됐다. 아마 마음에 안 든다는 듯 입술을 실룩거릴 거다. 안 봐도 그의 표정이 훤하게 상상됐다.

　　—몇 시에 끝나는데?

웬일로 그가 졌다. 끝나는 시간을 말해주니 그가 학원 위치까지 물었다. 친절한 나는 상세히 알려주며 빙그레 웃었다.

디자인 수업은 재밌다. 그럼에도 집중이 되지 않았다. 시간은 왜 이렇게 더디게 가는지. 유난히 느린 시계를 타박했다. 내 마음은 어느새 거리로 달려가고 있었다. 장마가 끝난 거리는 뙤약볕이었다. 그래도 나가고 싶었다, 당장.

데이트다. 나의 첫 데이트. 현강은 무엇을 할지 아무런 언급도 하지 않았지만, 뭐든 상관없었다. 그저 설레고 좋았다. 이런 내가 낯설다.

수업이 끝나마자 황급히 학원에서 나와 커피전문점 앞에서 기다렸다.

뙤약볕의 거리는 으레 버거웠다. 못 견디겠어서 들어가려는 찰나, 현강이 나타났다. 시원스런 걸음걸이의 기다란 그가 한눈에 들어왔다. 방금 전까지 따가울 정도로 뜨거웠던 햇볕이, 화사한 햇빛으로 바뀌었다. 그가 나를 발견했다. 거리의 여자들이 그를 힐끔거렸다. 그들에겐 시선조차 주지 않고, 그가 나를 똑바로 봤다. 오로지 나만.

그의 입술이 길게 늘어났다. 내게 눈부시도록 멋진 미소를 보내며 그가 다가왔다. 화사한 햇살을 뚫고서.

"들어가 있지."

내 앞에 멈춘 그가 다정히 웃어, 난 수줍어 괜찮다고 도리질했다.

"난 덥다. 잠깐 들어가자."

현강이 덥석 손을 잡았다. 움찔하면서도 거부하지 않았다. 뜨거운 손바닥을 타고 서로의 맥박이 전달되었다.

"차는?"

"놓고 왔어. 너랑 그냥 여기저기 다닐 거야."

"어디?"

"아무 데나."

그가 빙그레 웃었다. 찌릿한 전율이 가슴골을 날름날름 훑었다. 달궈진 몸의 열기는 커피전문점 안의 냉기로 식었지만, 심장은 오히려 뜨겁다 아우성쳤다.

현강이 먼저 2층으로 올라가라 하더니, 라지 사이즈의 아이스커피를 하나만 들고 왔다. 빨대를 두 개 꽂아서.

"이런 건 빨대 하나로 보통 먹던걸?"

"……원래 이렇게 해?"

"내가 뭐? 다른 여자들과?"

당황하는 나를 보며 그가 어처구니없어했다.

"너, 진짜로 나 바람둥이로 아는구나. 절대 해본 적 없어. 안 해."

현강이 까칠하게 대꾸했다.

"근데…… 왜……?"

내가 미심쩍어하자 그가 턱을 거만하게 들었다. 그의 오만방자한 눈초리를 게슴츠레 마주 봤다. 맞은편에서 현강이 벌떡 일어나더니 내 옆자리로 와서 털썩 앉았다. 깜짝 놀라 동공이 저절로 커

진 내게,

"너랑 안 해본 거 다 할 거야."

라며 도도를 떨었다. 감사히 여기라는 뜻처럼 보여 기막혀 실소가 나왔다.

건너편에 20대 초반의 어린 연인들이 나란히 앉았다. 앉자마자 그들이 입술을 쪽 맞췄다. 와. 감탄하는 나와 다르게 현강은 미간을 잔뜩 좁혔다. 경범죄 어쩌고 하면서 성질낼 것 같았다.

"우리도 저런 거 할까?"

"에?"

하지만 엉뚱하게도 그가 그렇게 속닥거렸다. 진지한 것이 진심인 듯했다. 내가 엉거주춤 뒤로 엉덩이를 밀며 떨어지자, 그가 손을 올려 내 윗머리를 톡톡 두들기며 장난쳤다. 그를 쏘아보며 손을 뻗어 그의 손을 치웠다. 부끄러움이 스멀거려 턱을 푹 숙이고 빨대로 아이스커피를 마셨다. 히죽 웃음이 나왔다. 현강이 다른 방향으로 고개를 돌리며 씩 웃었다.

커피전문점에서 나온 그와 함께 거리를 걸었다. 그는 내 손을 잡고, 난 그에게 손을 잡힌 채. 조금 걷던 그가 따가운 폭양에 견디지 못하고 가까운 서점에 들어갔다. 난 그가 이끄는 대로 따랐다. 같이 걷고, 대화하고, 어디든 보이는 곳에 들어가는 것이 좋았다.

서점 안은 소란스러웠다. 중앙에서는 행사 중이었다. 호기심에 소란스런 중앙을 뚫어지게 살펴봤다. 사인회가 한창 진행 중이었다. 한국의 여신이라는 여자 스타 유지이가 주인공이었다.

"어? 연예인이다. 정말 예쁘다."

"별론데?"

나의 감탄에 관심 없다는 듯 현강이 어깨를 으쓱했다.

돌연 머릿속에 '네가 더 예뻐' 이런 말을 하는 현강이 상상됐다. 내게 감정이 있으니 저렇게 예쁜 연예인보다 내가 더 예뻐 보일라나?

"그래도 너보단 좀 낫네."

덧붙인 딱 부러진 말에 뇌리의 상상이 무참히 박살 났다. 이씨, 그럼 그렇지. 불퉁스레 입술을 삐죽거리는데 현강이 내 손을 잡아 끌었다.

"객관적으론."

앞만 보며 그가 말했다. 난 연신 입술을 삐죽거렸다.

"주관적으론 네가 더 낫고."

현강이 넘기듯 픽 웃으며 부언했다.

맥박이 불끈 뛰었다. 그의 뒤통수를 보며 히죽 또 웃었다. 그의 고개가 갸웃했다. 그의 입술도 가늘게 늘어났다. 주위의 모든 소음이 사라졌다. 주위의 모든 것들이 소멸되었다. 그와 나만 존재했다, 이 공간에.


"그래. 휴가 때 영화나 한 편 보자."

휴가 계획이 없음을 통탄해하는 선아와 통화를 끝내며, 사뭇 미안했다. 그녀에게 현강과의 일을 아직도 전달 못했다. 겸연쩍음에 선뜻 입이 열리지 않았다. 휴대폰을 주머니에 넣고, 사무실로 들어서려는데 엘리베이터에서 내리는 한경과 마주쳤다.

"안 그래도 부르려고 했는데, 잠시 내 방으로 가자."

유리방으로 들어간 그는 소파에 마주 앉으며 차분히 입을 열었다.

"유경이가 태어났던 보육시설 위치를 좀 알려줘. 꽤 오래 그곳에 있었다며?"

"다섯 살인가? 여섯 살 때까지는 거기서 크긴 했어요. 그런데 왜 갑자기……?"

"괜찮다면 후원을 하고 싶어서. 유경이가 태어났을 때 내 대신 유경이를 보호해 줬던 곳이니 지금이라도 그곳에 갚고 싶어서."

그의 말에 난 격하게 감동했다.

"그런데 거긴 안타깝게도 없어졌어요."

"그래? 왜?"

"재정적인 문제였다고 했나? 이유는 명확하게 기억나지 않는데…… 그런 비슷한 이유로."

유경이가 태어나서 자란 보육시설은 내가 열 살 때부터 열여덟 살 봄까지 있던 곳이었다. 원래 내가 버려진 곳은 다른 곳이었다. 그곳에서 5년, 다른 곳으로 옮겨 5년을 살았다. 그 두 곳은 밥을 먹든, 잠을 자든 편치 않았다. 환경이 각박했다. 그렇게 인성이 자란 탓일까? 나는 습관적으로 주눅들었고, 눈치를 보는 버릇이 몸에 배었다. 그것은 성인이 된 지금까지 노력해도 고쳐지지 않는다. 조금만 어려워도 금세 위축이 되곤 한다.

그런데 열 살 때 옮긴 곳은 달랐다. 평화로웠다. 원장선생님이 진심으로 사랑해 주셨다. 진짜 엄마처럼. 그곳에서 계속 살고 싶었다. 그런데 어느 날 돌연 문을 닫았다. 왜 문을 닫았는지는 명료하게 기억나진 않고, 미유 언니에게 재정문제라고 어렴풋이 들었다.

"아쉽군. 그럼 어쩌지?"

"사랑의 집에 후원하시는 건 어떠세요? 유경이가 거기 아기들이 너무 예쁘대요. 수녀님도 무척 좋으시고."

"그래, 좋은 생각이다."

한경이 반색했다.

"그럼 뉴욕에서 오면 바로 시작해야겠다. 네가 나 좀 도와줘."

"그럴게요. 언제든지 뭐든 말씀하세요."

"네 덕이야."

내 말에 한경이 나긋하게 웃었다.

"제가 뭘……."

"내가 세상을 보는 눈이 달라졌다. 조금 더 넓은 시야를 갖게 된 것 같아. 그전에는 나밖에 모르던 내가 다른 사람들도 본다."

그의 조곤한 말을 난 차분히 들었다.

"다른 사람들의 생각, 다른 사람들의 삶, 그들의 상황을 보게 됐어. 예전엔 전혀 궁금하지 않던 타인들에게 관심이 생긴 거야. 그런데 싫지가 않아. 편해지고 따뜻해진 느낌이야. 너를 만나고, 너와 지내면서 내가 이렇게 변하게 된 거야."

"……그게 왜 저 때문에…… 전 별로 한 것도 없는데……."

"존경하는 길예원 씨 덕분이야."

멋쩍음에 헤헤거리는 내게 한경이 농담조로 말했다. 그와 마주 보고 방긋 웃었다. 서먹함이 전혀 없이 그와 나의 주변 공기가 따스해졌다.


목요일부터 휴가가 시작되어 사무실은 분망했다. 휴가 전에 업무 마무리를 위해 불타오르는 분위기였다. 나도 마찬가지였다. 지원이 이번 휴가와 동시에 출산휴가가 시작되어 지금까지 보조적인 역할밖에 못하는 내가 박차를 가해야 할 시기였다. 그래서 더욱 바짝 긴장해서 업무에 전념했다.

"나 아이스카페라떼 먹고 싶다. 샷 추가해서."

해영이 모니터를 매섭게 노려보며 괴로운 목소리로 토로했다.

"내가 살 테니까 누가 대신 좀 사다 주면 안 될까? 나 좀 살려주라. 너무 바쁜데 먹고는 싶다."

"제가 사올게요."

"역시 우리 예원 씨밖에 없어."

자리에서 일어나는 내게 해영이 지갑에서 카드를 꺼내 내밀었다. 기다렸다는 듯 팀원들이 주문을 했다. 회의실로 가서 현강에게도 주문을 받았다.

"같이 가고 싶지만."

현강이 안타까운 미소를 보냈다. 난 괜찮다고 고개를 흔들었다.


—길, 들고 오기 힘들면 나오라고 명령해도 돼.

—손이 두 개라 괜찮습니다.


커피전문점에서 주문을 하고 기다리는데 현강의 톡이 왔다. 쿡 웃으며 답장을 보내놓고는 그의 프로필 사진을 터치했다. 여전히 내가 싸줬던 도시락 사진이었는데 아래에 문구가 있었다. 처음 등록할 때는 분명 문구를 안 넣었는데.

『맛있었다. 잘 먹었다. 고맙다.』

'풉' 웃고 말았다. 도현강은 정말 이상한 녀석이다. 이런 식으로 감동을 주나?

"여기요, 도 팀장님."

팀원들 커피를 전달하고 마지막에 회의실로 가서 현강에게도 건넸다. 감동받은 프로필 문구가 떠올라 살갑게 웃어줬다.

"덥지 않았어?"

그가 다정히 물어서 고갯짓하며 돌아섰다. 현강이 불쑥 내 손목을 잡고서 끌어당겼다. 그의 힘에 의자에 털썩 앉았다.

"잠깐 있다가 가."

"……다른 직원들 보면 어쩌려고."

나도 참, 거부는 하지 않고선 기껏 핑계 댄다는 게.

"잠깐만."

눈썹을 슬며시 들썩이며 그가 말했다. 은근 애교스런 눈짓이라 난 픽 웃었다. 그가 업무 지시하듯 노트북 모니터를 손가락질했다. 테이블 아래서 내 손목을 잡고 있던 그의 손이 아래로 내려와 손바닥을 맞잡았다. 손바닥을 통해 뛰는 맥박이 미미하게 느껴졌다. 내 맥박인지, 현강의 맥박인지 분간되지 않았다. 맥박 박동처럼 심장도 가만가만 조심스레 박동했다.

잠깐의 설렘을 끝내고 회의실에서 나오는데 사무실 보안문 너머에 있는 낯선 여자가 시야에 들어왔다. 여자는 선뜻 방문 벨을 누르지 못하고 망설이고 있었다. 난 입구로 걸어갔다. 밖으로 나가니, 복도에서 서성대는 여자가 보였다. 뒷모습이 늘씬하고 세련되었다. 심플하지만 고급스런 정장 차림의 그녀가 나를 되돌아봤다.

"누구 찾아오셨어요?"

곱다. 문득 나는 예쁘다보다 곱다고 생각했다. 단아한 인상이 청초해 보였다. 우윳빛의 청아한 얼굴에 속쌍꺼풀 눈이 참 예뻤다. 고운 입술도, 조신한 성격을 나타내는 듯했다.

"……도한경 씨 계신가요?"

결심한 듯 그녀가 속삭이듯 물었다. 그녀의 눈빛이 흔들렸다. 눈동자에 깃든 어려움과 슬픔을 난 감지했다.

"이사님은 외근 중이신데, 이따 들어오실 거예요."

"……아…… 그래요?"

"연락처 모르세요? 메모 남겨 드릴까요?"

"……그럼 혹시 도현강 씨는 있나요?"

미적거리던 그녀가 현강까지 찾아 난 약간 놀랐다. 따로 휴대폰으로 연락하지 않는 것을 보면 가족은 아닌 것 같은데…….

"네, 안에 있어요. 들어오세요."

"아니, 밖으로 불러주시겠어요? 한연희가 왔다고 전해주시겠어요?"

끄덕이며 난 얼른 회의실로 갔다. 현강은 '한연희'라는 이름을 듣자마자 벌떡 일어났다. 그가 개발팀원들에게 업무 전달을 하고 조바심을 내듯 급한 걸음으로 사무실을 나갔다.

현강은 퇴근 무렵에서야 심각한 낯빛으로 들어왔다. 곧바로 유리방으로 간 그는 한경과 짧은 대화를 주고받았다. 한경 역시 바로 사무실을 나갔다. 초조한 기색이 역력한 그의 등을 보며 난 연희의 존재를 예측했다.

오후 내내 외출했던 현강은 밀린 업무로 퇴근하지 못했다. 늦은 시각까지 업무할 현강이 안쓰러웠다.


—조심히 들어가.


그래도 내게 다정한 톡을 보내는 현강이었다.

"저 퇴근해요. 무리하지 마세요."

회의실로 가서 문을 열고 살며시 웃어 보였다. 나의 인사에 그의 눈꼬리가 늘어났다.

유경이는 이틀 후면 뉴욕으로 떠난다. 난 집으로 귀가하자마자 유경이의 짐을 싸며 정리했다. 빠진 게 없나 체크하는데 비상 구급약이 없음을 깨달았다. 특히 유경이는 지치면 열이 나기도 해서 해열제는 꼭 챙겨야 했다. 뉴욕에 없진 않겠지만 혹시 모르니까.

서둘러 약국에 가서 여행용 구급약과 해열제를 샀다. 약국에서 담아준 비닐봉지를 흔들어대며 가뿐하게 걸어 모퉁이를 돌았다.

끼익—

그때, 골목길에서 자동차가 튀어나왔다. 자동차가 타이어 긁히

는 소리를 섬뜩하게 냈다. 반사적으로 멈칫하는데,

"길예원!"

누군가의 강렬한 외침이 귀를 찔렀다. 심장이 철렁했다. 휙 고개를 돌려 주변을 훑었다. 아무도 없다.

아슬아슬하게 접촉을 가까스로 모면하며 자동차가 멈췄다. 무릎 바로 앞에 닿을 듯 정지한 자동차 범퍼를 내려다보며 난 사고보다 귓가에 들린 외침으로 소름이 돋았다. 뭐지? 그 소리침은?

"괜찮으세요?"

운전자가 차에서 내렸다. 어렴풋이 주변에 몰려 있는 사람들이 보였다. 웅성거리는 소음. 흐릿한 가물거리는 시야 너머 쳐다보는 울렁거리는 사람들. 왜 날 이렇게들 보지?

"죄송합니다."

낯선 목소리를 그제야 인지했다. 얇은 막처럼 감쌌던 울렁거리던 사람들이 일순간 소멸됐다.

"어디 다치신 거예요?"

얼빠진 내가 이상한지 운전자는 적잖이 당황하고 있었다.

"아니…… 아니에요. 괜찮아요."

아득해지는 정신을 부여잡고 몸을 돌렸다.

빌라 주차장에 들어섰으나 강렬한 의혹이 내 발목을 붙잡았다. 난 멍하니 화단에 앉았다.

"길예원!"

거친 소리침이었다. 또렷한 그 외침이 지워지지 않았다. 하지만 목소리는 기억나지 않았다. 늪 위를 걷듯 푹푹 꺼지는 걸음을 옮기면서도 뇌는 사고하지 못했다. 요즘 나 왜 이러지? 눈꺼풀을 닫았다. 캄캄함 속에서 시간을 보냈다. 오래도록 정지하고서.

"길, 내가 거지 같으니까 거기 그러고 있지 말랬지?"

아득한 정신 너머 어렴풋이 차 소리를 들었는데, 곧 현강의 타박이 들려왔다. 번뜩 현실로 돌아와 감은 눈을 떴다. 운전석에서 내린 현강이 내게 큰 걸음으로 걸어왔다.

"무슨 일 있어?"

말과는 다르게 그가 내 옆에 나란히 앉았다. 난 도리질하며 희미하게 웃었다.

"철야한다며?"

"머리가 좀 복잡해서 일이 집중이 안 되네."

"왜? 혹시 아까 찾아오신 분 때문에 그래? 누군데?"

"……한경 형 약혼녀. 뉴욕에서 한경 형 보고 싶어서 왔대. 누나는 도저히 단념이 안 된다는데, 형은 모르겠어. 둘이 지금 만나고 있을 거야. 나도 누나를 오래 봐서 그 마음을 아니까 신경 쓰이네, 안타까워서."

"……그분은 유경이가 있어도 괜찮대?"

조심스레 물었다.

"응. 연희 누나는 소아과 의사야. 그래서 원래부터 아이들을 좋아했고, 형에 대한 사랑이 깊어. 놀라긴 했지만 유경이도 형의 뜻이라며 받아들였어. 그런데 형이 누나를 거부한 거야.”

“그렇구나. 만약 유경이가 그분을 받아들인다면 이사님도 받아들일까?”

“유경이가 받아들이겠어?”

나도 답은 알 수 없었다. 그래도 물어봐야겠다.

이제야 방황의 시간을 끝내고 한경을 받아들인 유경이가 혼란스러워할지도 모르지만, 한경의 삶도 중요했다. 이제 서른넷의 한경이 본인의 인생, 사랑을 포기하게 만들 순 없지 않은가.

이번 일을 겪으면서 난 유경이가 생각했던 것 이상으로 어른스럽고 바른 아이임을 알았다. 그러니 모든 것이 좋은 방향으로 해결될지도 모른다.

“그런데 왜 여기 멍하니 있었어? 무슨 일이야?”

“……그냥. 잠깐 바람 쐰 거야.”

걱정스레 보는 그에게 난 찡긋 웃었다. 그제야 그가 안도했다.

“나 선물 있는데. 눈 감아봐.”

“어?”

“빨리 눈 감아봐.”

노트북 가방을 매만지면서 현강이 조르듯 말했다. 얄궂은 눈빛이라 의심스러웠지만 못 이기는 척 눈을 감았다. 지퍼를 여는 소리가 들렸다.

“아, 해.”

“응?”

"아, 아."

부스럭 소리와 함께 현강이 재촉했다. 픽 웃으며 난 시키는 대로 입을 벌렸다. 곧 동그란 뭔가가 입안에 쏙 들어왔다. 눈을 번쩍 떴다. 동그란 초콜릿이 입안을 채웠다.

"맛있어?"

어린아이처럼 기대에 찬 현강의 눈이 반짝였다. 오물거리며 난 끄덕거렸다.

"정말 맛있어?"

"응. 달아."

난 빙그레 웃었다. 그의 입술도 따라 웃었다.

"하나 더 먹어."

손에 든 초콜릿 포장지를 마저 벗기더니 그가 내 입술 가까이에 내밀었다. 이미 하나가 들어 있어 도리질을 하는데 현강이 고집을 피웠다. 하는 수 없이 입을 벌리니, 그가 쏙 초콜릿을 넣어줬다. 웃으며 열심히 단 초콜릿을 먹었다.

정말 달았다. 달달함이 입안 가득 퍼지며 혀를 자극했다. 혀를 자극한 단맛은 가슴을, 뇌를 즐겁게 했다.

"달아?"

"응."

"많이 달아?"

"응, 많이 달아."

현강의 눈동자에 반지르르한 윤기가 감돌았다. 난 환하게 웃었다. 현강의 입술이 길게 늘어났다.

그 순간, 그의 고개가 숙여졌다. 그의 따스한 입술이 내 입술을 달콤하게 겹쳐 왔다. 그의 달뜬 혀가 내 입술을 벌리며 부드럽게 들어왔다. 입안을 채운 달콤한 초콜릿의 맛을 공유하며, 그에게 심장이 파르르 떨릴 정도로 단 키스를 받았다. 너무나도 달콤하고 달콤한 키스였다.

보드라운 입술이 내게서 천천히 떨어졌다. 현강이 부드럽게 씩 웃었다.

"정말 달다."

눈도, 입술도 길어지는 기분 좋은 그의 미소에 심장이 정지하는 것 같았다. 현강이 긴 팔을 쭉 뻗어 내 어깨를 안았다. 내 가슴팍과 닿은 그의 심장박동이 느껴졌다. 심하게 뛰어대는 내 심장만큼이나 강하게 뛰고 있었다. 두근거리는 그의 심장박동이 나의 심장을 자극했다. 나의 입가에 깊은 미소가 번졌다.

#10

NN

# 뿌연 시야 너머

한여름 밤의 열기는 가시지 않았다. 선선한 바람 한 점 없는 뜨거운 밤이었다. 그럼에도 그의 품에 안겨 있는 난 덥지 않았다.

그의 입술이 살며시 내 귓가에 닿았다. 짜릿한 소름이 돋았다. 내 귀에 달콤한 짧은 입맞춤을 하더니 그의 팔이 날 더 강하고 포근하게 안았다.

"……뭐야……? 둘이……."

깊은 바닥에서 우러나는 목소리가 들렸다. 익숙한 음성에 난 깜짝 놀라 현강의 품에서 벗어났다.

"……유, 유경아."

"여기서 뭐 하는 거야? 둘이 언제부터 이랬어? 나도 있는데 집 앞에서 이래도 되는 거야?"

유경이 속사포처럼 빠르게 따져들었다.

"뭘, 이럴 수도 있지."

화단에서 일어나며 현강이 능청을 떨었다. 그 말에 유경이 신경질을 부리듯 빠르게 안으로 들어가 버렸다. 난 급하게 그녀를 쫓아갔다.

"유경아!"

"엉큼해, 둘이. 나 안 보이는 데서 맨날 이랬어?"

"맨날은 아니야."

쿵쾅거리며 거실을 걷다 말고 유경이 신랄하게 우리를 쏘아봤다. 뒤따라온 현강이 너스레를 떨었다.

"언니, 이러면 안 되는 거 아냐? 언니는 내 언니고, 삼촌은 내 삼촌인데? 아빠도 알아, 둘이 이러는 거?"

"피도 안 섞였는데 어때서? 언니랑 삼촌은 법적으로나 생물학적으로나 아무 문제 없어."

"……삼촌은 되게 바람둥이일 것 같은데…… 언니, 괜찮아?"

현강의 말은 무시하고 유경이 내게 물었다.

"유경, 그건 너의 선입견이야. 삼촌은 청렴한 사람이야."

현강이 거드름을 피웠다.

"……삼촌, 믿을 수 없어."

"삼촌이 언니 좋아해. 그럼 됐지?"

쌜쭉한 유경에게 현강이 툭 내뱉었다. 경망스럽지 않고 사뭇 진지한 어투였다. 유경이 현강을 뚜렷하게 쏘아보더니 계단을 올라갔다.

"아, 근데 아빠랑 나랑 뉴욕 가면 이 집에 둘만 있잖아?! 둘이 뭐 하려고 뉴욕에 안 간다고 했어?"

퍼뜩 떠오른 듯 계단 중간에서 유경이 뒤돌아봤다.

"쪼그만 게 무슨 상상을 하는 거야? 너야말로 음흉하잖아."

"나도 알 건 다 알아!"

"꼬맹이 유경, 안타깝지만 휴가 동안 삼촌은 일하러 지방 내려가거든? 그러니까 안심해도 돼. 너의 음흉한 상상을 충족시켜 주지 못해서 미안."

현강의 놀림에 유경의 얼굴이 붉으락푸르락해졌다.

그의 말은 거짓말이 아니었다. 그는 휴가 기간 동안 시스템구축을 전담한 기업의 서버증축 서포터 요청으로 대전에 내려간다. 어제 오후에 요청이 들어왔는데 현강은 흔쾌히 결정했다. 무리한다 싶을 정도로 일에 매진하는 그가 걱정스러운 나인데, 그는 되레 나를 걱정했다.

"너 혼자 집에 있잖아. 친구 집에라도 가 있어. 남자 집 말고."

"휴가 내내 가 있는 거야?"

"아니야. 3일 정도. 일요일에는 올 거야. 올라오면 데이트하자."

빙긋 웃는 그에게 난 고개를 끄덕이며 수줍어 발그레해졌다.

"우리 언니 상처 입히면 내가 가만히 안 있을 거야! 난 삼촌 바람둥이 같아!"

"유경, 그건 정말 일반화의 오류 같은 거야."

성깔부리며 돌아서는 유경에게 현강이 단호히 말했다. 돌연 둘의 모습이 귀엽기도 하고 재미있기도 해 웃음이 났다.

"넌 웃음이 나오냐?"

현강이 투덜거렸다. 팍팍한 시어머니를 만나 파리해진 며느리의 낯빛이었다. 난 연거푸 쿡쿡대며 서둘러 핑크의 방으로 올라갔다.

"미안해. 놀랐어?"

"……언니도 삼촌이 좋아?"

퉁명스러운 그녀에게 난 겸연쩍게 웃으며 살며시 고개를 주억거렸다. 내 대답에 마땅찮은 듯 유경이 짧은 한숨을 쉬었다.

"삼촌 바람둥이 아니야."

"못됐잖아."

"아니야."

유경이가 내 말을 믿지 않았다. 도톰한 입술만 연신 삐죽거렸다.

"유경아, 잠깐 앉아봐. 할 얘기가 있어."

그녀의 손을 잡아끌어 침대에 앉혔다. 그리고 신중하게 연희에 대해서 전달했다.

"아빠는 평생 혼자 살 거래?"

모든 이야기를 들은 유경이 새초롬하게 물었다. 유경의 속마음이 빤하게 다 보여 난 '모르겠다' 며 싱긋 웃었다.

"아빠는 내 존재를 몰랐다면 예정대로 그분과 결혼했겠지?"

"아마 운명처럼 너와 만나지 않았다면 그렇게 되었겠지."

"그분하고도 운명일지도 모르잖아. 언니, 나 아빠 파혼 얘기 듣고 계속 생각했었어. 아빠가 결혼하는 상상. 근데 괜찮을 것 같더라고. 그리고 아빠가 나 때문에 파혼하고 혼자 사는 건 싫어. 부담스러워."

시큰둥한 척 그녀가 말을 이었다.

"질투가 안 나는 거 보니까 내가 아빠한테 애정이 별로 없나 봐. 이제 만나서 그런가?"

유경이가 농담까지 했다.

"그리고 언니, 만약 불편하다면 두 분은 결혼하고 난 언니랑 예전처럼 둘이 살면 되지 않을까?"

"그건 아빠가 원치 않을 거야. 아빠랑 한 번 대화해 보자. 언니는 네가 그분과 만나보면 어떨까 싶어. 언니가 잠깐 봤는데 좋으신 분 같았어."

"예뻐?"

나의 긍정의 고갯짓에 유경이가 밝게 웃었다.

"유경아, 언니는 네가 이렇게 편히 받아들일 줄 몰랐어."

"언니, 너무 멋진 아빠가 나 때문에 혼자 사는 건 싫어."

"아빠가 멋있어?"

"반 친구들한테 소문이 쫙 퍼졌어, 우리 아빠 진짜 멋있다고."

유경이 어깨를 한껏 올리며 뿌듯해했다. 유경의 머리카락을 쓰다듬으며 흐뭇하게 웃었다. 유경이에게 엄마가 생길지도 모른다. 진심으로 기쁘긴 했지만 공연히 서운해지는 감정에 가슴 한편이 쓸쓸해지기도 했다.


"휴가 잘 보내시고, 특히 이지원 씨는 건강하게 순산하세요. 출산 축하파티 꼭 해야 하고."

드디어 내일부터 휴가에 들어간다. 퇴근 준비를 끝낸 직원들에게 현강이 마무리 인사를 했다. 묵직한 아랫배를 슬슬 만지며 지원이 환하게 웃었다.

"우린 휴가인데 도 팀장은 어째?"

"현강 팀장은 오늘도 철야야? 내일 대전 내려간다면서?"

해영과 정미가 현강을 안쓰럽게 쳐다봤다.

"일인데 어쩔 수 없지."

"현강 팀장, 나도 남아서 도와줄까?"

"아니, 괜찮아. 어서들 가세요."

정미가 바짝 다가가 묻자, 현강이 성가시다는 듯 손을 까닥거렸다. 그가 내게도 어서 가라고 눈짓했다. 팀원들이 미적거리고 있어 현강이 까칠하게 성질냈다.

"다들 이럴 거면 휴가 반납하고 일할래?"

"휴가 잘 보내세요!"

민호가 벌떡 가방을 챙겨 들고 일어났다. 어처구니없다는 듯 정미가 그를 흘겼다. 현강이 먼저 회의실로 들어가 버리고, 팀원들은 각자 휴가 잘 보내라는 인사를 하고 각기 바쁜 걸음을 옮겼다.

혼자 철야하는 현강이 신경 쓰이는 퇴근길이었다. 빌라로 향하다 몸을 돌려 마트로 갔다. 간식거리라도 챙겨다 줘야겠다는 생각에.

야채코너에서 세 살배기 정도의 아이와 손을 잡고 다니는 엄마를 발견했다. 아직은 선뜻선뜻 잘 걷지 못하는 아이가 아장아장 열심히 걸었다. 아이의 얼굴이 딱 10년 전 내가 예뻐하던 혜창이를 닮았다.

우뚝. 걸음을 멈추고 그들을 물끄러미 지켜봤다.

난 학교가 끝나면 부랴부랴 원에 가서 혜창이부터 챙겼다. 혜창
인 나만 보면 아장아장 걸어와 방긋방긋 웃었다. 마림이는 울보였
는데 혜창이는 미소천사였다. 혜창이 닮은 아이를 봐서일까? 돌연
그리움이 사무치게 다가왔다. 보고 싶다, 혜창이. 한 번 찾아볼까?
복지협회 같은 데서 알아보면 되려나?

원에서 나온 후, 내 삶이 버겁다는 핑계로 단 한 번도 연결을 시
도해 본 적이 없는 내 무심함을 탓하며 진열대에서 파프리카를 집
어 들었다.

순간, 희미한 영상들이 마구잡이로 뇌리에 상기됐다. 혜창이, 마
림이, 원장님 모습이 마구 엉키며, 필름이 휙휙 지나가듯 정신없이
빠르게 덮쳤다. 토끼이빨이 보이게 웃던 혜창이, 콧잔등을 찌푸리
며 엉엉 울던 마림이, 한없이 인자한 미소를 짓던 원장님.

왜 이들이 전부 뿌옇게 보이지? 왜 이렇게 아득하게…….


"예원아! 빨리……."


불쑥 절박한 미유 언니 목소리가 들렸다. 이어서 검은 기운이 시
야 앞을 시커멓게 뒤덮었다. 첨예한 바늘로 쑤시듯 관자놀이가 격
렬한 통증으로 지끈거렸다.

"아……."

통증으로 저절로 약한 탄성이 흘러나왔다. 참을 수 없을 정도로
고통스러웠다. 아른아른한 영상이 물결처럼 어지러운 눈앞에서 심
하게 일렁거렸다. 또 다른 영상이 일렁거리는 영상 위에 덮듯이 겹

쳐졌다.

내 손목을 잡아 이끄는 손.

'빨리 와'. 아니, 아니야. 빨리 와가 아니었어. '이리 와'. 그래, 이리 와.

운동화 끈을 묶어주는 손…… 웅얼거리는 말소리. 들리지 않아.

그리고 발바닥에 닿는 차디찬 기운. 젖어가는 몸. 맨발인 젖은 발. 날 가로막은 그림자. 누구지? 너, 누구야?

"아가씨! 괜찮아요?"

귀청이 떨어져 나갈 만큼 목청 큰 아줌마의 음성이 날 깨웠다. 강한 손이 내 팔뚝을 움켜쥐었다. 퍼뜩 정신을 차렸다. 일렁거리던 영상이 걷혔다.

"아가씨, 정신 차려봐."

비틀거린 나를 장을 보던 아줌마가 팔뚝을 잡고 지탱해 준 듯했다. 마른침을 삼키고 그녀에게 감사하다고 인사하고, 놓칠 듯 아슬아슬하게 잡고 있는 장바구니 손잡이를 꽉 움켜쥐었다. 관자놀이는 여전히 욱신거렸다. 바닥에 떨어진 파프리카를 집어 장바구니에 담았다. 울렁거리는 세상을 선명하게 보려 애쓰며.

관자놀이 통증은 집에 귀가해 바삐 샌드위치를 만들다 보니 점차적으로 사그라졌다. 하지만 보일 듯 보이지 않는 환영과 환청에 대한 의문은 좀처럼 가시지 않았다. 길예원, 너 정말 뭔가 문제 있는 것 같다.

"언니."

"어. 짐은 다 확인했어?"

주방에 들어오는 유경을 보니, 복잡한 상념에서 벗어 날 수 있었다. 유경이가 고개를 끄덕이며 건네는 샌드위치를 받았다. 내일 뉴욕에 가기 때문에 유경이는 이른 귀가를 한 상태였다. 그녀의 뺨은 달떠서 발그레하게 상기되어 있었다. 그녀에게 우유를 챙겨주고 현강 몫이 담긴 쇼핑백을 들고 집에서 나왔다.

사무실에서 야근 중이던 현강은 나의 깜짝 등장에 진심으로 놀랐다.

"출출해할 것 같아서……."

회의실 테이블에 샌드위치를 놓는 나를 그는 미동 없이 뚜렷하게 응시했다. 그의 진한 눈길에 쑥스러워 난 흐리터분한 웃음만 흘렸다.

"일해. 난 갈게."

방해하는 듯해서 서둘러 몸을 돌렸다.

"길."

현강이 황급히 내 손목을 잡았다. 멈칫하며 뒤돌아보는데, 그가 의자에서 일어났다. 그의 긴 팔이 내 허리를 끌어당겨 안았다. 예상치 못한 닿음에 긴장해서 어깨가 움츠러들었다. 그가 나머지 한 팔로도 내 허리를 감으며 내 어깨에 턱을 기댔다.

"나 너무 피곤했는데 제대로 힐링한다."

귀에 들리는 그의 다정한 말은 나의 심장을 콩닥콩닥 자극했다.

"……어서 일해. 괜히 나 때문에 더 늦어지는 거 아냐?"

"잠깐만 이러고 있자."

등에 닿는 그의 따스한 온기를 느끼며 난 수줍어 지긋하게 웃었다.

"2회차 대신."

장난기 섞인 어투와 함께 그의 입술이 드러난 내 목덜미에 닿았다. 촉촉하고 차디찬 촉감에 오소소한 소름이 돋았다.

"뭐야……."

난 부끄러워 불만스레 웅얼거렸다. 현강이 킥 웃으며 팔에 더욱 힘주면 날 깊숙이 끌어안았다. 밤의 시간이 수줍게 흘렀다.


휴가철인 탓에 공항은 인산인해였다. 수선스럽고 들뜬 공간에 잔뜩 긴장한 사람은 나뿐이었다.

"조심해서 다녀오세요."

나의 인사에 한경이 다정히 고개를 끄덕거렸다.

"유경아, 너 아빠랑 항상 같이 다니고, 절대 혼자 떨어지면 안 돼."

"언니이."

"언니가 가슴이 자꾸 벌렁거려서. 왜 이렇게 걱정되는지……. 너랑 이렇게 오래 떨어져 본 적이 없어서 그런가 봐."

"길, 형이 어련히 알아서 안 챙길까?"

내가 유경이 팔을 잡고 안절부절못하자 현강이 내 상의 뒷덜미를 잡아끌었다. 그 힘에 바보처럼 엉거주춤 뒤로 물러났다.

"우리 먼저 갈게. 이러다 길예원 울겠다."

"내가 왜? 들어가는 거 봐야지."

벗어나려고 어깨를 비트는데 현강이 건성으로 한경에게 손짓하고 내 손목을 덥석 움켜쥐었다.

"유경, 아빠 잘 챙겨라."

"네. 삼촌도 우리 언니 부탁해요. 그리고……."

유경이 눈동자에 빡 힘을 주고 현강을 노려봤다. 무언의 협박이 담긴 레이저가 그녀의 눈동자에서 쏟아져 나와 파바박 찔러댔다. 현강이 오만상을 찌푸리며 억지로 턱을 까닥거렸다.

"언니! 다음 주에 봐!"

유경이 활달하게 손을 흔들어댔다. 아, 냉정한 도씨들만 평화롭고 나만 불안하다.

"왜?! 기껏 와서…… 들어가는 것도 못 보고."

현강이 나를 질질 끌다시피 로비를 성큼성큼 걸어갔다. 머리를 마구 가로저으며 거부했다.

"너 봐라. 이렇게 부들부들 떨면서. 이렇게 소심해서야. 그러니까 내가 너도 같이 가랬지?"

"진짜 내가 갈걸 그랬나 봐."

멀어지는 유경이를 뒤돌아보니 문득 슬퍼졌다. 유경이가 손을 높이 들어 크게 흔들었다. 언니가 이러고 가도 괜찮은 거야? 진정?

"가긴 어디 가? 날 두고."

"……어차피 대전 가면서……."

유경이만 보다 샐쭉하니 현강을 올려다봤다.

"일요일이면 올 건데 뭘. 빨리 와!"

그가 단호하게 손을 휙 잡아당겼다. 이끌리듯이 그의 옆에 탁 붙어 섰다. 치. 내가 그렇게 좋나? 금세 유경이 걱정을 잊어버리는 나쁜 언니.

"보고 싶어도 3일만 참아, 일요일 오후에 오니까."

공항리무진버스를 타겠다는 나를 한사코 집까지 데려다 준 현강은 곧바로 대전으로 출발해야 했다.

"운전 조심해."

오늘 종일 운전만 하는 그가 걱정스러워 다정한 미소를 보냈다. 그의 손이 올라와 쓰윽 내 머리카락을 한 번 만졌다. 그의 손길이 보드라워서 찌릿 약한 전율이 목덜미를 훑었다.

"잘 다녀오라고 인사해 주라."

픽 웃으며 장난치는 그에게 어디서 그런 용기가 난 건지, 나는 무심결에 훅 턱을 움직여 그의 뺨에 입을 맞췄다. 그러고는 내가 더 놀랐다. 미쳤나 봐. 도망치듯 후다닥 보조석에서 내렸다. 현강의 동공이 튀어나올 정도로 커졌다. 곧 그의 입술이 함박만큼 벌어졌다. 그가 전화하겠다는 동작으로 손을 귀에 대었다. 창피해서 제대로도 못 보고 곁눈질로 힐끔거리며 턱만 흔들었다. 그의 차가 부드럽게 주차장을 떠났다. 후미가 사라질 때까지 물끄러미 바라보다 집으로 올라와 디자인학원에 갈 채비를 했다.

지하철역에 도착하여 복지협회 담당자에게 전화를 걸었다.

[생년월일이 명확하지 않으면 찾기 어려워요. 그런데다 10년 전에 운영 중단이 된 보육시설이라 검색되지 않아요. 자료가 소실된 모양입니다.]

하지만 내가 원하는 소득은 없었다. 역시 오랫동안 소식이 끊긴 탓이었다. 아쉬움을 접으며 전화를 끊었다. 지하철에 도착한다는 안내음이 들렸다. 휴대폰을 주머니에 넣고, 난 플랫폼에 섰다. 나의 안일함에 추억의 사람들을 잃어버렸다. 이제 찾을 수 없겠지?

"예원아! 예원아!"

험한 손길이 우악스럽게 내 어깨를 흔들었다. 눈을 번쩍 떴다. 눈가에 맺혀 있던 물기가 또르르 굴러 떨어졌다. 산발한 머리카락이 달린 머리통이 연신 흔들려서 아연실색했다.

"헉!"

"괜찮아? 가위 눌린 거야?"

머리통이 말했다. 낯익은 선아의 목소리.

"……너, 머리 좀 묶어. 귀신인 줄 알았잖아."

벌렁거리는 가슴을 진정시키며 핀잔을 건넸다. 그제야 선아가 헝클어진 머리카락을 질끈 묶었다. 뺨에 흐르는 축축한 액체를 손바닥으로 쓱 닦으며 몸을 일으켰다.

"기집애, 놀랐구만."

"나 이상한 소리 냈어?"

"그래. 가위에 눌렸는지 끙끙거리면서 몸을 사시나무 떨듯 막 떨어대고……. 내가 얼마나 놀랐는지. 나쁜 꿈 꿨어?"

"기억 안 나."

"너, 악몽 자주 꿔?"

선아가 걱정스레 물었다.

"요즘은 혼자 자서 모르겠는데, 유경이 말로는 내가 가끔 악몽을 꾸는 것 같대. 자다가 떨거나 잠꼬대 비슷하게 하고."

"네가 기가 약해서 그래. 하긴, 네가 한 번도 챙긴 적이 없는데 이렇게 버티는 것도 용하다. 나 같으면 벌써 체력이 바닥나서 시체처럼 다닐 거야."

"꿈꾼 거 가지고 요란 떨지 마."

"너 좀 챙기라고. 영양제라도 먹어."

잔소리하는 선아에게 대충 알았다고 답하고 침대에서 내려왔다.

오늘처럼 유경이가 날 흔들어 깨운 적이 몇 번 있었다. 그때마다 난 눈물을 흘리거나 식은땀으로 온몸이 흥건히 젖었었다. 하지만 언제나 꿈은 까마득하니 기억나지 않았다. 그건 다행인 건가?


"나 보고 싶었어?"

"저녁 먹었어?"

현강은 일요일 저녁에서야 돌아왔다. 그는 내게 그 여느 때보다도 환하게 웃었다. 공연스레 멋쩍어 난 말을 돌렸다.

"아니. 배고파."

"잠깐 기다려."

주방으로 들어가려는데 현강의 긴 팔이 내 어깨를 둘러 안았다.

"난 무지 보고 싶었다. 3일이 30년 같더라."

부드러운 그의 목소리와 손길, 들썩이는 가슴팍의 느낌이 좋았다. 그가 곁에 있음을 실감하며 안도했다.

"배고프다며……. 얼른 챙겨줄 테니까 TV라도 보면서 쉬고 있어."

수줍어 슬며시 그의 품에서 빠져나왔다. 말 잘 듣는 현강은 리모컨을 집어 TV를 켜고 소파에 편히 앉았다. 그러면서도 그는 가방에서 노트북을 꺼냈다. 이 틈에도 일할 태세였다.

바삐 저녁 준비를 하면서 현강을 훔쳐봤다. 그의 뒤통수만 봐도 든든하고 괜히 히죽거리는 웃음이 흘러나왔다. 나도 보고 싶었나 보다, 네가.

소파에 놓인 내 휴대폰이 울렸다.

[너 오늘은 우리 집 안 올 거야? 집에 아무도 없다며?]

"어. 집에서 공부할래."

선아였다. 내가 어설프게 변명하는 말에 현강이 거만하게 턱을 들었다. 무관심한 척 TV 뉴스를 보는 그의 입가에 만족스런 미소가 번졌다. 얄미웠지만 그대로 전화를 끊고서 주방으로 걸음을 옮겼다. 지나치면서 스치듯 뉴스를 봤다.

화재 현장이었다. 시뻘건 불길과 자욱한 꺼먼 연기가 화면을 뒤덮었다. 소방대원들의 긴박한 소방호수에서 굵은 물기둥이 솟구쳤지만 커다란 화염엔 속절없어 보였다. 하단에 'OO어린이집 화재 현장'이라는 문구가 표시되었다. 어린이집에서 불이 났네……. 아이들이 다쳤을라나…….

안타까워하며 주방으로 걸음을 옮겼다. 갑자기 타는 속이 갈증으로 허덕거렸다. 컵을 잡고 정수기로 갔다. 뇌리에 구렁이 혓바닥 같던 붉은 불길이 연신 날름거렸다. 작은 소음과 함께 쏟아지는 냉수를 멍하니 받았다.

그 순간, 칠흑의 어둠을 뚫고 모든 것을 삼켜 버릴 양 거대하게 치솟는 시뻘겋고 시꺼먼 불길에 휩싸인 3층 건물이 목전에 나타났다.

"어떡해?! 악!"

"예원아! 빨리!"

"이쪽! 이쪽이야!"

우왕좌왕 다급한 외침들. 폐를 조이는 매캐한 공기. 불덩이처럼 뜨거운 열기가 공기를 타고 흐른다.


시야를 가득 채운 뚜렷한 영상에 손이 부르르 떨렸다.

쨍그랑—

컵을 힘없이 놓쳤다. 바닥과 충돌한 컵이 날카로운 비명을 지르며 무참하게 박살 났다.

"길예원!"

무심히 뉴스를 보던 현강이 벌떡 일어나 달려왔다. 나는 후들거리다 그대로 주저앉고 말았다.

"너 왜 그래?!"

가쁜 숨을 몰아쉬며 떠는 내 양어깨를 현강이 잡았다.

"아이들…… 아이들……."

"뭐?"

"……불이…… 불이……."

초점이 잡히지 않았다. 면전에 현강이 있었지만 보이지 않았다. 온통 소름 끼치도록 무섭게 일렁거리는 거대한 화염과 까만 연기를 내뿜는 아수라장이 된 화면뿐이었다.

"아이들…… 아이들을 꺼내야 하는데…… 불이……."

"아니야. 길예원, 정신 차려."

"살려줘…… 우리 애들…… 우리 혜창이……."

"길예원, 정신 차려!"

현강이 윽박지르듯 소리치며 나를 마구 흔들었다.

"내가 빨리…… 가야 돼……. 빨리 가서 우리 애들을 데려와
야…… 우리 혜창이…… 마림이……."

"날 봐! 날 보라고!"

"제발……. 아이들이 아직 다……. 제발…… 살려줘……."

쾅! 거대한 화염 속에서 천둥처럼 큰 폭발음이 들렸다.

"악!"

땅도, 하늘도 흔들렸다. 눈을 질끈 감고 귀를 막았다. 그래도 보
였다. 그래도 들렸다. 존재하는 것들을 먹어치우려는 엄청난 불길
이 하늘 끝까지 치솟으며 건물 전체를 뒤덮었다. 쾅! 연속해서 터
지는 폭발음이 계속되었다.

"악!"

"길예원!"

비명을 질러대며 바들거리는 나의 몸을 현강이 와락 끌어안았
다. 강하게 끌어안았다. 그의 품 안에 갇혀 동공을 채우는 영상으
로 정신이 아득해졌다. 공포가 나를 덮쳤다.

우리 아기들…… 우리 혜창이…… 살려줘, 제발.

# #11

## 되돌아가는 시간

현강은 나를 절대 놓지 않았다. 비명을 지르다 혼절한 것처럼 축 힘없이 늘어지는 날 안아 자신의 침대에 앉혔다. 나의 어깨를 한 팔로 감고서 자신의 가슴팍에 기대게 했다. 그리고 다른 손으로 다독이듯 내 팔을 쉴 새 없이 쓰다듬었다. 그가 귓가에 '괜찮아'라고 끊임없이 속삭였다.

난 아릿한 영상에서 벗어나지 못하고 바들바들 떨다, 어느 순간 매가리 없이 눈만 껌뻑거렸다. 무기력한 나를 질책하다 괴로워하는 고통의 시간이었다. 사라지지 않는 영상속에 소실되는 것들을 아프게 지켜보며 그 밤을 지새웠다. 그러다 이슥한 새벽녘, 그의 품에서 지쳐 잠들었다. 잠든 내 귓가에 현강의 '괜찮아'가 아련하게 들려왔다. 그 평온한 속삭임이 날 잠재웠다.

깨어났을 때는 아침이었다.

나는 그의 품에 그대로 안겨 있었고, 현강은 나를 안은 불편한 자세로 깊게 잠들어 있었다. 그도 지쳐 어느 틈에 잠든 모양이었다.

조심스레 일어나 잠자코 그를 살펴봤다. 살며시 그의 뺨을 매만졌다. 피곤한 탓에 그는 나의 접촉에도 꼼짝하지 않았다.

다 기억이 났다. 내가 잊었던 기억들. 그 틈에 있던 너까지.

내가 너를 잊었었구나. 잊어버렸었구나.


☆　★　☆


열여덟 살 초여름이었다. 공포의 밤이었다.

"예원아! 일어나, 빨리!"

급박한 미유 언니의 목소리와 함께 몸이 마구 흔들렸다. 깊은 수면에서 깨어났을 때 코를 찌르는 매캐한 냄새부터 감지했다. 부스스 눈을 뜨니 여섯 살 유경이를 포대기로 묶듯이 업은 미유 언니가 보였다.

"언니……."

"예원아, 큰일 났어! 불이 났어. 어서 일어나!"

잔뜩 겁먹은 언니가 긴박하게 날 일으키고, 잠든 다른 아이들도 깨워댔다. 눈 비비고 일어난 아이들을 무작정 데리고 방에서 나왔다. 컴컴한 복도는 자욱한 연기로 뿌옜다. 아이들이 매운 공기에 기침을 해대며 비명을 질러댔다. 우왕좌왕하는 아이들을 보육교사가 잡아끌어 계단을 내려가도록 했다.

처음엔 얼떨떨했다. 아닌 밤중에 홍두깨 같은 상황에 분별력 없이 다리만 움직였다. 복도 끄트머리 계단을 내려가다 1층에 다다랐을 때서야 어린 아이들이 생각났다. 난 몸을 돌렸다.

"예원아!"

미유 언니의 외침이 들렸지만 위로 올라갔다. 3층은 큰 아이들, 2층은 작은 아이들, 1층은 아기들 방이었다. 우선 가까운 거리인 2층부터 달렸다. 2층 보육교사가 잠귀가 밝은 아이들을 끌어내 업고 안아 계단으로 뛰어왔다. 내 곁을 지나치는 아이들 뒤로 복도 끝이 보였다. 어렴풋이 화염이 보였다. 혓바닥처럼 날름거리는 두려운 붉은 불길.

3층에선 보지 못했던 불의 존재에 섬뜩했다. 자동으로 무릎이 굳었다. 오싹한 소름이 등줄기를 타고 흘렀고, 식은땀이 이마를 가로질렀다. 뻘건 불의 주변은 어둡지 않고 환했다. 그 환함이 무섭고 두려웠다. 뒤돌아 도망가고 싶었다. 하지만 그럴 수 없었다. 침을 꼴딱 삼키고 무작정 복도 끝으로 달렸다. 불과 가까운 방문을 열었다. 방문 손잡이가 데일 정도로 뜨거웠다. 검은 연기사이로 갇힌 아이들이 콜록거리고 있었다. 아이들 등을 떠밀다시피 계단 쪽으로 밀어냈다. 눈물콧물 쏟으며 아이들이 줄지어 복도를 흐느적흐느적 걸어갔다. 너무나도 절박한 순각이었다. 한 아이가 복도 바닥으로 기어 나왔다.

"원후야, 정신 차려."

안아 올리는데 벌써 축 처졌다. 불길이 점점 거세지면서 가까워졌다. 원후를 업고 건물 밖으로 나왔다. 한데 모인 아이들 틈에 내려놓는데, 아기들이 보이지 않았다. 아기들 방 보육교사가 몇몇의 아기들을 업고 안고 데리고 나왔지만 다 보이지는 않았다. 특히 복도 끝방 아기들은 한 명도 없었다. 아기들과 같이 주무시는 원장님도.

이제 제법 잘 걷는 마림이도, 지난달 돌잔치를 한 연한이도, 내가 업어 키운 세 살 혜창이도 없었다.

혜창아…… 좀만 기다려…… 누나가 데리러 갈게…….

다시 건물로 뛰어 들어가려는 찰나,

쾅—!

1층 복도 끝에 위치한 취사실에서 천둥 같은 폭발음이 들렸다. 땅도, 하늘도 흔들렸다. 온 세상이 흔들렸다. 그와 동시에 일순간 새까만 연기와 함께 검붉은 불길이 거침없이 솟구쳤다. 하늘 끝까지 빈틈없이 거대한 붉은 불길이 채워졌다. 순식간에 3층 건물이 화염에 완전히 뒤덮였다.

"안 돼!"

절절하게 외치며 달려갔다.

"예원아! 안 돼! 위험해!"

보육교사들이 달려와 나를 붙잡았다. 힘에 밀려 땅바닥에 주저앉고 말았다.

"놔! 놔! 혜창아!! 마림아!!"

"안 돼, 예원아!"

"혜창아!!"

혈관이 터져라 외치는 나를 우악스럽게 잡은 손길도 부들거렸다. 비통에 젖은 울음소리가 주변의 모든 소음을 잡아먹었다.

쾅―!!

두 번째 폭발음이 들렸다. 소강될 기미 없는 새빨간 불길이 높게 높게 칠흑의 하늘로 타올랐다. 내 시야 가득 채운 끔찍한 붉은 화염. 그리고 눈이 내리듯 공기를 타고 퍼지는 시커먼 재들.

혜창아…… 마림아…….

난 그대로 기절하고 말았다.


인간의 힘으로 어쩌지 못하는 불의 재앙은 단순 부주의로 인한 사고였다. 열악한 환경에 LPG 가스통들이 다닥다닥 붙어 있던 취사실에서 한 아이가 배고픔에 라면을 끓여 먹고 가스레인지를 끄지 않아 발생한 화재였다. 그 화재로 인해 정말 많은 아기들, 아이들이 세상을 떠났다. 엄마 같던 원장님도.

살아남은 아이들은 당장 지낼 곳이 없어 빈자리가 있는 보육시설로 뿔뿔이 흩어졌다. 난 다행히도 미유 언니와 같은 보육시설로 옮길 수 있었다. 하지만 난 심장을 잃어버린 고장 난 기계처럼 아무런 생각도, 아무런 감정도 없이 시간만 보냈다.

보육시설과 가까운 고등학교로 전학을 했다. 보육시설엔 그전까진 열다섯 살 남중학생이 제일 큰 아이라 고등학교 교복이 없었다. 학기 중이라 당장 교복을 마련하기 어려워 원장선생님이 구해온 체육복을 입고 등교했다. 그런 나를 아이들이 괴롭혔다. 고아원에서 살고, 거지처럼 교복도 없어 체육복을 입고 등교하는 나를. 그래도 상관없었다. 그런 건 별것도 아니었다. 사람이 죽고 사는 문제도 아닌데 그까짓 거가 뭐라고.

내가 무반응이자 아이들의 괴롭힘이 나날이 더 심해졌다.

그때…… 그래, 현강을 만났다.

"비켜."

교문 근처 도로가에 핀 꽃이 있었다. 그 하얀 꽃이 너무 예뻐 쭈그려 앉아 빤히 보는데 뒤에서 누군가 말했다. 멍하니 뒤돌아보니 자전거를 탄 남학생이었다. 깔끔하게 교복을 입은 남학생은 까칠한 인상이었지만 곱상하니 잘생겼다. 순순히 옆으로 비켜섰다. 도로와 보도블록에 연결된 경사진 턱으로 남학생이 이동했다. 그런데 조심성 없이 지나치던 자전거 뒷바퀴가 하얀 꽃을 짓눌렀다.

"안 돼!"

팔을 확 뻗어 그의 몸을 밀어버렸다. 급작스런 힘에 그가 중심을 잃고 자전거와 함께 보도블록에 우당탕 나뒹굴었다.

"뭐야?!"

자전거에 깔린 남학생이 버럭 일갈했다. 난 바로 무릎을 꿇고 꽃을 바라봤다. 맥없이 짓눌려 줄기가 푹 꺾인 꽃은 금세 꽃잎이 시들하게 축 늘어졌다.

"너, 뭐야?!"

벌떡 일어난 남학생이 거칠게 내 팔을 잡아 일으켰다. 딱딱한 보도블록과의 접촉으로 그의 팔꿈치에서 피가 주르르 흘러내렸다.

"죽었잖아."

난 토해냈다, 파르르 떨면서.

"뭐?"

"죽어버렸잖아……."

그를 올려다보며 방울진 눈물을 뚝 떨어뜨렸다. 남학생이 당황했다. 그의 시선이 아래로 떨어졌다. 내가 죽었다고 우는 꽃에게로.

그 남학생이 현강이었다. 그렇게 처음 만났었다. 같은 반은 아니었고, 같은 2학년이었다. 전교에서 유명한 성질 더러운 도현강, 이사장 조카라 아이들이 건들지 못하는 도현강, 잘생겨서 인기도 많은 도현강이었다.

그다음 마주친 것은 복도.

모의고사가 있었고, 각 학년별로 50등까지 전교 석차가 교실 복도에 전시되었다.

2학년 전교 1등 길예원. 2학년 전교 2등 도현강.

교복도 없는 고아 길예원이 전학 오자마자 전교 1등을 해버린 것이 아니꼬워진 아이들이 복도에서 날 몰아붙였다. 그런데다 우상이나 다름없는 도현강 위에 올라선 거지 같은 길예원.

"야, 거지 같은 게 공부를 하긴 하냐? 훔쳐봤지?"

"이년은 맨날 무시해? 사람 말이 말 같지 않냐?"

벗어날 틈도 없이 날 가둔 아이들이 이기죽거리며 툭툭 건드렸다. 턱만 깊게 숙이고 아이들의 터치를 오롯이 흡수했다.

"말도 못하는 년이 시험은 어떻게 봤냐? 너, 말은 할 줄 아냐?"

내 이마를 손가락으로 튕기듯 밀어대며 남학생이 비꼬았다.

"그만해라."

뒤편에서 까칠한 음성이 들렸다. 아이들의 시선이 이동했다.

"도현강, 황당하지 않냐? 널 이겼어, 이 거지 같은 년이."

"그만해. 보기 흉해."

"야이, 새끼야. 흉하면 보지 마."

"지금 나한테 욕했냐?"

남학생이 짜증 내자 현강이 쓱 가까이 서더니 위압적으로 내려다봤다. 그의 위협적인 눈동자에 남학생이 움찔했다.

"누가……. 사내새끼들끼리의 호칭이지, 호칭……."

남학생이 물러나고, 곧 몰려다니는 친구들과 그 자리를 떠났다. 난 벽에 등을 대고 서서 미동도 안 했다. 현강이 무표정하게 잠시 보다, 귀찮다는 듯 머리를 긁적거리며 걸어가 버렸다. 난 무관심하게 교실로 돌아갔다.

뚜벅뚜벅. 여전히 아무것도 안 보이고 안 들렸다.

그리고 세 번째 만남.

어쩌면 몇 번 더 마주쳤는지도 모른다. 하지만 명확하게 세 번째라 칭할 수 있는 만남은 하교길 운동장에서였다.

아이들이 운동장 한가운데 나를 세웠다. 축구공을 내게 던져 대며 아이들이 장난을 쳤다. 멍청하게 그들이 던지는 공을 몸으로 받았다. 튕기듯 나간 공을 잡으며 아이들이 까르르거렸다.

"야, 넌 이런 것도 안 피하냐?"

"안 피하는 게 아니라 못 피하는 거 아냐?"

재미나다는 듯 깔깔거리는 소리가 공기를 타고 퍼졌다. 하교하기 바쁜 다른 아이들은 넘겨다보며 구경만 했지 만류하는 아이는 없었다. 호기 어린 시선이 잔인했다. 아이들이 빙빙 돌아갔다. 내 몸을 쳐대는 둔탁한 공의 무게를 감내하며 운동장이, 건물이, 아이들이 소용돌이처럼 빙빙 돌아가는 착각 속에 빠졌다.

"아프지도 않나 봐."

"감각이 없냐? 반응이 없으니까 더 궁금하잖아. 소리 좀 내봐."

남학생 하나가 나를 끌어안으려는 듯 치근덕거렸다. 그제야 화들짝 놀라 내가 엉거주춤 몸을 빼자, 남학생 눈이 번뜩였다.

"오호라, 이런 자극은 좋아? 너 나랑 사귈래? 내가 잘해줄게."

여드름이 번들거리는 남학생이 내게 얼굴을 들이밀었다.

그때,

"그만하랬지?"

거친 발길질이 남학생의 옆구리를 가격했다. 남학생이 투박한 비명을 지르며 뒤로 나가떨어졌다.

"시팔! 뭐야? 도현강!"

"한 번만 더 건드려? 어?!"

욕하는 녀석에게 현강이 버럭 윽박질렀다. 금방이라도 분노가 폭발할 것처럼 이글거리는 그의 동공에 남학생이 주눅 들었다.

"이리 와!"

현강이 덥석 내 손목을 잡아끌었다.

"저 새끼 뭐야? 둘이 사겨?"

"설마. 도현강이 저 거지 같은 년 하고?"

툴툴대는 그들의 중얼거림이 멀어졌다.

"넌 왜 이렇게 신경 쓰이게 만드는 거야?"

빠르게 걸으면서 현강이 투덜거렸다. 멀뚱거리며 현강의 뒤통수를 올려다봤다. 힘없이 끌려가듯 벗어났다. 학교에서 벗어나고 근처 공원에 들어서서야 그가 손을 놨다.

"야, 길예원. 너 바보야? 왜 멍청하게 저런 녀석들한테 당해?"

그의 핀잔을 듣다 난 고맙다는 인사치레도 없이 몸을 돌렸다.

"너 뭐야? 나 무시해?"

신랄한 그의 말에 대꾸도 안 했다.

"야, 길예원!"

화난 듯 부르는 현강을 끝까지 뒤돌아보지 않았다. 그냥 걸었다. 걷고 또 걷고.


학교에서 고아원으로 가는 길은 공원을 지나쳐야 했기에, 난 등하교를 공원을 이용했다. 그날도, 난 반쯤 넋이 나가 느릿느릿 공원을 걸었다. 바닥이 움푹움푹 들어가 그대로 꺼질 듯했다. 앞을 가로막은 건 자전거를 탄 현강이었다.

"길예원, 너 왜 나 무시해?"

지금까지 그 누구한테도 무시당한 적 없는 사람처럼 현강은 힐책했다. 잠자코 보며 '얘가 내게 왜 이러지······' 라고만 생각했다.

"아씨, 또 무시해."

침묵인 내게 현강이 입술을 질근거렸다. 무덤덤하게 보다 난 가던 길을 걸었다. 뒤에서 현강이 '아씨' 하며 성질 냈다. 곧 자전거에서 내린 그가 쫓아와 내 팔을 잡았다.

"야, 기다려."

멍청하게 올려다봤다. 현강이 마땅찮다는 듯 보면서 날 휙 벤치에 앉혔다.

"진짜…… 내가 왜 이러는지 모르겠지만……."

불평을 쏟아내며 그가 무릎을 꿇고 앉았다. 그러더니 언제 풀렸는지 인지조차 못했던 내 운동화 끈을 잡았다.

"넌 왜 이런 것조차 제대로 안 하고 다녀서 사람을 이렇게 신경 쓰이게 만드는 거야……."

운동화 끈을 묶으며 현강이 툴툴거렸다. 밝은 가을 햇살을 받은 그의 머리카락이 은은하게 빛났다. 그의 부드러운 머리카락을 가만히 내려다봤다. 난 그냥 그렇게 있었다. 그냥 그렇게.

그때 난 정지였다.

견디기 어려운 고통의 기억에 묶여 있었다. 헤어 나올 수 없는 슬픔에 허덕이며, 날 갈아먹는 기억의 고통으로 다른 건 정지할 수밖에 없었다. 그저 살아가는 기분이었다. 규칙적으로 공기만 빨아대는 사람의 심장을 가진 기계처럼.

"예원아, 우리도 살아야지. 이제 그만 애들 보내줘."

미유 언니가 나를 달래도 난 그럴 수 없었다.

절대, 난 보낼 수가 없었다.


조심스레 잠든 그의 품에서 빠져나와 그를 편히 눕혔다. 2층으로 올라가 가볍게 샤워하고 서재로 들어갔다. 옷장에서 붉은 상자를 꺼냈다. 오랜만에 꺼낸 상자였다.

뚜껑을 여니 제일 위편에 세 번째 고등학교에서 만나 단짝이 된 선아와 찍은 사진이 있었다. 교복을 입고 적갈색 붉은 단풍나무 아래서 다정히 찍은 사진이었다. 이때의 나는 다시 웃었다. 아픈 기억은 완전히 지우고.

열여덟 살 가을 이전의 나는 없었다. 그 이전 사진은 화재로 전소되었을 것이다. 그런데 난 여태 인지 못했다. 왜 지금까지 열여덟 이전 사진이 없음에 의구심을 갖지 않았을까?

☆ ★ ☆

그 학교에는 한 달 정도 있었다. 난 그 기간 동안 내내 체육복만 입고 다녔고, 내내 현강과 마주쳤다. 신기하게도 너무 자주.

"왜 자꾸 눈에 띄는 거야?"

현강은 그때마다 투덜거렸다.

"야, 길예원. 너 또 나 무시해?"

타박할 때도 많았다. 자주 보이지 말라고 이죽거리면서도, 내가 보이면 지나치는 법이 없는 현강이었다.

그러다 한여름이 시작되던 길. 학교는 여름방학이 막 시작된 후였다. 장마로 인해 세상은 굵은 비로 젖어 있었다. 그 빗속에 내가 있었다. 어쩐 이유인지 며칠 동안 잠들지 못했던 내가, 깜빡 졸았던 기억이 있다. 깨어났을 땐 맨발인 채로 어둑한 거리를 거닐고 있었다. 우산도 없이 전신에 차디찬 비를 가득 맞으며.

우산을 쓰고 지나치던 보행자들이 힐끔거렸다. 어디까지 걸었는지는 모르겠다. 걷고 또 걸었던 기억.

살갗이 아플 정도로 굵은 장대비에 홀짝 젖어 찰싹 달라붙은 옷도, 질척질척 뺨에 달라붙은 머리카락도 상관 없었다. 보도블록에 깔린 잔돌들이 거칠게 발바닥을 찔러대도.

"길예원, 네가 드디어 미친 거야?"

그때 현강이 나타났다.

커다란 우산을 쓰고 어깨에 가방을 멘 그가 면전에 딱 버티고 서 있었다. 초점 없는 눈을 들었다. 황당하다는 듯 내려다보는 그가 별안간 어디서 나타난 건지 헷갈렸다. 무심히 주위를 둘러본 후에야 학원가까지 걸어왔다는 사실을 인지했다. 얼빠져 그를 올려다보는데, 일순간 나를 옥죄던 온몸의 긴장감이 쑥 빠져나갔다. 난 그대로 푹 꺾어졌다.

"길예원!"

기겁한 현강이 우산을 던져 버리고 날 잡았다. 그의 품에서 눈을 감았다. 세상이 캄캄했다.


"정말 가지가지한다. 너 일부러 이러는 거지? 내 관심 받으려고."

눈을 떴을 때, 젖은 머리카락의 현강이 내게 툴툴거렸다. 그의 오만한 말에 난 안도했다. 아득한 정신 너머 피식 웃었다.

"어쭈, 길예원. 웃을 줄도 아네."

현강이 어이없다는 듯 빈정거렸다. 그도 킥 웃었다. 그의 웃음이 참 편하다고 생각했다. 응급실 의사가 다가와 수면 부족이라고 했다.

"쓰러진 게 아니라 잠든 거였네."

그의 투덜거림이 듣기 좋았다. 죽을 것처럼 숨이 막혔는데 숨통이 트이는 것 같았다. 뭐가 그렇게 내 마음을 편하게 했는지…….  난 다시 주체 못할 정도로 밀려드는 잠에 빠져들었다. 오랜만에 안심하며 든 수면이었다. 다시 깨어났을 땐 아침이었다. 현강은 내 곁에 있었다. 어느 틈에 맨발인 내 발에 맞는 단화까지 사다 놓고.

"길예원. 내가 자꾸 신경 쓰이는 게 궁금해서인지, 네가 불쌍해서인지 모르겠는데…… 넌 왜 그러는 거야?"

그와 나란히 걸어 병원에서 나왔다. 그의 나직한 말에 대꾸하지 않았다. 그저 걸었다. 그가 사온 단화만 내려다보며 걸었다.

걷는 길은 어느새 공원에 접어들었다. 이른 아침 공원은 전날의 장대비에 한껏 젖은 잎사귀들이 물방울을 주렁주렁 달고서 축축하게 처져 있었고, 짙고 뿌연 안개가 유유히 흐르고 있었다.

"……무슨…… 정말 안 좋은 일이 있는 거야?"

오랜 침묵을 깨고 그가 조심스레 물었다. 우뚝. 난 발을 멈췄고, 그도 따라서 멈췄다. 그를 올려다보는데 뭐가 그렇게 서러웠을까? 방울진 눈물이 뚝 떨어졌다.

뚝뚝 눈물만 흘리며 그를 바라봤다. 그런 나를 현강이 지그시 내려다봤다. 그의 눈동자가 흔들렸다. 그의 손이 위로 올라와 내 눈가의 눈물을 닦았다. 그리고 그의 고개가 숙여졌다. 그의 따스한 입술이 내 입술에 닿았다.

그의 키스는 보드라웠다. 따뜻했다. 그러나 나의 심장을 절망하게 만들었다. 멍하니 키스를 받다 퍼뜩 정신을 차리고 그의 가슴팍을 밀어냈다. 움찔하며 그가 물러났다.

"……너도 내가 아무도 없어서…… 보호해 주는 사람이 없어서 함부로 해도 된다고 생각해?"

"무…… 무슨 말이야?!"

나의 파들거림에 현강이 울컥했다.

"아무리…… 내가 아무도 없어도……."

가빠지는 감정으로 더 이상 말을 잇지 못하고 아랫입술을 깨물었다.

"아니야!"

몸을 돌리려는데 현강이 급하게 잡았다.

"함부로 하는 거 아냐!"

그의 손을 뿌리치려고 했다. 비틀며 빠져나오려는데 우악스러운 현강의 손은 놔지지 않았다. 그의 입안에서 거친 숨이 내뱉어졌다.

"길예원, 아니라고!"

"놔줘."

"진짜 아니야."

"놔줘, 아파."

아프다는 말에 현강이 흠칫하며 손을 놓았다. 그 기회를 놓치지 않고 난 뒤돌아 달렸다.

"길예원!"

다리 긴 그가 금방 쫓아와 내 어깨를 움켜쥐었다. 그가 거칠게 날 돌려세웠다.

"진짜 아니야. 나 너 좋아해."

토해내듯 그가 말했다.

그의 까만 동공이 거친 비바람이 불듯 흔들렸다. 내 양어깨를 잡은 그의 손끝이 바르르 떨렸다. 팔을 들어 그의 손을 치우고 공원 입구로 달렸다. 횡단보도 신호는 파란불이었다. 그곳으로 정신없이 달렸다. 도로로 발을 내딛자마자 파란불은 빨간불로 바뀌었다. 자동차들이 재촉하는 틈으로 달려 길을 건넜다.

"길예원!"

뒤늦게 쫓아온 현강이 횡단보도 앞에서 소리쳤다. 난 도망치듯 모퉁이를 꺾어 돌아섰다.

끼익—

튀어나온 자동차 타이어 긁히는 소리가 났다.

먼젓번 키스가 첫 키스라니. 현강은 얼마나 어이없었을까? 키스까지 한 사이인데 자신을 기억조차 못하는 내가 얼마나 기막혔을까?

'네가 날 기억을 못해? 길예원?'

라고 따지던 현강의 표정이 떠올랐다. 정말 황당했겠다.

픽 웃으며 옷장 문을 닫았다.

"괜찮아?"

아래층에 내려가니 언제 일어난 건지 현강이 소파에서 기다리고 있었다. 잔뜩 걱정스런 낯빛이었다. 그를 빤히 올려다봤다. 마치 처음 보는 양 세세하게 살펴봤다.

이제야 얼굴이 기억난다. 그땐 좀 더 곱상하고 여린 얼굴이었다. 여전히 까칠한 눈썹과 눈 모양새지만.

어떻게 너를 잊었을까? 왜 잊었을까?

자그마하게 웃으며 고개를 끄덕거렸다. 내 미소에 그가 안도하듯 낮은 숨을 쉬면서 나의 어깨를, 뒷머리를 안았다.

"길예원, 사람을 이렇게 걱정시켜."

"미안해."

"뭘 본 거야, 대체?"

"가고 싶은 곳이 있는데, 데려다 줄 수 있어?"

나의 부탁에 그가 고개를 끄덕였다.

그와 함께 공원으로 갔다. 그와 자주 마주쳤던 공원. 현강과의 추억이 담긴 내가 잊어버렸던 곳.

"……기억이 났어. 내가 잊었던 게 맞았어."

그가 나를 앉혀놓고 신발 끈을 묶어줬던 벤치로 갔다. 10년이나 지났지만 벤치는 그대로였다. 공원의 전경도 울타리 페인트칠 빼고는 큰 변화가 없었다. 그와 함께 추억의 벤치에 앉았다.

"내가 기억났어? 다 기억난 거야?"

"그런 것 같아. 그런데 왜 진작 말해주지 않았어?"

나의 반문에 현강이 작게 픽 웃었다.

"단순히 잊은 것 같지 않아서. 처음엔 잊었다는 사실에 성질이 났는데, 시간이 갈수록 네가 기억 못하는 이유가 있을 것 같았어."

"날 어떻게 알아봤어? 보니까 바로 알았어?"

"아니. 처음엔 열여덟 길예원과 너를 오버랩시키기 어려웠어. 완전히 달랐으니까. 열여덟 길예원은 표정 없이 굳어 있었고, 무겁고, 슬퍼 보였어. 그런데 스물일곱 길예원은 살아 있었어. 내가 스토커냐고 할 때 그 표정이란……."

떠올랐는지 현강이 우습다는 듯 쿡쿡거렸다.

"근데 흔한 이름도 아니고, 나이도 같고, 자세히 보니 길예원이 맞더라고. 얼마나 반가웠는지……."

"그랬어?"

'어떻게 이렇게 보지?' 하며 눈을 번뜩이며 반가운 기색이었던 현강.

"너, 갑자기 사라졌던 거 아냐?"

"어?"

"여기서 아침에 내가 했던 키스 기억났어?"

난 고개만 주억거렸다.

"너 그렇게 도망치고 쭉 못 봤지. 보충수업에도 빠지더니, 방학이 끝나도 학교에 안 왔어. 답답함에 교무실에서 종적을 물었는데, 전학 갔다는 말을 들었지. 난 내 마음도 솔직하게 못 전했는데 네가 사라져서 많이 허탈했어."

그의 진지한 눈이 내게 돌려졌다.

"길예원, 네가 내 첫사랑이었어."

나지막한 그의 고백에 뜨거운 전율이 가슴골에 흘렀다.

"네가 왜 좋았는지는 모르겠다. 비쩍 마른 몸에, 누구 걸 입은 건지 어깨가 팔뚝까지 내려오는 커다란 체육복을 입고 무표정하게 다니는 네가 얼마나 눈이 띄는지……. 아이들한테 괴롭힘을 당해도 움찔도 안 하던 너."

회상하듯 그의 눈빛이 진해졌다. 그러다 그가 피식 웃었다.

"그러면서도 공부는 잘하네? 난 한 번도 전교 1등을 놓친 적이 없었는데 너한테 뺏기기까지 했지. 그래서 더더욱 관심이 갔나 봐."

그가 어깨를 살짝 틀어 나를 마주 봤다.

"사실 난 처음 봤을 때 너의 그 그렁그렁한 눈동자가 뇌리에서 잊히지 않아. 투명할 정도로 맑은 눈에 눈물을 그득 담고 날 올려다보던 그 눈동자가 계속 떠올랐어."

그의 손이 위로 올라와 내 눈가에 닿았다.

"지금도, 10년이나 지났지만 여전히 맑은 네 눈동자. 어쩌면 내가 너한테 첫눈에 반했었나 봐."

따뜻한 그의 눈길을 피하지 않았다. 나도 빤히 마주 봤다.

"하지만 곧 난 일상으로 돌아왔고, 넌 잊힌 내 짧은 첫사랑의 추억쯤에 불과해졌지. 그리고 널 다시 만나 정말 반가웠는데, 날 완전 잊어서 얼마나 어이없고 황당하던지. 이게 그때도 날 무시하더니 기억도 못하네, 하며 성질이 나더라고."

"그래서 심술부렸어?"

"그것도 있고, 작은 심술에도 반응하며 표정이 바뀌는 네가 신기하더라. 그래서 더 놀리고 싶어졌어. 그런데 그때…… 회사 앞에서 마주쳤을 때."

내가 면접에서 돌아오다 그와 한경을 회사 빌딩 앞에서 만났던 시점을 말하는 듯했다.

"유경이 얘기하면서, 오래전처럼 그렁그렁 눈물이 고이는 네 눈을 보는데, 같은 길예원이 맞구나 하고 깨달았어. 지금 생각해 보면 그때부터 다시 시작된 것 같다, 내 감정이."

그는 진심이었다. 내게 모든 걸 솔직하게 말해주어 고마웠다. 나도 몰랐던 감정을 고이 간직했던 그에게 고마웠다.

"나는 그때 일부러 무시한 건 아닐 거야."

난 속닥이듯 작게 말을 시작했다. 어렵게 되살아난 아픔의 기억을 꺼냈다.

"정말 예뻐하던 아이들이었어. 특히 혜창이는 다른 아이들과 달랐어. 보통은 원에 친지든 가족이 데려와 등록을 하거나 보호센터를 통해 들어오는데, 혜창인 나처럼 고아원 입구에 버려졌었어. 그래서 더 애틋했나 봐. 나도 혜창이 같았겠다 싶어서."

토끼 이빨이 두 개 올라온 입을 크게 벌리고 웃던 혜창이의 얼굴이 어른거렸다. 가슴이 시리게 울컥했다.

"혜창이가 옹알이하는 거, 앉는 거, 서는 거, 걷는 거 다 지켜봤고, 많이 사랑했어. 모성애도 생겼고, 동변상련 같은 것도 있었어. 나처럼 의지할 데 없이 혼자인 혜창일 더 보호해 주고 싶었어."

가슴이 울려고 해서 소리 없이 토닥이며 참았다.

"그런데 그 화재로 내가 지켜주지 못했어. 미안하고 미안했어."

"그래서 잊은 거야? 너무 힘들어서?"

"왜 잊었는지는 모르겠어. 그건 기억이 안 나. 어쩌면 너무 슬퍼서였을까? 그때 밤마다 생각했던 것 같아. 혼자 살아남은 죄책감, 아이들을 잃어버린 상실감, 죽음을 이길 수 없다는 좌절감 같은 감정이 컸던 것 같아."

내 손을 강하게 움켜쥐는 현강의 손을 주시했다. 크고 보드라운 손을.

"그 어린 아이들도 죽었는데 나 같은 아이가 살아서 뭐 하나…… 어차피 난 잃을 것도 없고 버려진 아이인데…… 죽고 싶다고 생각했던 것 같아."

"그날은 혹시 그런 날이었어? 너와 나의 마지막 날."

"아마……. 무서워서 바들거렸던 기억이 있어. 뭣 때문인지는 기억 안 나고, 그 공포로 며칠 동안 잠도 못 잤던 기억. 그러다 초저녁에 깜빡 졸았는데 꿈을 꿨어. 아장아장 걷는 혜창이를 따라갔어. 실제로 맨발로 그렇게 밖에 나온 줄도 몰랐어. 그때 널 만난 건가 봐. 내가 진짜 이상했지?"

"학원 끝나서 택시 잡으려고 정류장에 가고 있었어. 난 비에 젖는 거 질색이거든. 그런데 미친 여자가 비에 홀짝 젖어서 맨발로 걸어오더라고. 자세히 보니까 길예원이잖아. 어찌나 황당하던지."

그가 실소하듯 짧게 웃었다.

"그런데 죽을 것 같은 표정이었어. 사실 조금 무서웠어. 네가 살아 있는데 살아 있는 것 같지 않아서. 그런데 바로 쓰러지더라고."

내 손을 잡고 끌어당기며 그가 자신의 무릎에 올려놨다.

"부랴부랴 업어서 근처 응급실에 데려갔는데 금세 눈을 뜨대? 그러곤 어이없게도 웃는 거야. 그날, 웃는 거 처음 봤다. 가슴이 싸한 게 이상하더라."

내 입가에 부드러운 미소가 번졌다.

"그리고 넌 금방 잠들었어. 잠든 너를 가만히 보는데 창백한 얼굴에 입술도 새파랗게 질리고, 빗길을 얼마나 걸은 건지 발바닥도 찢겨지고……. 정말 못 봐주겠더라. 그래서 그 자리를 떠날 수가 없었어. 측은지심 같은 건가 싶다가 알았어. 비에 젖은 어린 새 같은 너를 내가 지켜주고 싶다는 걸."

그의 다정한 눈과 마주 봤다.

"내가 너를 좋아한다는 걸 그때 깨달았지."

입술을 길게 늘이며 그가 웃었다. 그의 웃음이 따뜻하니 달아, 눈가가 시큰해졌다. 심장이 감격으로 부르르 떨렸다.

"미안해, 잊어서."

그의 손이 내 등을 포근히 당겨 안았다.

"괜찮아. 다시 기억난 건 완전히 잊었다는 게 아니니까."

다정한 손이 내 등을 쓸어내렸다. 괜찮다고 날 위로하듯이. 그의 단단한 어깨에 기대며 눈꺼풀을 닫았다. 한없이 따스한 그의 손길이 멈추지 않았다.


"길예원. 너무나도 슬픈 기억이지만, 네가 지나간 아픔으로 힘겨워하지 않으면 해. 내가 네 곁에서 얼마나 위로가 될지 모르겠지만, 내가 이렇게 손을 놓지 않을게. 그러니 나한테 의지하며 웃어."

그는 내 손을 꽉 잡고서 그렇게 날 위로했다. 그의 말이, 그의 눈빛에 담긴 토닥임에 난 밝게 웃었다. 홀가분하게 털어내듯 밝게.

"그런데 길, 너 이제 보니 양심 없다."

기분전환 삼아 영화 보러 가자며 현강을 따라갔다. 영화표를 구매하고 상영 시각을 기다리고 있는데 불쑥 현강이 말했다.

"어? 뭐……?"

"나를 다시 안 만났거나 기억하지 못했다면 다른 놈 만나서 키스도 한 번 안 해봤다고 그랬을 거 아냐?"

"……뭐…… 내가 원해서 한 키스도 아닌 건데……."

"어쨌든, 했잖아."

불퉁스레 보는 날 현강이 따져 댔다.

"너 혹시…… 다른 놈들하고 한 키스들도 다 잊어먹은 거 아냐?"

"뭐?!"

기막혀 내가 버럭하자 현강이 샐쭉하게 봤다. 내 얼굴이 불그스레해지자, 곧 그가 호탕하게 웃음을 터뜨렸다. 이씨, 또 놀려먹고. 씩씩대다 그의 웃음이 전염되어 나도 웃고 말았다.

"연희 누나가 톡을 보내왔는데, 괜찮으면 저녁 하자는데 어때?"

"나도?"

"형한테 유경이 얘길 들었나 봐, 네 얘기도. 그래서 널 만나고 싶대."

난 알았다고 승낙했다. 한연희 씨에 대해 아는 바가 없어 어려운 자리일지도 모른다. 하지만 한경과 유경에게 조금이나마 도움이 되고 싶은 마음이 간절했다.

연희는 현강과 동반한 나를 보고 깜짝 놀랐다. 사무실 입구에서 마주쳤던 내가 유경이와 연관된 사람이라곤 꿈에도 예상치 못해서였다.

"나와 줘서 고마워요. 난 예원 씨가 무척 궁금했어요. 오빠의 아이를 엄마 몫 대신으로 키운 사람이니까. 그리고 그 누구보다도 유경이에 대해서 잘 알 테니까요."

연희는 첫인상에서 느꼈듯이 조신하면서 살가운 사람이었다. 표정이나 말투도 가식 없고 밝은 사람이었다.

"전 유경이가 보고 싶어요. 어떤 아이일지 상상을 많이 해요. 벌써 열다섯이니 숙녀티가 많이 나겠어요. 오빠가 자길 닮았다는데, 그래요?"

"네, 많이 닮았어요."

"그럼 정말 예쁘겠다. 닮았다니까 더 보고 싶네. 오빠 성격도 닮았어요? 그럼 좀 어렵겠다."

"닮긴 했어요. 명확하고 똑똑해요, 야무지고."

턱을 까닥이며 난 싱그레 웃었다.

"큰일이다. 난 좀 덤벙거리는데. 꼼꼼하지 못해서, 언제나 한경 오빠한테 꾸지람 들었어요. 유경이도 엄청 꼼꼼하겠네?"

"그런 편이에요."

지레 겁먹는 그녀의 심경이 백배 이해되는 건, 내가 냉정한 도씨들 틈에서 경험한 바가 크기 때문이었다. 냉정한 도씨 하나도 버거운데 셋이나. 모질었던 지난날을 견딘 내가 새삼 대견했다. 객식구라고 구박받으며.

구박의 중심이었던 현강은 연희와의 대화로 손도 못 대는 내 스테이크를 먹기 좋게 자른 자신의 스테이크와 바꾸었다. 그의 배려에 살짝 목을 틀며 방긋 웃어줬다.

"스무 살쯤부터 유경일 혼자 키웠다면서요? 유경이는 여덟 살밖에 안 되었을 텐데. 어떻게 그 어린 나이에 유경일 키울 생각을 했어요? 난 소아과 의사라 엄마들도 아기들도 많이 봐요. 많은 이야기도 듣고. 아이에 대한 애정과는 별개로 엄마들도 힘든 건 힘든 거거든. 체력도 부족하고, 스트레스도 많고. 예원 씨는 정말 대단해요. 나 같으면 엄두도 안 났을 거야."

설레설레 머리를 가로저으며 연희가 미소 지었다.

"만약 유경이와 계속 같이 살았다면 아니었을 거예요. 그냥 당연한 거니까, 키우는 게 아니라 같이 사는 거라고 생각했을 거예요."

"그런가요? 그럴 수도 있겠네. 그래도 쉬운 일은 아니에요."

현강의 휴대폰이 울려 그가 자리를 비웠다. 둘만 남자 그녀가 결심한 듯 어렵게 말을 꺼냈다.

"내가 한경 오빠를 만난 건 스물다섯 때였어요. 미국 유학 갔을 때. 난 한경 오빠한테 반했어요. 내가 쫓아다녔어요. 그렇게 7년을 만났어요. 내가 벌써 서른두 살이니까."

행복한 추억을 회상하듯 그녀의 입가에 잔잔한 미소가 번졌다.

"오빠는 무뚝뚝하고 냉정한 사람이지만, 모질게 날 내치진 않았어요. 살가운 애정 표현은 안 했지만 배려는 많이 해줬어요. 그리고 한결같았고요. 그래서 단 한 번도 오빠와 헤어지는 걸 상상한 적이 없어요."

"······그럼 유경이 때문에 헤어지신 거예요?"

"우린 결혼을 하면 한국에서 살 생각이었어요. 우리 가족은 한국에 있고 오빠도 3년 전에 한국에서 창업했으니까. 난 올해로 뉴욕 생활을 정리하고 한국에 올 생각이었어요. 그런데 올해 초에 갑자기 오빠가 파혼하자고 했어요."

그녀가 쥐고 있던 포크를 내려놓더니 목이 타는 듯 물을 들이켰다.

"꿈에도 생각한 적 없는 갑작스런 통보에 처음엔 농담으로 들었어요. 그런데 아닌 거야. 진짜인 거야. 경황없이 부랴부랴 한국에 와서 오빠를 만났는데 결심이 확고했어요. 자긴 나와 결혼할 자격이 없는 사람이라고."

그녀가 깊은 곳에서 우러나오는 한숨을 내쉬었다.

"죽자고 매달렸어요. 찾게 되면 내가 잘 키우겠다고. 나 한 번만 봐달라고. 난 오빠 없인 안 된다고. 그런데····· 내게도, 어딘가에 있을 딸에게도 미안해서 안 된대. 난 괜찮다고 하는데 안 된대. 그래서 찾게 된 딸이 날 거부할까 싶어 그러는 거라면 내가 잘하겠다고, 노력하겠다고 매달렸어요. 그래도 무조건 안 된다고만 했어요. 고집이 굽혀지지 않았어요."

연희의 눈가에 물기가 약하게 어렸다.

"내겐 너무나도 잔인한 결단인데, 도저히 고집을 꺾을 수가 없었어요."

그녀가 시선을 떨구며 깊은 한숨을 쉬었다.

"지금도 못 견디겠어서 왔는데…… 너무 보고 싶어서 왔는데…… 아니래요. 나보고 새 길을 가라는 거예요. 한데 내가 어떻게 가?"

자조적으로 쓰게 웃더니, 그녀가 고개를 들었다. 눈가에 머문 눈물을 멈추려 그녀가 눈꺼풀을 반복적으로 깜빡였다.

"그리고 타이밍 참…… 난 한국에 왔는데 오빠는 뉴욕에 가버렸어."

"유경이가 있어도 정말 괜찮으세요?"

"오빠의 아이니까. 내가 사랑하는 사람이니까."

그녀의 의지는 확고했다.

"내가 최선을 다하면 안 될까요? 잘할 자신은 없지만, 최선을 다할 자신은 있는데. 그리고 어린아이도 아니고, 벌써 열다섯이나 된 아가씨 같은 딸이니 친구처럼 언니처럼 지내보면 안 될까? 사춘기라서 어긋날까 걱정되긴 하지만 내가 성심성의껏 다가가 볼게요. 나 그렇게 하고 싶어요. 예원 씨도 내가 포기해야 된다 생각해요?"

"……유경이를 한 번 만나보실래요? 뉴욕에서 오면……."

연희는 유경이의 좋은 엄마에, 언니에, 친구가 될지도 모른다.

한경은 '억지로 보냈다'라고 했다. 그의 눈빛에서 난 진한 그리움을 봤었다. 그도 아직 그녀를 사랑함에, 그리워함에 애달파하는 것을. 그럼에도 욕심내지 못함을.

내 말에 연희가 희미하게 웃었다. 그녀의 눈동자에 희망이 어렸다. 그 희망이 얄팍한 글라스처럼 깨지지 않기만을 바라며 나도 미소 지었다.

난 이제 내 자리를 비워, 그녀에게 넘겨줘야 할 듯하다. 그럼 난 어디로 가야 할까?

귀가하는 길에 연희와의 대화 내용을 전해 들은 현강은 반색했다.

"한경 형은 성품 자체가 곧은 사람이야. 난 어긋나기도 했었는데 형은 그런 적도 없었어. 언제나 반듯하고 충실한 사람. 무책임한 행동도 한 적 없었고, 연희 누나에게도 그랬어. 한결같았지."

"미유언니에 대해 이사님의 죄책감이 얼마나 컸는지 알 것 같아."

한경은 평생 그 짐을 어깨에 짊어질 것이다. 그 몫인 유경이를 지키면서. 하지만 유경이를 향한 그의 감정이 책임감 때문만은 아님을 이제 안다. 아빠로서 딸에 대한 각별함이 있었다. 그 각별함은 시간이 지날수록 진해지고 있었다. 애정이 쌓이듯.

"그 죄책감을 극복하는 날이 오겠지, 살다 보면."

"응. 유경이도 아빠에게 마음이 완전히 오픈되었어. 뉴욕에서 오면 더 좋아질 것 같아."

"그래. 쪼그만 게 어른스러워. 너무 애어른이긴 하지만. 네가 그렇게 키웠어?"

"아니야. 그냥 유경이 혼자 잘 컸어."

싱그레 웃어주자, 현강이 빙그레 웃었다.

"그래도 이사님이 자신의 사랑을 포기하지 않으셨으면 좋겠어.

그분과 대화하고 나니까 더욱 그래. 그분도 너무 힘들어 보였어. 지금이라도 바로잡을 수 있을까?"

"연희 누나와 짧지만 재회를 하고 뉴욕에 갔으니까 형도 아마 많은 생각할 거야."

현강의 말을 나도 동조하며 고개를 끄덕였다.

어쩌면 그 재회로 인해 한경의 생각이 선회될지도 모른다. 만약 그래서 긍정적인 결과를 낳는다면 그보다 좋은 것은 없을 텐데.

집에 도착해 '잘 자' 하고 2층으로 올라가려는데, 현강이 불만스레 날 잡았다.

"길, 너 벌써 자게?"

"……아니."

"안 잘 거면 씻고 내려와."

"왜……?"

건성인 말투였으나 '씻고 내려오라'는 말에 퍼뜩 정신이 들었다. 돌연 이 밤에 그와 단둘이 있다는 사실을 인지하고 말았다.

"심심하니까."

성가시게 묻는다는 듯 그가 눈썹을 좁혔다. 천연덕스런 반응이라 음란한 내가 괜히 앞서 간다고 책망했다. 알았다고 대답하고 부리나케 위로 올라갔다. 그런데 막상 씻고 내려가려니 긴장이 되었다. 어젯밤 그의 가슴팍에 안겨 잠들었던 것도 생각나 주책없이 얼굴이 화끈거렸다.

길예원, 너 무슨 상상을 하는 거야? 정신을 가다듬고 짐짓 태연한 표정을 지으며 내려갔다. 그런데 현강은 없었다. 의연해지려 노력하며 소파에 앉아 리모컨으로 TV를 컸다. 채널을 돌리면서 무심코 그의 방문을 힐끔거렸다. 대체 안 나오고 뭐 하는 거야? 꽁꽁 닫힌 방문을 불만스레 노려보는데 벌컥 열렸다. 후다닥 시선을 거두고 무심한 척 TV를 봤다.

"뭐 보게?"

"응? 아니…… 그냥 아무거나."

내 긴장이 무색하게 현강은 평온했다. 역시 많은 여자들과 함께 했던 경험 때문일까? 난 남자와 밤에 단둘이 있어본 적이 없어 잔뜩 긴장했는데. TV 화면에서 공포영화 '피어스'가 막 시작되고 있었다.

"어? 이거 나 보고 싶었던 건데."

"그럼 봐."

내 말에 그가 웃으며, 자연스레 옆에 앉았다.

"뭐야? 공포영화잖아? 길, 이런 거 좋아했어?"

"응. 난 원래 로맨스도 좋아하는데, 공포추리도 좋아해."

"난 별로 안 좋아하는데. 유치하잖아. 그래도 이왕 보는 거 분위기는 맞춰야지?"

내켜하지 않으면서도 현강이 소파에서 일어나 거실 불을 껐다.

TV 화면에서 쏟아지는 빛만 남고 공간 전체가 캄캄해졌다. 공포영화보다 캄캄한 곳에서 현강과 있으려니 긴장감이 증폭되었다. 손바닥에 땀이 올라와 축축해지는 듯했다. 들키지 않게 침을 꿀떡 삼키고 영화에 집중하려고 노력했다.

영화 피어스의 초반은 환한 대낮이었다. 하지만 여느 공포영화가 그러하듯 자극적인 장면이 시작되었다. 연못가에 튀어나온 팔을 발견한 아이들이 소름 끼치는 비명을 질러대자 현강이 놀란 듯 약하게 움찔했다.

유치해서가 아니라 무서워서 안 보는 거 아냐? 그의 반응이 재미있어 웃음이 나오려고 해서 입술을 앙다물며 참았다.

변사체가 발견된 다음부터 영화는 속도감을 냈다. 툭툭 튀어나오는 경악스런 장면이나 잔혹한 장면도 많았다. 현강은 그때마다 이맛살을 찌푸리고 어깨를 움찔움찔했다. 자존심이 있어 소리는 못 내고.

"길, 보고 있어? 너무 무서워서 기절한 거야?"

현강이 꼼짝 안 하는 나를 보며 공연히 밉살스럽게 물었다.

"보고 있어."

"넌 아무렇지도 않아?"

"난 드라마나 영화 보면 뒤가 예상되거든. 근데 대부분 다 맞아. 특히 공포영화는. 좀 무서우면 다른 거 볼까?"

"누, 누가! 내가 무서워한다고? 유치해서 지루해 죽겠다. 지금도 말이야, 뒤에서 나올 거 아냐? 어? 나도 다 안다고."

팔짱을 끼면서 그가 짐짓 심드렁하게 굴었다.

"아니, 위."

나의 중얼거림과 동시에 위에서 검은 물체가 툭 주인공에게 떨어졌다.

"억!"

그의 엉켜 있던 팔이 들썩했다. 짧은 탄성에 민망한지 현강이 바로 헛기침을 해대며 부스스 소파에서 일어났다.

"물 마실래?"

주방으로 걸어가는 그의 등을 보다 웃음이 터져 손바닥으로 막으며 끅끅거렸다.

영화는 중반으로 들어섰고, 난 더 집중했다. 현강이 숨소리도 안 내고 잠잠하다고 생각한 순간, 내 어깨에 둔탁한 게 뚝 떨어졌다. 현강의 머리였다. 어스름한 TV 화면 속에서 쏟아내는 빛으로 감긴 그의 눈꺼풀이 보였다. 긴 속눈썹이 덮인 그의 긴 눈. 어제 나를 달래느라 수면이 부족했던 그가 피곤에 못 이겨 잠이 들었다. 그가 안쓰럽고 미안했다.

소파 등받이에 깊숙이 기대며 어깨를 최대한 넓게 폈다. 가만가만 그의 얼굴을 만져 편히 기대게 했다. 피곤한지 현강은 움찔도 안 했다. 빙그레 미소를 머금고 난 영화로 시선을 돌렸다. 러닝타임 2시간 30분인 영화가 끝날 때까지 현강은 깊게 잤다. 어깨가 결린 듯 묵직했지만 자세를 바꾸지 않았다. 깨워서 방에 들어가 자라고 할까? 이러고 자면 불편할 텐데…… 고민하는 사이, 자막이 올라가면서 엔딩 음악이 크게 울렸다. 현강의 어깨가 파득거리더니 눈을 번쩍 떴다.

"나 잤어?"

"피곤하지? 어서 들어가서 자."

"얼마나 잔 거야?"

그가 게슴츠레 눈을 껌뻑이다 몸을 일으켜 뻐근한 목을 풀었다.

"한 시간 좀 넘게."

"길, 끝까지 다 봤어?"

난 끄덕이며 시끄러운 CF 화면으로 넘어간 TV 전원을 무심결에 껐다. 그러자 거실이 완전히 암흑에 뒤덮였다. 바보라고 질책하며 불을 켜려 소파에서 일어나는데, 현강의 긴 팔이 쓱 다가와 허리를 감아 끌어당겼다.

"깜깜한 데서 뭐 하려고?"

그가 놀리듯 물었다. 방금 깜깜해진 탓에 어둠에 먹힌 시야는 그를 볼 수 없었다.

"아, 아니야……. 거실 불 켜려고……."

"안 켜도 될 것 같은데?"

머뭇머뭇 엉덩이를 뒤로 빼는데, 허리를 감은 그의 팔 힘이 강해졌다. 그가 짓궂은 투로 은밀하게 속닥였다.

"길예원이 날 자극하네?"

그를 흘기며 밀어내려 가슴팍에 손을 대었다. 그의 가슴팍이 손바닥 그득 느껴졌다. 아, 단단하여라.

별안간 훅 긴장되었다. 내 손길에 그가 가까이 몸을 더 기울였다. 그의 손이 어둠을 뚫고 올라와 내 뒷목을 잡았다. 그에게 뒷목을 잡히고 허리를 감겨 옴짝달싹 못하게 갇혔다. 긴장해 굳은 사이, 그의 뜨거운 입술이 내 입술에 포개어졌다. 놀랄 새도 없이 그의 혀가 내 입술을 탐하듯 부드럽게 쓸며 슬며시 벌렸다. 그 힘으로 벌어진 틈으로 그의 혀가 들어와 내 치열을 건드리며 숨겨진 내 혀를 감았다.

그의 가슴팍이 내게 밀착되었다. 난 뒤로 휘어지는 중력의 힘으로 등이 젖혀지는 걸 느꼈다. 만유인력의 법칙대로 중력의 힘은 강했다. 휘어진 허리가 중심을 잡기 힘들었다. 현강이 깊은 키스를 하며 더 밀어붙였다. 그의 힘으로 난 천천히 소파에 드러누웠다. 전신에 휘몰아치는 찌릿찌릿한 전율에 반응하며 진한 키스를 나눴다.

그의 입술이 잠시 크게 호흡하듯 떨어졌다. 그의 입술이 거친 숨결을 내뱉으며 내 입술을 스치듯 닿았다. 그의 숨결이 움직였다. 내 뺨을, 내 턱을 지나쳤다. 그의 숨결이 지나친 자리가 불덩이에 덴 듯 뜨거웠다. 그의 뜨거운 숨결이 귓가에 다가왔다. 짜릿하고 오싹한 전류가 귓불을 타고 목덜미를 따라 뒤로 넘어왔다.

"길예원."

귓속으로 그의 뜨거운 숨결이 들어왔다. 난 대답도 못하고 숨죽인 채 그의 말을 기다렸다. 정신없이 뛰는 심장박동을 가라앉히지 못하고.

"너…… 지금 빨리 올라가지 않으면…… 소중해지지 않을 것 같은데……."

연신 가슴을 크게 들썩거리며 그가 나지막이 속삭였다. 그의 깊은 울림에 밝히는 내 심장은 거역하려 했다. 이대로…… 막 대해줘도 되는데…….

이어 그가 짧게 짧게 닿았다 떨어지는 달콤한 입맞춤을 했다.

#12

## 그 세상에 속해 있는 나

달달한 입맞춤에 황홀해하다 퍼뜩 이성적인 뇌가 채찍을 휘둘렀다.

"……어…… 어……."

내가 아래서 꼬물거리자 현강이 뜸을 들이다 엉거주춤 일어났다. 나는 비쭉비쭉 빠져나와 상체를 일으켰다. 거친 그의 호흡도, 거친 나의 숨도 쉽게 가라앉지 않았다. 잠시 어둠을 뚫고 서로를 바라봤다. 그의 손이 내 뺨을 살며시 감쌌다가 아쉬움을 남기며 떨어졌다. 난 소파에서 벌떡 일어나 눈을 부릅뜨곤 어둠을 헤치고 계단을 올라갔다. 현강은 잠자코 지켜봤다.

"길, 잘 자."

"응…… 잘 자."

아쉬움과 다정함이 잔뜩 섞인 인사를 주고받았다. 침대에 누워서도 벌겋게 달아오른 심장의 열기가 좀처럼 식지 않았다. 심장이 자꾸 후끈하고 말랑말랑 거렸다. 눈을 질끈 감았지만 정신은 말똥거렸다. 아래층에 있는 현강의 기운을 고스란히 감지하며 밤이 이슥함에도 잠들지 못했다.

ㅡ길, 자?

내 마음처럼 현강도 잠들지 못하고 톡을 보냈다.

ㅡ아니.
ㅡ나 무진장 후회 중이다. 도저히 잠이 오지 않아.

쿡, 웃음이 나왔다. 부끄러운 마음에 우물쭈물했다. 내가 침묵하자 그의 톡도 멈췄다. 내가 너무 모호하게 반응하나? 그냥 산뜻하게 잘 자라고 인사할까? 아니면 내려가느냐고 물을까? 마음이 갈팡질팡했다.

ㅡ길, 너 내려와라.

심장이 철렁했다. 금방이라도 터질 듯 요란하게 철렁대는 심장을 진정시키려 애쓰며 망설였다. 답도 못하면서 성급한 다리는 침대에서 빠져나왔다. 건조하게 말라가는 입술을 축이고, 기름칠이

덜된 뻣뻣한 무릎을 움직여 계단을 내려갔다. 현강은 계단참에 있었다. 켜진 주방 불빛으로 그가 완연하게 보였다. 어스름한 빛 속의 그는 진득한 눈으로 날 곧게 바라봤다.

그의 손이 뻗어졌다. 나를 맞이하듯.

그의 손을 잡았다. 그를 받아들이듯.

마지막 계단을 내려서자 그대로 손을 잡고 서로를 바라봤다. 짙은 눈매로 날 내려다보던 그의 입술이 숙여졌다. 짧고 보드라운 키스를 했다. 떨어지며 그가 빙긋 웃더니 손을 잡고서 몸을 돌렸다.

현관을 걸어간 그가 신발을 신으라는 듯 손짓했다. 의아했지만 말 잘 듣는 난 군말 없이 단화를 신었다. 그와 함께 밖으로 나왔다.

"……어디 가게?"

"드라이브."

운전을 시작하며 그가 가볍게 씩 웃었다.

"길예원 양 바람에 어긋났나?"

그의 농담에 난 고개를 저으며 웃었다. 그도 웃으며 손을 내밀었다. 그의 손을 잡았다. 따스한 온기를 품은 손바닥의 빠른 맥박이 미미하게 느껴졌다. 그의 배려가 전해졌다. 소중하게 여기는 마음에 애써 참고 있다는 걸.

드라이브를 한다던 그는 어느새 고속도로에 진입했다. 가뿐히 한 바퀴 돌 것이라 예상했던 드라이브가 장거리라 깜짝 놀랐지만 내색하지도, 묻지도 않았다. 지켜주고 싶음에도, 같이 있고 싶은 그의 마음이 온전히 전달되었다. 그저 그가 가고자 하는 곳으로 따르고 싶었다.

"난 바다 처음 와봐."

그의 목적지는 바다였다. 휴가철인 덕분에 해수욕장에는 이슥한 새벽인데도 돗자리를 펴놓고 술을 마시는 사람들이 드문드문 모래 사장을 차지하고 있었다.

"여자랑 처음 와봐."

"영광이네?"

나의 대꾸에 현강이 싱그레 웃었다. 나도 따라 웃다가, 바다 쪽으로 몸을 틀었다.

"바다가 너무 좋다."

그가 단단한 팔로 내 허리를 끌어안아 당겼다. 내 몸이 그의 옆구리에 밀착되었다.

"바다만 좋아?"

장난치듯 넌지시 묻는 말에 난 쿡 웃었다. 팔을 들어, 그의 단단한 허리를 뒤에서 감았다. 용기 낸 나의 행동에 그가 깜짝 놀랐다. 턱을 들어, 현강을 올려다봤다.

"도현강씨가 더 좋은 것 같아."

어둠을 뚫고 반짝이는 내 동공을 들여다보며, 그의 입술이 가늘어졌다. 수줍음에 살며시 눈꺼풀을 내리깔며 나도 웃었다. 현강의 턱이 숙여졌다. 그의 입술이 내 이마에 짧은 입맞춤을 했다.

몸을 틀어, 서로의 손을 잡고 각각 자유로운 손에 신발을 들고서 맨발로 하얀 거품이 넘실거리는 파도 길을 걸었다. 바다향이 섞인 짠 바람이 선선히 불었다. 새벽의 바닷물은 차가웠다. 발바닥에 닿는 촉촉한 모래알도 차가웠고, 굵은 소리를 내며 다가와 발등을 슬그머니 적시고 물러나는 하얀 거품의 파도도 차가웠다. 그러나 그의 손은 따뜻했다. 뜨거울 정도로.

잔잔한 파도 소리를 들으며 수줍은 바다의 속삭임을 공유하며 걸었다. 모래사장을 사정없이 때리며 다가왔다 물러나는 하얀 거품의 파도가 뒤에 남겨진 그와 나의 발자국을 조심스럽게 지워 나갔다. 그래도 그와 나의 발자국은 끝나지 않았다. 계속 연결이 되었다. 하나, 하나 깊게.


"자. 괜찮아."

꼬박 날을 샌 탓에 상행선은 내겐 너무 혹독했다. 뚜렷이 보려고 눈알에 아무리 힘을 줘도 불투명한 막이 낀 듯 시야는 가물거렸다. 그래도 현강은 운전 중인데 잠드는 건 양심 없는 짓거리라고 눈을 부릅떴다. 하지만 2초 만에 천 근의 무게추가 달린 양 눈꺼풀이 내려앉았다. 눈꺼풀 사이에 이쑤시개라도 꽂고 싶었다.

"……아니야. 안 졸려. 졸리지 않아."

다정한 현강의 말에 후다닥 눈에 힘주며 그를 봤다. 아침나절부터 상행선 고속도로가 밀리면서 차의 이동 속도는 현저하게 떨어졌다.

"난 뭐 날 새는 거야 일상이니까 진짜 괜찮아. 자. 응?"

"나도 안 졸려, 진짜."

라는 대답이 무색하게 난 5분도 지나지 않아 잠에 빠지고 말았다. 운전하는 현강은 아랑곳하지 않고 깊게.

퍼뜩 정신이 들었을 땐 빌라 주차장이었다. 올라오는 길이 상당히 막혔는지 시각은 벌써 오후 1시가 넘어서고 있었다. 현강은 운전석에 기대어 잠들어 있었다. 도착해 놓고도 잠든 나를 깨우지 않고 그도 피곤함에 그대로 눈을 붙인 모양이었다. 불편하게 잠든 그에게 미안함이 들었다. 잠든 그의 얼굴을 꼼꼼히 살폈다. 좀 까칠하게 올라갔지만 잘 그려진 눈썹, 긴 속눈썹이 드리워진 긴 눈. 어쩜 이렇게 곧게 반듯하게 잘 세워졌는지. 그의 콧날을 보고 감탄하고, 그의 선홍색 띤 섹시한 입술을 보며 두근두근했다.

사랑받는 게 이런 건가?

넌 어쩌면 나에게 있어 행운인지 모르겠다. 지금까지 살아오면서 단 한 번도 행운이 없던 내게 찾아온 행운. 어떻게 너를 만날 수 있었을까? 10년 전이나 지금이나.

고맙고 고맙다.

불편하게 잠든 그가 안쓰러워서 깨웠다. 피로감에 그가 눈을 뜨고도 짧게 멀뚱거렸다. 난 보조석에서 내려 후다닥 운전석 문을 열었다. 그런 내게 현강이 눈꼬리를 늘리며 웃더니 손을 뻗어 내 윗머리를 톡톡 두들겼다. 칭찬하듯. 돌연 꼬리를 마구 흔들어대는 강아지가 된 기분이었지만 살랑거리며 웃어줬다.

집에 올라가자마자 각자의 방에서 잠을 청했다. 하지만 난 차 안에서의 숙면으로 잠이 오지 않았다. 씻고 내려가 집 안 정리를 말끔히 했다. 냉장고에 찬거리가 없어 저녁 식사를 위해 장보러 나가려는데,

"파티?"

현강이 방에서 나와 파티에 가야 한다고 했다.

"친구 녀석이 오늘 약혼파티를 해. 지금 준비하고 출발하면 돼."

"나도 가?"

"응. 같이 가."

파티도 생소하고 딴 나라 이야기 같은데 같이 가자는 말에 설레었다. 머릿속에 재투성이 신데렐라가 공주님처럼 분장하고 파티에 가는 이미지가 그려졌다.

"그냥 그대로도 괜찮아."

부담스러워하는 내게 현강은 가볍게 독려했다.

그건 네 생각이지. 불퉁스레 보다 기필코 데려갈 태세라 서둘러 준비를 시작했다. 옷장에서 한경이 사준 옷 중에서 고급스럽고 하늘거려 한 번도 입지 않았던 살구색 시폰원피스를 입고 정미에게 전수받은 대로 화장을 정성껏 했다.

현강은 느긋하게 소파에서 날 기다리고 있었다. 세련된 슈트를 입고서.

언제나 가볍고 깔끔한 디자인의 셔츠를 즐겨 입던 그가 슈트를 차려입은 걸 처음 본 난 헉 하고 숨을 멈췄다. 인기척을 느낀 그가 고개를 돌리다 눈썹을 꿈틀했다. 길쭉한 그가 일어나 다가오는 걸 얼빠져 멍청하게 바라봤다. 그에게서 빛이 쏟아지는 듯했다. 아, 이렇게 멋진 사람이⋯⋯.

"길, 너무 예쁘다."

근사한 그가, 근사하게 웃으며 내게 예쁘다 했다. 달콤한 칭찬에 황홀해지는 기분을 맛보며 난 수줍어 헤헤 웃기만 했다.

그런데 별세계란 이런 곳일까?

연회장에 들어서며 내 얼은 완전히 가출했다. 옷들이 전부 파티

차림이었다. 남자들은 하나같이 세련된 슈트 차림이었고, 여자들도 몸매를 한껏 드러낸 드레스를 입고 있었다. 풍만한 가슴골을 자랑하는 여자, 얄팍한 허리선을 강조한 여자, 터질 것 같은 볼록한 엉덩이를 한껏 뽐내는 여자 등등. 그들 틈에 내가 있었다. 내겐 가장 고급스런 원피스가 초라했다. 장소를 잘못 찾아온 것처럼.

"주인공들 소개시켜 줄게."

그의 손에 이끌려 중앙으로 이동했다. 주인공들은 화사하게 웃으며 축하를 받고 있었다. 우아한 연보라색 드레스를 입은 예비 신부가 보였다. 여자치고는 큰 키의 그녀는 통통하게 올라온 볼살로 인상이 푸근했다.

"내 오랜 친구 김혜진. 이쪽은 길예원."

친구 녀석이라고 하더니, 그의 친구는 예비 신부였다. 인사하는데 그녀의 얼굴이 낯익었다.

"뭐야, 도현강?"

통통한 여자가 눈을 빛냈다. 그 순간, 여자가 기억났다. 처음 길거리에서 넋 놓고 봤을 때, 그가 카페에서 만났던 여자였다. 통통하고 평범하다고 생각했던. 화사한 신부화장을 했지만, 큰 변화가 없어 금세 알아볼 수 있었다.

"정식 인사야? 진짜 여자친구?"

"응. 맞지?"

혜진의 질문에 확인하듯 그가 내게 반문했다. 스스럼없는 그의 행동이 쑥스러웠지만, 난 자그마하게 고개를 끄덕였다.

"우리 원 플러스 원이야."

씩 웃더니, 현강이 능청스레 대꾸했다. 혜진이 걸걸하게 웃음을 터뜨렸다.

"뭐? 원 플러스 원? 둘이 묶음이라는 거야? 아! 도현강, 이런 놈이었어? 너 완전 닭살인 거 아냐?"

"어, 알아."

현강은 거리낌 없이 당당했다. 낯부끄러워 내 얼굴이 화끈거렸다.

"싸가지 도현강이 웬일이니? 20년을 봐왔지만 이건 기념할 만한 일이다."

혜진의 '싸가지'라는 표현에 '풉' 웃음이 터졌다. 현강의 미간에 내천자가 새겨졌다.

"야, 김혜진."

"예원 씨라고 했죠? 이 녀석 속 끓이면 나한테 말해요. 나한테 꼼짝 못하거든. 초등학교 때 나한테 많이 맞았어."

실룩거리는 현강을 무시하고 그녀가 주먹을 쥐어흔들며 껄껄거린다는 표현 그대로 웃었다. 난 치아가 보일 정도로 환하게 웃었다.

"야, 너 오늘 신부거든?"

"맞다. 나 오늘 조신해야지, 조신."

혜진이 재빨리 주먹을 내리고 쓱쓱 드레스 자락을 다듬었다. 마른 체형의 예비 신랑이 다가오니, 그녀가 조신하게 웃었다. 좀 전까지의 걸걸하던 모습은 온데간데없었다.

곧 화려한 약혼식이 시작되었다.

주인공들은 생화로 꾸며진 단상에 올라가 축하 속에서 행복한 미래를 언약했다. 혜진은 아까처럼 입을 크게 벌리고 껄껄 또 웃었고,

신랑은 반대로 수줍게 웃었다. 축 처져 있는 내 빈손을 현강이 잡았다. 턱을 드니 그가 싱긋 웃었다. 기분이 묘했다. 약혼식을 보면서 손을 잡아주는 행동이 이상야릇한 감동을 주는 걸 그는 알까?

약혼식이 끝나자마자 현강의 친구들이 우르르 몰려왔다. 친구들은 한바탕 왁자지껄하게 수선을 떨어댔다.

"정식으로 소개받는 분은 처음이에요. 영광입니다."

신기해하는 친구도 있었고,

"초반에 잡으셔야 해요. 안 그래도 성질 더러운 놈인데 내버려 두면 안 돼요."

주먹을 불끈 쥐며 결의를 다지는 친구도 있었고,

"약점 잡고 싶으시면 연락하세요. 제가 아는 게 몇 개 있어요."

하며 명함을 내미는 친구도 있었다. 현강은 '그만들 하지?' 하고 또 실룩거렸다. 난 연신 쿡쿡거리다, 현강에게 '화장실 간다'고 나직하게 속닥이고 몸을 틀었다.

연회장 입구로 향해 걷는데, 낯익은 얼굴과 마주쳤다.

"어? 언니도 왔네요?"

늘씬한 몸매가 역력히 드러난 레드 드레스를 입은 재은이었다. 풍만한 가슴이 그녀의 쇄골 밑에 있었다. 숨 막힐 정도로 매력적이고 섹시했다.

"현강 오빠랑 안 사귄다면서 여기까지 따라왔네요?"

힐끔 중앙에서 친구들에게 둘러싸인 현강을 넘겨다보더니, 그녀가 빈정거리듯 말했다. 첨예한 차가움이 내포된 그녀의 어조와 눈빛에 당혹스러웠다. 지난번 헤어질 때 내게 애교를 떨던 그녀였다. 그건 현강 앞에서만 보인 가식이었나?

"그땐 그랬지만, 지금은 아니에요."

"아니라니요? 둘이 사귄다고요?"

"그래요."

그녀의 날카로운 눈길을 피하지 않고, 당당히 빤히 봤다. 재은이 기막히다는 듯 입술을 삐뚤게 올리며 실소했다. 그녀의 양 뺨이 화기가 오르듯 여릿하게 불그스름해졌다.

"……솔직히 저번에도 느낀 거지만, 언니."

돌연 침묵을 깨고, 재은이 입을 열었다.

"언니가 현강 오빠랑 어울린다고 생각해요? 현강 오빠가 평범하게 회사 다니면서 같은 사무실에 근무하니까 언니랑 같아 보여요? 그거 굉장히 착각하는 건데. 보기만 해도 모르나? 모를 정도로 감이 없나?"

신랄한 언변에 눈살이 저절로 찌푸려졌다. 그녀와 대화를 길게 해봤자, 감정싸움으로 번질듯해서 발을 바닥에서 떼려했다.

"그런데다 현강 오빠 엄마가 언니를 받아들일 것 같아요? 오빠 엄마가 오빠한테 얼마나 끔찍한데. 아시면 기절초풍하실걸? 아마 오빠한테 당장 뉴욕으로 오라 할 거야."

'현강 오빠 엄마'라는 말에 반사적으로 움찔하고 말았다. 가장 자신이 없는 부분이긴 했다. 그녀의 말이 가시처럼 심장을 찔렀다.

"그리고 오빠 주변에 여자들 많은 거 알아요? 누군들 오빠 보고 안 반하겠어? 그래도 오빤 넘어간 적 없어요. 얼마나 도도한 도현 강인데. 가볍게 만나면 만났지 진지한 적 없다고요. 언니한테도 그런 거 아니에요?"

그녀가 비뚤게 말을 이었다.

"오빠가 잠시 언니에게서 다른 매력을 느끼는 것 같은데, 그게 얼마나 갈 것 같아요? 그러니까 괜한 진 빼지 말고 정리해요. 어차피 미래가 없는 만남이잖아. 언니만 상처받을 거예요."

"……윤재은 씨가 조언할 문제가 아니에요."

꾹 다물었던 입술을 뗐다. 나를 멸시하는 건 참아도 현강을 가벼운 남자로 취급하는 건 듣고 있을 수가 없었다.

"뭐라고요?"

"내가 부족한 건 나도 잘 알아요. 하지만 윤재은 씨에게 핀잔 받을 이유도 없을 뿐만 아니라, 도현강과 내 감정에까지 윤재은 씨가 관여할 필욘 없어요."

나의 차분한 말에 재은이 황당하다는 듯 눈살을 찌푸렸다.

"지금 오빠가 언니 좋다 해서 자만해요? 내가 아까도 말했지만 그게 얼마나 갈 거라고……."

"단 하루를 가더라도 그와 내 사정이에요."

독살스럽게 쏘아붙이는 그녀의 말을 자르며 담담하게 말했다. 마른 내 눈동자를 그녀가 노려봤다. 다음 말을 찾는 듯 오물거리며 그녀의 눈동자가 심하게 일렁거렸다. 냉랭한 침묵이 감돌았다.

"언니 말이 맞네요. 내가 경솔했네요."

그런데 그녀가 침묵을 깨며 태도를 바꿨다. 그녀 눈동자에 어린 매서운 독기가 일순간 사라졌다. 별안간 언행을 바꾸는 그녀의 변덕스러움이 의아했다.

"미안해요. 사과할게요."

그녀가 지나가는 웨이터 쟁반의 와인을 집더니, 잔을 내게 내밀었다.

"한잔하며 풀어요, 언니."

"괜찮아요."

난 무뚝뚝하게 거절하고 입구로 걸어가려했다.

"한 잔하라니까요."

돌연 그녀가 내밀었던 잔을 뿌리듯 기울였다. 투명한 잔에 담겨진 레드와인이 찰랑거리더니 내 살구색 원피스에 왈칵 뒤덮였다. 얇은 시폰원피스가 순식간에 와인으로 인해 붉게 물들었다. 붉음은 이내 스르르 번졌다. 내 가슴 위, 배, 허리 아래까지.

"어멋! 미안해요, 언니. 미끄러졌네?"

그녀가 손가락에 아슬아슬하게 걸린 잔을 바로 잡으며 건성으로 사과했다. 고의적인 것을 감추기 위한 눈치도 없었다. 비꼬듯 그녀는 입술만 움직였다. 피부로 스며드는 와인은 차디찼다. 콧속으로 진득하게 올라오는 와인 향은 시큼했다. 난 눈을 들어 그녀를 냉정히 봤다.

이렇게까지 해야 해?

나의 차가운 눈빛에도 그녀의 입술은 모나게 일그러질 뿐이었다.

"뭐 하는 거야?!"

그때였다. 등 뒤에서 날카로운 현강의 목소리가 들려왔다. 재은이 흠칫해 눈을 돌렸다. 나도 놀랐다. 현강이 성큼성큼 크게 걸어와 내 곁에 섰다. 그의 노염 가득한 눈빛이 내 원피스를 훑었다. 예기치 못했던 현강의 등장에 재은이 당황했다.

"오, 오빠…… 실수한 거야. 내가 놓쳐서……."

"내가 못 본 줄 알아?!"

둘러대는 재은의 말을 자르며 현강이 버럭 일갈했다. 일순간 주변의 관심이 집중되었다. 주위가 수군거리며 소란스러워졌다. '도현강이 왜 저래?' 하며.

"아니야, 오빠…… 진짜 실수한 거야. 언니한테 와인 주려다가…… 정말이야."

얼굴이 벌겋게 상기된 재은이 쩔쩔매며 변명했다.

"그죠, 언니?"

그녀가 나를 애원하듯 봤다. 악독함은 조금도 찾을 수 없었다. 현강에게는 그런 모습을 보이기 싫은 건가?

"너 이 자식, 사내새끼면 나한테 한 대 맞았어."

현강은 그녀의 변명을 믿지 않았다. 위압적인 현강의 질타에 얼버무리던 재은의 얼굴이 금방이라도 울음을 터뜨릴 것처럼 흉하게 일그러졌다.

"오빠…… 진짜 나한테 이럴 거야?!"

"너야말로 왜 이렇게 못돼 처먹었어? 왜 내 여자한테 함부로 해?!"

격앙된 그의 분노에 재은이 충격을 받았다. 수군거리던 주위가 술렁거리더니, 시선이 내게 한데 모였다. 그가 내뱉은 '내 여자'라는 단어 때문에.

나도 그의 말에 화들짝했다. 이내 재은의 얼굴이 붉으락푸르락해졌다. 수치심으로 인해 그녀의 어깨가 바들바들 떨렸다.

"오빠……."

"사과해, 당장!"

재은의 망막을 가린 눈물에도 현강은 눈썹 하나 까딱하지 않았다. 재은이 왈칵 눈물을 쏟더니, 흐느끼며 연회장을 뛰듯이 빠져나갔다.

"윤재은 충격 먹었네."

"좋은 날 소란 피워서 미안하다."

지켜보던 혜진이 다가오자 현강이 사과했다.

"아니야. 나도 일부러 그러는 거 봤어. 성질 더러운 도현강 잘못 건드린 거지. 윤재은 날이 갈수록 제멋대로라서 언젠간 된통 혼날 줄 알았어. 어렸을 때는 귀엽기라도 했지. 쟤는 뇌는 안 크고 가슴만 크나 봐."

혜진은 태연자약했다. 혀를 차대며 재은을 비난하던 그녀가 날 봤다.

"그런데 예원 씨 옷이 그래서 어떡해요? 나 대기실에 예비드레스 있는데 입을래요?"

"아니야. 우리 간다. 다음에 연락하자."

현강이 지켜보는 인파의 눈은 아랑곳하지 않고 내 손을 불끈 움켜쥐었다. 지체 없이 성큼성큼 걸어가는 그를 종종걸음 치며 따랐다. 술렁거리던 인파가 모세의 길처럼 길을 열었다.

"봐봐."

"아니야, 괜찮아."

엘리베이터에 타자마자 날 돌려세우는 그에게 흉하게 와인이 번진 몸을 보이고 싶지 않았다. 다급히 손과 팔로 몸을 가리는 나를 현강이 깊은 눈매로 내려다봤다.

"왜 화를 안 내?"

아직도 노염이 가시지 않은 그의 얼굴을 빤히 올려다봤다.

"그 녀석한테 화를 내야지. 못된 짓이잖아?"

화나서 잔뜩 일그러진 그의 얼굴이 너무나도 근사해 눈을 뗄 수 없었다.

"내가 잘못 데려온 거야?"

내가 대꾸를 안 하자 그가 흥분한 어조를 가라앉히고 불안해했다. 난 옅게 웃으며 고개를 저었다. 그가 내 손목을 확 잡아당겨 안으려 했다.

"옷 더러워져."

원피스에 묻는 와인이 그의 슈트에 묻을까 싶어 후다닥 떨어지려는데,

"상관없어."

그가 내 어깨를 와락 안았다. 널찍한 그의 품 안으로 내 마른 몸이 쏙 들어갔다.

"길, 난 널 친구들한테 보여주고 싶었어. 자랑하고 싶어서. 그러니까 네 마음에 안 차더라도 봐주라."

부드러운 그의 손길이 내 뒷머리를 지그시 눌렀다. 별것도 없는 나를 자랑하고 싶었다는 그의 말은 아릿한 전율을 동반했다. 도현강은 정말 이상하다. 이렇게 끝없이 감동을 준다. 옴짝달싹 못하게 내 마음을 묶는다.

"그리고 절대 주눅 들지 마, 어디서든. 특히 내가 곁에 있을 땐."

이어 들린 그의 단호한 말은 심장을 촉촉하게 달랬다.


"불편했지?"

귀가하는 길에 운전하며 현강이 물었다. 내가 보기 흉하게 레드와인이 번진 원피스를 창피해하자 그는 자신의 재킷을 벗어 덮어줬다.

"아니. 다 어렸을 적 친구들이야?"

"응. 대부분 동네 친구들과 선후배. 같은 유치원, 초등학교, 중학교 동기들이 많아. 비슷한 환경에서 가까운 거리로 살았으니까. 근데 뉴욕에 가면서 자주 못 봤어."

"언제 뉴욕에 갔어?"

"부모님은 내가 스무 살 때 먼저 가셨고, 난 군대 제대하고. 뉴욕에 가야 해서 고등학교 졸업하자마자 입대했었거든."

군대 제대라는 말에 깜짝 놀랐다.

"군대도 갔다 왔어?"

군복 입고 머리 짧은 군인 도현강은 도저히 상상 불가였다.

"당연하지. 자랑스러운 육군병장으로 제대했는데? 왜 이상해?"

"어. 너무 안 어울려."

"무슨 소리야? 1급 현역이었다고. 나의 다부진 체격을 보여줘?"

위풍당당하게 말하다가 그가 능글맞게 웃었다. 피식 웃다 곧 무슨 의미인지 깨닫고 슬그머니 흘겼다. 그가 즐거운 듯 킥킥거렸다.

"잘 자."

집에 도착해 인사하고 올라가려는 날 현강이 잡았다. 그가 양팔을 내 허리를 감더니 깍지를 끼고 끌어당겼다.

"길, 내가 한 말 진심인데."

"응?"

"너 이제 내 거하자. 진짜 내 여자."

나긋한 말은 심장을 덜컹 내려앉게 했다. 짙은 그의 눈동자를 들여다보며 나도 모르게 침을 꿀떡 삼켰다.

"가…… 같이 밤을 지내자는 얘기야?"

"뭐?"

버벅거리는 내 말에 그의 눈썹이 꿈틀했다.

"하여튼 밝히기는."

그의 손가락이 내 이마를 쓱 밀었다. 아, 오해했다. 진짜 나 뭐가 씌었나 봐.

"뭐, 길예원 씨가 원한다면 기꺼이……."

"아…… 아니야. 아니에요!"

씩 웃으며 다가오는 그의 입술을 손바닥으로 막았다. 엉거주춤한 자세로 그와 나의 시선이 허공에서 충돌했다.

"길예원 씨, 사람이 진지하게 고백하는데 음흉한 상상이나 하더니, 거부하면 난 어쩌라고?"

"그게…… 도현강 씨가 오글거리는 소리를 하시니까……."

허리를 일으켜 성질내는 그의 눈길을 회피하며 우물거렸다.

"네가 너무 예쁘니까 그러지."

"내가?"

황당해서 기도 안 찼다. 파티에 늘씬하고 세련된 여자들이 한가득히 있었는데. 눈에 콩깍지가 씐다고 하더니 현강의 눈에도 콩깍지가 단단히 씐 모양이다.

"그래, 이러려고 아부 떠는 거 아냐."

그가 내 허리를 다시 끌어안으며 은근하게 속삭였다. 그의 입술이 보드랍게 내 입술을 덮었다. 아, 아부 맞는 것 같은데…….

손에 쥐고 있던 가방을 스르륵 놓쳤다. 둔탁한 소리를 내며 바닥에 떨어지는 가방은 신경도 안 쓰고, 나도 어느새 입을 벌리며 그의 아부를 받아들였다. 공중에서 어정쩡하게 파닥거리던 팔을 뻗어 그의 단단한 등을 안았다. 그의 한 손이 등을 타고 올라와 머리카락 속으로 깊게 파고들었다. 서로의 숨이 미칠 듯이 뜨거워졌다. 그러다 그가 거친 숨을 후 뱉더니 불쑥 내 양어깨를 떨어뜨렸다. 마구잡이로 내 입안을 헤집고 다니던 그의 혀와 입술이 서운할 틈도 없이 떨어졌다.

"진짜 이렇게 좋은 기회를……. 왜 날 시험에 들게 하는 건지."

그가 진하게 날 보더니,

"내가 이렇게 인내심이 강한지 몰랐네."

하며 아쉬운 듯 짧은 입맞춤을 한 번하고 완전히 떨어졌다. 그가 내 양어깨를 잡고 휙 돌리더니 계단으로 밀었다.

"어서 올라가."

성질내듯 급하게 재촉하는 그의 말에 난 킥 웃으며 바닥에 떨어진 가방을 집었다.

"뭐, 밝히는 길예원 씨가 타락하고 싶다면, 내가 기꺼이 최선을 다해줄 수 있는데……."

"올라갈게. 잘 자."

웃음이 터져서 킥킥거리며 인사했다. 그가 한 발짝 다가와 내 이마에 입을 맞췄다.

"잘 자, 소중한 길 양."

그에게 환하게 웃어주고 떨어졌다. 나도 아쉬운 걸음을 계단으로 옮겼다.

"길, 세 번은 안 참을 거야."

잔뜩 아쉬워하며 그가 경고했다. 그를 뒤돌아보며 반사적으로 고개를 끄덕이려는 턱을 곧게 세우고 후다닥 2층으로 올라갔다. 깜박했으면 응할 뻔했다. 서재에 들어와서 방문에 등을 대고 섰다. 아직도 콩닥거리는 심장을 진정시키려 애쓰며 입가에 번지는 미소를 내버려 뒀다.

아무래도 현강은 10년 전 '내가 아무도 없어서, 보호해 줄 사람이 없어서 함부로 하냐'고 외쳤던 것을 잊지 않고 배려하는 것 같다. 그래서 참고 참는 것 같다. 행복하고 고맙다.

그 누군가에게도 이런 세심한 대우를 받아본 적이 없어서.

정말 내가 소중한 사람이 된 듯해서.


"예원아."

잔잔하게 미유 언니가 나를 부른다.

"세상은 말이야, 아무리 고달프고 캄캄해도…… 삶을 살아감에, 살아가기 위해 사는 거야. 살아갈 이유가 있어 사는 거야."

따스한 손길이 멈춤 없이 내 머리카락을 쓰다듬는다.

"무슨 고약한 심보인지 신기하게도 힘든 일은 한꺼번에 몰아쳐. 꼭 한계를 시험하듯 한 번에 다 다가오는 듯해. 그래도 그 한계가 정점을 찍은 거라 다부지게 견디면 아픔에서 내려오는 일만 남은 거잖아."

눈가에 매달려 있던 눈물이 흘러내려 관자놀이로 흐른다.

"예원아, 살아야 돼. 못 견디게 아파도 살아야 돼."

따뜻한 언니의 손이 힘없이 축 처진 내 손을 잡는다.

"살아가는 건 그 이유가 있어서야. 네가 지금 고달프고 힘들어도 네가 살아갈 날들이 얼마나 많은데. 너한테 정말 많은 기회가 올 텐데……."

"기회? 무슨 기회? 나 같은 거한테도 그런 게 와?"

아리아리한 눈꺼풀을 번쩍 뜨고 묻는다. 눈꺼풀이 파르르 떨린다.

"당연히 오지. 넌 이제 열여덟이야. 우리 예원이가 얼마나 착하고 똑똑하고 예쁜데. 네게 날개가 달릴 기회는 분명히 올 거야. 늦게 오더라도 언젠가는 꼭 올 거야. 널 알아봐 주는 기회."

"그래 봤자 뭐 해? 달라지는 게 있을까?"

"달라질 거야. 설사 물거품이 되는 기회라도, 절망하기만 하면 억울하잖아. 네게 펼쳐질 미래가 어떨지 모르는데 미리 포기하면 아깝잖아. 그러니까 지면 안 돼. 억울하니까 살아야지. 아까우니까 더 살아야지."

"더……아파지면 어떡해?"

소금보다 짠 눈물이 흘러 입술을 적시고 입안으로 들어온다. 갈증이 난 것도 아닌데 짠 눈물을 마신다.

"살아갈 날들이 아파도 언젠가는 치유해 줄 날이 올 거야. 분명히. 그러니까 그날을 기다려야지."

"그런 날이 올까?"

"올 거야. 네 상처가 보듬어질 날들이 꼭 올 거야. 더 많이 행복하고, 그 누구보다도 사랑받으며 살아갈 날이 올 거야. 그러니까 살아야 돼. 죽을 것처럼 아픈 기억은 잊어버리고 웃으며 살아야 돼. 살아야 돼."

그녀의 손가락이 내 눈물을 훔친다. 주문처럼 언니의 중얼거림이 계속된다. 살아야 돼. 살아야 돼.

눈을 떴다.

망망한 시선으로 천장을 응시했다. 눈가가, 관자놀이가, 귓속이 젖어 있어 손을 올려 쓰윽 닦았다. 이슥한 새벽빛이 창을 통해 들어왔다. 머리맡에 뒀던 휴대폰을 집어 시각을 확인했다. 5시가 넘어가고 있었다.

어째서 이런 꿈을 꾼 걸까.

미유 언니의 꿈은 처음이었다. 하물며 언니와 이런 대화를 했던 기억도 없다. 그런데 들었던 듯, 대화했던 듯한 기시감은 뭘까?

일어나 앉아 벽에 등을 기대었다. 손바닥으로 지그시 가슴을 눌렀다. 가슴이 미어지는 절망감. 꿈속의 예원이 감정이 고스란히 남아 심장이 무거웠다.

열여덟 예원이었다.

혹시 화재 사건으로 잊은 기억의 하나일까? 전부 기억난 게 아닌가? 아니면 그저 꿈에 불과할까?

헷갈린다. 만약 내 잃어버린 기억의 일부라면 열여덟 예원이는 이 정도로 절망하고 있었나?

의구심에 감정이 침몰했다. 고개를 절레절레 흔들며 벌떡 일어나 욕실로 갔다. 가라앉으려는 감정을 떨쳐 내는 방법은 바삐 몸을 움직이는 것이므로.

"아침부터 왜 그리 바빠?"

주방에서 반찬을 만드는데 외출할 차림새로 현강이 들어왔다.

"어, 이사님하고 유경이 오늘 오잖아."

"무슨 맛있는 걸 해주려고?"

가까이 온 현강이 내 어깨에 딱 붙듯이 섰다. 양배추를 썰다 주춤하며 게슴츠레 올려다봤다. 너무 틈만 나면 붙는다, 도현강.

"뭐가 먹고 싶은데?"

"뭐든, 길 양이 해주는 거라면?"

만족하겠다는 의미라 난 환히 웃었다. 내가 차려놓은 소박한 음식을 둘러보며 '뭘 먹으라고?' 라고 까칠하게 굴던 도현강은 아무래도 다른 녀석인 듯하다.

"이러고 있으니까 신혼부부 같다. 어젯밤은 인내의 밤이었지만."

괴로웠다는 듯 현강이 어금니를 깨물며 턱을 까딱까딱하며 강조했다.

"뛰어 올라갈 뻔했어."

덧붙인 말에 난 웃음을 터뜨렸다.

"새겨들었지? 세 번짼 절대 안 참는다고."

허리를 강하게 감으며 너스레 떠는 그에게서 슬그머니 빠져나왔
다.

"어디 가?"

"부탁받은 게 있어서 사무실에. 오후에 들어올 거야."

그가 노트북 가방을 챙겨 들고 현관으로 걸어갔다. 뒤따라가 나
서려는 현강을 얌전히 지켜봤다.

"배웅해 주는 거야?"

"운전 조심해."

돌아서며 현강이 웃어, 나도 웃었다. 그가 고개를 숙여 짧은 입
맞춤을 했다. 아, 이러려고 있던 게 아닌데…… 좋다.

"다녀올게."

다정한 그의 기운이, 그가 나가고 한참이 지나도록 잔향처럼 공
기를 타고 흘렀다. 정말 신혼부부 같다. 쿡쿡 웃으며 돌아서는데,
바닥에 놓인 현강의 정장구두가 눈에 들어왔다. 집어 신발장에 넣
으려다 말고 쭈그려 앉았다.

그의 신발. 신발을 무릎에 올려놓고 가만히 들여다봤다. 그의 신
발은 나와 나란히 걷고, 마주하고, 함께한다. 지금처럼 앞으로도
그와 같이 걷고 싶다. 그의 신발이 언제나 내 곁에 나란히 걸음을
맞췄으면 좋겠다.

일어나 솔을 꺼내 탈탈 깔끔하게 닦고 그의 신발들 옆에 곱게 넣
었다. 방긋 웃으며 주방으로 향했다.

#13

## 누구나 가지고 있는 것

한경과 유경이 귀국했다.

유경이는 신났다. 입 근지러워 죽을 뻔했다는 듯 재잘대는 수다가 멈추지 않았다. 잔뜩 흥분한 그녀의 눈이 보석처럼 영롱하게 반짝거렸다. 절로 나도 흥분했다.

"그래서?"

"할아버지가 할머니를 무진장 쫓아다녔대. 할머니가 가난한 집 딸이라 집안 반대가 있었지만 할아버지가 단식 투쟁도 하고, 상사병으로 식음을 전폐해서 결국 결혼에 성공했다던데?"

"정말 로맨티스트다. 멋있다, 할아버지."

유경이와 나란히 찍은 할아버지 사진을 보며 난 빙그레 웃었다. 한경이 아버지를 닮았구나. 지적이면서도 시크한 눈동자가 비슷했다. 유경에게 무한한 애정을 보내는 온화한 미소도 닮았다.

"할머니가 정말 미인이시다. 할아버지가 상사병 걸릴 만하셔."

우아한 한경의 어머니는 유경이와도 닮았다. 유경이가 아빠와 할머니를 합쳐 놓은 얼굴이었음을 사진 보면서 깨달았다. 할머니는 얼마나 뿌듯하셨을까? 자신과 닮은 예쁜 손녀인 유경이가.

"언니, 할머니, 할아버지 있는 애들 부러웠는데 너무 좋아. 그리고 어딜 갔느냐면……."

한껏 들뜬 유경이 낯설었지만 보기 좋았다. 유경이가 이렇게 수다스러운 적도, 흥분한 것도 처음이라 신기했다. 새삼 유경이가 오롯이 열다섯 살로 보였다. 갓 잡은 물고기 지느러미처럼 팔딱거리는 생기 넘치는 그녀의 눈을 잠자코 들여다봤다. 이렇게 밝은 아이였는데, 각박한 현실에 어른스러움으로 포장하려 애썼구나, 우리 유경이. 이제 점점 더 밝아지고, 가벼워지고, 편안해지겠지? 네가 더 많이 행복해지면 좋겠다.

"할머니는 어렵게 자라서서 엄마 사정을 깊게 이해했었대. 그래서 더 안타까웠고 아꼈대. 힘겹게 혼자 컸지만 참하고 착한 엄마가 좋았대."

"그러셨구나."

"엄마가 용기만 있었다면 좀 더 행복했었을까?"

난 빙그레 웃으며 고개를 끄덕였다. 미유 언니는 지레짐작으로 포기하고 도망쳤다. 현실의 높은 벽에 미리 겁먹고. 그래서 꿈에서 내게 그런 말을 한 걸까?

"참, 언니, 아빠가 언니랑 할 얘기 있다고 전해달라고 했는데."

수다 떠느라 잊은 용건을 그제야 유경이 전했다. 난 서둘러 아래층으로 내려갔다. 한경은 소파에서 신문을 읽고 있었다.

"기다리셨어요?"

"아니야. 그동안 밀린 뉴스들 보고 있었어. 뉴욕에서는 유경이랑 놀러 다니느라고 뉴스를 챙겨보지 못했거든."

한경이 즐거운 듯 웃었다. 부녀 사이가 이번 여행으로 돈독해진 듯해 흐뭇했다. 시간이 지나면 더 깊고 좋아지겠지? 부녀의 정이, 애정이.

"다른 게 아니라, 예원이 너 학교에 들어가는 건 어떨까?"

"네?"

"세나 씨 말로는 네가 디자인 감각이 있대. 그래서 학원보단 관련학과에 진학해서 본격적으로 공부를 하면 어떨까 싶은데. 그럼 더 많은 기회가 있을 테니까. IT든, 광고든, 미디어든."

그의 진지한 제안에 가슴 깊이 떨림이 올라왔다.

"내가 도와줄게. 네 재능도 아깝고, 좋은 머리도 아깝고."

"저 머리 좋지 않아요."

말은 그렇게 둘러대면서도 나는 두근거렸다.

"자신감을 갖고 긍정적으로 받아들였으면 좋겠어. 이제 넌 스물일곱이잖아. 아직은 뭐든 해볼 수 있는 나이야. 유경이 키우느라 놓쳤던 기회를 돌려주고 싶어. 한국에서 공부해도 되고 원한다면 뉴욕에 가도 되고."

"뉴욕이오?"

"응. 한국보단 환경도 좋고 기회도 더 많을 테니까. 무엇보다도 나이에 대한 선입견이 있는 한국보단 뉴욕이 나을 듯해. 어머니도 네가 뉴욕에 온다면 기꺼이 환영하신다 했어."

뉴욕에서 공부라니. 꿈도 못 꿔본 환상적인 제안에 뇌가 사고를 멈추고 상상만 했다. 나는 벌써 금발머리, 파란 눈의 학생들과 캠퍼스를 활보하고 있었다. Hi! Ye Won! 내게 손짓하는 국제적인 친구들.

"이번엔 거절하지 않았으면 좋겠다. 잘 생각해 봐."

난 마른침을 꿀꺽 삼키며 고개를 주억거렸다.

내가 간절히 원하던 기회. 기회는 다가오는 순간을 놓치면 아무 소용 없다는 걸 안다. 잡아야 기회고, 결과가 어떻게 되든 모든 일의 발판이 된다. 그래서 염치없게도 놓치고 싶지 않은 마음이 강렬해졌다.

"드릴 말씀이 있어요."

기대감에 벌렁거리는 심장을 가라앉히고 난 차분히 연희와의 일을 전달했다. 그는 무표정하게 내 말을 세세하게 들었다. 그의 눈매가 한없이 깊어졌다.

"이사님, 주제넘을 진 모르겠지만 전 이사님이 다시 생각해 주셨으면 좋겠어요. 이사님도 그분 정리하신 거 아니시잖아요. 아직 사랑하시잖아요. 억지로 포기하지 마세요."

담아뒀던 말을 어렵게 꺼냈다. 잠자코 듣던 한경이 입을 열었다.

"안 그래도 뉴욕에서 유경이가 먼저 말을 꺼냈다."

"정말요?"

"응. 나도 놀랐어. 내가 한심하게도 느껴졌고."

그가 피식 웃었다.

"유경이가 네 말처럼 진심으로 괜찮다고 했어. 내가 자기 때문에 혼자 외롭게 사는 건 싫다더라. 우습지만 그 말이 고마웠어. 내가 미련이 남았었거든."

희망이 이뤄지려 하는 순간이었다.

"쉬운 문제는 아니겠지만 용기를 내볼까 해."

그가 눈꺼풀을 들어 부드럽게 웃었다.

"그녀를 잡으려고."

내 가슴이 감동으로 바르르 달구어졌다. 이렇게 순식간에 모든 것이 결정 나고 가볍게 될 수 있는 거구나.

"너도 괜찮지?"

"제가 뭘……."

아무런 권한도 없는 내 의향까지 물어 당황했다.

"넌 유경이 언니잖아. 유경이 가족이고. 원래 이 집은 결혼하면 그녀와 살려고 준비한 집이었어. 결혼하면 여기서 살 텐데, 괜찮지? 유경이도 언니랑 단둘이 살아서 여럿이 다 같이 살면 좋겠다고 좋아해. 나도 그렇게 생각하고. 연희가 들어오면 앞으로도 잘 부탁해."

단순히 나의 안락에 관한 질문임을 안다. 하지만 난 내 자리가 거북해졌다. 내 욕심인 자리. 나는 이제 이 자리를 비켜야 할 때다. 내 자리는 어디일까…….

"……아니요, 이사님. 저는 이제 나가야 될 것 같은데…….."

"갑자기 무슨 소리야?"

뜬금없는 결정이지만 어차피 언젠가는 겪을 일이다. 나도 데려가 달라고 억지 부렸던 것이 엊그제 같은데 이젠 떠날 준비를 한다. 그동안 서재가 내 방처럼 꾸며지고, 현강과 행복한 시간을 보내다 보니 망각했었다. 엄연히 내 공간이 아닌데.

"내가 결혼한다고 해서?"

"아니에요. 원래 계획하고 있었어요."

그가 미간을 좁히며 당혹스러워했다. '나가라고 하면 나가' 하던 냉랭하던 한경이, 이젠 날 잡아준다.

"사실 유경이가 이사님하고 온전히 화해하면 나가려고 했어요. 유경이 적응이 좀 오래 걸려서 늦어진 것뿐이에요."

"난 네가 나가는 것은 원치 않아. 혹시…… 나 때문에 불편해서 그래?"

"아, 아니에요!"

그의 조심스런 말뜻을 깨닫고 황급히 손사래를 쳤다. 내가 레스토랑에서 좋아하는 것 같다고 고백한 이야기였다.

"이사님…… 이사님이 맞았어요."

오해가 생길 만한 매듭을 사실대로 풀어야 했다.

"이사님 말마따나 다른 감정이었어요. 제가 이사님에게 아빠의 모습을 봤어요. 내가 갖고 싶던 아빠. 나도 이런 아빠가 있었으면 좋겠다는 감정이 컸나 봐요. 어린아이처럼. 그런 감정을 애정으로 착각한 것 같아요. 동경한 것인데."

"그래, 그런 것 같았어. 네가 날 보는 눈빛이 남자로서가 아니었어. 내가 그런 눈치는 빨라."

한경이 농담처럼 말하며 웃었다.

"예원아, 너와 내가 일곱 살 차이밖에 나지 않지만, 내가 네 아빠 하면 안 되나?"

"네?"

"그냥 아빠 대신으로 봐주면 안 되나? 어차피 넌 유경이 언니니까, 이대로 같이 살면서 그렇게 지냈으면 좋겠는데. 꼭 가족이어야 가족이 아니잖아. 네가 내가 가르쳐 준 게 그거잖아. 가족이 아님에도 가족보다 더하게 서로 사랑하고 아끼며 사는 삶. 나도 너와 그렇게 살고 싶다. 우리 가족처럼 같이 살자, 계속."

"이사님……."

울컥했다. 감격으로 가슴이 벅차올랐다.

가족에게도 버림받았던 내가 가족처럼 같이 살자는 그의 말이 뭐가 그렇게 서러운지. 달궈진 눈은 끝내 참을성을 잃고 또르르 눈물을 떨어뜨렸다. 별안간 쏟아진 눈물에 감정이 격해졌다. 급하게 손바닥으로 입을 틀어막았지만 흐느낌이 새어 나왔다. 결국 나는 온몸을 들썩이며 울음을 터뜨리고 말았다.

한경이 소파에서 일어나 내 곁으로 왔다. 그가 포근히 내 어깨를 안아서 등을 토닥거렸다. 외로웠던 지난 시간을 모두 보상받는 것 같았다.

한참을 울었다. 거침없던 흐느낌은 오랜 시간 후에야 멈췄다. 그의 품에서 벗어나려는데 현관문이 열리며 외출했던 현강이 들어왔다. 그가 소파에서 안고 있는 한경과 나를 보고 멈칫했다. 난 멋쩍어 부리나케 한경에게서 떨어졌다. 범벅이 된 눈물을 황급히 닦았다.

"……무슨 일이야?"

"별일 아니야."

현강의 물음에 한경이 넘기듯 웃으며 일어났다.

"왜 울었어?"

소파로 다가와 의아한 듯 보는 현강에게 미소로 답례하고 고개를 흔들었다. 난 눈물을 마저 닦고, 주방으로 들어갔다. 길게 묻지 않고 우두커니 있던 현강이 자신의 방으로 갔다.

오전에 해놓은 음식을 꺼내며, 저녁준비를 시작했다. 곧 유경이도 내려와 상 차리는 것을 도왔다. 가벼운 옷차림으로 갈아입은 현강과 한경도 단란히 식탁에 둘러앉았다. 그리고 넷이서 처음으로다 같이 저녁식사를 했다. 가족처럼 단란하게 음식을 맛있게 먹으며 대화하는 시간이 그 여느 때보다도 즐거웠다.

뉴욕 이야기가 무궁무진하게 많은 유경인 식사 시간엔 더 신났다.

"꼬맹이 유경, 완전 수다쟁이였네."

끝내 현강이 핀잔했다.

"치. 듣기 싫으면 삼촌은 듣지 마요."

유경이 가시눈을 뜨고 현강을 흘겼다.

"귀가 열렸는데 어떻게 안 들어? 그건 억지야."

"삼촌이 딴 데 가면 되잖아."

"내가 왜 가? 나도 밥 먹어야지."

하여튼 스물일곱 도현강은 열다섯 임유경과 투덕거리는 게 재미난 모양이었다. 꼬박꼬박 대꾸하는 유경이 반응 때문인 듯하다. 현강은 얄궂은 표정이었는데, 유경이는 토라져 뺨이 불그레하게 홍

조를 띠었다.

"임유경, 뉴욕 한 번 간 걸로 완전 수다쟁이 됐는데 유럽 갔다 오면 난리도 아니겠구만."

"유럽?"

넌지시 떠보는 현강의 말에 유경의 눈이 번뜩였다.

"대학 들어가면 삼촌이 유럽 보내줄게. 공부 열심히 해라."

현강이 거만하게 씩 웃었다. 유경의 잔뜩 찌푸려졌던 이맛살이 금세 팽팽해졌다. 유경의 꿈은 세계 배낭여행이었으므로 군침이 도는 제안일 것이다.

"……그걸 어떻게 믿어요?"

유경은 절대 구두계약을 믿지 않는다. 나라면 헤벌쭉해서 좋아하고만 말았을 텐데 나보다 더 꼼꼼하다.

"왜? 공증이라도 해줘?"

현강의 시원스런 대꾸에 유경이 크게 고갯짓했다. 쿡쿡 웃다 그들을 찬찬히 바라봤다. 빙그레 웃는 한경의 편한 얼굴을, '삼촌한테 잘 보이라'고 거드름을 피우는 현강의 얼굴을, 삼촌을 의심하며 흘기는 예쁜 유경의 얼굴을 눈에 담듯 또렷하게.

내가 정말 이대로 이 자리에 있어도 괜찮을까?

이대로 있고 싶다. 나도 이렇게 계속, 가족처럼.

단란한 저녁 식사가 끝나고 유경이와 손잡고 문구센터에 가서 앨범을 사서 돌아왔다. 유경이는 앨범에 사진을 꽂으며 달뜬 콧노래까지 흥얼거렸다. 그런 유경이가 너무 예뻤다.

"근데 언니, 나 뉴욕으로 유학 가도 돼? 할머니가 고등학생 되면 오라고 하시는데."

"가고 싶어?"

유경이가 유학을 간다. 한경의 제안이 떠올랐다. 뉴욕에 가서 공부하라는. 유경이도 뉴욕에서 공부를 하고, 나도 공부를 한다면 우린 떨어지지 않아도 되겠네?

"응. 사실은 아빠 결혼하면 가고 싶어."

"……왜? 혹시 그분 불편하실까 봐?"

"그런 것보단 신혼부부 방해하고 싶지 않기도 하고, 뉴욕에서 공부하고 싶은 욕심도 있어."

유경의 눈동자가 의욕으로 한여름의 용광로처럼 활활 타올랐다.

나는 둘째 치고, 유경이에겐 뉴욕이 훨씬 더 좋을 수도 있다. 혼자도 아니고 가족도 있으니까.

"가고 싶으면 그렇게 해. 언니는 네가 얼마나 많은 꿈이 있는지 알아. 언니가 그것을 못해줘서 미안했어. 이제 네가 뭐든 할 수 있는 환경이니까, 네가 하고 싶은 걸 해. 사실 이사님이 조금 전에 언니에게도 뉴욕에서 공부하라고 제안하셨는데……."

"정말? 그럼 언니도 뉴욕에 가?"

조심스런 내 말에 유경이 흥분해서 눈을 번뜩였다.

"아니. 언니는 한 번도 그런 생각을 해본 적이 없어서 얼떨떨해."

"같이 가자, 언니. 언니가 간다고 하면 난 무조건 갈 거야."

졸라대듯 유경이 내 손을 잡고 흔들었다. 난 입술을 벌리고 웃었다.

"유경아, 언니의 결정과는 무관하게, 네가 찬찬히 생각하고 결정해. 네가 원하는 길을, 스스로 선택했으면 좋겠어. 그렇다고 선불리 결정하지는 마. 언니는 네가 편하고 후회하지 않을 선택을 했으면 좋겠어. 욕심도 좋고 의욕도 좋지만, 무엇보다도 네가 진짜하고 싶은 걸 찾았으면 좋겠어. 지금이나 앞으로나."

"알았어."

유경이가 고개를 끄덕이며 환히 웃었다. 그녀의 손을 꼭 잡아 토닥이듯 쓸었다. 이제 한 걸음, 한 걸음 유경이의 미래가 더 밝아질 것이다. 네 앞길에 찬란한 미래만 있으면 좋겠다. 언니의 바람은 그거 하나. 햇살처럼 밝고 화사한 우리 유경이가 그 누구보다도 행복해지면 좋겠다.


끼익—

이슥한 밤의 정적을 깨는 섬뜩한 소리. 검은 그림자가 들어선다. 잠결에 서늘한 기운이 다가온다. 곧이어 무거운 뭔가가 몸 위를 덮는다. 머리카락이 쭈뼛하며 온몸에 오싹한 소름이 돋는다.

몸서리를 치며 깊은 잠에서 화들짝 깨어난다. 어른거리는 검은 그림자.


"헉!"

거친 숨을 토해내며 잠에서 깼다. 어두컴컴한 천장이 시야에 들어왔다. 전신의 털이 뾰족뾰족하게 일어났다. 오소소한 서늘함에 옅은 숨을 꼴딱거리며 눈을 깜빡였다. 귀신을 믿지 않지만, 그런 기분이다. 검은 그림자의 냉한 한기가 생생하게 남아 양팔로 여린 몸을 감았다.

차츰 어둠에 눈이 익으며 뿌옇던 시야가 선명해졌다. 슬그머니 어둠 속의 문을 바라봤다. 금방이라도 문을 열고 검은 그림자가 들어올 것 같다. 후다닥 일어나 문을 잠갔다. 다리 힘이 풀려 그대로 쭈그려 앉았다. 파르르 경련이 일어나듯 무릎이 떨렸다. 가냘픈 힘이지만 무릎을 강하게 안았다.

악몽이야. 그런 거야.

그치?


모두 일상으로 돌아왔다.

일주일 휴가가 끝난 사무실은 요란했다. 저마다 휴가 이야기를 공유하며 시끌벅적했다. 해운대에 다녀왔다는 민호는 시커메져서 돌아왔다.

"눈을 둘 데가 없어."

그는 연신 감탄했다.

"어휴…… 여기저기 난리도 아니더라. 몸매들도 어찌나 다들……."

"민호 주임, 선글라스 끼고 계속 봤지?"

"안 볼 수가 없다니까. 다 드러내 놓고 있는데 저절로 눈이 가지. 본능이야, 그건."

비키니 여자들이 떠오른다는 듯 침 삼키는 민호를 정미가 타박했다.

"그래서? 그렇게 시커메질 때까지 바닷가에 있었어? 밤이면 안 보이겠어, 너무 까매서."

"꼭 보려고 있었나? 나도 논 거지."

"그래, 놀았겠지. 잘도. 여자들 옆에서 헤벌쭉해서."

"아니야. 부담스러워서 가까이는 못 가겠더라고."

유난스런 정미의 면박에 민호가 부정하며 도리질했다. 오만상을 찌푸린 정미가 못마땅한 듯 민호를 위아래로 훑었다.

"아마 가까이 갔으면 치한이라고 신고 당했을 거야."

"내가 비키니 입은 여자들 좋아한다고 너무 구박하지 마. 남자들은 다 그래. 어쩔 수 없다니까? 현강 팀장도 그럴걸? 그치?"

지원군이 필요한지 민호가 현강에게 눈을 돌렸다.

"당연하지. 본능이야."

모니터에서 눈을 떼면서 현강이 씩 웃었다.

"그래도 어째 현강 팀장이면 그럴 수도 있겠다 싶은데, 민호 주임은 느끼해서 토 나올 것 같아."

"아, 진짜. 사람 너무 차별하네."

토할 것 같다며 손동작하는 정미를 보며 민호가 울상이 되었다. 개발팀원들이 까르르 웃었다. 시키면 민호와 그를 째리는 정미 빼고.

퇴근 시각이 가까워 오자 휴가 뒤풀이해야 한다고 정미가 사람들을 붙잡았다. 현강은 프로젝트 마무리 작업으로 거절하고, 해영도 휴가 덕에 밀린 집안일로 빠지고, 민호는 제사라고 아쉬워했다.

결국 정미에게 세나와 나만 잡혔다.

"현강 팀장, 일 끝나면 와. 요 앞 치킨호프집 갈 거니까. 오늘은 내가 쏠게."

"봐서."

애교를 떠는 정미에게 현강이 건성으로 대답했다. 현강이 날 올려다보며 여릿하게 눈짓했다. 팀원들 눈치채지 못하게 인사하는 거였다. 나도 자그마하게 끄덕이기만 했다.

셋이서 치킨호프집으로 옮겨 수다를 시작했다. 정미는 여행 간 곳에서 만난 남자들이 알고 보니 유부남이었다며 울분을 토했다. 세나가 그런 남자들 조심해야 된다며 잔소리를 해댔다. 세나는 남자친구에게 프러포즈를 받았다. 남자친구가 펜션 객실을 꾸며 프러포즈 이벤트를 했다고 자랑했다.

"너무너무 좋았겠다."

"완전 감동이더라. 남들이 하면 유치해 보였는데 막상 내가 받으니까 좋긴 좋더라."

"반지도 받았어?"

"그냥 커플링."

세나가 손을 들어 보여줬다. 그녀의 약지에는 백금반지가 끼워져 있었다. 심플한 디자인이었지만 예뻤다. 프러포즈 반지라서 더 예뻐 보였다.

"완전 프러포즈받고 뿅 가셨겠구만. 뜨거운 밤을 보내셨겠어?"

"당연하지. 완전 뜨거웠지. 아주 날을 꼬박 샜지."

세나가 깔깔 웃었다. 정미가 '캬' 하며 몸서리치면서도 좋아했다. 세나가 부러웠다. 언뜻 현강과 결혼하는 장면이 떠올랐다. 아, 말도 안 돼. 후다닥 상상을 거두면서도 히죽 웃음이 나왔다. 그러다 문득 재은의 말이 되살아났다. 미래, 그와 나의 미래. 재은의 말처럼 그와 나의 미래는 암담한 것일까? 내가 한없이 부족해서?

"예원 씨는 휴가 동안 뭐 했어?"

"저는 별로……."

현강과의 일은 말할 수 없어 얼버무렸다.

"이사님한테 고백은 했어?"

"네?"

이사님한테 고백이라니? 이게 무슨 소리지?

"휴가 전에 우리랑 술 마실 때 얘기했잖아. 이사님 사랑한다고. 그래서 우리가 고백해 보라고 했잖아. 기억 안 나?"

세나가 덧붙였다. 진짜인 모양이다.

그날이 상기되었다. 재은의 등장으로 묘한 감정에 휩싸여. 술을 과하게 마시고 필름이 끊겼던 날이었다. 뇌를 쥐어짜다 보니 끊긴 기억이 되살아났다.


"예원 씨, 솔직히 말해봐. 진짜 좋아하는 사람 없어?"

"……이사님……."

집요한 정미의 채근에 취기로 무의식중에 중얼거렸다. 얼떨결에 쏟아진 말이었다. 이때까진 이사님을 '좋아' 한다고 착각했다. 이미 현강에게 마음이 움직이던 상태였으면서 나는 자각하지 못했다.

"이사님? 누구? 도한경 대표이사님?"

"진짜? 예원 씨 이사님 사랑했어?"

세나와 정미가 호들갑을 떨었다.

"아니…… 그게 아니고……."

수습하려 웅얼거렸지만, 흥분한 그들의 귀에는 들리지 않는 듯했다. 그녀들은 내게 고백하라고 설레발을 쳤다. 취한 뇌가 제대로 말도 못하고 '아니'라고 손사래만 쳤는데, 그들은 '고백을 안 한다'는 뜻으로 받아들였다. 그러다 토할 것처럼 속이 울렁거려서 화장실에 갔던 기억이 마지막이었다.


"우리가 막 고백해 보라고 했잖아. 했어? 응?"

"……그게……."

설명을 어떻게 해야 될지 난감했다. 구구절절 상황을 설명해야 하나? 그렇게 된다면 한경과 현강과 한집에 사는 것까지 밝혀야 되어서 설명이 어려웠다. 공연한 오해를 살까 걱정이 되었다.

"왜? 했는데 거절당했구나?"

"어쩌니…… 이사님 사랑한다고 말한 예원 씨가 너무 예뻐서 잘되길 바랐는데……."

내가 우물쭈물 대답을 못하자 그녀들이 넘겨짚었다.

"할 수 없다, 예원 씨. 다른 좋은 남자는 없어? 있으면 그 남자랑 잘해봐. 원래 남자한테 받은 상처는 남자로 극복하는 거야."

"맞아. 보험 같은 남자가 필요해. 민호 주임은 어때? 그래도 이사님에 대한 감정 정리하기엔 적당하지 않나? 한번 만나봐."

보험 같은 남자가 아니라, 나를 가득 채운 도현강님이 계신데……. 당당하게 밝히고 싶은 욕구가 용솟음쳤다.

"근데 현강 팀장 진짜로 안 올 모양이다. 우리 일어나자."

솔직해지려고 입을 열려는 찰나, 정미가 계산서를 챙겨 일어났다. 역시 정미는 내색하지 않아도, 아직까지도 현강에게 감정이 남아 있는 모양이다. 그녀가 상처받을까 걱정되어 난 도로 입을 다물었다. 조만간 따로 정미에게 고백할 기회를 잡자고 결심하며, 앞장서는 그녀를 따라 테이블에서 일어났다.

"어? 현강 팀장? 지금 왔어?"

기둥을 돌아서는 정미의 목소리가 들렸다.

"……어. 가려고?"

"그럼 2차 갈래?"

"아니야. 잠깐 들른 거야. 사무실로 올라갈 거야."

정미가 쪼르르 다가가니 현강이 한 발 물러났다. 기둥을 돌아서며 그의 얼굴을 봤다. 낯빛이 어둑한 게 엄청 피곤해 보였다. 짧은 휴가에도 나 때문에 쉬지 못한 그인데 언제나 일을 무리하는 듯해 안쓰러웠다.

"조심히 들어가."

밖으로 나와 무뚝뚝하게 인사하고선 현강이 거침없이 몸을 돌렸다. 나를 보지 않고. 그의 등이 이상하게 서늘했다. 내 착각인가? 멀거니 그의 등을 보는데 정미가 팔짱을 꼈다.

"예원 씨, 빨리 가자. 지하철 탈 거지?"

끄떡이며 힐끔 현강이 걸어간 방향을 곁눈질했지만 보폭 큰 그는 이미 시야에서 벗어난 후였다. 정미를 따라 지하철로 걸었다. 등이 쿡쿡 쑤셨다.

—너무 무리하지 마.

늦은 밤까지 현강은 귀가하지 않았다. 걱정스러워 톡을 보냈는데 답도 없었다. 그의 서늘한 등이 못내 마음에 걸렸다. 그를 기다리며 책을 읽었지만, 전날 악몽으로 못 잔 탓에 졸음이 몰려왔다. 애써 참았지만 자꾸 꾸벅꾸벅 졸았다.

징—

톡의 알림진동으로 번쩍 깨보니, 난 책상에 이마를 박고 잠들어 있었다.


—주차장이야. 잠깐 내려와.

역시 현강이었다. 새벽 1시. 그가 도착했다.

뿌연 눈을 비비며 서둘러 세수를 하고 주차장으로 내려갔다. 현강은 자신의 차에 허리를 기대고서 기다리고 있었다. 그는 보안문을 통과하는 나를 잠자코 지켜봤다. 그의 동공이 유난스레 검은빛을 띠었다.

"늦었네?"

살며시 웃으며 다가갔다. 하지만 현강은 웃지 않았다. 짙은 눈매가 내 눈을 또렷하게 들여다봤다. 그의 무표정에 돌연 시린 전율이 갈비뼈 안쪽을 부르르 떨게 만들었다.

"길예원."

그가 낮게 불렀다. 메마른 목소리는 싸한 기운을 담고 있었다.

"내가 옹졸한 놈이거든."

목소리만큼이나 눈동자도 건조했다.

"그래서 말이야, 미치겠거든, 지금."

영문을 도저히 알 수 없었다. 그의 눈꺼풀이 내리깔아졌다. 그가 깊은 속에서 우러나는 긴 한숨을 쉬었다. 난 굳어서 눈만 끔벅거렸다. 그가 차에서 몸을 들어 한 발 내 앞으로 다가왔다.

"너, 한경 형 사랑해?"

그가 단도직입적으로 물었다.

난 깜짝 놀랐다. 들었다. 그가 호프집에서 나눴던 대화를 들은 모양이었다. 그는 막 들어오는 길이 아니라, 돌아서던 길이었던 것이다.

"아…… 아니."

"어제도 사실 기분이 좀 싸했어. 한경 형 품에서 우는 널 보는데……. 그래도 내가 괜한 오해를 한다 했어. 그런데 한경 형한테 거절당해서 울었던 거였어? 그럼 지금까지 난 뭐였어? 진짜 보험이었어? 아니면 저울질했어?"

그가 어제의 일까지 합쳐서 오해했다. 아까의 대화를 듣고 더 확신한 모양이다.

"그게 아니라……."

"너, 뭐야? 나랑 한경 형 사이에서 뭐 했어?"

내 말을 자르며 그가 못 견디겠다는 듯 분노를 폭발했다.

"아니야, 오해야."

황급히 변명했다. 전혀 예상하지 못한 상황이라 어떻게 대처해야 될지 막막했다.

"무슨 오해? 말해."

"내가 그러니까…… 이사님을 좋아한다고 생각했던 건 맞는데……."

"그만해!"

현강이 말을 잘랐다. 위압감에 난 움찔했다.

"잘못 생각했어. 안 들을래."

그가 앞으로 성큼 다가왔다.

"내가 속이 좁아서, 어제 오늘 보고 들은 것 때문에 지금 미치겠거든. 내가 오해하는 거면 풀어줘. 그런데 지금은 아니야. 제대로 못 들을 것 같아. 내일 얘기해."

잡을 새도 없이 그가 내 어깨를 스치며 걸어가버렸다.

"도현강."

붙잡으려 불렀지만, 바쁘게 안으로 사라진 상태였다. 뒤늦게 보안문을 열고 후다닥 올라갔지만, 현강의 방문은 '접근 금지'라는 투명한 푯말이 붙은 것처럼 굳게 닫혀 있었다. 심호흡을 하고 노크를 하려는데,

"언니, 뭐해?"

계단을 내려오는 유경이가 나를 봤다.

"……안 잤어?"

"응, 물 마시고 자려고."

유경이가 주방으로 들어가는 것을 바라보다, 하는 수 없이 현강의 방문에서 떨어져 계단을 올라갔다. 미적미적 방으로 들어와 침

대에 누웠다. 아무런 변명도 못하고 하루를 보내야 함에 답답해 속이 터졌다. 늦은 시각이기에, 다시 아래층으로 내려가진 못했다.

속 터지는 밤이 지나고, 여지없이 아침이 밝았다.

출근 준비를 마치고 아래층으로 내려가니 현강이 없었다. 언제나 같이 출근하기 위해 날 기다리던 그가 안 보여 허전했다. 그의 빈자리를 절실히 느끼며 밖으로 나왔는데 그는 자동차 안에 있었다. 현강이 운전석에게 내게 올라타라는 듯 손만 까닥거렸다.

"저기……."

"나중에 하자."

조심스레 입을 여는 내게 무뚝뚝하게 말하면서 현강은 운전을 시작했다. 아침나절부터 감정 싸움을 할 수는 없어 입을 다물었다. 불편한 출근길을 함께하고 업무를 시작했다. 현강은 출근하자마자 회의실로 들어갔다.

"현강 팀장, 점심 안 먹는대. 우리끼리 가자."

점심시간, 회의실에 쫄래쫄래 들어갔던 정미가 나왔다.

"프로젝트도 마무리 단계라 집중할 일 없을 텐데…… 도 팀장 회의실에서 안 나오네?"

"기분이 무척 안 좋은 것 같아."

"그래? 무슨 일이지?"

해영과 정미의 대화를 들으며, 난 아랫입술을 꽉 깨물었다. 회의실 너머의 그를 노려봤다. 얘기나 들어보지. 스멀스멀 화가 치밀어 올랐다.

퇴근 시각까지도 그는 그대로였다. 나의 감정도 시간이 갈수록 격해졌다. 나는 그에게 인사도 안 하고 퇴근해 버렸다.

"너 왜 그래? 안 좋은 일 있어? 낯짝이 마치 남자친구랑 대판 싸우고 심통 난 얼굴이다."

저녁 약속으로 선아를 만났다. 그녀의 수다를 듣기만 하고 깨작거리는데 예리한 질문이 날아왔다. 정곡을 찌르는 말에 양심이 쿡 찔렸다.

"저기…… 선아야, 사실은…… 내가 남자가 생겼는데……."

여태까지 현강과의 관계를 밝히지 않은 것에 괜한 죄책감이 올라왔다.

"뭐? 진짜?! 길예원, 네가 드디어 많이 컸구나! 누군데? 회사 사람이야? 설마 싸가지 도씨 형제들은 아니지?"

선아가 호들갑을 떨었다. '싸가지 도씨 형제들'이라는 말에 흠칫했다.

"너…… 설마……?"

부정도, 대꾸도 못하는 내 반응에 그녀가 눈치를 챘다. 그녀의 아래 눈꺼풀이 푸르스름해졌다.

"둘 중에 누구야? 유경이 아빠? 왕싸가지 동생은 아니지?"

현강은 '왕' 자까지 붙는구나.

내가 입술을 오므리며 난감해하자 선아 눈가의 푸르스름함이 시꺼메졌다.

"너, 미쳤어?! 그 자식 완전 재수 없다며? 어쩌다 그랬어? 약점 잡혔어? 너한테 나쁜 짓 했구나, 이 자식!"

선아는 무슨 상상을 하는 것일까? 난 별안간 그녀의 뇌가 궁금해졌다. 넌 조신한 초등학교 국어선생님 아니니?

"아니야, 그런 거."

오해가 깊어질 듯해서 낱낱이 까발렸다. 선아에게 간략하게 그
간 일들을 설명했다.

"진짜 멋있다. 네가 첫사랑이라니……."

상당히 간추렸지만 선아는 만족했다. '왕' 싸가지 도현강의 등급
이 급속도로 상승했다. 즉시 처분에서 특AA급 도장을 받았다.

"그런데 길예원, 너 너무 엉큼하다. 나한테 여태 말도 안 해주
고. 서운하다."

"내가 자신 없어서……."

"뭐가?"

"내가 너무 부족하니까."

씁쓸한 웃음을 흘리며 자그마하게 속닥이듯 말했다.

"그러지 마. 네가 왜 기죽어? 예쁘고 착하고 야무지고. 솔직히
환경 때문이지 네가 못난 게 뭐 있어? 공부도 그렇게 잘했는
데……."

"네 눈에만 그런 거야. 내가 많이 빠지는 조건이잖아."

"이래서 너무 잘난 남자를 만나도 고민이 되지. 그래도 그 싸가
지가 너한테 잘한다면 믿어봐. 조건은 상관없이 너만 보는 것 같은
데."

차분히 조언하며 선아가 다정하게 웃었다.

"그런데 이 자식이……."

순간, 울컥해서 선아에게 어제의 일을 줄줄이 털어놨다. 분통을

터뜨리는 내 말을 새겨들은 선아가 별안간 턱을 뒤로 젖히며 깔깔
거렸다.

"뭐니? 질투니? 완전 질투도 열렬하게 한다. 샘나 죽겠네."

"무슨 질투를 그렇게 해?!"

"널 진짜 사랑하나 보다. 질투 때문에 눈이 완전 돌아간 모양이
야."

"사랑? 그 정돈 아닐걸? 사랑은 해본 적도, 할 생각도 없다 했어."

'사랑'이라는 단어에 오돌오돌 닭살이 돋았다. 그러면서도 괜스
레 히죽 웃음이 나왔다.

"그걸 어떻게 장담해? 감정은 남이 쉽게 결론 내릴 수 없어. 어
쨌거나 사랑싸움이네. 부럽다. 예원이 네가 날 추월하다니……. 난
뭐야?"

짝사랑 전문 선아가 급속도로 암울해했다. 난 뇌리에서 깐죽거
리는 도현강을 발로 뻥 차버리고 그녀를 다독였다.

선아와 헤어지고 귀가하는 길은 갑갑했다. 흔들리는 버스의자에
앉아 붉고 푸른 눈들을 부릅뜬 도시를 노려봤다. 선아는 사랑싸움
이라고 포장했지만 난 분했다.

오늘 한경과 유경이는 연희를 만난다. 그들은 좋은 일로 미래에
대한 희망을 꿈꾸며 단란한 시간을 보낼 텐데, 난 오해 때문에 감
정 싸움 상태인 게 억울했다. 나쁜 자식, 내가 낱낱이 말하고 나서
도 화내면 가만 안 둬?!

불끈거리는 울화로 벌떡 버스에서 내려, 회사로 되돌아갔다. 씩
씩거리며 어둠에 묻힌 사무실로 들어갔는데, 회의실은 불만 켜져

있고 텅 비어 있었다. 다행히 노트북과 데스크 모니터가 켜져 있는 걸 보아, 잠시 자리를 비운 모양이었다.

에이 씨, 어디 간 거야? 맥 빠지게…….

기껏 각오를 단단히 하고 왔는데, 그가 없어 허탈했다.

화장실 갔나? 기다려야 하나? 난감해져 실외정원에서 기다릴 셈으로 회의실에서 나왔다. 이대로 되돌아가기엔 억울하면서도, 회의실 안에서 모양 빠지게 기다리고 싶지 않은 알량한 자존심에.

실외정원 문을 열다 말고 난 멈칫했다. 현강이 실외정원에 있었다. 그가 어두컴컴한 실외정원 테이블의자를 거꾸로 놓은 상태에서 길게 늘어져서 하늘로 턱을 올리고 눈을 감고 있었다. 잠잠해졌던 울화가 다시 용솟음쳤다. 피곤하지만 내가 보기 싫어 집에 안 가고 이러고 있나 싶었다.

"도현강."

치솟은 열불을 최대한 자중하며 그를 불렀다. 내 목소리에 그가 눈을 떴다.

"너…… 진짜 사람을 뭘로 보고……."

나의 등장에 그가 놀라며 허리를 똑바로 폈다.

"내가 아무렴…… 너랑 이사님 사이에서 저울질하고 그랬을 것 같아? 내가이사님한테 마음 있으면서 너하고 키…… 키스하고 그랬을 것 같아?"

올 때만 해도 시크하고 냉정하려 했는데, 막상 말을 시작하자 흥분해서 엉망진창이 됐다. 억울하고 서운해서 눈시울도 뜨거워졌다.

"대체 날 뭘로 본 거야!"

꽥 소리치는 나를 현강이 미동 없이 뚜렷이 바라봤다.

"그러니까."

넘기듯 그가 툭 대답했다.

"뭐, 뭐라고?"

"그러게 말이야. 길예원이 밝히긴 해도 막장은 아닌데 말이야."

그의 음성에 특별한 강약이 없어서 헷갈렸다.

"……너 나 또 놀린 거야?"

헛웃음이 나왔다.

몽글거리는 감정 탓에 끝내는 방울진 눈물을 떨어뜨리고 말았다. 볼품없이 울고 싶지 않아 휙 등을 돌렸다. 놀란 현강이 벌떡 일어나 달리듯 다가왔다. 그가 내 팔목을 움켜쥐듯 잡았다.

"놀린 건 아니야."

"뇌!"

"진짜 질투로 미쳐 버리는 줄 알았어."

뒤에서 들린 고백에 난 동작을 멈췄다. 나머지 눈물을 역류하듯 쏙 들어갔다. 눈가를 쓱 닦고 그를 뒤돌아봤다.

"나도 내가 이렇게 컨트롤이 안 될 거라곤 생각 못했어."

그가 나의 팔을 잡아당겼다. 멈췄던 몸을 그에게 바로 돌렸다.

"어제까지 이어진 내 상상엔 네가 형 품에서 울었던 이유가 사랑을 고백하고 거절당해서였나 싶었지. 그저 나는 보고 들은 정황만으로 상상한 거야. 이성적인 판단은 할 수 없었어. 그 정도로 흥분했어. 나도 내가 그렇게 흥분할 거라곤 꿈에도 생각 못했어."

그의 눈동자가 희미하게 일렁거렸다. 자신의 격해졌던 감정에 당황한 듯.

"그러다 새벽에 네가 한경 형을 사랑했다면 나한테 그럴 정도로 강심장은 아니라는 생각이 그때야 들더라."

"그럼 오늘까지 왜 그랬어? 아침에도 안 들으려 했잖아?"

"쪽팔리고 미안해서, 길예원한테."

픽 그가 쓴웃음을 지었다.

"이따 들어가서 사과하려고 했어. 좀 복잡해서 이러고 있던 거야."

"아무리 그래도……."

"미안해."

그가 진심으로 사과했다. 내 눈동자를 또렷하게 들여다보며 진지하게. 순식간에 가슴속을 태우던 불길이 소실됐다.

"진짜 오해란 말이야…… 나 진짜 서운했어."

"그래, 그랬을 거야."

섭섭해서 웅얼거리는 나를 현강이 지그시 내려다봤다.

"정말 미안해."

그의 커다란 손이 내 어깨를 감으며 슬며시 안았다. 그의 품에 뺨을 대었다.

"앞으론 안 그럴게."

머리 위에서 들리는 진지한 사과에 서운함도, 울화도 눈 녹듯이 사라졌다. 난 그의 품에서 벗어나 오해의 정황을 설명했다. 현강은 깊게 새겨들었다. 모든 걸 세세하게 들은 그가 한심하다는 듯 짙은 한숨을 내쉬었다.

"나 진짜 옹졸하구나."

"충분히 오해할 만했어. 무조건 오해부터 한 건 잘못했지만."

"정말 오해하고 화내서 미안해. 그런데 이 말은 다른 사람한테 말한 적이 없는데…… 사실은 내 오랜 트라우마 영향이 커."

"응?"

주저하듯 머뭇거리는 그의 말이 이해되지 않았다.

"만약 상대가 다른 사람이었다면 그렇게 흥분하지 않았을 거야. 이성적으로 되짚어봤겠지. 그런데…… 한경 형이라서 내 이성의 끈이 끊어진 것 같아."

그가 나의 손을 잡아끌어 테이블의자에 앉혔다. 그리고 다른 의자를 끌어당겨 가까이 마주 보고 앉았다.

"한경 형은 나의 우상이야. 내가 가장 닮고 싶고 제일 좋아하는 사람. 하지만 그것과는 별개로 나는 한경 형한테 열등감이 있어."

나에겐 너무나도 완벽한 그의 입에서 나온 '열등감'이라는 단어에 난 화들짝했다.

"형은 언제나 반듯하고, 명확하고, 어긋남 없던 사람이야. 어려서부터 그랬어. 완벽한 사람이라 집안에서도 형을 추대할 정도로 높이 평가해."

그의 눈매가 깊어졌다. 오랜 세월 남모르게 고뇌했음이 역력했다.

"나도 물론 인정해."

짧은 한숨이 낮게 새어 나와 바닥에 깔렸다.

"아버진…… 내게 좋으신 분은 맞는데……."

어려운지 그가 망설였다. 난 차분히 기다렸다.

"언제나 한경 형과 나를 비교했고 몰아붙였어. 태어나는 순간부터 나의 경쟁자는 형이었고, 난 형을 뛰어넘는 동생이어야 했어. 하지만 난 형보다 부족했고, 솔직히 이기고 싶지도 않았어. 왜 나에겐 듬직한 형인데 경쟁해야 하는지 이해할 수 없었어. 그래서 갈피를 못 잡고 헤맸지. 아버지는 그런 내가 성에 차지 않으셨어. 커 갈수록 가혹하다 싶을 정도로 다그치셨지. 난 조금도 실수해선 안 되고, 아버지 기준대로 모든 것이 완벽해야 했어."

단단한 그의 가슴이 연신 오르락내리락했다.

"고등학생이 된 후엔 더 혹독해지셨어. 난 열등감까지 생겼지. 못난 내가 싫어 자괴감에 빠졌어. 시간이 싫었어. 내 24시간이 끔찍했어. 짜증스럽고 화나는 나날이었어. 뭐든 마음에 안 들면 성질 대로 굴었어. 집안에선 아버지 눈치 보면서 밖에서만."

현강이 자조적으로 픽 웃었다. 고등학교 때 전교에서 유명한 성질 더러운 도현강의 속내를 들으며, 열여덟 현강에겐 돌파구가 없었겠구나 싶어 안쓰러웠다.

"그러다 나 너한테 전교 1등 뺏겼었잖아. 그때 우리 아버지 엄청 충격 받으셨다."

그가 짧게 실소했다.

"날 어찌나 한심하게 여기시던지. 형을 이기지도 못하는 주제에 성적까지 떨어뜨렸다고. 근데 난 오히려 홀가분했어. 언제나 1등이어야만 된다는 압박감에서 벗어난 기분이랄까? 숨통이 트였어.

충격 받은 아버지 모습도 심술 때문인지 재미있었고."

씁쓸함이 입술 가득 번졌다.

"정말 지긋지긋했다. 다 싫었어. 성가시고 벗어나고 싶었어."

사람이 성가신 존재였다던 그의 말이 떠올랐다.

"저번엔 너한테 미안해서 미처 말 못했지만, 난 그때 혼자이고 싶었어. 차라리 가족 없이 아무도 없는 게 편할 거라고 생각했어. 특히 아버지 없이. 그러다 널 본 거야."

그가 또렷하게 내 눈을 들여다봤다.

"내 바람처럼 넌 혼자인 아이인데 진짜 편할까 싶어 지켜봤어. 그런데 편하기는커녕 안쓰럽고 외로워 보였어. 그러다 네가 공원에서 그랬잖아. 보호해 주는 사람이 없어서, 아무도 없어서 함부로 하냐고. 그 말을 듣는데 명치가 아프더라. 정말 쪽팔리더라고."

나도 그의 눈을 똑바로 바라봤다.

"나에겐 당연한 것들이 너에겐 절실한 건데, 내가 배부른 투정을 하는구나 싶었어. 미안했어. 좋아하는 감정도, 미안한 감정도 있어서 그 이후에 꼭 만나고 싶었는데 네가 사라져서 사과도 못했지."

서로의 눈을 마주 봤다.

"그러다 고3이 되고, 아버지 사업에 위기가 왔어. 뉴욕으로 간 이유가 큰아버지 도움으로 재기하러 가신 거였어. 나도 어려워진 사정 때문에 졸업하자마자 바로 입대한 거고."

그의 짙은 눈매에는 어린 현강의 번뇌들이 고스란히 담겨 있었다. 손을 뻗어 그의 손을 잡았다. 그의 입가에 미소가 번졌다.

"제대한 후에 뉴욕으로 갔는데, 그사이 아버지가 변하셨더라. 그동안의 고비로 심경의 변화가 크셨는지 성공, 최선, 목표 이런 것들의 기준이 바뀌셨더라고. 그때 난생처음 아버지와 깊은 대화를 나눴어. 난 아버지도 큰아버지에 대한 열등감 때문에 나로 대리만족하고 싶었다는 사실을 들었지. 그리고 내가 IT 개발에 흥미 있는 걸 마땅치 않아하시고 무조건 경영만 바라시던 아버지가 내 목표를 허락하셨어. 대신 난 그 몫으로 내 자리에서 최선을 다해 인정받고 싶어 더 노력했고."

그제야 그가 무리하면서까지 일에 집착하는 이유를 알았다.

"그게 벌써 5년 전 일들이야. 그 이후엔 아버지와 의견 충돌이 없었어. 그래서 난 열등감이나 자괴감 같은 걸 극복한 줄 알았어. 그런데 아니었던 거야. 사실 형 품에서 울던 널 봤을 땐 별다른 생각 안 했어. 네가 위로받을 일이 있나 보다 정도. 그런데 다음날 네가 형을 사랑한다는 말을 본의 아니게 엿듣게 된 순간, 사고가 끊기더라고. 돌겠더라. 내가 좋아하는 여자조차도 형한테는 안 되는구나, 하는 상실감에 빠졌어."

그가 바닥의 어느 곳을 초점 없이 깊게 바라봤다.

"아마 심장은 알았을 거야. 그런데 뇌가 제대로 사고하지 못했어. 그러다 새벽에 길예원이 그럴 리가 없지 하다가, 내가 아직도 형한테 열등감을 갖고 있음을 깨달았어. 그래서 복잡했어, 내 자신이 한심해서."

난 지그시 그의 큰 손을 내려다봤다.

"미안해, 못나게 굴어서."

누구나 아픔 없는 사람은 없고, 누구나 고뇌 없는 사람은 없을 것이다. 아무리 완벽해 보여도, 아무리 뛰어나 보여도, 아무리 다 갖고 있어도 그럴 것이다. 그것을 극복하고 위로받으며 살아가는 게 삶일 것이다.

"그런데, 길."

그가 눈꺼풀을 들었다.

"내가 너한테 독점욕이 생겼나 봐. 아무한테도 뺏기고 싶지 않아."

몹시 미안한 표정이었지만 난 설레었다. 심장이 팽팽해지며 오묘한 전율로 짜릿했다. 그의 손을 놓았다. 난 양팔을 길게 빼어 그의 목을 감고 끌어안았다. 현강이 깜짝 놀랐다.

"고마워."

미안하다는 말은 했어도 고맙다는 말은 하질 못했었다.

"10년 전이나 지금이나 내 곁에 와줘서 고마워."

턱을 길게 빼서 그의 어깨에 기대며 그의 귓가에 부드럽게 속삭였다.

"좋아해 줘서 고마워. 아껴줘서 고마워."

그의 심장박동이 전해졌다. 그도 나의 심장박동을 전달받을 것이다. 처져 있던 그의 팔이 올라왔다. 그의 손이 내 등에 닿았다.

"소중하게 생각해 줘서 고마워. 정말 고마워."

그가 고개를 숙여 내 어깨에 턱을 기대었다.

"좋아해. 나도 많이 많이 좋아해."

수줍은 나의 속삭임을 들으며, 그의 손목에 힘이 가해졌다. 그가 날 강하게 끌어당겼다. 그의 목을 감은 내 팔의 힘도 가해졌다. 그를 강하게 끌어안았다. 서로의 불끈거리는 심장박동이 하나의 두 근거림처럼 섞였다.

실외정원 공기를 타고 흐르던 선선한 바람이 곁으로 다가와 수줍게 스치고 지나갔다. 바람결에 따라 풀잎이 내뿜는 잔잔한 향내가 코끝에 닿으며 머물렀다. 은은한 밤이 깊어졌다.

# #14
## NN
## 지워진 것에 대한

　"데이트하자."

　사무실에서 나와 지하주차장으로 내려가는데 현강이 말했다. 그 누구에게도 차마 꺼내지 못했던 묵힌 감정을 쏟아낸 현강은 한결 가벼워진 듯했다. 그는 나의 '고마워'에 대한 답으로 내 이마에 짧은 입맞춤을 했다. 그도 내게 '고맙다'라고 속삭였다. 우린 서로를 보며 빙그레 웃었다. 우린 서로에게 고마워하고, 서로의 존재에 고마워하기 시작했다.

　"이 시각에?"

　"원래 데이트는 심야데이트가 좋은 거야."

　"치, 바람둥이 아니랄까 봐. 심야데이트도 무진장 많이 했나 보군."

입술을 잘근거리는데 그가 내 허리를 감으며 옆구리에 붙였다.

"그건 오해라니까."

그가 픽 웃어, 나도 넘겨주듯 따라 웃었다.

현강이 머리를 기울였다. 그의 입술이 내 귓가에 살며시 닿았다. 난 턱을 기울이며 입술을 늘렸다.

그가 나를 데려간 곳은 한강이었다.

멀리서 화려하게 수놓아진 도시의 야경과 함께 영롱한 빛으로 빛나는 한강의 다리는 고고했다. 차를 주차하고 손을 잡고 걸었다. 열대야로 인해서인지 선선한 강바람이 부는 한강엔 많은 사람들이 거닐고 있었다. 돗자리를 펴고 치킨에 맥주를 먹는 사람들도 간간이 있었다. 평온하고 단란해 보였다.

"나 지하철 타고 지나가만 봤지 한강은 처음 와봐. 그런데 밤에 오니까 너무 근사하다."

잔잔한 호수 같은 강물이 뱉어내는 선선한 숨을 들이마시며 난 길게 호흡했다.

"나도 와본 적 없어."

"정말?"

"응. 뭘 보려고 굳이 오나 했지."

"……데이트 같은 거 안 했어?"

그를 새초롬하게 올려다보며 물었다.

"한국 와서 따로 데이트 같은 거 안 했다니까. 너, 진짜 오해하는데 그냥 어울려서 만나는 것뿐, 따로 여자랑 일대일로 만난 적 없어."

"뉴욕에서는 했다는 거네?"

"노코멘트."

그가 시선을 회피했다. 난 장난치듯 그를 힐끔 째려봤다.

"근데 정말 상상 못했어. 도현강과 열등감은 진짜 안 어울려. 너무 완벽한데."

"내가 완벽해?"

그의 한쪽 입술이 도도 떨듯 씩 올라갔다. 얄밉지만 끄덕였다.

"길예원이 그렇게 말해주니까 막 으쓱한데? 자신감도 불끈거리고?"

현강의 너스레에 난 쿡쿡거렸다. 걷던 길을 멈추고 잔잔한 한강을 응시했다.

"근데 내가 인지 못했을 뿐이지 한경 형에 대한 열등감은 계속 있었던 것 같아."

"그랬어?"

"형이 유경이에 대해서 밝혔을 때 말이야, 집안이 발칵 뒤집혔었거든. 큰어머니는 워낙 자비로운 분이라 금방 운명이라며 받아들이셨지만 다른 친지들은 난리도 아니었어."

"그랬겠지, 아무래도."

동조하며 고개를 끄덕였다.

"30년 넘게 한 번도 실수한 적 없던, 집안에서 최고로 인정받던 도한경이 완전 대형 사고를 친 거지. 그것도 스무 살에 친 사고가 서른넷에 밝혀졌으니."

우린 무언의 신호가 통한 듯 자연스레 다시 걸었다.

"사실 나 그때 고소했었다?"

"어? 진짜?"

화들짝 놀라 현강을 올려다봤다.

"응. 좀 고소하더라고. 그래서 비웃기도 하고 그랬어."

씩 악마의 미소를 지으며 현강의 눈이 가늘어졌다. 난 어처구니 없어 허허거렸다. 그러다 유경이와 나와 처음 대면했을 때, 한경에게 빈정거리던 현강의 모습이 떠올랐다. 아, 그래서.

"물론 난 형이 여전히 좋아."

그가 입술을 벌리고 웃었다. 우린 동시에 눈을 마주치고 킥킥거렸다. 그때 영롱한 빛을 내던 다리에서 물줄기가 솟아올랐다. 분수 쇼가 시작되었다.

"와, 이런 것도 하나 봐."

감탄하며 걸음을 멈추고 몸을 틀었다. 하얗고 파란 빛을 내는 물줄기들이 시원시원하게 유선으로 하늘을 멋들어지게 솟아올랐다.

"너무 멋있다."

"그러네."

현강이 뒤에서 내 허리를 안았다. 그의 듬직한 가슴팍에 등을 기대며, 난 깜깜한 밤하늘을 뚫고 화려하게 솟아올랐다가 잔잔한 강물을 향해 낙하하는 물줄기들의 향연을 지켜봤다. 이 시간의 평온함과 행복감을 느끼며.

한강 데이트를 끝내고 귀가했을 땐 새벽 1시가 넘어가는 시각이라 집 안은 정적에 싸여 있었다. 죄지은 것도 없는데 내가 살금살금 뒤꿈치를 들고 거실을 걸어가자, 현강이 뒤에서 등을 쿡 찔렀다.

"뭐 해?"

그가 황당하다는 듯 웃었다.

"이사님 깨면 어떡해. 잘 자."

소곤소곤 속닥이고 손을 흔들었다.

"진짜 예뻐 죽겠네."

현강이 픽 웃었다. 별안간 그가 계단에 올라서려는 내 손목을 잡아끌었다. 놀랄 틈도 없이 그가 빠르게 자신의 방으로 날 끌고 들어갔다. 깜깜한 방에 들어가자마자, 그가 방문을 닫고 내 허리를 끌어안았다.

"도저히 못 참겠다."

그의 입술이 숙여졌다.

"우리만 있는 것도 아닌데……."

콩닥거리는 심장을 누르며 턱을 뒤로 젖히며 난 조그마하게 속삭였다. 우리만 있다면 괜찮다는 건가? 나는?

"도현강 도인 될 판이다. 한 번만 봐줘."

그의 손이 내 뒤통수를 잡고 끌어당겼다. 그의 입술이 성급하게 덮어졌다. 난 완강히 밀어내지 못했다. 뜨겁고 격렬하게 입술을 잡아먹듯 퍼붓는 키스를 오롯이 받았다. 격렬한 심장박동이 고스란히 겹쳐졌다.

현강이 날 번쩍 안았다. 날 침대에 눕힌 현강이 몸을 덮어왔다. 같은 공간의 한경도, 유경도 어느새 저 멀리멀리 존재하는 사람처럼 투명해졌다. 서로의 존재만 의식하며 더욱 맹렬히 키스하며 안았다. 내 입술과 입안을 훑던 그의 입술과 혀를 떠나 내 턱으로 부드럽게 내려왔다. 애써 참듯 침대를 짚고 있던 그의 손이 올라왔다. 조심스런 손길이 옷 속으로 들어왔다. 심장이 금방이라도 폭발할 것처럼 뛰어댔다. 키스가 더욱 깊어졌다. 따스한 손길이 부드럽게 봉긋한 가슴으로 올라왔다.

그때 번뜩,

'가만히 있어.'

다른 음성이 들렸다. 섬뜩한 소름과 함께 온몸의 털이 바싹 일어났다. 옆구리로 올라오던 손. 그 소름 끼치게 겁나던 손.

"헉."

불현듯 들린 소리와 섬뜩한 촉감에 허공에 멈칫했던 손으로 현강의 어깨를 밀어냈다. 쇄골을 부드럽게 탐하던 그가 움찔했다. 그가 당황하며 부들부들 떠는 나를 내려다봤다. 순식간에 고인 눈물로 그의 얼굴이 뿌옜다. 현강이 완전히 몸을 일으키고 나의 팔을 잡아 일으켰다.

"······미안."

그가 사과했다. 놀란 그의 동공이 흔들렸다. 그의 손가락이 눈가에 닿았다. 그렁그렁하게 눈물이 매달려 있던 눈가가 촉촉하게 젖었다.

"내가 너무 서둘렀나 봐. 미안해."

현강이 나의 어깨를 안았다. 다독이는 손길이 내 등을 쓰다듬었다. 난 아니라고 미약하게 고개를 흔들며, 얼이 나간 정신을 그의 품에 기댔다. 굵은 눈물이 또르르 떨어졌다.

아니야. 아니야⋯⋯ 그런 게⋯⋯

그런 게 아닌 것 같아.

나는 한참 만에야 안정을 되찾았다. 그에게 너무 미안했지만, 입술만 벙긋거리다가 끝내 말하지 못했다. 그는 이해한다는 듯 달래고, 2층으로 올라가는 나를 잠자코 지켜봤다. 계단 끝에서 뒤돌아보니 그가 괜찮다는 듯 고개를 끄덕였다.

방에 들어와서 난 주저앉듯 침대에 털썩 앉았다. 불쑥 떠오르는 섬뜩한 감촉에 대한 의문이 생겼다. 분명 현강의 감촉이 아니었다. 그리고 환각 같은 것도 아님을 인지했다. 내가 기억 못하는 부분이 남아 있는 건가?

불안했다. 뇌가 감추고 있는 진실을 알고 싶음에도 무서웠다.

이를 악다물며 불안감을 억눌렀다.


끼익—

소름 끼치도록 섬뜩한 소리. 검은 그림자가 들어선다. 잠결에 서늘한 기운이 느껴지면서 곧이어 무거운 뭔가가 몸 위를 덮는다. 머리카락이 쭈뼛하며 온몸에 오싹한 소름이 돋는다.

진저리를 치며, 깊은 잠에서 화들짝 깨어난다.

눈앞에 어른거리는 검은 그림자.

"제발⋯⋯ 살려주세요⋯⋯ 제발⋯⋯."

"누가 죽인데?"

"제발⋯⋯ 제발⋯⋯."

"조용히 해."

뜨거운 손이 입을 짓누르듯 막았다. 다른 손이 내 상의를 들췄다. 무수히 많은 다리가 달린 벌레가 기어 다니는 듯해 치가 떨렸다. 진저리를 치며 벗어나려고 몸을 비틀었다. 강렬한 충격이 옆구리에 가해졌다.

"헉."

장기에 가해진 충격에 숨 쉬기가 힘들었다. 고통스러운 통증에 기절할 듯 아득해졌다. 눈앞이 빙빙 돌았다. 입을 틀어막고 짓누르는 손바닥의 힘이 강해졌다.

"가만히 있어."

귀에 닿는 섬뜩한 차가운 입술.

징그러운 벌레가 음산한 기운을 내며 옷 속으로 들어왔다. 그 서늘하고 끔찍한 촉감에 살갗의 털이 바짝 일어났다. 위경련이 일어나듯 위장이 뒤틀리고, 심장이 바들바들 공포로 떨어졌다. 벗어나려고 발버둥 치는 옆구리에 다시 한 번 강렬한 충격이 왔다. 금방이라도 기절할 정도로 숨이 턱 막혔다.

살려주세요……

제발……

제발…….

남자가 내 트레이닝 바지를 우악스럽게 잡아당기며 벗기려 했다. 순간, 퍼뜩 정신이 들었다. 이대로, 이대로 당할 순 없어. 이렇게, 이렇게…….

온 힘을 다해 버둥거렸다.

쫙—

남자의 거친 손이 뺨을 갈겼다.

"악!!"

그 틈으로 짓누르던 손이 풀리며 입이 뚫렸다. 기회를 놓치지 않고 목이 터져라 비명을 질러댔다. 남자의 험한 주먹이 날아왔다. 눈앞에 지지직거리는 불꽃이 일며 번쩍했다.


눈을 부릅떴다. 진짜 비명을 지른 양 굵은 숨을 헐떡이며.

어둑한 천장을 올라다보는 눈동자가 바르르 떨렸다. 난 며칠 전이 꿈의 앞부분을 꾸고 오늘 이어진 영상을 봤다. 그리고 현강과의 접촉으로 확실히 깨달았다.

꿈이 아니다, 분명.

잔혹한 공포가 끊임없이 뇌를 갈아먹었다. 뇌에는 구멍이 뻥 뚫려 오한이 들 정도로 시린 바람이 휭휭 지나갔다. 구멍을 막을 수가 없었다. 너무나도 생생하고 끔찍해 지울 수가 없었다.

열여덟 예원이가 실제 당한 걸까?

미유 언니가 '살아야 된다'고 다독였던 꿈이 떠올랐다. 그래서 미유 언니는 날 그렇게 달랜 건가? 내가 끝도 없는 절망감에 빠져서?

아니다. 아니야. 꿈이다. 악몽이다.

잊자, 잊자.

난 최면을 걸었다.

"괜찮아? 잘 잤어?"

출근하기 위해 기다린 현강은 날 보자마자 물었다. 밤새 걱정한 껌새였다. 내가 미안한 건데 그는 되레 내게 미안해했다. 난 고개를 끄덕이며 미안한 미소를 보냈다.

어제 겪은 영상이 실제인지 꿈인지 아직은 결론을 내릴 수가 없다. 명확하지 않다. 그럼에도 선불리 간과할 수 없는 문제임은 직시하고 있었다. 그런데 난 우습게도 꿈에 담긴 고통보다 현강에게 '소중한 길 양'이 아니게 될까 두려웠다. 난 그에게 '소중한 길 양'이고 싶기에.

"길, 내가……."

"내가 잠깐 놀랐나 봐. 미안해."

어려워 머뭇거리는 그의 말을 자르며 난 재빨리 사과했다. 그가 날 안았다.

"내가 기다릴게. 준비도 안 된 널 너무 몰아붙였나 봐."

에둘러대지도 못했다, 자신이 없어서.

"그런데 너 안색이 좋지 않아. 잠 못 잤어? 나 때문에?"

"아니야. 악몽을 좀 꿔서……."

"그랬어?"

현강의 눈동자에 근심이 번졌다. 안심시키려 두 팔로 그의 목을 감았다.

"걱정하지 마. 그냥 악몽은 화재 사건 때문인지 가끔 꾸는 거니까."

"이제 안 꿨으면 좋겠네."

귓가에 들린 다정한 음성에 입가의 미소를 닫지 않았다. 가슴이 벌렁거리면서 울컥했다. 눈가가 시렸다. 미안해, 미안해. 속으로 반복해서 되뇌었다.

그때, 콩콩 소리가 들렸다.

그와 나는 소리가 나는 방향으로 고개를 틀었다. 자동차 앞 범퍼 앞에서 팔짱을 끼고 유경이가 가시눈을 뜨고 있었다. 현강과 나는 동시에 움찔했다. 난 후다닥 조수석에 반듯하게 앉았다. 무시무시한 눈으로 우릴 번갈아보던 유경이 탁탁 운전석으로 돌아왔다.

현강이 '왜 나야? 네가 아니고?' 하며 넘겨다보며 이맛살을 찌푸렸다. 톡톡. 유경이 운전석 창문을 두들겼다.

"삼촌."

창문이 열리자마자 유경이의 으스스한 목소리가 울렸다.

"뭐…… 뭐?"

"정말 둘이 시도 때도 없이…… 아침부터 이래도 되는 거야?"

"원래 연애란 그런 거야."

"하지 마."

깐죽거리는 현강을 질책하고 민망한 미소를 유경에게 보냈다.

"유경아, 학원 가는 거야?"

"언니! 삼촌이랑 진짜 연애해?!"

"그게, 유경아……."

"난 이 연애 반대야!"

샐쭉하게 유경이가 쏘았다.

"넌 권한 없어."

현강이 딱 부러지게 말했다. 유경이 눈알을 부라리며 노려봤다.

"난 삼촌 싫어!"

꽥 소리친 유경이 성질난 걸음걸이로 주차장을 나갔다. 현강이 '저게' 하며 입술을 질근거렸다. 멀어지는 유경이의 어깨가 성깔지게 들썩였다.

"임유경, 언니에 대한 독점욕이 너무 강해. 내가 아니라도 다 싫어했을 거야."

운전을 시작하며 현강이 불평했다. 난 인정도 부정도 하지 않았다. 현강 삼촌이라서 싫은 것 같은데⋯⋯. 속말은 묻어뒀다.

잠시 가벼워졌지만 금세 짓누르는 바위 같은 불안감과 뇌리에 착 달라붙은 사념은 떨쳐지지 않았다. 아무리 떼어내려 해도 질척거리며 달라붙었다. 폐도 갑갑했다. 공기가 부족해 아리게 조였다.

곁의 그가 모르게 살짝 짧은 숨을 들이마시며 콧등에 힘을 주고 차창 밖을 내다봤다. 분주하게 출근하는 거리의 사람들을 집중해서 주시했다. 그저 어제처럼, 그제처럼 평범하길 바라며.

하지만 뒤숭숭한 잡념으로 출근 후에도 업무에 집중할 수가 없었다. 잔혹한 꿈은 뇌에 깃발을 꽂은 듯 뚜렷하게 박혀 있었다. 본능이 꿈이 아님을 직시하고 있었다. 그것이 더 끔찍했다.

"예원 씨, 텍스트 아래 레이어가 겹쳐서 잘못 저장되었다. 다시 확인해 줘요."

"죄송해요. 바로 확인할게요."

세나의 말에 화들짝 넋 나간 정신을 채찍질했다. 종일 우왕좌왕

하는 내가 한심했다. 오전에는 PT자료를 정리하면서 중간 부분을 빼먹는 초보적인 실수까지 했다. 해영은 가뿐히 넘겼지만 난 곤혹스러웠다.

현강은 새 프로젝트 진행으로 오전 내내 비즈니스팀과의 회의로 바빴다. 오전 11시가 넘어서야 그는 자리로 돌아왔다.

"오늘은 점심 간단히 먹고 바로 기획회의에 들어갈게요."

"그럼 아예 지금 점심을 먹고 시작해요."

"그래요, 그럼."

해영의 말에 그가 곧바로 수긍했다. 팀원들이 자리에서 모두 일어났다. 무거운 몸을 느릿하게 일으키는데,

"예원 씨 오늘 컨디션이 안 좋은 것 같다. 안색도 안 좋아."

나를 꼼꼼히 살피며 해영이 걱정했다. 현강의 시선이 내게로 왔다. 그의 눈이 내게 그러느냐고 물었다.

"아니에요."

팀원들 시선이 모두 내게로 몰렸다. 멋쩍어 과장되게 웃으며 도리질했다.

"몸이 좋지 않으면 조퇴해요."

현강이 조용히 말했다. 그의 눈동자가 걱정으로 흔들렸다.

"그래라. 정말 안 좋아 보여. 병원에 가야 되지 않겠어?"

"진짜 예원 씨, 생기가 하나도 없어. 조퇴해. 억지로 참지 말고."

해영도, 정미도 맞장구를 쳤다.

바쁜 팀원들에게 괜한 걱정을 끼치게 만든 듯해 하는 수 없이 받아들였다. 점심은 먹고 조퇴하라고 잡는 팀원들에게 어차피 입맛

도 없었기에 괜찮다는 말을 하고 먼저 사무실에서 나왔다. 지하철에 오르는데 현강의 톡이 왔다.

—많이 안 좋으면 바로 연락해.
—아니야, 정말 괜찮아. 잠을 못 자서 그런가 봐.

걱정하는 현강의 톡에 눈시울이 아려왔다.

—참지 말고. 알았지?

이어 온 그의 말에 '응'이라고 간단히 대답하고 눈을 질끈 감았다.
무섭다. 두렵다.
아무것도 아닌 내가, 해줄 게 아무것도 없는 내가, 한없이 부족한 내가, 소중한 너에게 소중하지 않은 나일까 두렵다. 너무 소중하게 배려해 주는 네게, 난 그런 여자가 아닐까 봐 무섭다.
집에 오자마자 죽은 듯 침대에 누웠다. 눕자마자 천 근처럼 무거웠던 눈꺼풀이 몇 초 만에 감겼다. 마치 나락으로 떨어지듯 바닥으로, 바닥으로 가라앉았다.

작은 예원이가 보인다. 구석진 곳에서 웅크리고 흐느끼는 작은 예원이. 열여덟의 예원이.
예원아, 너 왜 울어?

어스름한 빛만 있는 공간에서 앙상한 무릎뼈가 튀어나온 다리를 끌어안고, 연약한 어깨를 파득거리며 우는 예원이를 부른다.

예원아, 울지 마. 너 왜 그래?

우는 예원이를 안아주고 싶다. 하지만 닿지 않는다. 작은 예원이가 투명한 물방울처럼 손가락 사이로 빠져나간다.

울지 마, 예원아.

울지 마.


눈을 떴다. 침대에서 무거운 몸을 일으켰다. 눈가가 시리다. 열여덟 예원이의 절망이 심장을 조인다. 아리게 아프다.

무릎을 굽혀 안았다. 열여덟 예원이의 앙상하던 무릎뼈엔 이제 제법 살이 붙어 튀어나올 정도는 아니다. 한겨울처럼 한기가 든다. 에어컨을 켜지도 않았는데 8월의 무더위를 체감할 수 없다. 춥다. 기억의 한기는 나를 춥게 만든다. 오들오들 떨면서 고개를 무릎에 묻었다.

다시 쓰러지듯 침대에 누웠다. 눈이 감긴다. 다시 나락에 빠지듯 몸이 축 처진다.


"죽을 것처럼 아픈 기억은 잊어버리고 살아야 돼. 살아야 돼. 살아야 돼……."


미유 언니의 손길이 닿는다. 주문 같은 말소리가 까마득하게 들린다.

"살아야 돼. 예원아, 살아야 돼."

언니, 내가 그렇게 힘들었었어? 언니에게 물어본다.

"다 잊고 살아야 돼, 예원아."

언니는 대답하지 않는다. 여전히 주문을 외운다.
언니, 불안해. 두려워.

"잊어. 다 잊어."

그래서 내가 다 잊었던 거야? 언니의 주문이 마법처럼 들어진 거야? 이왕 마법을 걸어줬으면 끝까지 잊게 해주지 그랬어. 이제 떠오른 기억의 진실 때문에 불안해. 지금의 사람에게 미안할까 두려워.

아무것도 없는 내가 미안하잖아.

눈가에 따스한 온기가 느껴졌다. 닫힌 눈꺼풀이 스륵 열렸다. 현 강이 미간을 좁히고 침대가에 앉아 날 내려다보고 있었다. 촉촉하게 젖은 눈가에 굵은 눈물이 또르르 흘렀다.

"너, 진짜 무슨 일이야?"

그의 눈이 놀라고 걱정하고 있었다.

언니, 이 사람을 잃을까 봐 무서워.

"아…… 아니야."

"많이 안 좋은 거야? 아니면 안 좋은 기억이라도 났어?"

억지로 몸을 일으키는데 눈치 빠른 현강이 물었다. 난 움찔했다.

"길예원. 내가 걱정할까 봐 참는 거면 참지 마."

날 안으며 다정히 말하는 그에게 턱만 움직이며 대답을 대신했다.

"뭐든 힘들면 말해. 아픈 거면 병원에 가자."

그가 몸을 떼더니 내 얼굴을 빤히 들여다봤다. 그의 손이 흐트러진 머리카락을 쓰다듬었다. 마치 꿈속의 미유 언니의 손길처럼 따스했다.

"아니야. 피곤한가 봐."

"좀 더 잘래?"

다시 턱만 까닥거렸다.

"그럼 좀 더 자. 아무 생각하지 말고 푹."

"퇴근한 거야?"

"아니야. 걱정돼서 잠시 왔어. 다시 들어가 봐야 해."

팔을 뻗었다. 그의 목을 꽉 끌어안았다. 이대로 놓치고 싶지 않아. 이대로 네 품 안에 계속 안겨 있고 싶어. 이대로 계속 널 안고 싶어.

"길예원, 자면서 울지 마. 나쁜 꿈이면 잊어버려."

끄덕끄덕. 대답만 했다.

현강의 커다란 손이 내 등을 안으며 달래듯 쓸었다.

주차장을 빠져나가는 그의 차를 창문가에 서서 지켜봤다. 만약 꿈속의 예원이가 예시하듯 최악의 일이 일어나 절망한 것이었다면, 난 어떡해야 할까?

—주방에 죽 사다 놨어. 자고 일어나 배고프면 먹어. 일찍 퇴근할게.

출발하기 전에 보낸 건지 그의 톡이 왔다.
너에게 그대로 소중한 길 양이고 싶다.
하지만 만약 아니라면…….
난 널 포기해야 할까? 어쩌면 그래야 할까?
톡을 닫으려는데 그의 프로필 사진이 눈에 들어왔다. 도시락 사
진이 아니었다. 눈여겨 안 봐서 바뀐 걸 모르고 있었다. 무심히 프
로필 사진을 터치했다.
길을 찍어놓은 사진이었다. 청명한 산책길 사진. 여름 햇살을 가
득 품은 울창한 나무들 사이로 기다란 길. 사진 옆에 문구가 있었
다.

『길이 좋다.』

심장이 움찔했다. 불끈 뛰는 심장을 감싸고 화끈한 전류가 퍼지
며 조이듯 아릿아릿했다. 닭살이 돋듯 오돌오돌 피부가 일어났다.
등줄기에 들었던 오한이 뜨거워졌다. 전신에 퍼진 전류는 심장을,
폐를, 장기를 뜨겁게 달구었다.
울컥해서 흐느낌이 쏟아지려 했다. 부랴부랴 손으로 입을 틀어
막고 아랫입술을 피가 배도록 깨물었다. 휴대폰을 가슴에 안고 눈

을 질끈 감았다.

주체할 수 없는 뜨거운 눈물이 하염없이 흘러내렸다.

길이 좋다.

길이 좋다…….

길이 좋다…….

#15

## 소중하지 않은 건 없어

소리도 못 내고 끅끅거리며 한참을 울었다. 목이 쉴 정도로 메고, 내장이 뒤틀린 듯 부들거렸다. 그렇게 오래 울다, 진이 빠진 저린 손을 움직여 눈가를 닦으며 결심했다.

포기하지 않을 거다. 설사 꿈이 사실이라 네가 거부하더라도.

내 욕심이다.

부족한 내가 과욕을 부린다. 그래도 포기할 수 없다, 나는 너를.

열여덟 예원이가 살고 싶지 않을 정도로 괴로웠던 일일지라도, 못 견디게 아팠던 일일지라도 스물일곱 예원이는 살고 싶다.

'지나간 과거 따위, 그까짓 게 뭐라고' 하며 넘길 수 없더라도, 극복하지 못하는 과거일지라도 나는 도망칠 수 없다.

난 길예원이다.

지금까지 앞만 보고 달렸던 길예원이다.

잠시도 쉬지 않고 멈춤 없이 달려온 7년이었다. 가로막힌 난관에 부딪친 적도 많았다. 하지만 견뎠다. 난 지켜야 할 것이 있었으니까. 내겐 유경이가 있었으니까. 내가 지켜야 할 가족.

그런 7년을, 지워진 10년 전 과거 때문에 버릴 수 없다. 그리고 무엇보다도 난 지금 놓치고 싶지 않은 게 생겼다. 버리고 싶지 않은 게 생겼다.

욕심이라 해도 절대 포기하지 않을 거다.

피하지 않을 거다, 내 가혹한 진실이 무엇이든.


깊은 고랑 같은 사념에 빠져 허우적거리던 정신을 씻어냈다. 덕지덕지 묻은 질척한 기운을 씻어내고, 젖은 머리를 곱게 빗어 말려 깔끔히 묶고 화장도 했다. 거울 속의 나를 마주 보며 환히 웃었다. 힘내자, 길예원.

주방에 가니 현강이 사다 놓은 죽이 있었다. 도현강님이 하사하신 죽이므로 싹싹 비울 작정으로 열심히 수저질을 했지만, 양이 많은 탓에 반밖에 먹질 못했다. 꼭 다 먹어야지.

피식 웃고 돌아서 주방을 쓱쓱 정리했다. 오전에 도우미 아줌마가 다녀간 덕분에 집 안은 깨끗했다. 손댈 곳이 없었지만 바삐 움직였다. 베란다 문도 활짝 열어 환기시키고 현강의 방도 꼼꼼히 살피며 정리했다.

열심히 닦아내고 먼지도 털어내며 웅크리고 남아 있을 암울함이 완전히 날아가길 바랐다.

"길."

퇴근한 현강은 놀랐다. 오후까지 죽을상이었던 내가 상반되게 씩씩한 탓이었다.

"왔어? 배고프지?"

아무 일도 없었던 사람처럼 밝게 물었다.

"아니. 근데 너 괜찮아?"

"자고 일어났더니 멀쩡해."

"길, 역시 졸린 거였어?"

"그런 모양이야. 저녁 먹게 씻고 나와."

장난치듯 현강이 눈을 찌푸려 씽긋 웃어줬다.

"형은 유경이하고 연희 누나 만나 저녁 먹는다던데?"

"응. 아까 유경이한테 전화 왔었어. 유경이는 연희 씨가 좋대. 저번에 만났을 때 서로 통했나 봐. 잘됐지?"

그가 내게 다가왔다.

"길."

현강이 나를 가만히 안으며 턱을 내 어깨에 대었다.

"아프지 마라. 걱정돼서 일도 손에 안 잡히더라."

그의 품에서 난 빙그레 웃었다. 그래, 내겐 도현강이 있는데.

강해질 거야.

위축되지도 주눅 들지도 않고, 설사 좋지 않은 과거라도 이겨낼 거야.

☆ ★ ☆

쫙—

남자의 거친 손이 뺨을 갈겼다.

"악!!"

그 틈으로 짓누르던 손이 풀리며 입이 뚫렸다. 기회를 놓치지 않고
목이 터져라 비명을 질러댔다. 남자의 험한 주먹이 날아왔다. 눈앞에
지지직거리는 불꽃이 일며 번쩍했다.

"이년이 죽으려고!"

남자가 격하게 짓이기듯 입술을 손바닥으로 막았다. 주먹이 옆구리
를 가격했다. 맞으면서도 내가 반항하자 남자의 주먹이 무차별적으로
날아왔다. 포악한 손길이 내 옷을 찢듯이 잡아당겼다. 양손으로 옷을
움켜쥐고 반항하는 나의 머리카락을 그가 낚아챘다. 엉키듯 묶인 머
리카락이 들려지며 목이 쭉 빠졌다. 공중으로 올라온 뺨에 갈퀴 같은
손바닥이 연거푸 갈겨댔다. 쫙쫙, 뺨 맞는 소리가 어둠 속에서 섬뜩하
게 퍼졌다.

"이 녀석!"

문이 벌컥 열렸다. 광분해서 폭행하던 남자가 멈칫했다. 남자의 손
힘이 풀렸다. 문밖에서 경악한 원장님을 발견하고, 터진 입술의 피가
입안으로 스며들어 오는 걸 꿀꺽 삼키고 벌떡 일어났다. 구석으로 도
망가 보호하듯 가냘픈 팔로 몸을 감쌌다. 벌벌 떨며 굳은 듯 서 있는
나를 원장님이 쳐다봤다.

"시팔!"

욕설을 뱉은 남자가 방에서 나갔다. 원장님의 어깨를 험악하게 툭

건들면서. 연약한 원장님의 어깨가 우악스런 힘에 비틀거렸지만 남자는 아랑곳하지 않았다. 원장님이 바닥에 털썩 주저앉았다. 남자의 모습이 시야에서 완연히 벗어났다. 난 비로소 공포에서 벗어나 흔들리던 무릎을 굽혀 쭈그려 앉았다. 여전히 부러질 듯 가냘픈 팔로 앙상한 몸을 보호하며. 원장선생님의 통곡 소리가 들렸다.

눈꺼풀만 끔벅끔벅 감았다 뜨며 어둠을 응시했다. 띄엄띄엄 숨막히게 나타나던 영상이 전부 보였다. 선명하게 알려주듯.

이제야 전부 기억이 났다.

화재로 사람들을 잃고, 갈 곳도 잃었다.

살아남은 아이들은 뿔뿔이 흩어졌고, 나도 미유 언니와 함께 다른 곳으로 옮겼다. 그곳은 작은 보육원이었다. 원생들도 많지 않았고, 열다섯 살 중학생 남자아이가 제일 큰 녀석이었다. 원생 대부분이 남아였고, 몇 개 안 되는 여학생 방은 포화 상태라 열여덟이나 먹은 내가 기거할 방이 마땅치 않았다. 그래서 원과 나란히 지어진 원장님 댁의 작은방에서 미유 언니, 유경이와 같이 지냈다. 하교하면 좁지만 원의 여자아이들 방에서 지냈고, 잠잘 때만 그 방에 들어갔다. 원장님 댁에 민폐를 끼칠까 봐.

그러다 그날, 유경이가 아팠다. 급성 장염으로 병원에 입원했다. 그 밤에 난 혼자 잤다. 문을 잠가야 한다는 건 꿈에도 생각지 못했다. 그 방문을 열고 들어온 검은 그림자는 원장님의 아들이었다. 군대를 제대한 지 일주일이 좀 넘은 스물세 살인 외아들이었다.

그는 내게 관심을 보였었다. 곧잘 내게 다가와 깐죽거리듯 말도 걸었었다. 그러나 난 화재로 잃은 아이들 때문에 얼이 빠져 있었다. 그랬기 때문일까? 내가 멍해 보여서 함부로 해도 된다고 생각했던 걸까? 아니면 나를 보호해 주는 사람이 아무도 없어서?

그는 내가 끝까지 반항하자 격분해서 험하게 구타했다. 구타하면서도 그는 옷을 찢듯 벗기려 했다. 하지만 절대 당할 수 없어 끝까지 반항했다. 작은방의 소란스러움에 깊은 수면에 빠졌던 원장님이 깬 것은 천만다행이었다. 그녀가 이상함을 감지하고 문을 열어 그 장면을 목격했다. 그 덕분에 난 최악의 경우는 모면할 수 있었다.

원장님은 부랴부랴 나를 응급실에 데려갔고, 아들은 그대로 집을 나갔다. 난 몸과 뺨에 심한 멍이 들고 입술이 찢어졌지만, 다행히 뼈가 부러진 곳은 없었다. 가벼운 치료와 주사를 맞고 약을 처방받고 아침에 되어서야 원으로 돌아왔는데, 병원에서 퇴원한 미유 언니에게 들키고 말았다. 고백하듯 쏟아내는 원장님의 얘기를 듣고, 미유 언니는 경찰서에 신고해야 된다고 악다구니를 썼다. 언니는 눈이 시뻘게져서, 검붉게 부푼 내 뺨에 차마 손도 못 대고 부들부들 떨었다. 원장님이 아들 대신 무릎을 꿇고 용서를 빌었다. 언니는 절대 용서 못한다고 역정을 냈지만, 난 용서하기로 했다.

악하지 않은 원장님의 모습이 짠해서. 아들 대신 무릎을 꿇는 엄마의 모습이 아파서.

그리고 고집을 굽히지 않던 미유 언니를 회유시켰다. 언니는 굵은 눈물을 훔치며 짐을 쌌다. 그날, 언니의 손에 이끌려 그곳을 나왔다. 막상 나오긴 했는데 당장 갈 곳이 없었다. 급한 마음에 모텔에서 머물렀고, 언니는 방을 구하러 정신없이 돌아다녔다. 여섯 살이나 된 유경이를 데리고 다니며 고된 하루하루를 보냈다. 나까지 같이 살려면 적당한 크기의 방이 필요했지만, 돈도 얼마 없어 쉽지 않았다. 밤이면 다리가 퉁퉁 부어 고생하고 돌아온 미유 언니를 보면서, 내가 언니의 짐인 것 같아 힘들었다.

찢어진 입술과 얼굴의 멍은 금세 아물었지만, 꺼멓게 든 옆구리의 멍은 차츰차츰 보라색을 띠며 쉬이 가시지 않았다. 보라색 멍을 볼 때마다 이렇게 살아서 뭐 하나 싶었다. 어차피 버려진 나니까.

모텔방 구석에 쭈그려 앉아 울거나 멍해 있거나 했다. 밤이면 무서워서 잠들지 못했다. 공포로 달달 떨었다. 또 검은 그림자가 방문을 열고 들어올 것 같아서. 그렇게 며칠을 보냈다. 그러다 수면 부족으로 초저녁에 잠이 들었던 날이었다. 그때, 혜창이 꿈을 꿨다.

너는 어디 있니? 그곳은 편하니? 하얀 곳, 하얀 세상, 뿌연 너.

내 손을 잡아봐. 지금이라도 같이 갈까? 내가 갈까?

여긴 캄캄한데 네가 있는 곳은 하얗고 맑다. 그곳은 왠지 편할 것 같다. 내가 사는 세상보다…….

혜창이가 아장아장 걸어갔다. 혜창이를 따라 맨발로 모텔에서 나왔다. 굵은 장대비가 쏟아지는 길을 걷고 또 걸었다. 걷다 보니 혜창이가 사라졌다. 그래도 계속 걸었다. 갈 목적지도 없고, 받아줄 곳도 없는, 날 지켜줄 사람이 단 한 명도 없는 이 세상. 이대로 죽었으면 좋겠다고 내내 생각했던 것 같다.

그때, 현강을 만났다.

그리고 현강의 키스는 내게 더 큰 절망을 안겨줬다. 좋아한다는 그의 고백은 들리지 않았다. 그저 그도 나를 함부로 하는 사람 중 하나라고 판단하고 무서웠던 것 같다. 그래서 그에게서 도망쳤다.

"길예원!"

뒤늦게 쫓아온 그가 횡단보도 앞에서 소리쳤다. 그의 외침을 들으며 모퉁이를 꺾어 돌아섰다.

끼익—

튀어나온 자동차의 타이어 긁히는 소리가 났다. 그 소리에 반사적으로 몸이 움찔했다. 자동차는 아슬아슬하게 무릎 앞에서 멈췄다. 무릎에 닿는 촉감이 강하지 않았다. 그저 쿵 하고 슬쩍 부딪친 느낌.

그런데 난 쓰러졌다. 가물거리는 시야 앞에,

"학생!"

하며 몰려드는 사람들의 모습이 들어왔다. 운전자가 부리나케 차에서 내렸다. 차디찬 보도블록에 누워 세상을 바라봤다. 사람들을 바라봤다. 웅성거리는 소음. 흐릿한 가물거리는 시야 너머 울렁거리는 사람들. 나와 상관없는 사람들. 어차피 난 버려졌으니까. 그냥 그대로 눈을 감고 싶다. 희망도, 미래도 없는 각박한 삶이 싫었다.

깨어났을 땐, 미유 언니가 눈앞에 있었다. 눈물을 뚝뚝 떨어뜨리는 언니를 초점 없이 바라봤다.

"예원아…… 괜찮아?"

"언니……."

"의사선생님은 큰 사고가 아니라서 이상이 없다는데, 네가 깨지 않아서 얼마나 놀랐는지 몰라. 너 이틀 만에 깬 거 알아?"

"나 사고 당했어? 무슨 사고?"

난 가벼운 접촉사고조차도 기억하지 못했다.

"예, 예원아?"

경악한 언니가 의사를 호출했고, 난 큰 병원으로 옮겨 검사를 했다.

의사의 진단은 '심인성 기억상실증'.

뇌에 이상이 있어 나타나는 장애가 아니라 정신적 충격으로 인해 스스로 기억하고 싶지 않은 부분을 선택해서 지웠다고 했다. 그의 말을 이해할 수가 없었다. 내가 뭘 선택해서 지워? 하고 빈정거렸다.

그 밤, 난 또 악몽을 꿨다. 내 꿈은 화재 현장으로 이동했고, 공포의 그 밤을 다시 기억해내고 부들거렸다. 깨어난 새벽녘에 절망하며 미유언니를 붙잡고 울었다.

"언니, 사는 게 너무 힘들어……. 죽고 싶어. 어차피 난 태어나자마자 버려졌잖아. 어차피 내가 죽어도 이 세상에 슬퍼할 사람은 단 한 명도 없잖아. 혜창이 같은 어린 아기도 힘들게 갔는데, 나 같은 게 살아서 뭐 해? 사람들이 다 날 함부로 생각하는데……."

"예원아."

잔잔하게 미유 언니가 나를 불렀다.

"세상은 말이야, 아무리 고달프고 캄캄해도…… 삶을 살아감에, 살아가기 위해 사는 거야. 살아갈 이유가 있어 사는 거야."

언니는 그렇게 날 달랬다.

"그러니까 살아야 돼. 죽을 것처럼 아픈 기억은 잊어버리고 웃으며 살아야 돼. 살아야 돼."

언니의 주문이 들어졌다. 난 깨어난 그 아침에 다시 모든 걸 잊었다. 내가 '심인성 기억상실증'이라는 진단을 받았던 것조차도. 그리고 뇌는 마음대로 고통스런 기억을 조작해 지웠다.

화재도, 혜창이나 아이들의 죽음도 지우고, 고아원이 사라진 이유는 재정적인 이유로 포장하고, 옮긴 원에서 나온 이유는 원장님이 날 탐탁지 않게 여겨서와 가벼운 접촉사고를 당해서 일뿐이라고 각인시켰다. 그 기억 틈에 있던 현강도 지우고.

언니도 나쁜 기억을 지우는 데 동참하고 싶었을까?

다음날 아침에 그저,

"유경이 고아원에서 계속 키울 수 없잖아. 어차피 그만둘까 했어. 예원아, 언니랑 같이 살자. 유경이 언니처럼, 이모처럼 그렇게 언니랑 같이 살자."

라고 말했을 뿐이었다. 조금의 내색도 없이 밝게 웃었다.

그리고 7년을 살았다. 아팠던 상처는 완전히 지운 씩씩한 길예원으로.

☆  ★  ☆

군데군데 비어 있던 기억이 채워지며 완전한 기억으로 완성되었다. 완성된 기억은 선명하고 또렷하게 빈틈없이 전달했다. 모든 기억이 이제야 다 보인 이유는 내가 고통의 기억에서 도망치지 않겠다고 결심해서일까? 잠재된 기억의 뿌리가 이겨내려던 의지로 양분을 받아 되살아난 것일까?

그 이유가 무엇이든 중요한 건 난 기억했고, 극복할 수 있다는 거다. 그것은 열여덟 예원이 질문의 답을 스물일곱 예원이는 알고 있기 때문이다. 미유 언니 말들의 의미를 이젠 알기 때문이다.

누구에게나 아픈 기억은 있고, 누구에게나 살아감에 회한이 들기도 할 것이고, 누구에게나 극복해야 할 상처는 있을 것이다. 그것은 예고 없이 일어나는 사고처럼 불쑥 찾아와 고통의 상처를 주며 끝없이 절망의 나락으로 빠지게 만들 수 있다. 하지만 그 절망에 허우적거리면 안 된다. 살아가야 하기에. 살아가는 건, 살아가는 이유가 있기 때문에.

난 이제 그걸 안다.

아무리 어려워도 극복하고, 치유하며 살아야 함을.

이제 깨닫는다.


"길, 너 아직 아파? 어제는 다 나은 척하더니."

노크 소리에 이어 문이 열리며 현강이 쑥 고개를 들이밀었다. 토요일임에도 디자인학원에 가지 않고 늦은 오전이 되도록 기척 없는 내가 걱정되어 올라온 모양이었다.

"아니야. 늦잠 잤어. 이제 씻고 나왔는걸."

"컨디션 좋아 보이네?"

고개를 주억거리며 그의 손을 잡아끌었다. 영문을 몰라 어리둥 절해하면서도 그는 나를 따랐다. 나란히 침대가에 앉았다.

"나 아팠던 이유가 따로 있어."

"따로?"

"응. 내가 기억을 전부 떠올린 게 아니었어."

그의 눈썹이 의아한 듯 올라갔다.

찬찬히 나머지 기억 부분을 이야기했다. 원장님 아들과의 사건 에 대해서는 간추려 했지만, 역시 그는 오만상을 찌푸렸다.

"널 거부한 게 아니라 갑자기 보인 영상에 무서워서였어."

내 손을 감싸듯 쥔 그의 손아귀 힘이 강해졌다.

"그리고 이어서 그 기억들이 되살아나기 시작했어. 어렴풋이 보 이는 기억에 혼란스럽고 겁났어."

침을 꿀떡 삼키고 말을 이었다.

"실제 겪은 일인지 아닌지 헷갈리고 두려웠어. 무엇보다도 너에 게 한없이 모자란 내가 더 부족한 사람이 될 듯해서."

그의 눈썹이 꿈틀거렸지만 말을 끊진 않았다.

"아껴주고 소중하게 배려해 주는 네게, 내가 소중하지 않은 여 자일까 봐 걱정스러웠어. 내가 그런 여자가 아니면 널 포기해야 되 나 싶었어. 자신 없어서. 그런 생각들이 겹겹이 쌓이다 보니까 몸 이 감당 못했나 봐. 이젠 아닌 걸 알고 다 나았어. 이젠 괜찮아."

밝게 웃는 나를 그가 와락 끌어안았다.

"돌대가리."

조금은 화난 어투였다. 그의 손바닥이 내 뒷머리를 지그시 눌렀다.

"그래, 내 잘못이다. 네가 오해할 만했다. 그래도 이 돌대가리 야, 내가 말하는 소중하다는 의미는 그게 아니잖아. 그게 뭐가 중 요해. 너니까 소중한 거지."

머리 위에서 들리는 그의 타박이 좋았다.

"아무것도 없다니. 네가 전부인데. 너 하나면 되는데 그걸 왜 몰 라? 너, 머리는 장식으로 달고 다니지?"

현강의 이죽거림이 듣기 좋았다.

"길, 설사 네게 실제로 일어난 일이라 해도, 아팠던 건 너니까 네가 위로받아야 하는 거고 나는 상관없는 거야. 나쁜 건 그놈이지 네가 아니야."

다정한 울림에 내 입술이 길게 늘어났다.

"그런데다 나를 만나기 이전 과거가 어떻든 무슨 상관이야? 그 건 날 만나기 이전 일인데. 넌 내게 있어 지금 그대로 소중한 여자 야. 내게 온 것이, 내 곁에 있는 게 제일 중요하니까."

그의 섬세한 손길을 느끼며 눈을 살포시 감았다.

"그리고 말이야, 남자 녀석들은 총각딱지 뗀 걸 훈장처럼 자랑 하고, 못 뗀 녀석들을 하자품인 것처럼 취급하면서 자기 여자는 순 결하길 바라는데, 그럼 지들이 딱지 뗀 여자들은 어떻게 되는 거 야? 위선이고 욕심이야."

난 그의 말을 얌전히 들었다. 그의 들썩거리는 가슴팍을 느끼며.

"나만 해도 가볍게 그러지 않는다고 했지만, 사실 그건 한국에

서고 뉴욕에서는 안 그랬다고. 쉽게 원나잇한 적도 있어. 충동적인 것도 있었고, 호기 어린 것도 있었고. 지금은 그랬던 내가 싫고, 너한테 미안해서 더 참았던 것도 있단 말이야."

그가 몸을 떼고 내 눈을 들여다봤다.

"네가 소중한 이유는 너라서야. 길예원이라서 아끼고 싶은 거야. 전교 1등 길예원, 진짜 돌대가리야."

그의 그윽한 눈과 내 눈이 마주쳤다. 잔잔한 시선이 오갔다. 그가 다시 나를 부드럽게 안았다.

"어쨌거나 미안해, 힘들었을 시간에 도움도 못 주고."

"아니야. 내가 미안해. 내가 바보 같아서……."

"정말 미안해."

"정말 아니야."

서로에게 사과했다. 서로에게 크게 잘못한 것이 없음에도 미안한 마음에. 팔을 올려 그의 등을 깊게 안았다. 그의 오르락내리락거리는 가슴과 내 들썩이는 가슴이 맞닿았다.

"우리 길예원, 진짜 힘들었겠다. 아팠겠다."

온기가 가득 담긴 손길이 달래듯 내 머리카락을 쓰다듬었다.

"이제 내 곁에서 절대 떨어지지 마. 내가 지켜줄 거야. 절대 혼자 두지 않을 거야."

너무 든든한 말이라서 난 깊은 안정감을 느꼈다. 그대로 서로를 강하게 안았다. 얇은 서로의 숨결만 느끼며, 서로의 체온을 감쌌다.

"길."

한참 만에야 침묵을 깨고 그가 나직하게 불렀다.

"응."

"근데……."

나의 뒷머리를, 등을 달래던 그의 손길이 멈췄다.

"그 새끼, 어디 살아?"

깊숙한 바닥에서 올라오는 위압적인 울림에 난 상체를 들었다.

"뭐?"

"내가 가만 안 둬. 내가 기필코 찾아서 반 죽여 놓을 거야."

격한 노염이 역력한 눈동자가 활활 타올랐다.

안정을 찾자, 원장님 아들에 대한 분노가 치솟는 모양이었다. 난 픽 웃다 두 팔로 그의 목을 끌어안았다. 턱을 들어 그의 귓가에 입술을 대었다.

"도현강."

"감히 내 여자를……."

내가 나긋하게 부르는데도 그는 연신 씩씩거렸다.

"사랑해."

그의 귓속에 정확하게 속닥였다.

나의 고백에 그가 멈췄다. 말도, 손도, 숨도.

그가 내게서 떨어졌다. 동공이 커진 눈동자가 내려다봤다. 귀신한테 홀린 듯한 표정이었다.

"사랑해."

다시 한 번 확실하게 고백했다.

"……너…… 반칙이잖아. 갑자기 그런 말을 하면……."

"사랑해."

"내가 먼저 말하려고 했는데…… 이렇게 뒤통수를 치면……."

"사랑해."

"날 뭘로 만드는 거야……."

"사랑해."

그 순간, 그의 손이 허공을 가르며 올라와 내 양뺨을 잡았다. 그와 동시에 그의 입술이 내 입술을 집어삼키듯 겹쳤다. 뜨거운 입술이 내 입술을 짓누르며 뜨거운 혀가 들어왔다. 한껏 입술을 벌리며 들어온 뜨거운 혀를 마주 감았다. 격정적인 키스를 나누며 서로의 감정을 휘감았다. 불끈거리는 맥박이 엉켰다. 뺨을 감싼 손이 미끄러지듯 귀 뒤로 넘어가 머리카락 속으로 파고들었다.

"사랑해, 길예원."

그의 입술이 잠시 떨어졌다. 뜨거운 숨결이 입술에 닿았다.

다시 격렬한 키스를 퍼붓는 그의 손아귀 힘이 강해졌다. 서로의 몸이 기울여졌다. 그대로 짙은 키스를 나누며 침대에 드러누웠다. 내 몸 위를 덮는 그의 단단한 몸을 끌어안았다.

"나 이번엔 안 참는다."

잠시 입술을 뗀 그가 경고하듯 말했다. 난 쿡 웃으며 환하게 웃었다. 팔을 들어 그의 목을 끌어당겼다. 그의 고개가 숙여졌다. 깊게 깊게 키스했다. 그의 불덩이 같은 손길이 얄팍한 티셔츠 안으로 들어왔다.

"언니! 아빠가 점심 다 같이 외식하자는데 약속 있어?"

그때, 문이 벌컥 열렸다.

아, 유경이 집에 있다는 사실조차 망각했다. 오늘은 토요일.

우린 화들짝 놀라 불에 덴 것처럼 후다닥 떨어졌다. 잽싸게 올라간 티셔츠를 추슬렀지만 늦었다. 현강이 침대에서 벌떡 내려갔다.

"아! 삼촌! 언니!"

유경이가 비명을 질러대며 발을 동동 굴렀다.

"나도 있는데! 둘이 방에서 뭐 하는 거야?!"

"미안, 유경."

현강이 먼산을 보듯 허공으로 시선을 돌리며 말했다.

"너무한 거 아냐?! 난 미성년자인데?!"

"미안해, 유경아."

나도 죄인처럼 쭈뼛대며 침대에서 멀찍이 떨어져 섰다.

"그래도 유경, 여긴 언니 방인데 노크도 없이 들어온 네가 나쁜 거야."

현강이 사과도 잠시, 유경일 꾸짖었다. 유경이 얼굴이 벌겋게 달아올랐다.

"삼촌은 이제 언니 방 접근 금지야!"

유경이 파리해져서 버럭 소리쳤다.

"유경, 그건 방에서만 이뤄지는 게 아니거든. 음흉한 너니까 잘 알지?"

유경의 반응이 재미있어서일까? 현강이 그녀에게 지지 않고 대꾸했다.

"삼촌은 앞으로 무조건 언니 근처도 가지 마! 절대! 절대!"

"네가 24시간 언니랑 붙어 있는 것도 아니잖아."

현강의 깐죽거림에 유경이 격앙된 콧바람을 쏟아내며 몸을 돌렸다.

"아! 언니! 난 삼촌 진짜 싫어!!"

계단으로 가면서 유경이 진저리치며 도리질했다. 그녀를 쫓으며 현강이,

"그래도 언니는 삼촌 좋아해."

지지 않고 너스레를 떨었다. 그러면서 현강이 팔을 뻗어 내 손목을 잡았다. 그가 빙그레 웃으며 나를 잡아끌었다.

"아! 난 진짜 이 연애 반대야! 절대! 언니가 아까워!"

유경이 쿵쾅거리며 신경질적으로 계단을 내려갔다.

"꼬맹이 유경, 넌 권한 없다니까."

"그만해."

유경이 등에다 계속 이죽거리는 현강에게 한마디 했다. 그가 '임유경, 귀여워' 하고 속닥이고 짓궂게 씩 웃었다.

"난 진짜진짜 삼촌 싫어."

"임유경, 유럽 안 갈 거야? 돌아오는 겨울방학엔 맛보기로 일본 보내줄까?"

그의 손이 아래로 내려와 내 손을 잡았다. 그의 따스하고 커다란 손이 내 자그마한 손을 꽉 감쌌다. 넌지시 내뱉은 현강의 달콤한 제안이 결정적이었는지, 유경의 악다구니가 잠잠해졌다.

슬그머니 내려다보니, 1층 계단참에서 유경이가 어깨를 부르르거리며 울화를 억누르고 있었다. 유경의 등이 귀여워 쿡쿡 웃음이 나왔다. 현강이 승리의 미소를 지으며 날 내려다봤다.

서로 마주 보며 웃었다. 입술을 가늘게 늘리며.

화창한 날이다. 11월 초순의 가을 햇살이 따스하다. 구름 한 점 없는 깨끗한 가을 하늘이 오늘을 축복하듯 유난히도 청명하고 맑다.

밖의 밝은 햇살이 유선형의 창문을 통해서 신부대기실 안으로 쏟아져 들어왔다.

"언니, 나 살 쪘나 봐. 저번에 피팅할 땐 넉넉했는데, 허리가 좀 껴."

허리춤을 만지면서 유경이 툴툴거렸다. 연분홍색의 미니 드레스를 입고, 귀엽게 틀어 올린 헤어에 큐빅이 달린 예쁜 머리띠를 한 유경의 모습이 천사 같았다.

그녀가 한 손엔 들러리 부케를 들고서 연신 거울을 들여다봤다.

"예쁘기만 한걸."

"언니도 입자니까. 나만 혼자 들러리 드레스 입으니까 창피해."

"우리 유경이가 너무 예뻐서 언니가 입어봤자 기죽어서 싫어."

나의 말에 유경이 애교스럽게 볼에 바람을 넣었다. 그러면서도 다시 거울 속의 자신을 들여다봤다. 만족스러운 듯 그녀의 입술이 빙그레 늘어났다.

"오, 꼬맹이 유경. 제법 봐줄 만한 걸?"

노크 소리와 함께 문이 열렸다. 근사한 슈트를 차려입은 현강이 여느 때와 마찬가지로 시원스러운 걸음걸이로 들어섰다. 등 뒤로 밝은 햇살을 가득 뿜어내면서.

"삼촌도 그럭저럭 괜찮네."

게슴츠레 눈꺼풀을 내리깔며 유경이 맞받아쳤다.

"쪼그만 게 꼭 삼촌한테 안 져."

"내가 언니보다 큰데 자꾸 꼬맹이라고 부르니까 글치!"

견원지간처럼 끊임없이 투덕거리는 열다섯 조카와 스물일곱 삼촌을 보면서 난 쿡쿡거렸다.

"언니는 너보다 작아도 예쁘잖아."

"악! 오글거려! 삼촌 원래 이런 사람이었어?!"

"삼촌도 이런 사람인지 몰랐어."

현강이 능청을 떨면서 유경이는 아랑곳하지 않고 내 손을 잡았다. 그가 날 휙 끌어당겨 옆에 붙여 세웠다.

"이것 봐. 드레스를 입은 너보다 언니가 더 예쁘잖아."

"……치."

유경이 이맛살을 찌푸렸다. 난 슬그머니 현강을 밀어내고, 토라진 유경이 손을 잡았다.

"식 시작합니다. 들러리하시는 분, 먼저 식장에 나가셔야 해요."

대기실 문이 열리며, 안내하는 직원의 말에 우리는 서둘러 밖으로 나갔다. 막바지 웨딩 촬영을 하던 신랑과 신부가 입장을 위해 분주하게 준비 중이었다. 유경이가 후다닥 신부 옆에 가서 섰다.

"어머니는 정말 안 오셨어?"

"아, 공사다망하신 이 여사. 한경 형 결혼식은 조카 몫이지만, 본인 시상식은 일생일대의 단 한 번이라고 절대 빠질 수 없대. 무슨 작은엄마가 이래?"

그의 말에 난 쿡 웃었다.

현강의 어머니는 며칠 전 결혼식 불참 선언을 하셨다. 그 이유가 유화에 일가견이 있어 취미생활 이상의 열정으로 공부하셨는데, 몇 달 전 참여한 공모전에서 당당히 입선을 하셨다. 한데 그 시상식이 하필이면 오늘이었다. 현강의 아버지 또한 안타깝게도 유럽 출장 중이셨다. 현강의 부모님과의 대면으로 잔뜩 긴장한 며칠이었는데, 타이밍이 맞지 않아 막상 못 뵙게 되니 안도했던 마음 너머 아쉬운 마음이 더 컸다. 하지만 여전히 걱정스럽긴 했다. 재은의 말을 간과할 수 없었기에. 현강의 어머니가 나를 포용하실까?

"그래도 대단해. 멋있으셔."

"내가 전해줄게. 아마 뿌듯해하실 거야."

도씨 일가는 기업가 집안이었다. 큰아버지인 한경의 아버지는 한국에서 뉴욕으로 옮겨 터를 잡았고, 현강의 아버지는 한국에서의 실패로 뉴욕으로 가 현재는 한경 아버지 회사의 전무이사로 계신다. 그리고 막내작은아버지는 한국에서 탄탄한 중소기업을 이끄신다. 도씨 일가는 재벌가는 아니었지만, 오래전부터 집안 자체가 재력가인 모양이었다. 그런 탓에 결혼식에 참석한 화려한 도씨 일가와 대면하며 난 기가 죽었다.

현강은 나를 당당하게 인사시켰다. 친지들은 유경이를 키운 언니라는 소개에 기특하다고 칭찬하셨다. 그리고 고대하던 유경이 할머니, 할아버지인 한경의 부모님과 첫 대면을 했다.

"정말 고마워요. 너무 보고 싶었어요. 내가 고맙다는 소리밖에 못하겠어."

한경의 어머니는 눈가에 눈물까지 맺히셔서 감격에 겨워하셨다.

"우리 유경이가 정말 예쁘게 잘 컸다 했는데, 언니가 이렇게 예쁘고 참하네."

"유경이가 워낙 똑똑해서 알아서 잘 컸어요."

"말도 예쁘게 하네."

그녀는 연신 내 손을 대견하다는 듯 토닥거렸다. 사진보다 더 미인이셨고, 유경이의 얼굴이 더 많이 보였다. 정말 닮았구나.

정오가 다가오자, 결혼식이 시작되었다.

들러리인 유경이 화사한 햇빛이 쏟아지는 야외 꽃길을 먼저 걸어 나갔다. 상큼한 드레스를 입은 유경이가 보석처럼 반짝거렸다. 이어서 멋진 블랙 턱시도를 입은 한경이 늠름하고 자신감 넘치게 신랑 입장을 했다. 그리고 피아노 반주에 맞춰 눈부시도록 새하얀 웨딩드레스를 입은 연희가 신부 입장을 했다.

너무나도 예쁜 결혼식을 곁의 현강과 지켜봤다. 내가 다 설레고 흐뭇했다. 입가에 미소가 떠나지 않았다. 기쁘게 박수를 치고, 행복하게 축하했다.

우리 유경이 가족을.

[가족분들, 친지분들은 앞으로 나오셔서 촬영에 임해주세요.]

결혼식이 끝나고 사진 촬영이 시작되었다. 현강이 앞으로 나가려다 말고 내 손을 잡아끌었다. 난 화들짝 놀라 고개를 흔들었다.

"내가 왜 찍어?"

"뭘? 당연히 찍어야지."

거부하는 날 의아하다는 듯 현강이 끌어당겼다. 연분홍 드레스를 팔랑거리며 유경이 달려왔다.

"언니! 빨리 와!"

그녀가 친지들이 다 지켜보는 와중에 내 손을 불끈 쥐더니 앞서 나갔다. 한경의 어머니가 어서 오라며 손짓했다. 하는 수 없이 앞으로 나가 유경이 옆에 서서 사진 촬영을 했다. 내 옆에는 현강이 섰다.

모든 결혼식 순서가 끝나고, 신혼여행을 떠나기 위해 한경과 연희 그리고 유경이까지 리무진에 올라탔다. 유경이는 처음엔 완강히 거부했지만 연희의 간곡한 부탁을 거절할 수 없었다. 그래서 세 식구는 함께 하와이로 신혼여행 겸 가족여행을 떠나기로 했다.

"조심히 다녀오세요. 유경아, 도착해서 전화해."

"어."

유경이가 발랄하게 대답했고, 연희가 '고맙다'며 환하게 웃었고, 한경이 '다녀올게' 하며 부드럽게 웃었다. 그들이 탄 리무진이 출발하며 이내 시야에서 사라졌다. 우린 성남의 막내작은어머니 댁으로 이동하신다는 한경의 부모님과 친지분들께 끝까지 남아서 인사했다. 한경의 어머니는 차에 오르시는 마지막 순간까지도 내 손을 놓지 않으셨다.

참석객들이 모두 떠난 자리에 현강과 나만 남았다.

행복했지만, 이상한 시간이었다. 가족이 아님에도 가족사진도 찍고, 모든 친지들께 인사드린 시간이.

현강과 함께 차가 주차된 야외결혼식장 끄트머리 주차장으로 걸음을 옮겼다. 따사로운 가을 햇살이 빛났다. 투명한 맑은 공기와 간간이 불어오는 선선한 바람을 느끼며 나란히 그와 걸음을 옮겼다.

"길."

곁의 그가 입을 열었다.

"딱 내년 봄까지만 연애하자."

바닥의 보도블록을 보며 그가 나직하게 말했다. 난 그를 올려다 봤다. 그의 진지하고 따스한 눈이 내게로 돌려졌다.

"그리고 나선 내가 너의 진짜 가족이 되어줄게."

우뚝.

걸음을 멈췄다.

그가 몸을 돌려 나를 마주 봤다.

놀라고 감격한 내게 현강이 가슴 깊이 담고 싶을 만큼 다정한 미소를 지었다. 그가 밝은 가을 햇살을 받으며 눈부시게 빛났다.

"3회차, 들어줄 거지?"

가늘어지는 눈을 난 지그시 마주 보면서 빙그레 웃었다.

온 세상을 가진 듯 행복했다. 난 이대로 죽어도 여한이 없겠네…… 하다가 이대로 죽으면 너무 아깝겠다…… 로 고쳤다.

그 여느 때보다도 환한 미소가 입가에 가득 번졌다. 그도 마찬가지였다. 난 밝게 웃으며 입을 열었다.

"거절할래."

"뭐?!"

현강의 눈썹이 하늘 높이 치솟아올랐다.

난 입술을 크게 벌리며 더 화사하게 웃었다.

"도현강한테 한참 모자란 길예원이 조금은 멋진 여자로 도현강 옆에 서고 싶어. 사람들 틈에서 위축되지 않고 눈치 보지 않는 당당한 길예원. 그렇게 되도록 노력할래. 기다려 줄 거지?"

난 그렇게 말했다.

그는 나의 말에 산뜻하게 웃었다.

얼마 전에야 난 한경의 제안을 받아들이기로 했다. 하지만 뉴욕엔 가지 않기로 했다. 내가 할 수 있는 범위 내에서 최선을 다해 공부하며 노력하겠다고 했다. 한경은 나의 결심을 적극 응원하며 도와주겠다고 했다. 난 이제 새로운 길로, 새로운 미래를 향해 달릴 것이다. 언제나처럼 열심히.

현강이 다가와 가까이 섰다. 그가 한마디 했다. 눈썹을 실룩거리며.

"그런 건 가족이 돼서도 할 수 있잖아."

"에?"

"가족이 돼서 해."

턱을 까닥거리며 그가 강요했다.

"보통은 기다려 준다고, 응원한다고 하지 않나?"

난 불끈했다.

"누가 응원 안 한대? 그건 최선을 다해서 할 수 있어, 몸도 마음도."

기도 안 차서 헛웃음이 나왔다.

"난 이제 더 이상 못 참아. 내가 그 좋은 기회들을 날려먹은 걸 내내 얼마나 후회하는데……. 기회가 없잖아, 지금! 도유경, 이게 눈을 이렇게 뜨고 맨날 감시해서."

그가 유경이 흉내 내듯 가시눈을 뜨며 성질냈다.

"아님, 주 5일만 노력하고 주말은 나랑 어디도 가고 그러던가. 도유경 없는데……. 어?"

넌지시 말하며 그의 눈꺼풀이 차양처럼 내리깔아졌다. 그런 그를 보다 어처구니없어 웃음을 터뜨리고 말았다.

정말 도현강은 이길 수가 없었다.


살금살금 계단을 내려갔다. 어둠에 묻힌 계단을 조심조심.

현강에겐 '절대 안 돼'라고 말했으면서, 늦은 밤 그의 방문 앞에 섰다. 긴장을 풀기 위해 연달아 심호흡하며 진정하려 애썼다. 그래도 긴장되는 건 어쩔 수가 없었다.

"무슨 일 있어?"

예상치 못한 늦은 방문에 그가 의아한 듯 물었다. 얕은 숨을 내쉬며 난 자그마하게 입을 열었다.

"……들어가도 돼?"

그가 움찔하며 물러났다. 난 용기내어 방으로 들어갔다. 문을 닫고 그를 마주 봤다. 내가 한껏 긴장한 듯하자 눈치 빠른 현강도 긴장했다.

"길, 너 지금 잡아먹히려고 호랑이 굴로 스스로 들어온 토끼 같은데?"

내가 우물쭈물 망설이며 눈만 끔벅거리고 있자 현강이 농담했다. 끄덕끄덕, 약하게 턱을 흔들었다.

"진짜?"

현강의 동공이 커졌다. 난 긴장으로 입술을 꾹 다물고 더 크게 끄덕였다.

그의 입술이 길게 늘어났다.

기다렸다는 듯 그의 손이 불끈 내 허리를 끌어당겼다. 그의 입술이 숙여졌다. 그의 품에 깊게 안기고, 안았다. 서로에게 진한 키스를 나눴다. 전신에 찌릿찌릿한 전율이 퍼졌다. 내가 여느 때보다도 뜨겁게 반응하면서 감정을 전달하자 현강의 숨이 열기로 후끈거렸다. 그의 가슴팍이 연신 들썩였다. 강하게 안았던 그의 팔이 풀리며 그의 입술이 떨어졌다.

그의 눈빛이 늑대의 눈빛으로 변했다.

"우리 부끄러워하실 길예원 양을 위해."

마지막 농담을 잊지 않고 그가 팔을 길게 뻗어 형광등 스위치를 껐다. 방 안이 이내 어두워졌다. 그의 팔이 번쩍 나를 안아 올렸다. 그러곤 날 조심스럽게 침대에 눕혔다.

컴컴하던 방 안에 골목길에 세워진 가로등의 불빛이 어스름히 스며들어 왔다. 그의 몸이 내 몸 위로 숙여졌다. 어둠 속에서 강렬한 그의 눈동자와 흔들리는 내 눈동자가 서로를 뚫어지게 바라봤다. 팔을 뻗어 그의 목을 감았다. 그의 입술이 벌려진 내 아랫입술을 탐했다. 나의 아랫입술을 음미하듯 물더니, 그의 입이 벌려졌다. 그 사이로 그의 따스한 혀가 훑듯이 아랫입술을 스치며 안으로 들어왔다. 수줍게 입안에 숨겨져 있던 혀를 감으며 그의 혀가 뜨거움을 전달했다. 입술을 한껏 벌리며 입안을 탐색하는 그의 혀를 감았다. 탐색하듯 시작한 키스가 짙어졌다.

침대를 굳게 짚고 있던 손이 천천히 내 몸 위로 이동했다. 조심조심 올라오는 손길에, 난 용기를 내어 그의 등을 안았던 손바닥을 움직였다. 그의 등을 쓰다듬듯이 쓸다 어깨로, 가슴으로 넘어왔다. 나의 손길을 받은 그가 내게서 떨어졌다. 휙, 그가 티셔츠를 벗어버렸다. 어둠 속에서 다부진 근육이 붙어 있는 널찍한 가슴팍이 시야에 들어왔다. 심장이 격렬히 두근거렸다.

그의 손이 올라왔다. 이번엔 조금 급하게. 닿는 손에 도움을 주며 난 원피스를 끌어 올려 벗었다. 어둠 속에 나타난 속옷만 걸친 나의 맨몸에 그의 숨이 거칠어졌다. 그의 몸이 숙여졌다. 서로의 맨살이 닿는 순간, 짜릿한 전기가 온몸에 흘렀다. 내 입술에 머문 그의 숨결이 불덩이처럼 달아올랐다.

후끈한 입술이 내 턱을 지나 목덜미 아래로 내려왔다. 그의 손끝이 부드럽게 옆구리를 타고 올라와 위의 속옷을 벗겼다. 목덜미로 내려간 입술이 쇄골을 지나 가슴골로 내려왔다. 뜨거운 입술과 혀가 가슴골을 타고 봉긋한 가슴에 머문 순간, 진저리치듯 소름이 올라왔다. 입술이 스치고 지나가는 자리마다 뜨거움으로 용솟음치고, 다가옴을 기다리는 자리는 짜릿한 기다림에 두근거렸다. 허공에 움찔하며 멈춰 있던 손으로 그의 맨 등을 안았다. 단단한 등을 부드럽게 쓸었다. 손바닥 가득 그를 만지며, 내 몸에 닿는 그를 느꼈다.

그의 입술이 위로 올라왔다.

"길."

그가 나긋하게 속삭였다.

"너 안 잘 각오는 되어 있지?"

이어진 말에 난 웃음을 참지 못했다. 웃는 입술이 내 웃음 삼키며 겹쳐졌다. 뜨겁게 겹쳐졌다. 그가 나를 뜨겁게 안았다. 나도 그를 뜨겁게 안았다.

그렇게 서로를 느끼고, 서로를 만지며, 서로를 안았다. 그리고 나를 깊게 사랑해 주는 그와 난 천천히 하나가 되었다. 뜨겁게, 행복하게, 잠 못 들고.


삐삐삐—

잠결에 보안키가 눌려지는 소리가 들렸다. 깊은 수면을 방해하며 들려온 소리에 스르륵 잠이 깼다.

"……누가 온 것 같은 소리가 들려……."

무거운 눈꺼풀이 딱 달라붙었는지 떠지지 않았다. 아침이 밝아오는 새벽녘에서야 잠이 든 탓이었다.

"잘못 들은 거야. 그럴 리가 없잖아."

나의 웅얼거림에 깼는지, 잠들어 있던 현강도 낮게 중얼거렸다. 그가 나의 등을 끌어당겨 안았다. 그의 품에 깊숙이 들어가며 다시 잠을 청하려고 했다. 마찬가지로 눈을 뜨지 않은 현강이 고개를 숙여 내 뺨에 입을 맞췄다.

"제대로 들어왔어. 땡큐, 유경. 아빠한테도 축하한다고 전해주고……."

별안간 문밖 거실에서 음성이 들렸다. 우린 눈을 번쩍 떴다.

"……이 여사?"

현강이 벌떡 몸을 일으켰다.

"이 여사?"

스르륵 내려간 이불로 맨몸을 가리며 난 기겁했다.

"도현강! 집에 있어?! 아직도 자? 엄마 왔는데?!"

활달하게 그의 이름을 부르는 목소리에 내 입이 저절로 벌어졌다. 경악해서 '어떡해?' 하며 울상이 되어 부랴부랴 옷을 찾았다. 현강이 서둘러 침대에서 내려가 주섬주섬 옷을 챙겨 입었다.

"있어, 있어. 내가 먼저 나갈게."

부리나케 옷을 입은 그가 뛰듯이 밖으로 나갔다.

"도현강, 오랜만이야!"

"어떻게 된 거야? 결혼식도 안 왔으면서 오늘 뭐 하러 왔어?"

모자의 대화를 들으며 난 황급히 옷을 입었다. 놀란 탓에 손끝이 바들바들 떨렸다.

"길이 보러 왔지. 우리 길이 어디 있어?"

연달아 들린 말에 난 그대로 얼음이 되었다.

나를 찾으신다. 아, 현강의 방에 있는 나를 어떻게 생각하실까? 어떡하지? 보나마나 싫어하실 텐데……. 아, 첫인상부터 이게 뭐야……. 그렇지 않아도 재은에게 들었던 말로 잔뜩 걱정하고 있는데…… 하필이면.

"……뜬금없이 미리 연락도 안 하고 이렇게 오는 법이 어디 있어? 그제까지만 해도 못 온다고 했잖아."

"네 녀석이 궁금하면 오라며? 시상식 끝나자마자 왔구만. 어디 있는데? 오호라, 너희들 같이 있었지? 네 방에 있어? 이 방이 네 방이지?"

그의 어머니는 눈치가 백 단이시다. 그런데 왠지 즐기는 기색이다. 놀리는 말투도 영락없이 도현강이다.

"잠깐! 잠깐! 지금 엄마 때문에 막 일어났단 말이야."

아, 도현강. 대놓고 그렇게 말하면 어떡해?

"뭐, 어때."

"초면이잖아. 세수도 안 했다고. 잠깐 엄마가 피해줘. 길도 마음의 준비를 해야 할 것 아니야?"

"좋아, 그럼 어디로 피해줘?"

"형 방에 잠깐 가 있어."

"알았어. 딱 10분 준다. 빼돌리면 죽는다."

엄포를 놓듯 협박하는 그의 어머니 어투가 예사롭지 않았다. 안절부절못하고 서성대는데 현강이 들어왔다.

"괜찮아, 괜찮아."

내가 눈을 찡그리며 울상이 되어 헐떡거리자, 현강이 나의 어깨를 안고 등을 토닥이며 달랬다. 어머니는 친절히 한경의 방으로 가주셔서, 난 후다닥 2층으로 올라갔다. 그녀를 오래 기다리게 할 수 없어, 부리나케 샤워하고 머리는 깔끔하게 빗어 묶고 옷을 갈아입었다.

아무리 마음을 가다듬으려고 해도 입안이 바싹바싹 메말랐다. 마른침을 꿀떡 삼키고 덜덜 떨면서 아래로 내려갔다. 방에서 나온 그의 어머니가 소파에 앉아 계셨다. 내가 시선도 들지 못하고 조심스럽게 내려오는 걸 그의 어머니가 뚫어져라 보셨다. 현강이 계단참에 있다가 나를 맞이하며 빙그레 기분 좋게 웃었다.

난 우물쭈물하며 잔뜩 움츠러든 채 어머니 곁으로 갔다. 허리를 깊게 숙여 인사를 했다.

"네가 길이구나."

어머니 입술이 가늘어졌다.

전 예원인데……. 속의 말은 하지 못했다.

그녀의 웃는 입매가 현강을 닮았다. 하지만 얼굴은 현강과 비슷하지 않았다. 어머니는 미인이긴 했지만 까칠한 느낌이 전혀 없었다. 동글동글한 귀여운 인상이었다.

"앉아요, 앉아."

그녀가 손짓해 얌전히 소파에 앉았다. 그녀는 곁에 앉은 나를 꼼꼼히 살폈다. 그러면서 현강에게 아메리카노를 주문했다. 현강이 둘만 놔둘 수 없다고 거역했지만 기세등등한 엄마를 이길 순 없었다.

"내가 결혼식 참석 안 한다고 하니까 이 녀석이 그제 나한테 이런 걸 보낸 거야."

현강이 커피를 사러 밖으로 나가자, 그녀가 휴대폰을 꺼내 내게 넘겼다. 그녀의 메시지에 내 사진이 있었다. 자세히 보니 손가락을 턱에 올려놓고 모니터 화면에 집중한 내 옆모습이었다. 현강이 자신의 자리에서 찍은 각도였다. 난 사진을 찍었는 줄도 몰랐다.

사진 아래에는,

—우리 길, 엄마 며느리 될 사람. 궁금하지?

라고 써져 있었다. 이래서 어머니가 우리 길이라고 날 찾았구나. 피식 웃음이 나왔다. 그리고 '엄마 며느리 될 사람'이라는 단어에 감동했다.

그의 문자 아래로 그녀의 답장도 보였다.

—정면을 보여 달라!
—보고 싶으면 한국에 오셔요.

쿡 웃음이 나왔다. 후다닥 웃음을 거두고 그녀에게 얌전히 휴대폰을 건넸다.

"웃는 게 참 예쁘네."

그녀의 입가에 잔잔한 미소가 번졌다.

"자꾸자꾸 웃게 만들고 싶어질 정도로 예뻐. 눈빛도 참 맑고."

잔잔한 그녀의 미소가 점점 커졌다.

"이 문자 받고 얼마나 놀랐는지…… 이 녀석이 이런 녀석이 전혀 아니었거든. 스물일곱 해를 키웠는데 난 이런 녀석인 줄 몰랐어. 맨날 눈썹이 요렇게 올라가 있던 녀석이었거든."

그녀가 손짓으로 눈썹에 갖다 대더니 솟은 시늉을 했다. 까칠하게 눈썹을 치켜뜬 현강을 표현하는 듯했다.

"아빠의 영향도 컸지. 항상 녀석을 몰아붙였으니까. 그래서 난 좀 풀어줬어. 나까지 그러면 얼마나 숨 막히겠어. 근데도 사람들을 별로 안 좋아했어."

그녀의 눈썹이 약하게 찌푸려졌다.

"그러다 아빠가 고비가 있었어. 고비를 겪고 난 후에야 현강일 풀어줬고, 그제야 좀 가벼워졌지. 그런데 여자들한텐 진중하지 못했어. 마음도 안 주면서 가볍게 만나기만 하고. 그래서 내가 얼마나 걱정했게."

그녀의 입가에 쓴웃음이 올라왔다.

"그런데다 하나같이 주변 애들은 부모 잘난 맛에 사는 애들이었고, 허세만 그득그득하고 사치만 심하고. 내 눈엔 다 마음에 안 들었어. 뭐, 지인들은 집안끼리 맺어져야 대성하며 유지한다고 하지만, 난 다른 입장이었어. 그냥 현강이가 누구든 사랑한다면 허락해야지라고 생각했어. 살아보니까 사랑하는 사람하고 사는 게 제일 좋은 것 같아서. 내가 집안 반대로 첫사랑에 상처가 있거든. 현강이 아빠한테는 비밀이야."

가까운 데 계시지도 않는 현강의 아버지가 들을세라 속닥이듯 그녀가 말했다.

"근데 그런 내 결심과는 또 다르게 현강이 녀석은 여자들한테 도통 정을 안 주는 거야. 그래서 난 이 녀석이 독신으로 살 줄 알았어. 느낌이 딱 그랬어. 그런데 나 좀 전에도 깜짝 놀랐잖아. 기분인지 모르겠지만 눈썹도 좀 처져 보이고, 길이 내려오는 걸 바라보는 녀석의 눈동자에 생기가 도는 게, 이 녀석이 내 아들 도현강이 맞나? 하고 의심했다니까."

그녀가 엉덩이를 움직여 가까이 다가왔다.

"그런데 이렇게 가까이서 보니까 알겠네. 이렇게 웃는 게 예쁜 길이 보면서 이 녀석도 변했나 보네. 임자를 제대로 만났네."

그녀가 손을 뻗어 무릎에 조신하게 올려놓은 내 손을 잡았다.

"나는 길이 예전부터 보고 싶었어. 뉴욕에 한경이랑 유경이가 놀러 왔을 때 얘기 많이 들었거든. 나는 현강이 대충 키웠어. 애 키우는 거 너무 힘들고 답답해서. 그래서 둘째도 안 낳았잖아. 뭐, 좀 크고 나서부턴 현강이한테 별반 신경 안 썼어. 다 큰 자식 지가 알아서 해야지, 엄마도 엄마의 삶이 있는 건데."

재은의 말이 떠올랐다. 그 독설은 나 기죽이려고 거짓으로 꾸며진 말들이었다는 걸 이제야 깨달았다. 지레짐작하며 나 혼자 자격지심에 잔뜩 겁먹은 거였다. 현강이 '공사다망하신 이 여사' 라고 부르는 이유 또한 알았다.

"그래서 난 길이 얘기 듣고 너무 궁금한 거야. 그 어린 나이에 고생하며 혼자서 유경이 키운 길이가 씩씩하고 밝고 예쁘다는 말에 탐나더라고. 현강이 녀석도 길이 같은 여자 만나야 되는데, 하고 말이야."

내 손등을 쓰다듬으며 그녀가 밝게 웃었다.

"그런데 우리 현강이가 사람 볼 줄 아네. 딱 길이를 낚아챘어. 그래서 난 너무 좋아. 이렇게 가까이서 보니까 더 좋다."

나를, 한참 모자란 나를 못마땅해 하실까 지레 걱정했던 마음에 따스한 바람이 불어왔다. 아릿하던 감정이 감격으로, 기쁨으로 따뜻하게 휘몰아쳤다. 눈시울이 뜨거워지려고 해서 눈꺼풀에 힘을 주고 고개를 숙였다.

"고맙습니다."

"무슨. 내가 다 고맙지, 성가신 아들 처리해 줘서. 우리 현강이 잘 부탁해. 날 어머니라고 불러도 되고 엄마라도 불러도 돼. 난 엄마라고 불렀으면 좋겠다."

온화하게 웃는 그녀의 눈을 들여다보며 난 조그마하게 '네' 하고 대답했다. 너무나도 행복해서 웃음이 파르르 거렸다.

삐삐거리며 현강이 커피를 사 들고 들어왔다. 그가 소파에 나란히 앉아 있는 나와 어머니를 보고 슬쩍 놀라는 기색을 보였다.

"어? 길, 울었어?"

그의 눈에는 나만 보이나 보다. 눈가에 비친 눈물을 발견하고, 그의 어투에 감정이 실렸다. 어머니에게 내가 혼났다고 생각하는 듯.

"아들, 넘어가라."

현강의 신랄한 눈초리보다 더한 강력한 눈초리를 보내며 어머니가 경고했다. 현강이 무뚝뚝하게 커피를 건네고는 내 얼굴을 더 꼼꼼히 살폈다. 난 그러지 말라고 눈짓만 보냈다.

"저 녀석이 진짜 도현강 맞아?"

빨대를 쭉 빨아 커피를 마시며, 어머니가 주방으로 슬슬 걸어가며 투덜거리셨다.

"배고프지? 오랜만에 엄마가 맛있는 거 해줄게. 길이는 뭐 먹고 싶은 거 있어?"

"먹고 싶다고 말하면 만들 수 있어?"

심드렁하게 현강이 말하자, 그녀가 '저 녀석이' 하며 째려봤다. 난 후다닥 어머니를 따라 주방으로 들어갔다.

"뭘? 난 진실만 말해. 엄마도 솔직히 알잖아."

"네가 모르나 본데 엄마도 노력해서 많이 나아졌어, 요즘."

"노력해도 뭐, 그 실력이……. 길이가 훨씬 더 맛있게 만들어, 백 배."

픽 비웃듯 웃더니 그가 내게 환한 미소를 보냈다. 그 행동은 진정 날 칭찬하는 것도, 도와주는 것도 아니거늘.

"제가 할게요. 오시느라 피곤하실 텐데……. 드시고 싶으신 거 있으세요?"

"아니야. 우리 나가 먹자."

어머니가 가시눈을 거두고 내 팔을 잡고 주방에서 나왔다.

"여자는 될 수 있는 한 주방을 늦게 늦게 들어가야 해. 결혼한 순간부터 평생 주방에서 살게 되니까. 그러니까 길이 너도 될 수 있는 한 주방엔 들어가지 마. 저 녀석이 뭐 해달라고 해도."

다정하게 웃으며 그녀가 덧붙였다.

"근데 유경이 키우면서 내내 집안일하며 살았겠다. 그치?"

내가 그냥 싱그레 웃자 그녀가 손을 올려 내 머리카락을 쓰다듬었다. 대견하다는 듯. 손길이 너무 따뜻하고, 눈길이 너무 온화해 심장에 뜨거움이 흘렀다.

"어머니, 성남 안 가세요? 여긴 어차피 놀아줄 사람도 없고······ 성남에 큰어머니도 계시고······."

식당으로 향하는 길에 은근슬쩍 현강이 룸미러로 보며 물었다. 조금 전까지 '엄마' 하며 까칠한 톤으로 말하더니, 갑자기 '어머니' 하며 존대하며 은근한 투로 묻는 현강 때문에 난 심히 부끄러웠다. 그의 속내가 뻔히 보여서.

아니나 다를까, 어이없어하던 어머니가 내게 '속이 다 보인다. 그치?'라고 귓속말을 하셨다. 난 대답도 못하고 눈꺼풀만 내리깔았다. 창피해, 도현강. 진짜.

현강의 어머니와 보낸 시간은 생각 이상으로 즐거웠다. 현강은 입이 댓 발 나왔지만 난 진심으로 즐거웠다. 휴대폰으로 찍어놓은 당신께서 그렸다는 그림도 구경하며 즐거운 식사 시간을 끝내자마자 굳이 나에게 예쁜 걸 사준다고 쇼핑까지 했다.

옷이며 구두며 세심하게 골라주는 손길을 받는데, 기분이 이상했다. 아릿아릿한 게 심장이 저렸다. 내가 옷을 입고 나오자 연신 예쁘다, 예쁘다 하시며 따스한 손바닥으로 내 등도 훑고, 빙 둘러

보기도 하는 그녀의 행동에.

"따님이 정말 예쁘시네요. 엄마를 닮았나 봐요."

"그렇죠?"

그 모습을 지켜본 점원의 말에 부정하지 않고 그녀는 화사하게 웃었다. 탈의실에 들어가서 난 울컥했다. 옷을 갈아입으면서도 자꾸 눈이 아려 눈꺼풀을 깜박이며 참느라 애먹었다. 탈의실에서 나와 쭈뼛거리며 고개를 숙이는 나를 현강이 눈치챘다. 그가 시뻘게진 내 눈을 가라앉히려는 듯 잡아끌더니, 쓱 손이 올려 윗머리를 톡톡 두들겼다. 그의 다정한 위로에 난 빙그레 웃었다.

"엄마, 이제 그만 사도 될 것 같은데? 성남 안 가세요?"

끊임없는 재촉에 어머니가 흘겼다.

"이래서 아들 키워봤자 소용없다고 하는구나. 간다, 가. 너, 나 데려다 줄 거지?"

"당연히 모셔다 드려야죠."

가뿐히 대답한 현강은 두 시간 후, 그 말을 뱉은 걸 무진장 후회했다. 그는 내 귀에 대고, '택시 태워 보낼 걸' 하며 툴툴거렸다. 우린 어머니를 모셔다 드리러 성남 막내작은어머니 댁까지 왔다는 이유로, 잡혔다. 그가 아닌 내가.

친지분들은 어제의 결혼식 이후 막내작은어머니 댁에 똬리를 튼 것처럼 자리 잡고 계셨다. 뉴욕에서 온 큰형님과 이렇게 어울릴 기회가 흔치 않다는 이유로. 이 기회에 현강 어머니의 '예비 며느리' 인사를 시켜야 된다는 성화로 친지들 틈에 내가 딱 들어갔다.

처음에 현강은 '예비 며느리'라는 소리에 반색하며 날 데리고 들어갔다가, 한 시간이 넘도록 친지들이 나를 놔주지 않자 점점 얼굴을 실룩거렸다.

이렇게 많은 가족들 틈에 앉아 있는 것이 난생처음이었지만, 나도 곧 가족의 일원이 된다고 인사드리는 자리라 말로 표현할 수 없을 정도로 감정이 벅찼다. 친지들은 나를 진심으로 반가워했다. 물론 모두는 아니었지만.

고모님 한 분이 무의식중에 '근본도 모르는'이라고 내뱉었고, 그 말에 현강의 눈썹이 꿈틀했다. 그가 어른들 앞에서 실수라도 할까 싶어 조마조마하던 찰나, 놀란 건 그의 어머니 반응이었다. 어머니가 '고모, 나 좀 봐요' 하고 현강만큼이나 냉정한 표정으로 고모님을 따로 모시고 방으로 들어갔다가 한참 만에야 나왔다. 고모님은 내게 다가와 미안하다고 사과하셨다. 말실수한 거라고. 썰렁한 분위기에 다른 친지들이 화제를 돌리며, 다시 화기애애한 분위기로 바뀌었다. 나도 편안했다. 웅성거리며 소란스러운 많은 가족들 틈에서 난 행복했다. 평생 겪어보지 못한 단란함에, 행복했다.

# 채우며 2

"피곤했지? 엄마는 하여튼, 놔주질 않아."

그와 단둘이 빠져나와 집으로 돌아왔을 땐 새벽 1시가 넘어갈 때쯤이었다. 현강은 불만이 가득했지만, 어머니는 날 꼭 옆자리에 앉혀놓고 싶어 하셨고, 나 또한 억지로 빠져나올 생각이 없었다.

"아니."

난 빙그레 웃었다.

"어떻게 하루 종일 끌고 다니냐? 아침부터 지금까지."

집에 들어와 계단참에서 연신 툴툴거리는 현강을 빤히 올려다봤다.

"고마워."

나의 말에 투덜거림을 멈추고 그가 내려다봤다.

"나에겐 너무 행복한 시간이었어. 정말 이상했어. 이렇게 많은 가족들과 내가 함께 있는 게 이상했어. 너무 좋아서 꿈 같았어. 내가 꿈꿔오던 전경 속에 들어간 것 같았어. 나는 너무 고맙고 소중한 시간이었어. 너무 감사한 시간이었어."

그의 손이 올라왔다. 부드러운 손길이 뺨에 닿았다. 다정히 뺨을 쓸던 손길이 귀 뒤로 넘어가 내 머리카락 속으로 들어와 끌어당겼다. 그의 품에 얼굴을 묻고 안겼다.

"다행이네. 불편할까 걱정했는데."

그의 두근거리는 심장박동을 느끼며, 뒷머리를 쓰다듬는 손길을 느끼며 난 꿈 같은 하루의 마무리를 근사하게 한다고 생각했다.

"근데 난 아니야."

두근거리는 시간이 흐르다 돌연 현강이 떨어졌다.

"어?"

"둘만 있고 싶어서 죽을 뻔했단 말이야."

그가 고개를 숙여 내 입술에 짧은 입맞춤을 했다. 난 빙그레 입술을 늘리며 웃었다. 잠깐 떨어진 입술 사이로 작게,

"나도."

속삭이듯 웅얼거렸다.

그의 입술도 늘어졌다. 그와 내 입술이 닿았다 떨어지며 서로의 입술을 탐색했다. 그의 팔이 내 허리를 감으며 깊게 끌어당겼다. 탐색하던 짧은 키스가 깊어졌다. 짙은 키스를 하던 그가 갑자기 떨어졌다. 그가 번쩍 나를 안아 올렸다. 내가 화들짝 놀라자 그가 씩 웃었다. 그의 고개가 숙여졌다. 내 입술에 살며시 짧은 입맞춤을

하더니, 자신의 방 안으로 들어갔다.

"……잠…… 깐만…….."

현강이 그대로 침대에 눕히자 난 당황해서 그의 어깨를 잡았다.

"응? 안 돼?"

몸을 숙이며 입술이 다가오다 멈칫해서 그가 물었다.

"……씻고…… 옷 갈아입고 내려올게…….."

싫다곤 안 하고 난 웅얼거렸다. 현강이 쿡 웃었다. 그의 부드러운 입술이 내 입술에 닿았다. 그가 짧게 떨어지는 달콤한 키스를 하며 속닥이듯 말했다.

"옷이야 어차피 벗을 거고, 씻는 건 이따 같이 씻어."

"에? 어떻게 같이…… 창피하게…….."

그의 몸이 덮어졌다.

"창피하면 불 끄고."

"그래도…….."

나의 나머지 웅얼거림은 그가 먹어버렸다. 이내 창피함 따위…… 하며 밝히는 나는 그의 뜨거운 키스를 완전히 받아들였다. 서로의 뜨거운 혀를 부드럽게 감았다. 이제 자연스럽게 손을 뻗어 그의 등을 감싸 안았다. 내게 뜨거운 키스를 퍼부으면서 그가 셔츠 단추를 풀었다. 나도 단추 푸는 걸 도왔다. 그가 셔츠를 휙 벗자마자, 손을 뻗어 그의 단단한 가슴팍을 매만졌다. 그래도 아직은 수줍어 덥석 만지지는 못하고 손끝으로 살살 쓰다듬었다. 서로의 숨이 뜨거워졌다. 그의 손가락이 블라우스에 닿았다. 블라우스 단추를 푸는 손길을 내버려 둔 채, 난 그에게 뜨거운 키스로 화답했다.

방 안에 뜨거운 열기가 가득 채워졌다. 이내 그와 나는 얄팍한 속옷만 걸친 서로의 맨몸을 느끼며 빈틈없이 안았다. 내 귓불에 부드러운 키스를 하던 그가 다정하게 속삭였다.

"길예원."

팔을 들어 그의 목을 강하게 끌어안았다.

"사랑해."

"나도."

그의 귀에 내 입술이 닿았다. 그의 가늘어진 입술이 내 귀에서 목덜미로 내려왔다. 손을 뻗어 그의 뒷머리를 안았다.

그리고 우리는,

사랑, 그 뜨거움 속에 묻혔다.


[일어나, 아침이야! 아침!]

귀여운 애교 섞인 음성이 재촉한다. 이불 속에 있던 손을 들어 테이블 위를 더듬거렸다. 요란스럽게 재촉하는 소리와 함께 휴대폰이 징징거리며 부르르 떨고 있는 걸 낚아챘다. 게슴츠레한 눈을 뜨고 알람을 재빨리 끄고 놓는데, 현강의 긴 팔이 뒤에서 허리를 감아왔다. 안 깨우려 했는데 깬 모양이다. 세심하지 못한 내 탓이었다. 새벽에 다시 맞춰놨어야 했는데.

"……몇 시야?"

눈을 뜨지 않고 내 어깨에 고개를 묻으며 그가 물었다.

"6시."

"원래 이렇게 일찍 일어나?"

그제야 그가 고개를 들어 나를 봤다.

"유경이 학교 일찍 가잖아. 아침 챙겨주려면……."

"……하와이에 있는 유경이 아침까지 신경 쓰고 그래……."

그가 허리를 끌어당기며 투덜거렸다. 내 등이 현강의 따스하고 넓찍한 가슴에 폭 들어갔다. 픽 웃는 내 어깨에 그가 다시 얼굴을 묻었다.

"좀 더 자. 이따 내가 깨울게."

슬그머니 그에게서 빠져나오려 버둥거리며 다정하게 말했다.

"어디 가? 좀 더 자."

"어차피 습관 돼서 한 번 깨면 못 자. 슬슬 출근 준비하고 정리 좀 하려고. 한 시간만 더 자. 내가 시간 되면 깨울게."

그의 볼에 살며시 입을 맞추고 일어나려했다. 현강이 내 몸을 잡아당기면서 휙 상체를 들더니 내 몸 위로 올라왔다.

"어?"

"나도 깼어."

화들짝 놀라 올려다보는데, 그가 내려다보며 웃었다. 그의 입술이 다가왔다. 아, 출근해야 하는데 아침부터…… 밀어내지 않고, 그를 받아들였다. 아침부터 뜨겁게.


"좋은 아침입니다."

현강의 발걸음은 무척 가벼웠다. 시원시원한 것이 평소보다 더 활기가 넘친다. 정상을 정복한 남자의 위풍당당함이 보이는 건 오롯이 내 심리 탓인가?

반면 나는 주춤주춤 거린다. 나는 좀 위축된다. 사람들에게 어제 오늘의 내가 예전의 길예원이 아님이 티가 날 것 같다. 그런데다 아침부터 낯부끄럽게 그와 뜨거움을 나누고, 천연덕스럽게 출근한 내가 이상야릇하게 느껴지는 건 괜스레 찔리는 탓인가?

내 눈이 달라졌다. 세상을 보는 눈이 그제와 다르다. 내가 바라보던 현강의 모습도 달라진 기분. 그 어느 때보다도 현강이 빛나는 건 이제 진짜 내 남자라서일까? 그와 전부를 나눴기 때문일까? 무엇이든 이제 그와 나는 하나다. 그것만은 분명한 사실이었다.

"좋은 아침. 예원 씨도."

"둘이 그렇게 오니까 꼭 커플 같다."

해영의 인사에 이어 정미가 무심한 투로 흘리는 걸 찔리는 나는 의자에 앉다 말고 흠칫했다. 매일 같이 출근하는 것을 이상하게 여길까 봐 몇 달 전에 난 한경과 유경의 사정을 밝혔다. 팀원들은 한경의 은인이라는 말을 그제야 이해했다.

그래도 연애에 관해선 지금까지 비밀이었다. 팀원도 많지 않은 공간에서 사내연애가 부끄러워 현강에게 비밀로 하자고 한 건 나였다. 또한 정미가 현강에 대한 미련이 남아 있어 선뜻 밝히지 못한 것도 있었다. 난 정미에게 고백해야 함을 깨달았다. 시일이 더 늦는다면 서운하고 배신감 비슷한 불쾌감까지 느낄 테니까.

"정미 대리님, 오늘 퇴근 후에 약속 있으세요?"

다른 팀원들이 없는 틈을 타서 난 정미에게 슬그머니 다가갔다. 정미는 눈을 반짝였다.

퇴근 후, 회사 근처 스파게티전문점에서 내가 미안해하며 고백한 이야기에 정미는 오히려 대수롭지 않은 듯 웃었다.

"그래서? 그렇게 죄지은 표정을 짓는 거야?"

"……죄송해요."

"뭐가 죄송해? 내가 현강 팀장 좋아한다고 해서? 그게 언제 적 얘기인데."

정미는 태연하게 웃더니 또렷하게 봤다.

"사실 눈치채고 있었어."

"정말요?"

"사랑은 재채기보다 숨기기 어려운 거야. 진작 눈치챘어. 특히 현강 팀장. 현강 팀장이 예원 씨 좋아하는 건 오래전부터 다 보였는걸."

피식 웃으며 정미가 물을 마셨다. 표정이 씁쓸하지도 서운해 보이지도 않았다. 편안한 느낌.

"그랬어요?"

"그럼. 얼마나 티가 나는데. 눈치 없는 민호 주임도 지난달 나한테 현강 팀장이 예원 씨 좋아하는 것 같다고 말했을 정도야."

그래, 티가 나는 것도 같다. 도현강은 단순해서.

"현강 팀장이 그렇게 좋아하는 티를 잔뜩 내며 아우라를 풍기고 다닐 거라곤 상상조차 못했었어. 그런데 온몸 그득그득 나 길예원 씨 좋아해요, 이러고 다니는걸. 꼭 다른 사람 같아."

정미가 테이블에 팔을 대더니 내 쪽으로 몸을 기울였다.

"현강 팀장이 예원 씨 바라보는 눈빛이 얼마나 사랑이 가득한지 몰라. 저번 주에는 팀원들은 자리에 없고 예원 씨만 있으니까 현강 팀장이 몰래 예원 씨 사진 찍더라? 어찌나 표정이 흐뭇한지…….
탕비실에서 나오다 딱 봤는데 부러워 죽을 뻔했어."

어머니에게 보냈던 사진을 찍을 때 정미에게 들킨 모양이었다.

"사실 부러워서 조금 심술 나기도 했어. 그래도 어떡해? 사람 마음이 내 마음대로 안 되는데. 난 마음 접은 지 오래됐어. 걱정하지 마. 그래도 현강 팀장이 좋아하는 사람이 예원 씨라 다행이야. 다른 여자였으면 진짜 신경질 났을 거야. 축하해, 진심으로."

"고마워요, 대리님."

"대신, 오늘 저녁은 예원 씨가 사라."

정미가 포크를 집으며 쌜쭉하게 말했다. 그러고는 곧바로 방긋 웃었다. 나도 픽 웃으며 고개를 끄덕였다. 고마운 시간이었다. 사랑을 축복받는 것만큼 고마운 일이 있을까.

정미와 헤어지고 지하철을 타고 집으로 향하는데 휴대폰이 울렸다.

[어디야?]

휴대폰 너머로 들리는 그의 목소리는 여느 때와 마찬가지로 다정했다.

"집으로 가는 길."

현강은 자기보다 일찍 퇴근하더니 왜 집에 없느냐 타박이었다.

"프로젝트 초반인데 일찍 퇴근했네?"

[집중이 안 돼. 나의 사고는 길예원한테로만 향하고 있어.]

그의 말에 쿡쿡 웃음이 나왔다. 옆에 서 있던 사람이 힐끔거려 난 입을 손으로 가리며 문 쪽으로 나와 봉에 기대었다.

[어딘데?]

"지하철 안. 몇 정거장 안 남았어. 금방 갈게."

알았다며 현강이 전화를 끊었다. 끊겼음에도 불구하고 난 휴대폰 액정을 바라보며 한참을 웃었다. 그러다 여전히 청명한 여름나무 길이 있는 그의 프로필 사진을 터치했다.

『길이 좋다.』

여전히 그의 문구는 그대로였다.

그에게 난 청명한 여름 길 느낌일까? 지금은 늦가을인데 아직도 여름 사진이다. 고개를 들었다. 컴컴한 지하철 유리에 비춰지는 얼굴에 미소가 만연하다. 마음은 벌써 그에게 도착해 있었다. 나의 사고도 그에게로만 향한다.

"길."

지하철역 입구 계단을 올라가는데 낯익은 목소리가 들려왔다. 현강이 계단 위에 서 있었다. 깜짝 놀라 부리나케 계단을 올라갔다.

"여긴 왜?"

"보고 싶어서 마중 나왔지."

씨익, 매력적으로 웃는 그와 마주 보고 섰다.

"하루 종일 봤으면서."

"그래도 보고 싶었어."

그가 손을 내밀었다. 그의 손을 잡았다.

현강이 먼저 걸음을 옮기면서 휙 손을 잡아당겼다. 서로의 옆구리가 자석처럼 딱 달라붙었다.

"누구 만났어?"

"누구."

"어? 누구?"

그의 눈이 새초롬해졌다. 난 가느다랗게 눈을 늘리며 웃었다. 저녁의 거리는 분주했다. 귀가하는 사람들이 바쁜 걸음을 재촉했다. 길을 건너기 위해 횡단보도 앞에 섰다. 많은 인파 속에서 그와 나는 손을 꽉 쥐고 있었다.

"밝혀. 안 그럼 오늘 밤도 못 잘 줄 알아."

"어우, 정말."

귀에 속닥이는 나직한 협박에 살짝 흘겼다.

"언제는 소중하다고 했으면서 너무 막 대하는 거 아냐?"

"소중하긴 한데 기한이 4일뿐이 안 남았잖아."

불퉁거리는 나의 말에 그도 툴툴거렸다. 쿡 웃고 말았다. 그는 한경이 신혼여행에서 돌아오는 날짜를 세는 모양이었다. 그의 엉큼함을, 난 음흉함으로 즐겼다.

파란불로 바뀌었다. 엉킨 손을 흔들 듯 잡고 나란히 횡단보도로 내려왔다.

"이 여사, 내일 일본 간대. 일본에 막내이모 살거든. 한국 온 김에 가서 이모 만나고 나서 뉴욕으로 돌아간다고."

"그러시구나."

"너랑 하룻밤 같이 자고 싶다고 오늘 온다는 걸 말리느라 한참 실랑이했어. 내가 이겼지만."

현강이 승리의 미소를 씩 지었다. 어처구니없어 난 웃음을 터뜨렸다. 그가 잡은 손을 풀고 내 어깨로 팔을 둘렀다. 그의 듬직한 가슴팍에 기대며 내 팔도 뒤로 돌렸다. 그의 단단한 허리를 안았다. 그와 나의 시선이 마주쳤다. 웃음이 자연스럽게 입가에 떠올랐다.

웃으며 꼭 붙어 인파들 사이로 횡단보도를 건넜다.

# 채우며 3

달려. 달려. 달려.

뛴다. 뛴다. 뛴다.

발이 부은 탓에 발바닥에 닿는 충격이 더 강렬하게 느껴진다. 계단을 내려가는 무릎도 시원찮은 것이, 아, 체력의 다름을 느낀다. 그래도 할 수 없다. 달려야지.

"예원이 누나! 시험 끝나자마자 뭐가 그렇게 바빠요?"

"무진장 바빠, 나는!"

교사 앞 바위틈에 앉아 있는 동기 녀석이 소리쳤다.

녀석을 돌아볼 시간도 없이 달렸다. 내리막길을 빠르게 질주하는 나를 학생들이 힐끔거렸다. 낯익은 녀석이 인사하려는 걸 손만 번쩍 들어주고, 제1주차장으로 멈춤 없이 달렸다. 숨이 턱까지 차올랐다. 아, 폐활량도 차이가 있다.

주차된 낯익은 자동차가 시야에 들어왔다. 속도를 늦출 수 없어 팔딱거리는 폐를 다독이며 더한 속도를 냈다. 폐가 불만을 토로했다. 할 수 없다, 폐. 네가 중한 것이 아니다.

"예강이 어머니, 너무하신 거 아니에요?"

벌컥 뒷문을 열자마자, 버럭 비난이 날아왔다. 운전석에서 칭얼 거리는 예강이를 보듬고 있던 현강이 신랄히 쳐다봤다.

"헉헉…… 죄송해요…… 예강이 아버지."

헐떡거리며 뒷좌석에 올라가 넘겨주는 예강이를 받았다. 갓 5개월이 지난 예강이 나를 보자마자 흥분했다. 동그랗게 말린 입이 강아지처럼 헥헥거렸다.

"아무리 시험이 중요하다지만, 아들 맘마를 잊으면 어떡합니까?"

"어제 짜놓는다는 걸 공부하다가 깜빡 잠이 드는 바람에……."

연신 숨을 고르며 딱딱하게 굳은 가슴을 다급하게 주물러 마사지하고 블라우스 단추를 풀었다. 어제 새벽부터 짜지 않은 탓에 가슴은 부풀어 오를 대로 올라 심줄까지 터질 듯이 도드라져 있었다. 엄마 쭈쭈를 보자마자 광분한 예강이가 입술을 오물거리며 비벼대서 황급히 브래지어를 내리고 젖을 물렸다. 얼마나 배가 고팠으면 쪼그마한 입안 가득 가슴을 문 예강이가 허덕허덕 거리며 강하게 젖을 빨아댔다. 엄마 쭈쭈를 집어삼킬 태세로.

"아주 우리 아들 불쌍해서 죽겠네."

그걸 지켜보면서 현강이 혀를 찼다. 난 미안함에 빙긋 애교 담긴 미소를 보냈다.

우린 결국 현강의 바람대로 봄에 가족이 되고 말았다. 속도가 너무 빠른 나머지. 그와 나는 너무 뜨거웠다. 닿기 시작하니 밝히는 나도, 엉큼한 그도 자제할 수가 없었다. 그리고 하늘거리는 민들레 홀씨가 날아다니는 봄에 예강이가 생겼다.

우리의 갑작스런 결혼 소식과 임신 소식은 지인들을 깜짝 놀라게 만들었다. 특히 우리의 연애를 몰랐던 사무실 직원들은 더더욱 놀랐다. 미리 고백했던 정미만 태연히 진한 축하를 해줬다. 그녀는 지금 민호와 열애 중이었다. 여전히 투덕거리며.

유경이는 그럴 줄 알았다며 샐쭉하게 핀잔했지만 그 누구보다도 조카의 탄생을 기대했다. 한경은 결혼한 자신보다도 빠르다며 기막혀했다. 그리고 그도 이제 곧 태어날 유경이 동생을 기다리고 있었다.

중학교 3학년이 된 유경이는 한껏 들떠서 내년에 갈 뉴욕 유학을 준비하고 있다. 작년보다 숙녀티가 더 나고, 더 예뻐졌다. 그 덕에 집 앞에 엄한 남학생들이 자꾸 파리처럼 꼬인다. 유경이와 멀리 떨어지기 싫어 근처 빌라에다 신접살림을 차린 나는 남학생들 때문에 지레 걱정이다. 그나마 다행인 것은 도씨 집안 아가씨답게 도도 도유경이란 것이다.

그리고 나는 이제 스물아홉 먹은 교육학과 1학년 새내기다. 디자인도 좋아하지만, 난 오래된 내 꿈대로 교육학과를 선택했다. 엄마의 몫도, 아내의 몫도 중요하지만, 내 몫을 찾기 위해 욕심을 부려보고 있다. 그 덕분에 상큼하게 캠퍼스를 누비는 신입생—물론 나이 많은——은커녕 홀몸이 아닌 탓에 매일 고군분투하고 있다. 아기를 돌보면서 공부하는 건 내가 생각했던 것 이상으로 만만한 것이 아니었다. 그나마 육아도우미의 도움을 받고 있어 학교를 다닐 수 있었다.

그런데 우리 예강이, 엄마 쭈쭈를 너무 좋아한다. 분유라면 질색하고 엄마 쭈쭈만 찾는 통에, 모유를 꼬박꼬박 짜놓고 학교를 와야 했다. 그런데 어제는 공부하다가 깜빡 잠든 바람에 까먹은 데다, 냉동실에 얼려놓은 모유까지 동이 난 줄은 미처 몰랐다.

시험 중이라 어쩌지 못하는 내 대신, 연락받은 현강이 사무실에서 나와 부랴부랴 예강이를 데리고 학교로 와서 시험 끝날 때까지 기다렸다. 시험을 보면서도 배고파서 칭얼거릴 예강이 걱정을 얼마나 했는지 모른다.

"사무실 바로 들어가 봐야 되지? 아기띠 가져왔어? 난 예강이 데리고 지하철 타고 가면 돼."

"여유 있어. 집에 데려다 줄게. 시험은 잘 봤어?"

현강이 젖을 빠는 아들을 지켜보며 흐뭇한 미소를 지었다. 끄덕이며 나도 아들을 내려다보며 빙그레 웃었다. 그리듯 자란 눈썹이 아빠랑 똑 닮았다. 아빠처럼 벌써 치켜 올라간 듯 보이지만. 높게 솟아오른 반듯한 콧날도.

판박이처럼 아빠를 똑 닮은 예강이는 쭈쭈를 먹기 시작하자 가물가물 정신을 놓고 잠들려 했다.

"길 여사."

한참 우리를 지켜보던 현강이 돌연 은밀하게 불렀다.

"시험 다 끝났지?"

"응."

그의 어투가 이상해 눈을 들었다. 그의 눈꺼풀이 유선형 처마처럼 아래로 축 처져 있었다.

"우리…… 잠깐 어디 들렀다 갈까? 예강이야 쭈쭈 먹으면 곧 잠들 테니까."

음란한 그의 시선은 예강이가 열심히 빨아대는 드러난 가슴에 꽂혀 있었다.

"정말…… 아들 맘마 먹는데……."

"뭐, 아들 입장과 아빠 입장은 엄연히 다른 거니까."

흘기는 나를 향해 현강이 나직하게 웅얼거렸다.

기막혀, 픽 웃음이 나왔다.


한때는 죽을 것처럼 아팠던 삶에, 의지할 곳 없는 외로운 삶에, 어차피 혼자 살아가는 삶이기에 버려진 것이라고 절망했었다. 내게 있어서 희망찬 미래 같은 건 0.0퍼센트만큼도 없을 것이라고 단정 지었었다.

죽지 못해 사는 것이고, 용기 없어 살아가는 것이고, 미련이 많아 살아가는 것뿐이라고 비웃었다.

하지만 이젠 자신 있게 말할 수 있다.

날 위로하던 미유 언니의 말처럼,

사람은 살아가는 이유가 있기 때문에 사는 것이라고.

아무리 힘들고 고달파도 치유되는 날은 반드시 올 것이라는 그

말을, 이젠 나도 할 수 있다.

빛도 없는 구석진 곳에서 웅크리고 울던 작은 예원이가 삶을 포기하지 않음에, 지금은 0.01퍼센트만큼 낮은 확률로 연결된 사랑으로 행복하게 웃는 큰 예원이가 되었으니까.

그리고 이제 99.99퍼센트 확률로 연결된 아이와 함께, 100퍼센트 채워진 삶을 살아가고 있으니까.


"갈까? 응? 저기 가까운 데 있잖아⋯⋯."

캠퍼스 너머 남산 방향을 턱짓하며 그가 은근하게 봤다.

"⋯⋯예강이 깨면 어떡해?"

"예강이야 한 번 잠들면 세 시간은 자잖아. 업어가도 모르게. 벌써 자네?"

쭈쭈를 빨던 모양새 그대로 입술이 O 자가 된 채 예강이는 깊은 잠에 빠져들었다. 예강이를 어깨에 기대게 하고 등을 토닥이며 트림을 유도하는 나에게 그가 재촉하듯 눈썹을 실룩거렸다.

"출발할까?"

"잠깐⋯⋯ 카시트에 눕히고⋯⋯."

거부하지는 않고 흘리듯 중얼거리며 예강이를 카시트에 조심조심 눕혔다. 현강이 씩 웃으며, 앞으로 휙 몸을 돌렸다.

"사무실 들어가야 하는 거 아냐?"

운전을 시작하는 그의 뒤통수를 보며 물었다.

"일이 중요한 시점이 아니잖아."

룸미러로 넘겨다보며 현강이 말했다.

난 입술을 늘리며 쿡 웃었다.
그도 쿡 웃었다.

난 이렇게 살아가게 될 것이다.
어느 날, 소리 없이 찾아와 준 내 사랑에 행복해하며,
어느 날, 곁에 와 손 내밀어준 내 사랑에 고마워하며,
그렇게 살게 될 것이다.

포기하지 않음에 감사해하며.
살아 있음에 감사해하며.
사랑함에 감사해하며.

End

## 작가의 말

영점영일의 확률의 모티브는 '가족'입니다.

어느 날 문득 뒤돌아보니, '나는 가족을 참 당연시 여기며 사는 구나' 싶었습니다. 태어날 때부터 가족이라는 울타리 속에서 살았기에, 그 울타리의 안정감과 익숙함으로 소중하게 여긴 적이 없었던 거죠. 그렇기에 가족에게 '고맙다'라는 가벼운 인사조차 해본 적이 거의 없지요. '당연'하기에.

그런데 한 아이가 있습니다.

가족에게 버려지고, 의지할 사람이 단 한 명도 없이 혼자인 아이. 하지만 아이는 우울해하지 않아요. 사람의 품이 그리운 만큼, 더 사람을 소중하게 여기는 밝은 아이입니다. 그 아이에게 희망과 행복과 소중한 가족을 선물하고 싶었습니다. 힘겹고 고달픈 삶을 이겨내고, 밝은 빛과 밝은 사랑을 주고 싶었어요.

또한 자신밖에 모르던 개인주의적 성향이 강한 사람들이 그 아이를 통해 전이되듯, 사람의 소중함을 깨닫고, 서로 사랑하며, '어울림' 속에서 가족, 사람, 사랑을 소중하게 아끼는 삶으로 살아가는 것을 꿈꿨지요.

그렇게 예원이가 태어났습니다. 사랑스러운 우리 길.

0.0퍼센트만큼 아무것도 없던 예원이에게, 아주 작은 확률인 '영점영일의 확률' 만큼의 인연을 만들어주고, 그 인연 속에서 소중함과 행복과 사랑을 주어, 훗날 99.99퍼센트로 연결된 아이까지 만들어주어 100퍼센트를 채워주고 싶었습니다.

그런데 예원이의 삶은 100퍼센트로 채워지는 길이 쉽지 않았습니다. 어려운 역경을 많이 겪었죠. 삶을 살아가는 데 있어 역경은 찐빵 속 앙꼬처럼 빠질 수 없는 것이죠. 예원이뿐만 아니라 완벽해 보이던 도현강도, 도한경도, 어린 임유경도. 그리고 나도, 그대도.

우리가 가는 길엔 지뢰처럼 펑펑 날 흔드는 수많은 역경이 숨겨져 있지요. 어느 지뢰는 작아도, 어느 지뢰는 삶을 통째로 흔들어놓을 정도로 큽니다. 또한 어떨 때는 한 발 내디디면 지뢰가 있었는데, 바로 이어서 또 나타납니다. 그 지뢰들 때문에 절망하고 좌절하기도 합니다. 그럴 땐 정말 삶의 의미를 다시 생각하게 될 때도 있어요. 부정적으로.

우리 예원이도 그랬지요.

수많은 지뢰를 겪게 되지요. 하지만 예원인 폭발한 많은 지뢰를 밟고서 절망하기도 했지만, 결국은 씩씩하게 이겨내려 노력하고, 극복하려고 애씁니다. 살아감에 살아가는 이유는 있을 것이고, 치유되는 날은 올 것이라며 씩씩하게.

전 이 말로 대신 응원을 하고 싶었습니다. 지금도 끊임없이 고뇌하는 나와 그대를.

　이 글을 읽고 있는 그대가 지금 견디기 어려운 지뢰 위에 올라서 있더라도, 혹여 폭발했더라도 그 상처는 반드시 치유 될 것이라고.

　그래도 곁에 가족이 있으니까, 그래도 친구가 있으니까, 그래도 혼자가 아니니까, 그래도 꿈이 있으니까…… 라고 위로하면서 이겨내길 바란다고 말해주고 싶어요.

　그리고 대신 '가족'에게 고맙다는 말을 하고 싶습니다. 특히 세상 모든 '엄마'들에게, 유경이가 말하듯 '당신이 가장 멋진 사람입니다'라고 응원하고 싶습니다.

　이 글을 읽으신 모든 분들이 우리 예원이처럼 밝게, 힘내자 하며 달리셨으면 좋겠습니다. 저도 마찬가지고요. 오늘도 힘내세요! 파이팅!

　그대의 삶이 사랑으로, 행복으로, 가족으로 채워지길 바라며,
　'영점영일의 확률'을 읽어주셔서 진심으로 감사드립니다. 애정합니다.
　감사합니다.

—2014년 2월 28일
박지영 올림.